假如明天来临

If Tomorrow Comes

Sidney Sheldon

[美] 西德尼·谢尔顿 著

赵培玲 译

湖南文艺出版社　博集天卷

If Tomorrow Comes

Copyright © 1985 by Sidney Sheldon

All rights reserved including the rights of reproduction in whole or in part in any form.

© 中南博集天卷文化传媒有限公司。本书版权受法律保护。未经权利人许可，任何人不得以任何方式使用本书包括正文、插图、封面、版式等任何部分内容，违者将受到法律制裁。

著作权合同登记号：图字18-2023-007

图书在版编目（CIP）数据

假如明天来临/（美）西德尼·谢尔顿著；赵培玲译. -- 长沙：湖南文艺出版社，2023.8
书名原文：If Tomorrow Comes
ISBN 978-7-5726-1310-4

Ⅰ.①假… Ⅱ.①西… ②赵… Ⅲ.①长篇小说－美国－现代 Ⅳ.①I712.45

中国国家版本馆 CIP 数据核字（2023）第 128400 号

上架建议：畅销·外国文学

JIARU MINGTIAN LAILIN
假如明天来临

著　　　者：[美]西德尼·谢尔顿
译　　　者：赵培玲
出 版 人：陈新文
责任编辑：张子霏
监　　制：于向勇
策划编辑：布　狄
特约编辑：刘春晓　赵　静
版权支持：王媛媛
营销编辑：时宇飞　黄璐璐　邱　天
封面设计：梁秋晨
版式设计：利　锐
出　　版：湖南文艺出版社
　　　　　（长沙市雨花区东二环一段 508 号　邮编：410014）
网　　址：www.hnwy.net
印　　刷：三河市中晟雅豪印务有限公司
经　　销：新华书店
开　　本：680 mm × 955 mm　1/16
字　　数：384 千字
印　　张：23.75
版　　次：2023 年 8 月第 1 版
印　　次：2023 年 8 月第 1 次印刷
书　　号：ISBN 978-7-5726-1310-4
定　　价：59.80 元

若有质量问题，请致电质量监督电话：010-59096394
团购电话：010-59320018

If Tomorrow Comes

Sidney Sheldon

献给
亲爱的巴里

出版说明

他是全世界顶级的故事高手

西德尼·谢尔顿是当今世界顶级的故事高手，也曾是世界上作品被翻译成最多语言的作家，其作品累计被全球180多个国家引进，共计被翻译成50多种语言，全球总销量超过3亿册。这项纪录于1997年被列入《吉尼斯世界纪录大全》。

西德尼·谢尔顿是奇迹！

与很多人所想的不同，谢尔顿并非一直坐在电脑前埋头苦干，他每天的写作目标只有50页。只要写够50页，他就立刻停笔，并且会在第二天修改前一天所写的内容。每当他写完一整段情节后，他便会开启"修改模式"，对相关内容进行反复修改甚至重写。

谢尔顿曾在某次采访中说道："我的每本书大概都会这样重写12～15次，整个创作时间需要一整年……"

对西德尼·谢尔顿而言，小说创作是其最乐于尝试的领域，在好莱坞与百老汇获得颇高成就的他曾公开表示，他的脑海中一度诞生了许多情节非常复杂的东西，促使他想要进一步去探究人类的情感与行为的动机，而这已经超越了剧本所能涉及的范畴。对他而言，或许写小说便是唯一的终极解答。

好莱坞与百老汇永不落幕的传奇

西德尼·谢尔顿堪称通俗小说王国的国王，但对很多人而言，首次知道他并非因为其小说作品，而是通过大银幕上的电影。作为好莱坞最具传奇色彩的编剧与制片人，谢尔顿一生中创作了30多部电影剧本、200多部电视剧本以及8部舞台剧本。

10岁时，谢尔顿便出版了自己的第一部作品——一部诗集，17岁时便成功将自己的首部剧本卖到了好莱坞。在创作小说之前，他就已经凭借自己的作品取得了全欧美无人能及的文学成就——他的舞台剧本获得了有"戏剧界奥斯卡奖"之称的托尼奖，他的电视剧本获得了艾美奖，而他所创作的电影剧本更是斩获了奥斯卡最佳剧本奖。

之后，开始潜心写作小说的谢尔顿在这一领域继续创造他的传奇：处女作就获得了爱伦·坡奖提名以及《纽约时报》最佳年度悬疑小说奖。之后，他创作的每部小说都持续引发了全球阅读狂潮。

好莱坞自然没有"放过"谢尔顿，他的所有作品几乎都被改编成剧本搬上银幕，而与其合作的主演通常都是如奥黛丽·赫本这样能在影史上留名的超级巨星。更有甚者，当谢尔顿还在创作其代表作《假如明天来临》时，哥伦比亚公司仅凭一个书名与故事梗概，便不惜花费百万美金抢夺其改编版权。而哥伦比亚公司的这一举动，也彻底让这本书成为好莱坞电影创作的灵感宝库。斯蒂芬·金的代表作《肖申克的救赎》在被拍摄成电影时，就借鉴了这本书的相关故事框架以及情节；在香港导演吴宇森的代表作《纵横四海》中，周润发等人饰演的主角盗取博物馆藏品的情节设定与这本书中的主角特蕾西的作案手法如出一辙。

西德尼·谢尔顿的名字被刻在了好莱坞的星光大道上。如今，百老汇依旧在演出他所编剧的经典舞台剧，而这一切都在无声地告诉世人：西德尼·谢尔顿是好莱坞与百老汇永不落幕的传奇！

中国当代"通俗小说之父"

西德尼·谢尔顿在中国也有着广泛且深远的影响，尤其是对中国通俗小说的创作与发展做出了不可磨灭的贡献。早在20世纪80年代，谢尔顿的作品就曾被陆续引进中国，凭借跌宕起伏、一波三折的故事情节，复杂又烧脑的人物关系，悬念丛生、紧张刺激的阅读氛围，成功吸引了一大批读者。

文学家止庵先生更是这样评价道：谢尔顿和马里奥·普佐（《教父》作者）以及以写职业小说著称的阿瑟·黑利（《钱商》作者）可以被视为中国当代"通俗小说之父"。

甚至可以说，在以谢尔顿的作品为代表的欧美通俗小说被引进国内后，国内的通俗小说作家才逐渐将创作视角投射到都市生活这一领域，国内现实主义题材小说的流行风潮才逐渐兴起。

作为通俗小说的"教科书"，谢尔顿的作品善于塑造积极向上的，与社会不公抗争的坚强女性形象，而其多部代表作也始终围绕着女性的梦想与宿命展开描写。在其笔下，几乎所有女性都甘愿为了爱情或梦想而牺牲自我，甚至铤而走险。这样的人物设定，也令故事紧张刺激却不失趣味，让读者在体验主角的成长与蜕变中对人生产生思考，而这也是谢尔顿小说的核心魅力所在。

全新译本，再现伟大名作之经典魅力

2007年1月，西德尼·谢尔顿病逝，享年90岁。

一代传奇落幕。

作为通俗小说界的不朽巨匠，谢尔顿创作的小说经过漫长的岁月洗礼，依然有着强大的生命力。精妙绝伦的布局，波澜壮阔、气势恢宏的时代背景，犹如电影分镜般的场景刻画，真实细腻的人物塑造，这些特点都令他的小说至今依然被人们津津乐道。

此次我们重新翻译出版的这套"西德尼·谢尔顿杰作精选集"，选取了最能代表作者创作生涯各个时期的经典代表作，并根据作者遗愿由其家人做了详细的整理与修订。

希望本次重新梳理出版的西德尼·谢尔顿作品,能再现这位伟大作家的经典魅力。

编者

目录

第一部
001

第一章 / 002
第二章 / 005
第三章 / 023
第四章 / 038
第五章 / 043
第六章 / 050
第七章 / 060
第八章 / 066
第九章 / 071
第十章 / 083
第十一章 / 093

第二部
103

第十二章 / 104
第十三章 / 121
第十四章 / 130

第三部

139

第十五章 / 140

第十六章 / 156

第十七章 / 162

第十八章 / 169

第十九章 / 191

第二十章 / 194

第二十一章 / 210

第二十二章 / 229

第二十三章 / 241

第二十四章 / 246

第二十五章 / 252

第二十六章 / 262

第二十七章 / 281

第二十八章 / 285

第二十九章 / 295

第三十章 / 298

第三十一章 / 312

第三十二章 / 327

第三十三章 / 344

第三十四章 / 358

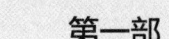第一部

第一章

新奥尔良：二月二十日，星期四，晚上十一点

她慢慢地脱着衣服，感觉这一切像梦一样不真实。现在身上一丝不挂了，她精心挑选了一件鲜红的睡衣穿上，心里在想，就算血溅到衣服上，也不会显得那么扎眼。

多丽丝·惠特尼最后一次环顾了一下卧室，眼里满是不舍：这间卧室她已住了三十多年，多么舒适温暖啊，她想在临走前确保这间卧室干干净净、整整齐齐。

她拉开床边的抽屉，小心翼翼地把枪取了出来。枪看上去漆黑发亮，握在手里冷冰冰的，她不禁打了一个寒战。

她把枪放在电话旁边，向她远在费城的女儿拨去了电话。她听到了远处回响的铃声。电话那头终于传来了一声温柔的"喂？"。

"特蕾西……亲爱的，我就是想听听你的声音。"

"妈妈，这可真是个惊喜。"

"我没吵醒你吧？"

"没有啊。我刚才在看书呢，现在正准备睡。我和查尔斯本来要出去吃晚饭，但天气太糟糕了。这会儿外面正下大雪呢。妈妈，您那边天气怎么样？"

多丽丝心想："天哪，我们竟然在聊天气这种不痛不痒的话题，我可是有一肚子话想要对她说。然而，这些话我却不能说。"

"妈妈，您还在听我说话吗？"

多丽丝·惠特尼呆呆地望了望窗外。"下雨了。"她心想，此刻多像戏剧中的一幕啊，就像阿尔弗雷德·希区柯克拍的电影中的某个镜头一样。

"那是什么声音？"特蕾西问道。

窗外在打雷。多丽丝沉浸在自己的思绪中，竟完全没有听见。一场暴风雨正席卷新奥尔良。天气预报说，新奥尔良将持续降雨，气温约19摄氏度，傍晚转雷阵雨，外出请带好雨伞。可对多丽丝来说，她再也用不着雨伞了。

"那是雷声，特蕾西。"她故作轻松地问道，"和我讲讲，你在费城过得怎么样？"

"我觉得自己就像童话里的公主，妈妈，"特蕾西说，"我从不相信有人能像我这样幸福。明晚我就要去见查尔斯的父母了。"她压低声音，像是在宣布一件重要的事情："他们是费城切斯纳特山富人区的斯坦诺普家族。"然后她叹了口气说："他们家可是名门望族，我心里紧张得像小鹿乱撞。"

"别担心，亲爱的，他们会喜欢你的。"

"查尔斯也叫我不要担心。他爱我。我也很爱他。我等不及让您见见他了。他人可好了。"

"我完全相信你的眼光。"多丽丝是不可能见到查尔斯的，也不可能尝到含饴弄孙的乐趣。"不，我不能想这些。"她暗暗地想。"亲爱的，查尔斯知道拥有你是他天大的幸运吗？"

"我也是这样和他说的。"特蕾西开心地笑了。

"别光说我啦。说说您在那边过得还好吗，身体怎么样？"

"你的身体状况好极了，多丽丝。"这是拉什医生的原话，"你能活到一百岁。这不过是生命中又一个小小的讽刺罢了。""我身体好极了。"尤其是和你说话的时候。

"谈男朋友了吗？"特蕾西开玩笑地问。

特蕾西的父亲是五年前去世的，此后，特蕾西一直鼓励她找个伴，但多丽丝·惠特尼压根儿就没想再找其他男人约会。

"没有男朋友。"她转移了话题。"你的工作怎么样？还喜欢吗？"

"我很喜欢。况且查尔斯并不介意我婚后继续做这份工作。"

"太棒了，宝贝。听起来他非常善解人意。"

"确实。您见到他就知道了。"

窗外又响起一声巨雷，像是给她的提示音——谢幕的时候到了。除了最后的告别，没什么可说的了。"再见，亲爱的。"她一字一顿，尽量保持着平稳的声音。

"婚礼上见，妈妈。我和查尔斯一定下日子就给您打电话。"

"好的。"无论如何，最后这句话是一定要说的。"我非常非常爱你，特蕾西。"多丽丝·惠特尼说完后，依依不舍地把手中的话筒放回原处。

然后，她拿起了枪。这是解决问题的唯一方式。

没有丝毫可犹豫的。她拿起枪对准自己的太阳穴，扣动了扳机。

第二章

费城：二月二十一日，星期五，上午八点

  特蕾西·惠特尼走出公寓楼的大厅，踏进一场灰蒙蒙的雨中。雨夹杂着雪不分贵贱地砸下来：它直直地打在沿着市场大街奔驰的豪华轿车上，车里的司机都穿着体面的制服；它也同样直直地打在费城北部贫民窟里那些拥挤不堪的房屋上，那些房屋破旧失修，门窗上钉着木板。雨将豪华轿车冲刷得亮闪闪的，也浸泡着那一排排废弃房屋前堆积如山的垃圾，一片乱糟糟的景象。

  特蕾西·惠特尼正在去上班的路上。她步伐轻快地沿着栗子街向东去往银行，心情爽朗，高兴得几乎想要放声高唱。她脚蹬一双雨靴，身穿亮黄色雨衣，头戴黄色雨帽，但如此亮丽的配色却也丝毫掩盖不住她那一头闪亮的栗色秀发。

  特蕾西二十四五岁，一张活泼聪颖的脸庞，丰满性感的嘴唇，一双十分灵动的眸子，时而明亮，时而深沉，身材修长而匀称。脸颊会随着生气、疲倦或兴奋等各种情绪而变换颜色，时而是半透明的白色，时而是深玫瑰色。她母亲曾经这么对她说："说实话啊，孩子，我有时候都认不出你了。你身上的颜色可真多，变来变去的。"

  此刻，特蕾西走在街上，行人看到了她脸上洋溢的幸福，纷纷向她投来羡慕的微笑，她也向大家微笑致意。

  "这样把幸福挂在脸上是不是太有失体面了，"特蕾西·惠特尼心想，

"可我马上就要嫁给我心爱的人，我马上要为他生个孩子了。"世间如此幸福的事，夫复何求？

到了银行门口时，特蕾西看了一眼手表，刚八点二十分。还有十分钟，费城信托银行的大门才会对员工开放，但负责国际部的高级副行长克拉伦斯·德斯蒙德早就到了，他已经关闭了外部警报器，打开了大门。

特蕾西喜欢默默地观看早晨的开门仪式。她站在雨中，看着德斯蒙德走进银行后将身后的大门锁上了。

世界各地的银行都会自己设置一套神秘复杂的保安程序，费城信托银行也不例外。这里每星期都会更换安全暗号，但其他日常例行工作从不改变。本星期的暗号是一面半开的百叶窗——向在外面等候的员工表示，里面正在进行搜查，以确保没有歹徒藏匿在银行里准备将雇员扣为人质。克拉伦斯·德斯蒙德在检查厕所、储藏室、保险库和保险箱区域。只有当他确信银行里并无异常后，百叶窗才会被完全拉开，表明一切平安无事。

高级簿记员总是第一个进门的员工。他会站在紧急警报器旁，等所有员工都进入银行后，便关上银行的大门。

很快就到了八点三十分，特蕾西·惠特尼与同事们一同走进装饰华丽的大厅，脱下雨衣、雨帽和雨靴，听着同事抱怨这鬼天气，她却独自窃喜。

"该死的风把我的雨伞吹走了，"一名柜员抱怨道，"弄得我浑身都湿透了。"

"我看见两只鸭子正沿着市场大街游啊游。"收银主管也打趣道。

"天气预报说这种天气还会持续一星期，我多希望此刻我在佛罗里达呀。"

特蕾西向他们淡淡一笑，便转头去工作了。她负责电汇部。不久之前，跨行或跨国的汇款还一直是一项缓慢又费力的工程，不仅有各种表格需要填写，还需依赖国内和国际邮政服务。但随着计算机的出现，情况发生了天翻地覆的变化，巨额汇款瞬息之间便能完成。

特蕾西的工作是从计算机中提取隔夜的汇款信息，并用计算机向其他银行转账。其中所有交易都是用代码进行的，代码要定期更改以防止被盗用。每天都有数百万美元的电汇款项经特蕾西之手完成。这的确是一份令人着迷的工作——它可以源源不断地向全球商业动脉汇入新鲜血液。

在遇到查尔斯·斯坦诺普三世之前，这份银行工作曾是特蕾西人生中最兴奋的事。费城信托银行有一个庞大的国际部门。午餐时，特蕾西和她的同事们会交流一下每天上午发生的各种新奇的事情。大家的谈话内容可都是让人兴奋得上头的。

簿记主任黛博拉神采飞扬地宣布："我们刚刚完成了对土耳其的一亿美元银团贷款……"

副行长秘书梅·特伦顿则压低了嗓门，神秘兮兮地说："在今天上午的董事会会议上，他们决定加入对秘鲁的新货币计划。预付资金就超过五百万美元……"

银行里出了名的偏执狂乔恩·克莱顿补充道："听说我们将要拿五千万美元加入对墨西哥的救援计划中。但那些墨西哥偷渡客一分钱都不配花……"

"有趣的是，"特蕾西若有所思地说，"那些谴责美国过于金钱至上的国家往往是第一个来求我们美国贷款的。"

这就是她和查尔斯第一次争论的话题。

特蕾西在一次金融研讨会上认识了查尔斯·斯坦诺普三世，当时查尔斯是该研讨会的特邀演讲嘉宾。他经营着自己曾祖父创立的投资公司，他的公司与特蕾西工作的银行有大量业务往来。查尔斯的演讲结束后，特蕾西对查尔斯的分析提出了异议。查尔斯认为第三世界国家有能力偿还从世界各地的商业银行和西方政府借来的巨额资金，但特蕾西却和他的意见相左。

起初，查尔斯觉得特蕾西的质疑很逗，但立刻就被眼前这位美丽的年轻女子慷慨激昂的言辞所吸引。后来，他们去老书斋餐馆共进晚餐，继续讨论。

一开始，特蕾西对查尔斯·斯坦诺普三世并不感兴趣，尽管她知道他被公认为费城最让人羡慕的钻石王老五。查尔斯三十五岁，既富有又成功，出身于费城最古老的家族之一。他身长五英尺十英寸[①]，一头沙色的头发略显稀疏，一双棕色的眼睛，一副正经八百略显迂腐的样子。特蕾西想，他定是那种无聊乏味的富人。

查尔斯似乎能读懂她的心思，俯身向她靠去，说道："我父亲总是觉得他

[①] 英尺、英寸为英美制长度单位。1英尺约0.3米；1英寸约0.025米。——编者注

们当年在医院里抱错了孩子。"

"你说什么？"

"我是个复古派。我不认为金钱是人生的终极目标。不过这话可不能被我父亲听到。"

查尔斯从不装腔作势，这一点很迷人。特蕾西发现自己对他已经产生了好感。"我在想，要是嫁给这样一个名门望族的人会是怎样的感觉呢。"

特蕾西的父亲花了大半辈子辛苦挣来的家业，这在斯坦诺普家族面前简直不值一提。特蕾西想："斯坦诺普家和惠特尼家一个天上，一个地下，永远不会合得来，就好像油永远不会溶于水。斯坦诺普一家就是油。我像个白痴一样在一厢情愿些什么？一个男人约我出去吃顿饭，我就忙不迭地开始盘算是否要嫁给他，我们可能连再碰面的机会都没有了。"

就在这时，她听到查尔斯开口约她："我希望你明天有空，我们一起吃晚饭吧？"

费城是一个令人眼花缭乱的聚宝盆，到处都是好看的、好玩的。星期六晚上，特蕾西和查尔斯或去观看芭蕾舞，或去欣赏由里卡尔多·穆蒂指挥的费城管弦乐队的演奏。而工作日时间，他们就去索赛蒂希尔老街区逛那里的新市场，还有那一家家风味独特的店铺。他们会到吉诺饭馆，选择在他们的路边餐桌享用奶酪牛排，在费城最高档的餐厅之一——皇家咖啡馆用餐。他们去海德豪斯广场购物，在费城艺术博物馆和罗丹博物馆漫步。

在《思想者》的雕像前，他们驻足凝视。突然，特蕾西瞥了一眼查尔斯，咧嘴一笑，说："这不就是你嘛！"

查尔斯对健身不感兴趣，但特蕾西却热衷于健身，所以每个星期日早上她都沿着西河大道或斯库尔基尔河边的长廊慢跑。她还参加了星期六下午的太极拳课程，每次都练上一个小时，然后筋疲力尽却神采奕奕地去查尔斯的公寓里见他。查尔斯是个美食家，喜欢亲自为特蕾西和自己下厨，他的拿手菜都很独特，比如用鸽子肉、杏仁和鸡蛋做成的摩洛哥风味小吃"巴斯蒂拉"，中国北方风味的"狗不理"包子，以及"香柠奶油炖鸡"。

在特蕾西认识的所有人中，查尔斯是最讲究细节的。有一次他们约好吃晚饭，她迟到了十五分钟，查尔斯一整晚都郁郁寡欢。自那之后，她发誓和他约会绝不再迟到。

特蕾西几乎没有性经验，但是在她看来，查尔斯的做爱方式和他的生活方式如出一辙：十分讲究细节，一切都循规蹈矩。有一次，特蕾西决定在床上放开些，玩点大胆的花样。但是当她看到查尔斯震惊的表情时，她开始私下怀疑自己是不是得了性狂热症。

怀孕是特蕾西始料未及的。发现自己怀孕之后，特蕾西完全慌了神。查尔斯从未和她提起过结婚这个话题，她也不想让他觉得因为孩子的缘故，他必须娶她。特蕾西不知道自己是否能狠得下心去堕胎。把孩子生下来也同样是一个痛苦的选择。没有孩子父亲的帮助，她能独自抚养起一个孩子吗？再说了，这样对孩子公平吗？

有一天，她决定等吃过晚饭后，就将自己怀孕的事向查尔斯和盘托出。回到自己的公寓里，她打算为他烧制一份豆焖肉，结果一紧张就把菜烧煳了。当她把烧煳的豆焖肉端到查尔斯面前时，她自己精心排练过的一套说辞早已被抛到脑后，她脱口而出道："对不起，查尔斯。我……我怀孕了。"

接下来，二人都尴尬地沉默良久，气氛降到了冰点。特蕾西正准备开口破冰时，查尔斯却先开口说道："我们应该结婚，这是当然的。"

特蕾西顿时感到如释重负。"我不想让你觉得我——你并不是非得娶我不可。"

查尔斯举起一只手打断她的话："我想娶你，特蕾西。你会是个贤良的妻子。"接着，他又慢条斯理地补充了一句："当然，我的父母肯定会有点惊讶的。"然后，他开心地笑了，吻了她。

特蕾西小声地问道："他们为什么会感到惊讶？"

查尔斯叹了口气。"亲爱的，恐怕你还没有意识到你现在处于何种境地。斯坦诺普家的人只和——别介意，我只是在引用他们的话——门当户对的人家结亲。也就是指费城的名门望族。"

"所以，他们早已为你物色了一个好妻子？"特蕾西猜测道。

查尔斯伸出双臂把她拥入怀中，坚定地说："他们选什么人根本不重要，我亲自选的人才算数。下星期五我们和我父母一起吃晚饭。是时候让你见见他们了。"

九点差五分的时候,特蕾西明显感觉到银行里的嘈杂声与之前有所不同。员工们说话和做事的速度都快了不少。银行再过五分钟就会开始营业,一切都要准备就绪。透过前面的窗户,特蕾西看到顾客们在外面的人行道上排着队,在寒冷的雨中耐心等候。

沿着银行中央通道排列着六张桌子。特蕾西看着银行保安把新的空白存取款单分发到桌子上的金属托盘里。银行会向老客户发一张存款单,存款单底部有个人的磁性密码,这样每次存入钱时,计算机就会自动把钱存入相应的账户。但顾客来银行存钱的时候往往会忘记携带存款单,便需要填写空白的存款单。

保安抬头看了一眼墙上的钟,时针指向九点。他走到门口,隆重地打开了大门。

又一个银行工作日开始了。

接下来的几个小时,特蕾西都会在计算机上忙碌,完全无暇考虑其他事情。每笔电汇都要再次检查以确保代码正确。对于借记账户,她要输入账户号码、金额和转账银行。每家银行都有自己的代码,这些代码列在一个机密目录中,其中包含了世界上每家主要银行的代码。

上午很快就过去了。特蕾西打算利用午餐时间去做头发,她已经和拉里·斯特拉·波特约好了。他收费很高,却很值得,她想让查尔斯的父母看到她最好的一面。"我得让他们喜欢我。我不管他们为查尔斯挑选了怎样的姑娘,"特蕾西想,"没人能像我一样让查尔斯幸福。"

下午一点整,特蕾西穿上雨衣,克拉伦斯·德斯蒙德把她叫到办公室。德斯蒙德长着一副领导的模样。如果银行要在电视上做广告,德斯蒙德就是完美的代言人。他穿着保守,浑身透着一种稳重可靠、老式保守、有权威的气质,一看就是一位值得信赖的人。

"请坐,特蕾西。"他说。他为自己知道每个员工的名字而自豪。"今天天气可真糟糕。"

"就是。"

"不过,来银行办事的人可一点没少。"几句寒暄完毕,德斯蒙德斜靠在桌子上对特蕾西说道:"我知道你和查尔斯·斯坦诺普订婚了。"

特蕾西一惊。"可我们还没对外透露这件事呢。怎么……"

德斯蒙德笑了。"任何关于斯坦诺普家的事可都是大新闻。我真为你高兴。我猜你婚后还会继续在我们这里工作,当然是在度完蜜月之后。我们真不想看到你因为结婚而辞去这里的工作,你可是我们最看重的员工。"

"我和查尔斯商量过了,我们一致认为,婚后继续在这里工作,我的幸福感会更足。"

德斯蒙德满意地笑了。斯坦诺普父子公司可是金融界最重要的投资公司之一,如果他能让斯坦诺普父子公司把他们的资金都存在这家银行,那可就太好了!他把身子靠向椅背。"特蕾西,等你度完蜜月回来,我们会给你升职加薪。"

"哦,谢谢您!那太好了!"她知道这完全是因为她能力出众,一种满满的自豪感不禁油然而生。她等不及要将这个好消息告诉查尔斯。特蕾西顿然觉得,似乎天上的各路神仙都商量好了,一定要让她得到世间最完美的幸福。

老查尔斯·斯坦诺普夫妇住在里滕豪斯广场一座十分引人注目的老公馆里。这是特蕾西经常经过的城市地标。她开始想入非非:"这座地标建筑马上将成为我生活的一部分了。"

不管怎么说,特蕾西还是很紧张的。刚做的精致发型已被雨淋得垮了下来。衣服也已换了四套,但仍未决定该穿哪套。该穿得简单些,还是正式些呢?她有一件圣罗兰牌的衣服,是用省吃俭用的钱在沃纳梅克百货公司买的。"如果穿这件,查尔斯的父母会觉得我太奢侈。但如果我穿从波特霍恩买来的那些便宜货,他们又会觉得他们的儿子找的人太配不上他了。唉,管他呢,他们无论如何都会这么想的。"特蕾西终于决定穿一条简单的灰色羊毛裙子和一件白色丝绸上衣,再戴上细长的金项链——那是她母亲送给她的圣诞礼物。

一位穿制服的管家打开了公馆的门。"晚上好,惠特尼小姐。""管家居然知道我的名字。这是好兆头,还是坏兆头?"特蕾西暗暗地想。"让我帮您拿外套吧。"特蕾西身上的雨珠滴落在斯坦诺普家昂贵的波斯地毯上。

管家领着她穿过一条大理石走廊,这条走廊看起来比银行的大两倍多。特蕾西不禁惊慌地想:"天哪,我穿得也太寒酸了!早知道该穿那件圣罗兰牌的衣服的。"拐弯进书房时，特蕾西感觉到自己的连裤袜脚踝处的地方开始脱丝，裂出了一条口子。就在这时，查尔斯的父母迎面走了过来。

老查尔斯·斯坦诺普看上去十分严肃，六十四五岁，一看他的样貌便知他是一个成功人士；再过三十年，查尔斯就会长成他现在的样貌。他有一双棕色的眼睛，和查尔斯的眼睛一模一样，下巴坚实，双鬓发白。光看样貌，特蕾西便一下子喜欢上了他。这样的人一定会是他们孩子的完美祖父。

查尔斯的母亲看起来十分高贵。她身材矮胖，但身上没有一个毛孔不散发着贵族气质。她看起来沉稳可靠，特蕾西想，她一定会成为孩子的好祖母。

斯坦诺普太太伸出了手。"亲爱的，欢迎你来我们家做客。我们让查尔斯给我们几分钟的时间和你单独谈谈，你不介意吧？"

"她怎么会介意，"查尔斯的父亲说，"请坐……特蕾西，是吧？"

"是的，先生。"

斯坦诺普夫妇在特蕾西对面的一张沙发上坐下。"为什么我觉得是在接受审问呢？"特蕾西仿佛听见她母亲的声音在对她说："宝贝，老天永远不会向你扔任何你处理不了的事情来难为你。放轻松，一步一步来。"

特蕾西迈出的第一步是向他们挤出一个勉强的微笑，却笑得极为尴尬，因为在那一瞬间，她感觉到长袜脱丝的口子一直裂到了膝盖。她试图用双手遮盖住这道裂口。

"这么说，"斯坦诺普先生的声音听起来很真诚，"你和查尔斯是打算结婚了。"

"打算"这个词使特蕾西不解。查尔斯肯定已经告诉过他们，他俩马上就要结婚了。

"是的。"特蕾西说。

"你和查尔斯认识的时间并不久，对吧？"斯坦诺普太太问。

特蕾西极力压抑着心中的不满。"看来我没想错，这的确是一场审讯。"

"虽然不久，但我们足够相爱，斯坦诺普太太。"

"相爱？"斯坦诺普先生喃喃地说。

斯坦诺普太太说："打开天窗说亮话，惠特尼小姐，查尔斯跟我们讲这件事的时候，我和他父亲都颇为震惊。"特蕾西勉强地笑了笑。"想必查尔斯告诉过你他和夏洛特的事了吧？"她看到了特蕾西脸上茫然的表情。"看来他还没跟你讲过。是这样的，他和夏洛特可是从小一起长大的。他俩的关系也一直很亲密，而且说实话，大家都盼着他们今年能宣布订婚。"

其实斯坦诺普太太也用不着向她介绍夏洛特。特蕾西自己甚至都能给她画一幅人物画像：和他们相邻而居，家里有钱，和查尔斯有相同的出身，从小上的都是最好的学校，喜欢马术，还赢过不少奖杯。

"跟我们说说你的家庭情况吧。"斯坦诺普先生建议道。

天哪，这完全是夜间恐怖片中的场面，特蕾西脑中不断地闪现出电影里的画面。"我就是丽塔·海华斯扮演的那个女孩，第一次见到加里·格兰特扮演的那个男孩的父母。那现在我得喝点什么。毕竟在那些老电影里，管家总是端着一盘饮料出来救场。"

"亲爱的，你在哪里出生？"斯坦诺普太太问。

"在路易斯安那州。我父亲是一名机械师。"本来完全没必要加上后面这句话，但特蕾西还是忍不住说了出来。他们爱怎么想就怎么想吧，反正她为她的父亲感到骄傲。

"机械师？"

"是的。他在新奥尔良开办了一家小型制造厂，后来将工厂发展成该领域一家相当大的公司。五年前父亲去世后，我母亲接管了公司的生意。"

"这家……呃……公司，都生产些什么？"

"排气管，还有其他汽车零件。"

斯坦诺普夫妇对视一眼，异口同声地说："我懂了。"

他们的语气使特蕾西紧张起来。"我真不知道，让我对他们有好感要花多长时间啊？"她心里对自己发问。特蕾西抬眼看了看对面，看到的是两张冷漠无情的脸孔，她开始惊慌起来，便有些语无伦次了。

"你们会喜欢我妈妈的。她美丽、聪明，有魅力。她是南方人。当然，她个子很小，和您差不多高，斯坦诺普太太……"对面的沉默不语让特蕾西觉得十分压抑，她的声音越来越小了。说完，她又尴尬地笑了一下，看到斯坦诺普太太咄咄逼人的双眼里的寒光，她的笑容顿时僵住了。

斯坦诺普先生面无表情地说："查尔斯跟我们说你怀孕了。"

天哪，特蕾西真希望查尔斯没跟他们说这件事！他们两人对此事的鄙夷态度表现得如此赤裸裸。他们的表情让特蕾西觉得就好像他们的儿子跟她怀孕这件事毫无关系，就好像怀孕是一种奇耻大辱。"现在我才明白我应该穿什么衣服来见他们了，"特蕾西想，"我应该穿一件用红线绣着'通奸罪'的衣服。"

"我真不明白，怎么如今——"斯坦诺普太太话还没说完，查尔斯就走进来了。特蕾西一生中从未因为看到一个人的出现而如此开心。

"怎么样，"查尔斯微笑着说，"你们聊得还开心吗？"

特蕾西站起身来，一下子就扑进他的怀抱。"很好，亲爱的。"她紧紧抱着查尔斯，心想，谢天谢地，还好查尔斯不像他父母那样刻薄。他永远不可能变得和他们一样。他们狭隘、势利、冷漠。

他们身后传来一阵轻轻的咳嗽声，管家端着一盘饮料正站在他们身后。"一切都会好起来的，"特蕾西宽慰自己，"我人生中的这场戏会有个圆满的结局。"

晚餐十分丰盛，但特蕾西太紧张，什么也吃不下。席间他们讨论了银行业、政治，以及不太乐观的世界局势，大家都无关痛痒地泛谈着，互相保持着礼貌，并没人大声对特蕾西喊道："你想骗我们的儿子和你结婚。"但平心而论，特蕾西心想，他们也确实有权利关心自己的儿子要娶的是个什么样的女人。总有一天，查尔斯会成为他们家的公司的接班人，所以他一定要娶一个贤惠的妻子。特蕾西也暗暗发誓，她一定会成为查尔斯的好妻子。

查尔斯轻轻地握住她在桌子底下捻餐巾的手，微笑着朝她眨了眨眼。特蕾西的情绪顿时飞扬起来。

"我和特蕾西准备办一个小型婚礼，"查尔斯说，"然后——"

"胡说，"斯坦诺普太太打断了他的话，"我们家可从来不办什么小型婚礼，查尔斯。有几十位朋友都希望能亲眼看到你结婚。"她盯着特蕾西，打量着她的身材。"或许我们应该马上把婚礼请柬发出去。"想了想，斯坦诺普太太又补充道，"如果你们都同意的话？"

"是的，当然同意。""呃，原本就是要举行婚礼的，"特蕾西心想，"可我刚才为什么还会为这事担忧呢？"

斯坦诺普太太接着说道："有些客人要从国外过来,我得给他们在我们的公馆里安排好住处。"

斯坦诺普先生问道："你们决定好要去哪里度蜜月了吗?"

查尔斯笑了。"父亲,这可是我们俩的秘密。"说着,他捏了一下特蕾西的手。

"你们打算度多久的蜜月?"斯坦诺普太太问道。

"也就五十年吧。"查尔斯答道。看见查尔斯如此幽默,特蕾西心里很崇拜他。

晚饭后,查尔斯带着特蕾西到书房喝白兰地,特蕾西仔细观赏着这间舒适典雅、橡木镶板的老式房间,书架上摆放着用皮革装订的精装书籍,墙上挂着两幅柯罗的作品,一幅科普利的小型画,还有一幅雷诺兹的画。即使查尔斯身无分文,她也不会改变自己对他的爱。但特蕾西承认,和他一起过现在这种豪华的日子让她很开心。

当查尔斯开车送她回费尔芒特公园附近的小公寓时,已经快到午夜了。

"特蕾西,希望今天晚上他们没有太为难你。我父母有时不免会有点古板。"

"哦,没有,他们对我挺好的。"特蕾西有点言不由衷。

持续一整晚的紧张情绪早已让特蕾西筋疲力尽,但当他们走到她公寓门口时,她还是问道:"你要进来吗,查尔斯?"这时她真的需要查尔斯将她抱在怀里,对她说"亲爱的,我爱你。这个世界上没有人能把我们分开"这样的话,这样她就会有一种安全感。

然而,查尔斯却说道:"我想今晚就不进去了。明天早上我还有一大堆事情要做。"

特蕾西极力掩饰着她的失望。"当然。我明白,亲爱的。"

"我明天再和你聊。"说完,查尔斯只是浅浅地吻了她一下就走了。特蕾西呆呆地望着他,一直等到他的背影消失在走廊的尽头。

公寓着火了,持续不断的火警铃声突然打破了寂静,尖锐刺耳。特蕾西猛地从床上跳了起来,睡眼蒙眬中她在黑暗的房间里使劲地嗅着烟味。铃声还在继续响着，她这才慢慢意识到这是电话铃的声音。床头的时钟显示现在是凌晨两点半。特蕾西惊慌失措，脑中闪过的第一个念头便是查尔斯出事了。她抓起电话，"喂？"

一个遥远的男声问道："您是特蕾西·惠特尼吗？"

她犹豫了一会儿。这会不会是一通调戏人的电话……

"你是谁？"

"我是新奥尔良警局的米勒警督。您是特蕾西·惠特尼吗？"

"是我。"她的心开始怦怦直跳。

"我恐怕有个坏消息要告诉您。"

她的手紧紧攥着话筒。

"是关于您的母亲。"

"我……我母亲出事了吗？"

"她去世了，惠特尼小姐。"

"不！"特蕾西尖叫了一声，这就是一通调戏人的电话。有个疯子想吓唬她。她母亲没有任何问题。她母亲还活着。"我非常非常爱你，特蕾西。"

"很抱歉用这样的方式通知您。"那个声音又说。

这是真的。这就是一场噩梦，但它确实发生了。她完全说不出话来。她的脑子和舌头都完全僵住了。

话筒里传出警督的声音，他在喊道："喂？惠特尼小姐？喂？"

"我会搭明早第一班飞机过来。"

坐在公寓的小厨房里，特蕾西沉浸在对母亲的回忆中。她不可能死。她总是那么有活力，那么有干劲。她们母女之间的关系是那么亲密，而且彼此相爱。从特蕾西还是个小女孩时起，她就和母亲分享自己的小秘密，她们一起讨论学校和学校里的男孩，后来又一起讨论男人。特蕾西的父亲去世后，许多人提出了收购公司的意向。他们愿意向多丽丝·惠特尼付一大笔钱，足可以让她后半辈子都衣食无忧，但她还是死活不肯出售公司。"你父亲创立了这家公司。我不能就这样让他所有的努力都付诸东流。"母亲接手公司之后，公司生意也十分兴隆。

"哦，妈妈，你知道我有多爱你，"特蕾西想，"你再也见不到查尔斯了，再也见不到你的外孙了。"想着想着，她开始哭了起来。

后来，她冲了一杯咖啡，在黑暗中呆坐着，等咖啡慢慢变凉。特蕾西非常想打电话给查尔斯，告诉他发生了什么事，让他陪在她身边。但她看了看厨房的钟，现在是凌晨三点半。特蕾西不想吵醒他，等她到了新奥尔良，会打一个电话给他。她不知道这件事是否会影响他们的婚礼计划，但一想到这个，她心中又立刻感到十分内疚。都到这种时候了，她怎么还能考虑自己的事情？米勒警督刚才交代她说："到新奥尔良后，叫一辆出租车到警察局总部来。"

"可他为什么要我去警察局总部？为什么？到底发生了什么事？"特蕾西心想。

特蕾西站在拥挤的新奥尔良机场等待提取手提箱，周围不耐烦的旅客在她身边推推搡搡，她感到喘不过气来。她试图靠近行李转盘，可根本没人愿意搭理她，给她让路。特蕾西感到越来越紧张，害怕一会儿就要面对的事情。她不断安慰自己，这一切都是个错误，但有几句话却挥之不去，一直在她脑海里回荡：我恐怕有个坏消息要告诉您……她去世了，惠特尼小姐……很抱歉用这样的方式通知您。

特蕾西取到了她的手提箱之后，便上了一辆出租车，向司机念了一遍警督给她的地址："南布罗德街715号，谢谢。"

司机对着后视镜冲她咧嘴一笑。"去警察的老窝，是吧？"

特蕾西不想接他的话茬儿。现在她完全没心思说话。她的脑子混乱如麻。

出租车向东朝庞恰特雷恩湖堤道驶去。司机没话找话，说个不停。"小姐，您来这儿是为了看表演吗？"

她不知道他说的表演是什么，但她在心中回答："不，我是来料理后事的。"特蕾西能听见司机说话的嗡嗡声，但却完全听不进他说话的内容。她僵硬地坐在自己的座位上，对身旁飞驰而过的熟悉景色浑然不觉。直到他们接近法语居民区，特蕾西才察觉到喧闹声越来越大了。乌泱泱的一大群人聚集在一起，人声鼎沸，他们正高喊着一些古老祷文。

司机对特蕾西说道："我只能载你到这儿了。"

特蕾西抬起头来，这才看到街上热闹的景象。这场面确实令人惊骇，成千上万的人大喊大叫，他们戴着面具，伪装成龙、巨鳄和异教神，向前方的街道和人行道上拥去，到处都充斥着狂野刺耳的喊叫声。这简直就是一场疯狂的集会：攒动的人头，刺耳的音乐，移动的花车，各种花样的舞蹈。

"你最好在他们把我的出租车掀翻之前赶紧下车。"司机说，"该死的马蒂·格拉斯狂欢节。"

对了，时值二月，全城都在庆祝四旬斋节的来临。特蕾西下了出租车，拿着手提箱站在路边。还未站稳脚跟，她就被卷入了尖叫乱舞的人群中。这也太缺德了：这本是黑巫师的安息日，然而却有百万个复仇女神一样的人狂欢着来庆祝她母亲的死亡。特蕾西突然感到手提箱被人抢走了，那人转眼在人群中就消失得无影无踪。接着，一个戴着魔鬼面具的胖子抓住她亲了她一下。一只"鹿"趁机使劲捏了一下她的胸部，一只"大熊猫"从后面抱住她，然后把她举了起来。她挣扎着想要逃跑，却无路可逃。她被包围了，被困住了，她成了歌舞庆典的一分子。她被狂欢的人群裹挟着前进，无助的泪水顺着她的脸颊流下来，她却束手无策。等她终于挣脱出来，逃到一条安静的街上时，她几乎要歇斯底里地尖叫了。她把身子倚靠在路灯柱上，痴痴地站了很长一段时间，不停地深呼吸，最终慢慢地恢复了平静。她开始朝警察局走去。

米勒警督是一个中年男子，一副饱经风霜、愁容满面的样子，似乎对自己正扮演的角色感到十分不安。"很抱歉我没能去机场接你，"他对特蕾西说，"全城的人都在发疯。我们翻遍了你母亲的东西，只找到了你的电话号码，所以就给你打了电话。""求你了，警督先生，告诉我……我母亲到底出了什么事。"

"她自杀了。"

一阵寒意向她袭来。"那是……那是不可能的！她为什么要自杀？她明明活得好好的。"特蕾西的声音都变哑了。

"她给你留了张字条。"

太平间里冷冰冰的，没有生气，有些阴森恐怖。特蕾西被人带领着，先是穿过一条长长的白色走廊，然后来到一个大房间，这里空荡荡的，弥漫着消毒水的气味。突然，她意识到这房间并不是空荡荡的。这里面摆满了死人，其中有一个还是她的亲人。

一个穿着白大褂的工作人员走到一堵墙边，伸手握住一个把手，拉出一个超大的抽屉。"你想看看吗？"

"不！我不想看到一具空留躯壳、毫无生气的尸体躺在那个盒子里。"特蕾西在心中呐喊。她想离开这里。她想回到几个小时前，回到火警铃声响起的时候。但最好是真的火警铃声，而不是电话铃声，更不是来通知她母亲去世的电话铃声。特蕾西缓步向前走着，每走一步，她的内心都在疯狂尖叫。她低下头，呆呆地凝视着那具毫无生气的遗体，那具曾经孕育了她，滋养了她，和她一起欢笑，深爱着她的躯体。她弯下腰，亲了亲母亲的脸颊。母亲的脸颊是冰冷的，硬邦邦的。"哦，妈妈，"特蕾西压低声音对着母亲的遗体说，"到底是为什么啊？你为什么要这么做？"

"我们得进行尸检，"工作人员说，"这是州法律对于自杀事件的规定。"

多丽丝·惠特尼留下的字条并未说明自杀的原因。

我亲爱的特蕾西：

请原谅我。我把事情搞砸了，可我实在不愿连累你。这是最好的办法。我非常爱你。

妈妈

这张字条和躺在抽屉里的那具尸体一样，都无法开口说话，无法告诉她事实的真相。

那天下午，特蕾西安排好葬礼之后，便乘出租车回了趟家里。狂欢者的咆哮声不断地从远处传来，听起来仿佛是在举行什么极其异类又骇人听闻的庆祝活动。

惠特尼家的房子是花园区一座维多利亚时代的老房屋，这一片住宅区也被称为"上城区"。和新奥尔良的大多数住宅一样，惠特尼家的房子也是用木头建造的。因为这一片住宅区位于海平面以下，所以房子也没有地下室。

特蕾西在这座房子里长大，这里到处都充满了温暖、舒适的回忆。去年一整年特蕾西都没有回家，等出租车在房子前停下时，她震惊地看到家门口草坪上竖着一个大牌子：房屋出售——新奥尔良房地产公司。这不可能。"不管怎么样，我永远都不会卖掉这所老房子，这里全是我们开心的回忆。"这是母亲总挂在嘴边的话。

怀着一种十分奇怪又莫名其妙的恐惧感，特蕾西绕过一棵巨大的木兰树，向大门走去。自她上七年级起，父母就给了她一把家门钥匙。从那以后，她就一直将钥匙带在身上，把它当作护身符，仿佛在提醒她，"家"这座避风港永远都向她张开双臂。

特蕾西打开大门，走了进去。她站在那里，目瞪口呆。房间里空空荡荡的，一件家具也没有，那些漂亮的古董也都不见踪影。整所房子就像一个光秃秃的空壳，被曾经住在里面的人遗弃了一般。特蕾西一个房间一个房间地查看，她越来越不相信自己眼前的一切。仿佛有什么突如其来的灾难袭击了这所房子。她急匆匆跑上楼，站在她生活了大半生的卧室门口，惊得说不出话来。房间也凝视着她，冰冷而空洞。天哪，究竟发生了什么事？特蕾西听到大门的门铃声响起，便恍惚地走下楼去应门。

站在门口的是奥托·施密特。他是惠特尼汽车零部件公司的工头，看起来已经上了年纪，脸上爬满了皱纹，瘦得像电线杆，但却长着十分显眼的啤酒肚。一缕稀疏散乱的白发镶嵌在他光秃秃的头皮上。

"特蕾西，"他用十分浓重的德国口音说道，"我刚刚听说了这个消息，我……我实在难过极了。"

特蕾西紧紧握着他的手。"奥托，很高兴见到你。请进。"她把他领进了空荡荡的客厅。"很抱歉，这儿连个坐的地方都没有。"她带着歉意说，"委屈你坐在地板上，行吗？"

"不打紧。"他们面对面坐了下来，两人的眼神都因内心的痛苦而变得十分涣散。从特蕾西记事开始，奥托·施密特就在她家的公司工作。她知道她父亲之前有多依赖他、信任他。等她母亲接手这家公司之后，施密特便留下来帮助她母亲经营公司。

"奥托，我不明白究竟发生了什么事。警察局说母亲是自杀的，但你知道她完全没有理由要自杀。"心头突然冒出来的一个想法深深刺痛了她。"她不会是生病了吧？她不会是得了什么可怕的……"

"不，不是那样的，不是那样的。"他转头看向别处，眼神飘忽不定，显得极不自然，似乎有些话刚到嘴边又咽了下去。

特蕾西试探着说："看来你知道究竟发生了什么。"

他用混浊的蓝眼睛盯着特蕾西。"你母亲没告诉你最近发生了什么事，是因为不想让你担心。"

特蕾西皱起了眉头。"怕我担心什么？您倒是说呀……"

他那双饱经劳累、粗糙不堪的手不停地张开又合上。"你听说过一个叫乔·罗马诺的人吗？"

"乔·罗马诺？没听说过，他怎么了？"

奥托·施密特眨了眨眼。"六个月前，罗马诺找到你母亲，说他想买下这家公司。你母亲告诉他，她没有兴趣出售，但他出的价格是公司价值的十倍，她便答应了下来。你母亲因此十分兴奋，打算把所有的钱都投资债券，这样你们母女俩就能赚一大笔钱，然后舒舒服服地过下半辈子。她想做好这件事给你个惊喜。我也是真为她高兴。三年前我就已经准备退休了，特蕾西，但我总不能撇下惠特尼太太不管，是吧？那个罗马诺……"奥托几乎是咬着牙说出这个名字。"这个叫罗马诺的人给了你母亲一小笔定金，而剩下的那笔巨款本应在上个月就到账。"特蕾西着急地问道："后来呢，奥托。后来发生了什么？"

"罗马诺接手之后就解雇了公司原来的所有员工，一概事务都由他自己的人来管理。从那之后他便开始洗劫公司。他卖掉了公司所有的资产，又订购了大量的新设备，但又赖着不付钱。那些供应商拿不到钱却也并不担忧，都以为和他们做交易的仍然是你的母亲。等他们终于开始向你母亲要钱时，她就去找罗马诺，问他究竟发生了什么事。罗马诺告诉她，他决定停止这笔交易，但那时候，公司不仅一文不值，你母亲还欠了五十万美元的债款。特蕾西，看到你母亲四处求人、东拼西凑地还钱，我和我妻子心里真不是滋味。后来实在是没有办法了，他们就逼你母亲宣告破产，之后便夺走了你们家的一切——公司、房子，还有你母亲的汽车。"

"哦，天哪！"

"还有呢。地方检察官通知你母亲，说他们要以欺诈罪起诉她，她将面临牢狱之灾。我想，从那天起，她就有了轻生的念头。"

一股怒火腾地在特蕾西心中燃起来了，她无法抑制这种愤怒，大声喊道："但只要她告诉他们真相——解释一下那个男人是如何给她设下陷阱，如何坑骗了她，事情不就解决了吗？"

老工头摇了摇头。"乔·罗马诺实际是一个叫安东尼·奥尔萨蒂的人的手下。奥尔萨蒂掌控着整个新奥尔良。在此之前，罗马诺曾用同样的方法坑骗过几家公司，但等我发现这一切时，都已经太晚了。即使你母亲把他告上了法庭，也需要很多年才能将这个案子完全解决，而且你母亲也没有钱和他打这笔官司。"

"她为什么不将这件事告诉我？"她哭喊道，这哭声里满含悲痛，她为她母亲的悲痛而痛。

"你母亲可是个骄傲的人。就算告诉你，你又能做什么呢？任何人都回天无力。"

"你错了。"特蕾西愤愤不平地在心里说。"我要见乔·罗马诺。他住在哪里？"

施密特断然阻止了她："千万别去找他，你不知道他的手段有多厉害。"

"他住在哪里，奥托？"

"他在杰克逊广场附近有一处房子，但相信我，特蕾西，去那儿也没用。"

特蕾西没有回答。她心中充满了一种完全陌生的情绪：仇恨。"乔·罗马诺会为逼我母亲自杀付出代价的。"特蕾西对自己发誓。

第三章

她需要一点时间，好好厘清下一步的计划。她不忍心再回到那座被洗劫一空的房子里去，就来到了杂志街的一家小旅馆，这里离法语居民区很远，那边疯狂的游行还在进行。她没有带一样行李，登记台的职员觉得可疑，于是说道："你得先付房钱。住一晚要付四十美元。"

特蕾西从旅店房间里打电话给克拉伦斯·德斯蒙德，告诉他她这几天不能来上班了。

这会给他的工作带来不少麻烦，德斯蒙德心里十分不快，但还是尽量忍着，客客气气地对特蕾西说道："别担心，在你回来之前，我会找人顶替你。"他希望特蕾西能记得将他种种善解人意的行为告诉查尔斯·斯坦诺普。

特蕾西的下一个电话是打给查尔斯的："查尔斯，亲爱的——"

"你到底跑哪里去了？特蕾西，妈妈找了你一上午。她今天本想和你一起吃午饭。你们俩还有很多事情要商量。"

"对不起，亲爱的，我在新奥尔良。"

"你在哪里？你跑到新奥尔良做什么？"

"我母亲……去世了。""去世"这个词卡在了她的喉咙里说不出来了。

"哦。"查尔斯的语气立刻变了，"对不起，特蕾西。这一切来得太突然了。她应该还很年轻，不是吗？"

特蕾西不禁悲哀地想，她的确还很年轻。她大声感叹道："是啊，是啊，她确实还很年轻。"

"出什么事了？你还好吗？"

不知何故，特蕾西没有勇气告诉查尔斯说她母亲是自杀死的。她想将母亲如何受人坑骗迫害的事一股脑地全告诉查尔斯，但是她还是忍住了。"这是我们家的麻烦事，"她想，"我不能把查尔斯牵扯进来。""别担心，我没事，亲爱的。"特蕾西平静地说道。

"要我去新奥尔良陪你吗，特蕾西？"

"不用了，谢谢。我能处理好。我明天要给妈妈下葬。我星期一就回费城。"

她挂了电话，躺在旅馆的床上，思绪便开始涣散了。她数着天花板上污迹斑斑的隔音瓷砖。一个……两个……三个……罗马诺……四个……五个……乔·罗马诺……六个……七个……他必须付出代价。她想不出什么计划来。她只知道她不会让乔·罗马诺逍遥法外，她会想尽办法为母亲报仇。

下午晚些时候，特蕾西离开旅馆，沿着运河大街一直走到一家当铺。一个面色苍白、戴着老式绿色眼罩的男人坐在柜台后面的围栏里。

"需要点什么？"

"我……我想买把枪。"

"什么型号的枪？"

"呃……一把左轮手枪。"

"要三十二口径的，四十五口径的，还是……"

特蕾西从没碰过枪。"就……就要一把三十二口径的吧。"

"我这儿有一把三十二口径的史密斯-威森手枪，两百二十九美元，还有一把宪章武器公司生产的三十二口径左轮，一百五十九美元……"

特蕾西身上没带多少现金。"有便宜点的吗？"

老板耸了耸肩。"再便宜就只能买弹弓了，女士。不如这样吧，一百五十美元，给您一把三十二口径手枪，再送一盒子弹。"

"行吧。"特蕾西看着他走向身后桌子上的一个武器盒，选了一把左轮手枪。他把它拿到柜台上。"你知道怎么用吗？"

"就……就扣动扳机。"

他咕哝了一声。"你要我教你怎么装子弹吗？"

她开始想说不，说她并不打算真用这把枪，她只是想用枪来吓唬人，但她突然意识到这些话听起来该有多么愚蠢。"好的，请。"特蕾西说。

特蕾西看着他如何把子弹塞进了枪膛。"谢谢。"她从随身小挎包的里层取出了钱，开始一张一张数钱。

"我需要你的名字和住址，以便记录在案。"

特蕾西倒没想到这一点。用枪威胁乔·罗马诺是犯罪行为。"但他才是罪犯，我不是。"特蕾西心想。

戴着老式绿色眼罩的男人盯着特蕾西，绿色眼罩把他的眼珠映衬成了淡黄色。"姓名？"

"史密斯。琼·史密斯。"

他顺势记在了一张卡片上。"住址？"

"道曼街。道曼街3020号。"

他头也不抬地说："道曼街没有3020号，如果有的话，就到河中央了。就写5020号吧。"他用手指把收据推到了她面前。

她签的是琼·史密斯这个名字。

"完事了吧？"

"没错。"他小心翼翼地将左轮手枪从栅栏里推出。特蕾西盯着它看了一会儿，然后把枪拿起来放进小挎包里，转身匆匆离开了当铺。

"嘿，小姐，"老板在她后面喊道，"可别忘了枪已经上膛了！"

杰克逊广场位于法语区的中心地带，广场上高耸着美丽的圣路易斯大教堂，仿佛是在为这座广场祈福祝祷。广场上那些古色古香的宅院，与熙熙攘攘的大街虽然仅一墙之隔，却在高大的树篱和优雅的木兰树的遮蔽下，显得分外幽静。乔·罗马诺就住在其中的一座房子里。

特蕾西一直等到天黑才出发。游行队伍已经转移到了沙特尔街，特蕾西从远处就可以听到他们喧闹声的回声，早些时候她自己就被卷入那场混乱。

她站在暗处，仔细打量着那座房子，她能明显地感觉到钱包里枪的分量。她制订的计划很简单。她打算先跟乔·罗马诺讲道理，让他为她母亲洗清罪名。如果他拒绝，她就会用枪威胁他，迫使他写一份认罪书。她把认罪书交给米勒警督，罗马诺就会被逮捕，这样她母亲就可以恢复名誉。她很希望查尔斯现在能和她在一起，但她知道最好还是她一个人去，她不能把查尔斯牵扯进来。等一切结束后，她会告诉查尔斯，乔·罗马诺恶有恶报，进了监狱。一个行人走了过来，特蕾西耐心地等他走开，这时街上已经空无一人。

　　她走到房子前，按了门铃。没人回应。"他可能去参加狂欢节举办的私人舞会了，但我可以等，"特蕾西想，"我可以等他回来。"突然，门廊的灯亮了，前门打开了，一个男人站在门口。特蕾西对他的模样感到吃惊。她曾想象他是一个面目狰狞的歹徒，脸上写满了邪恶。恰恰相反，站在她面前的这个男人颇有魅力，长相十分和善，很容易被误认为是个大学教授。他的声音低沉而友好，"你好，有什么事吗？"

　　"你是乔·罗马诺吗？"她的声音颤抖着。

　　"是的。我能为你做什么？"他举止随和，容易接近。"难怪我母亲被这个男人骗了。"特蕾西想。

　　"我……我想和你谈谈，罗马诺先生。"

　　他打量了一会儿她的身材。"当然，请进。"

　　特蕾西走进了客厅，里面摆满了做工精美、擦拭得锃亮的古董家具。乔瑟夫·罗马诺[①]生活得可真滋润哪。"都是用我母亲的钱买的。"特蕾西越想越来气。

　　"我正要给自己调杯酒喝。你想喝点什么？"

　　"不用了。"

　　他好奇地看着她："你找我有什么事，小姐贵姓？"

　　"我叫特蕾西·惠特尼，是多丽丝·惠特尼的女儿。"

　　他茫然地盯着她看了一会儿，然后他的脸上闪过一瞬认出她来的表情。"哦，是你啊。我听说了你母亲的事。太叫人难受了。"

　　太叫人难受了！是他害死了她的母亲，却轻飘飘地说一句"太叫人难受了"。

---

① "乔瑟夫"是"乔"的全称。——编者注

"罗马诺先生，地方检察官认为我母亲犯有欺诈罪。你知道的，他们所说并非事实。我想请你帮忙洗清她的罪名。"

他耸了耸肩。"我从不在狂欢节期间谈正事。这违背了我的宗教信仰。"罗马诺走到吧台，开始调制两杯酒。"我觉得，你不妨喝杯酒，心情会好些。"

看来他没有给她留有选择的余地。特蕾西打开小挎包，掏出了左轮手枪。她拿枪指着他。"我来告诉你什么能让我好受点，罗马诺先生。请你坦白你对我母亲所做的一切。"

乔·罗马诺转过身，看到了枪。"你最好把它收起来，惠特尼小姐。枪可是会走火的。"

"如果你不照我说的做，枪恐怕只能走火。我要你亲笔写下你是如何坑骗我母亲的公司，让公司破产，又逼得我母亲自杀的。"

他现在谨慎地打量着她，黑色的眼睛里充满了警惕："我明白，但如果我拒绝呢？"

"那我就杀了你。"她能感觉到手中的枪在颤抖。

"你不太像个杀手，惠特尼小姐。"他向她走来，手里拿着一杯酒。他的声音满是温柔和真诚。"你母亲的死与我无关，相信我，我——"突然，他把酒泼在她的脸上。

特蕾西感到双眼像被针扎一样刺痛。片刻间，她手中的枪便被打落在地。

"你妈嘴可真紧啊，"乔·罗马诺说，"她可没告诉过我，她还有个长得这么性感风骚的女儿。"

他抱着她，狠狠地按住她的胳膊，特蕾西被吓得两眼发黑，惊恐万分。她试图挣脱，但他把她逼退到墙角，紧紧地压了上去。

"你很有胆量，宝贝。我就喜欢你这样，真刺激啊。"他的声音开始有些沙哑。特蕾西能感觉到他的身体紧紧地贴着她，她拼命挣脱，却被紧紧压住，动弹不得。

"你不就是来这儿找刺激的吗？很好，那我准能满足你。"

她试图高声尖叫，却只能有气无力地喊出一声："放开我！"

他撕开了她的上衣。"嘿！看看这里，"他低声说。他开始捏弄她的前胸。"打我呀，宝贝，"他小声说道，"这样我更喜欢！"

"放开我！"

他愈发使劲地压住她，弄疼了她。她感到自己被狠狠地压在地板上摩擦。

"我敢说，你肯定没有尝过真正的男人的味道。"罗马诺说。他跨坐在她的身上，身体重重地压了上去，双手开始乱动。特蕾西拼命挣扎，手指偶然碰到了枪，她伸手去够，突然传来一声巨响。

"哦，主啊！"罗马诺大叫道。他的手突然松开了。透过一片红雾，特蕾西惊恐地看着他从她身上摔下来，跌倒在地板上，他紧紧捂住自己的侧腹。"你竟然开枪打我……你个贱人。你开枪打我……"

特蕾西被吓呆了，动弹不得。她觉得自己要吐了，眼睛像被针刺般无法睁开。她挣扎着站了起来，转过身，跌跌撞撞地走到房间另一头的一扇门前。她推开门。这是一间浴室。她摇摇晃晃地走到洗手池边，在盆里灌满冷水，洗了洗眼睛，直到疼痛开始消退，她的视力恢复了。她看着橱柜里的镜子，她的眼睛里布满血丝，神情狰狞。"天哪，我刚杀了一个人。"想到此，她跑回了客厅。

乔·罗马诺躺在地板上，他的血渗到了白色的地毯上。特蕾西站在他的面前，脸色苍白。"对不起，"她无力地说，"我不是故意的……"

"救护车……"他呼吸急促地说道。

特蕾西急忙走到桌子上的电话机前，拨通了接线员的电话。当她试图说话时，她的声音哽咽了。"接线员，马上派救护车来。地址是杰克逊广场421号。有人中枪了。"

她把电话放好，低头看着乔·罗马诺。"哦，上苍啊，"她祈祷，"请不要让他死。您知道我没想杀他的。"在罗马诺旁边的地板上，她跪下来想看看他是否还活着。他的眼睛闭着，但还有呼吸。"救护车已经在路上了。"特蕾西安慰他道。

最后，特蕾西逃离了现场。

她尽量不跑，怕引起注意。她把外套拉得紧紧的，遮住被撕破的上衣。走过四条街区后，特蕾西准备叫辆出租车。六七辆车从她身边疾驰而过，车上坐满了欢笑着的乘客。远处，特蕾西听到越来越近的警笛声，几秒钟后，一辆救护车从她身边呼啸而过，朝乔·罗马诺家的方向开去。"我得离开这里。"特蕾西想。前面一辆出租车停在路边，乘客正下车。特蕾西怕车开走，连忙跑去，问道："载客吗？"

"那要看情况了。你要去哪里？"

"机场。"她屏住了呼吸。

"上来吧。"

在去机场的路上，特蕾西想起了救护车。如果他们来晚了，乔·罗马诺死了怎么办呢？她就会变成一个杀人犯。她把枪留在了他家里，上面有她的指纹。她可以告诉警察，罗马诺想要强奸她，枪意外走火了，但他们是不会相信这套说辞的。躺在乔·罗马诺身边的那把枪是她买的。时间过了多久了？半小时？一个小时？她必须尽快离开新奥尔良。

"狂欢节玩得还尽兴吗？"司机问道。

特蕾西咽了一口唾沫。"我——是的。"

她拿出手镜，对着镜子把自己收拾了一下，尽量让自己能看得过去。她想让乔·罗马诺招供，这真是太愚蠢了。一切都被搞砸了。"我该怎么告诉查尔斯发生了什么？"她心里明白他得知这一切时会有多么震惊，但在她解释之后，他就会理解她了。查尔斯知道该怎么做。

当出租车到达新奥尔良国际机场时，特蕾西想："我是今天早上才到这里的吗？这一切都发生在一天之内吗？"她母亲的自杀……被卷入狂欢队伍的恐怖……还有那个男人对她吼道："你竟然开枪打我……你个贱人。"

特蕾西走进航站楼时，觉得似乎每个人都在以谴责的目光盯着她。"这就是犯罪心理吧。"她想。她希望能打听到乔·罗马诺的情况，但她不知道他会被送到哪家医院，也不知道该打电话给谁。他会没事的。"查尔斯和我会回来参加母亲的葬礼，乔·罗马诺也会没事的。"她试图把那个男人躺在白色地毯上，鲜血染红地毯的画面从脑海中抹去。她得尽快赶回查尔斯的身边。

特蕾西走向达美航空公司的柜台。"请给我一张下一班去费城的单程票。去旅游的。"

售票员查询了一下电脑，说道："最近的班次是304次航班。您真走运，还剩一个座位。"

"飞机什么时候起飞?"

"二十分钟后,您得马上登机了。"

特蕾西正要把手伸进钱包取钱时,突然她感觉到异样,不用看,她就知道两个穿制服的警察已经走到了她的两侧。其中一个警察说:"是特蕾西·惠特尼吗?"

她的心脏仿佛一下子停止了跳动。否认身份毫无疑问是愚蠢的。"是的……"

"你被捕了。"

特蕾西感到冰冷的手铐咔嚓一声扣在了她的手腕上。

特蕾西觉得这一切仿佛都是以慢动作的形式发生在别人身上。特蕾西眼睁睁地看着自己被带着穿过机场大厅,她的手铐被铐在了其中一名警察身上,路人都转过头来盯着她看。她被塞到了一辆黑白相间的警车的后座上,前座被用钢网隔开了。警车从路边疾驰而去,红灯闪烁,警笛呼啸。她在后座缩成一团,不想让任何人看见她。她是个杀人犯,乔瑟夫·罗马诺死了,但这是一场意外。她会解释清楚发生了什么,他们一定会相信她的,一定会的。

特蕾西被带到了警察局,这里是新奥尔良西岸的阿尔及尔区。警察局大楼阴森恐怖,看上去充满了绝望。登记室里挤满了邋遢不堪的人——妓女、皮条客、抢劫犯,还有他们的受害者。特蕾西被押到值班警官的办公桌前。

其中一个抓捕她的警察说:"警官,这个叫惠特尼的女人,我们是在机场抓到她的,当时她正打算逃之夭夭。"

"我没有……"

"解开手铐。"

手铐被解开了。特蕾西仿佛被打开了说话功能。"这是个意外。我不是故意要杀他的。他想强奸我,然后……"她无法控制自己声音中的歇斯底里。

值班警官厉声问道:"你是特蕾西·惠特尼吗?"

"是的,我……"

"把她关起来。"

"不!等一下,"她恳求道,"我得打个电话。我……我有权打个电话。"

值班警官嘲讽道:"你挺懂这些套路的啊?进过多少次局子了?"

"没有,这是……"

"你只能打一个电话。三分钟。你要拨什么号码?"

特蕾西紧张得连查尔斯的电话号码都忘了。她甚至记不起费城的区号。是251吗?不。不对。她在发抖。

"快点。我可不能一整晚耗在这儿。"

215,是的!"2155559301。"

值班警官拨了号码,把听筒递给了特蕾西。她能听到电话铃声一直在响,却没人应答。查尔斯应该在家。

值班警官说:"时间到了。"

他要从她手里接过电话。"请等一下!"她喊道。特蕾西突然想起,查尔斯晚上为了不被打扰,会关掉电话。她听着空洞的铃声,清醒地意识到她根本无法联系到他。

值班警官问:"你打完了吗?"

特蕾西抬头看着他,无精打采地说:"打完了。"

一个只穿了衬衫没穿制服外套的警察将特蕾西带进了一个房间,她在那里做了登记,并被采集了指纹。然后她被带着穿过一个走廊,最后被独自锁在一间拘留室里。

警察对她说:"明天早上你将接受审讯。"然后就走开了,留下她一个人。

"这一切都没有发生,"特蕾西心想,"这是一个可怕的梦。求你了,老天,别让这一切都变成真的。"

但牢房里那张臭烘烘的小床是真的,角落里的蹲式便坑是真的,铁栏也是真的。

黑夜无比漫长。"要是我能找到查尔斯就好了。"特蕾西这辈子从来没有像现在这样需要他。"我一开始就应该告诉他的。"那样的话,这一切就不会发生了。

早上六点,警卫厌烦地给特蕾西送来了早餐,有温咖啡和冷燕麦片。特蕾西一口也吃不下。她的胃在翻腾。到了九点,来了一个女看守。

"时间到了，亲爱的。"她打开了牢房的门。

"我得打个电话，"特蕾西说，"这个电话很……"

"回头再说。"女看守告诉她，"你不想让法官久等吧。那个混蛋可不好惹。"她护送特蕾西穿过走廊，走进一扇门，进入了法庭。一位上了年纪的法官坐在法官席上。他的头和手不停地微微颤动。站在他面前的是地方检察官埃德·托佩尔，一个四十多岁的男人，身材瘦削，胡椒盐色的鬓发剪得短短的，黑眼睛，眼神冷漠。

特蕾西被带到一个座位上，过了一会儿，法警喊道："路易斯安那州控告特蕾西·惠特尼。"特蕾西朝法官席前走去。法官扫视着面前的一张纸，他的头上下摆动着。

到时候了，现在是特蕾西向权威人士解释事情真相的时候了。她紧紧握住双手，以免颤抖。"法官大人，这不是谋杀。我开枪打了他，但那是个意外。我只是想吓唬他。他想强奸我，而且——"

地方检察官打断了他的话。"法官大人，我认为没有必要浪费法庭的时间。这个女人带着一把三十二口径的左轮手枪闯入罗马诺先生的家中，偷走了一幅价值五十万美元的雷诺阿的画作。罗马诺先生当场抓住了她，她竟冷血残忍地开枪打了他。"

特蕾西感到脸上的血色在逐渐消失。"什么——你在说什么？"

他们说的这一切都太离谱了。

地方检察官大声说："我们有她打伤罗马诺先生用的枪。上面有她的指纹。"

打伤！那么乔瑟夫·罗马诺还活着！她没有杀人。

"她带着画逃走了。法官先生。画现在可能在销赃人手里。因此，州政府要求以谋杀未遂和持械抢劫的罪名拘留特蕾西·惠特尼，保释金定为五十万美元。"

法官转向特蕾西，她震惊地站在那里。"你有律师吗？"

特蕾西甚至没有听见他的话。

他提高了嗓门。"你有律师吗？"

特蕾西摇了摇头。"没有。我……这个人说的不是真的。我从来没有……"

"你有钱请律师吗？"

银行里有她的员工基金，还有查尔斯。"我……不，法官阁下，但我不明白……"

"法庭会为你指派一个。你被判监禁，保释金五十万美元。下一个案件。"

"等等！这一切都是误会！我没有……"

她不记得自己是怎么被带出法庭的。

法院指定的律师名叫佩里·波普。他年近四十，长着一张瘦削睿智的脸，一双蓝色的眼睛充满同情。特蕾西立刻对他生出好感。

他走进特蕾西的牢房，坐在小床上说："嗯，对一位来到城里才二十四小时的女士来说，你已经引起了不小的轰动。"他咧嘴一笑。"但你很幸运，你的枪法不好，那只是皮肉伤，罗马诺会活下来的。"他拿出一只烟斗。"介意吗？"

他往烟斗里装上烟草，点燃它，然后端详着特蕾西。"你看起来不像那种不要命的罪犯，惠特尼小姐。"

"我不是，我发誓我不是。"

"说服我，"他说，"你告诉我发生了什么事。从头说起。慢慢说。"

特蕾西把一切都告诉了他。佩里·波普静静地坐着听她讲，直到特蕾西讲完才开口说话。然后他靠在牢房的墙上，脸上带着严峻的表情。"那个混蛋。"波普轻声说。

"我不明白他们在说什么。"特蕾西的眼里充满了困惑，"我对名画一无所知。"

"这真的很简单。乔·罗马诺把你当替罪羊，就像他利用你母亲一样。你正好落入了圈套。"

"我还是不明白。"

"让我来给你解释一下。罗马诺先把雷诺阿的画作藏起来，然后想向保险公司申请五十万美元的保险索赔，他会得到这笔保险金。保险公司会找你算账。等一切风平浪静后，他又会把画卖给一个私人收藏家，再从中赚五十万美元。这笔交易之所以顺利,都是拜托你这种上门单挑的复仇方式。难道你没有意识到被枪口逼着写出来的认罪书是一张废纸吗?"

"我……我觉得你说得对。我当时只是想着,如果我能从他那里套出真相,就会有人开始调查。"说话的工夫,他的烟斗已经灭了。他便重新点燃。"你是怎么进到他家的?"

"我按了前门的门铃,罗马诺先生让我进去了。"

"他可不是这么说的。房子后面有扇窗户被砸碎了,他说你是从那里闯进来的。他告诉警察,他发现你带着雷诺阿的画偷偷溜出去,他试图阻止你,你开枪打了他,然后逃跑了。"

"这是在撒谎!我……"

"他是在说谎,但房子是他的,枪是你的。你知道你在和谁打交道吗?"特蕾西默默地摇了摇头。

"那么,让我来告诉你真相吧,惠特尼小姐。整座城市都被奥尔萨蒂家族牢牢地控制着。没有安东尼·奥尔萨蒂的许可,什么大事都做不成。你想要盖大楼,铺公路,开妓院,设赌场,或者贩毒,你就得去找奥尔萨蒂。乔·罗马诺一开始是他的打手。现在他是奥尔萨蒂集团里的头号人物。"他看了看她,一副难以置信的样子。"你竟敢走进罗马诺家,拿枪指着他。"特蕾西瘫坐在那里,一脸的麻木。最后她问:"你相信我的话吗?"

他一下子笑了。"你说的都是真的。蠢得不可能会是假的。"

"你能帮我吗?"

他慢慢地说:"我试试。我愿意付出一切代价让他们都进监狱。这座城市是他们的,城里多数法官也是他们的人。如果你出庭受审,他们会把你关进牢房,永不见天日。"

特蕾西看着他,满脸困惑:"如果我出庭受审?"

波普站起来,开始在小牢房里来回踱步。"我不想让你面对陪审团,因为,相信我,那是他的陪审团。只有一个法官是奥尔萨蒂收买不了的。他叫亨利·劳伦斯。如果能安排他来听审这个案子,就一定有办法。虽然有悖于职业道德,但我还是要私下跟他谈谈。他和我一样恨奥尔萨蒂和罗马诺。现在我们要做的就是找到劳伦斯法官。"

在佩里·波普的安排下，特蕾西给查尔斯打了个电话。特蕾西听到查尔斯秘书熟悉的声音："斯坦诺普先生的办公室。"

"哈丽雅特，我是特蕾西·惠特尼，是……"

"哦！他一直在找您，惠特尼小姐，但我们没有您的电话号码。斯坦诺普太太很想和您商量婚礼的事情。如果您能尽快给她打电话的话……"

"哈丽雅特，我能和斯坦诺普先生说话吗？"

"对不起，惠特尼小姐。他正在去休斯顿开会的路上。如果您给我您的电话号码，我相信他会尽快给您打电话的。"

"我……"她怎么也不可能让他给监狱打电话。除非她有机会先向他解释清楚。

"我……我会再给斯坦诺普先生打电话的。"她极不甘心地把听筒慢慢放回原处。

"等明天吧，"特蕾西疲倦地想，"明天我会向查尔斯解释这一切。"当天下午，特蕾西被转移到了稍大一点的牢房。加拉托阿餐厅送来了一套热腾腾的美味晚餐。不一会儿，鲜花和一张便条也送来了。特蕾西打开信封，拿出了卡片。"打起精神来，我们要打败那帮混蛋，佩里·波普。"

第二天早上他来探望特蕾西。她一看到他脸上的笑容，就知道有好消息了。

"我们的运气真好，"他说道，"我刚从劳伦斯法官和地区检察官托佩尔那儿回来。托佩尔鬼哭狼嚎了一阵，但我们最终达成了交易。"

"交易？"

"我把你的全部经过都告诉劳伦斯法官了。他已经同意接受你的认罪。"

特蕾西震惊地盯着他。"认罪？可我不是——"

他举起一只手打断了她的话。"认真听我说完。如果你认罪，就为州政府省下了庭审的费用。我已经说服法官你没有偷画。他知道乔·罗马诺是什么样的人，他相信我的话。"

"但是……如果我认罪，"特蕾西一边思索，一边问道，"他们会怎么处置我？"

"劳伦斯法官会判你三个月监禁，还有……"

"监禁！"

"等一下。他会判你缓期执行，你可以在州外缓刑。"

"但我……我会有案底的。"

佩里·波普叹了口气。"如果他们以持械抢劫和谋杀未遂的罪名对你进行审判，你可能会被判十年。"

十年监禁！

佩里·波普盯着她，耐心地读着她的表情。"决定权最终在你手里，"他说，"我只能给你提出最优建议。我能争取到这样的判决已经算是一个奇迹了。他们现在就要答复。你不一定非得接受这个交易。你可以另请律师，然后……"

"不了。"她觉得这个男人说的都是实话。就目前的形势，再加上她不计后果的愚蠢行为，她觉得他已经为她竭尽所能了。要是她能和查尔斯通电话就好了。但他们现在就要答复。只判三个月缓刑，她可能算是很侥幸了。

"我……我接受这个交易。"特蕾西说。心中纵然不甘，她还是硬着头皮吐出了这几个词。

他点了点头。"聪明的女孩。"

在重新受审之前，她不允许和任何人通话。埃德·托佩尔站在她这边，佩里·波普站在对面。长凳上坐着一个五十多岁、相貌出众的人，脸上没有皱纹，头发浓密，梳着时髦的发型。

法官亨利·劳伦斯对特蕾西说："本法庭已被告知，被告希望将她的抗辩由无罪改为有罪。对吗？"

"是的，法官阁下。"

"各方都同意吗？"

佩里·波普点点头。"是的，法官阁下。"

"州政府同意，法官阁下。"地区检察官说。

劳伦斯法官沉默地坐了好一会儿。然后他向前倾着身子，看着特蕾西的眼睛。"我们这个伟大的国家之所以世风日下，其中一个原因是街道上爬满了自以为可以为所欲为的败类。他们自以为不管做了什么坏事都可以逍遥法外。我国的某些司法制度更是姑息、纵容了坏人。在路易斯安那州，这行不通。假若有人在犯重罪的同时，企图惨无人道地杀人，我们相信，这个人必须受到应有的惩罚。"

特蕾西开始感到恐慌，她转身看着佩里·波普，他的眼睛盯着法官。

"被告承认她企图谋杀这个社区的一位杰出公民——此人是一位有名的慈善家，做了不少善举。被告在盗窃一件价值五十万美元的艺术品时向他开枪。"他的声音越来越严厉了，"本法庭决不能给你机会去挥霍那一笔巨款——在未来的十五年里不能。因为，你将被监禁在南路易斯安那州女子监狱十五年。"

特蕾西一阵头晕，觉得法庭开始旋转起来。他们开了一个可怕的玩笑。法官可能在演戏里的一个角色，但他读错了台词，他不应该这样说。她转身想向佩里·波普解释，但他避开了她的目光。他正在翻弄公文包里的文件，特蕾西第一次注意到他的指甲被咬秃了。劳伦斯法官站了起来，正在收拾他的文件。特蕾西呆呆地站在那里，无法理解刚才发生的事情。

一个法警走到特蕾西身边，抓住了她的胳膊。"走吧。"他说。

"不，"特蕾西喊道，"不，请等等！"她抬头看着法官，"彻底弄错了，法官阁下。我……"

她感觉到法警把她的胳膊抓得更紧，这时特蕾西突然意识到他们没有弄错。她被他们骗了，他们打算彻底毁了她。

他们也是用同样的手段毁掉了她的母亲。

第四章

特蕾西·惠特尼被定罪和判刑的消息很快就出现在《新奥尔良信使报》的头版，并配有警察局为她拍的一张入狱照。几家主流通讯社报道了这则新闻，并将其转送给了全国各地的报纸。特蕾西被带出法庭，等待被转移到州监狱时，被一群电视记者围攻了。她羞愧地把脸藏了起来，但还是逃不过摄像机的镜头。乔·罗马诺是新闻人物，而一个美丽的女窃贼企图谋杀他更是大新闻。特蕾西感觉到她被敌人重重包围了。"查尔斯会把我弄出去的。"她不断地拿这句话安慰自己。"求你了，上苍，让查尔斯救我出去吧。我不能把孩子生在监狱里。"

直到第二天下午，值班警官才允许特蕾西使用电话。

是哈丽雅特接的电话。"这里是斯坦诺普先生的办公室。""哈丽雅特，我是特蕾西·惠特尼。我想和斯坦诺普先生说话。"

"等一下，惠特尼小姐。"她从秘书的声音中听出了犹豫。"我……我去看看斯坦诺普先生在不在。"

在漫长而痛苦的等待之后，特蕾西终于听到了查尔斯的声音。她高兴得差点哭出来。"查尔斯——"

"特蕾西？是你吗，特蕾西？"

"是的，亲爱的。哦，查尔斯，我一直想联系……"

"我都快疯了，特蕾西！这里的报纸上都是关于你的离奇新闻。我简直不敢相信他们说的话。"

"都不是真的，亲爱的，都不是。我……"

"你为什么不打电话给我？"

"我试过了，我联系不上你。我……"

"你现在在哪里？"

"我……我在新奥尔良的一所监狱里。查尔斯，他们要为我没做过的事把我送进监狱。"特蕾西惊恐地发现自己竟抽泣起来。

"等一等。听我说。报纸上说你开枪打了一个人。这不是真的，是吗？"

"我确实开枪打了他，但是……"

"那么，这是真的了。"

"不是听起来的那样，亲爱的，根本不是那样的。我可以向你解释一切。我……"

"特蕾西，你承认谋杀未遂和窃取名画了吗？""是的，查尔斯，但那只是因为……"

"天哪，如果你那么需要钱，你应该和我说……还试图杀人……我真不敢相信。我的父母跟我一样也不敢相信。你上了今天早晨《费城日报》的头条。这是斯坦诺普家族第一次出这样的丑闻。"

特蕾西听到查尔斯在竭力控制自己的嗓音，她这才意识到查尔斯多么痛苦和绝望。她曾经拼命地把所有的希望都押在他身上，而他现在却站在他们那边。她强迫自己不要尖叫。"亲爱的，我需要你。到我这儿来。你能帮我摆脱困境。"

回应她的是一阵长久的沉默。"听起来好像没有太多需要解决的问题。你既然承认做了那些事，我就没有什么可做的了。我们家可不能牵扯到这种事里去。这一点你肯定明白。这对我们来说是一个可怕的打击。看来，我从来没有真正了解过你。"

他的每一句话都像锤子一样砸在她的心头。她的整个世界正在塌陷。她感到有生以来从未有过的孤独无助。现在没有人可以求助了，没有人。"那……那孩子怎么办？"

"你自己觉得怎么妥当，就怎么处理你的孩子吧。"查尔斯说，"对不起，特蕾西。"然后他挂断了电话。

特蕾西呆呆地站在那里，手里一直握着已被挂断的听筒。

她身后的一名囚犯说："你要是用完了就让开，亲爱的，我要给我的律师打电话了。"

特蕾西被送回了牢房。女看守通知她："准备好明早出发。五点钟会有人来接你。"

有人来探望特蕾西了。距特蕾西上次见到奥托·施密特还没过多少个小时，他却似乎老了好几岁。他看上去像是病了。

"我来就是想告诉你，我和妻子都很难过。我们大家都知道，发生的一切都不是你的错。"

要是查尔斯能这么说就好了！

"我和妻子明天会参加多丽丝夫人的葬礼。"

"谢谢你，奥托。"

"我的心明天会随我妈妈一起埋葬。"特蕾西越想越痛苦。

整个晚上，她毫无睡意，躺在监狱狭窄的床铺上，两眼直勾勾地盯着天花板。她在脑海里一遍又一遍地回放着和查尔斯的对话。他竟然连个辩解的机会都不给她。

她不得不为孩子做些打算。妇女在监狱里生孩子的故事她也读到过，但当时觉得这些故事离自己的生活是那么遥远，仿佛她读的是外星人的故事。眼下这种事正发生在她身上。查尔斯甩给她的话是"你自己觉得怎么妥当，就怎么处理你的孩子吧"。她想要保住自己的孩子。话虽如此，她知道即使把孩子生下来，他们不会让孩子跟着她的。"他们会把他带走，因为我要在监狱里待上十五年。"特蕾西心想。他们肯定认为，最好这辈子都别让孩子知道他母亲是谁。

想到此，特蕾西嘤嘤啜泣起来。

早上五点，一名男看守在一名女看守的陪同下来到了特蕾西的牢房。"特蕾西·惠特尼？"

"在。"她的声音听上去怪怪的，特蕾西自己都有些惊讶。

"根据路易斯安那州奥尔良堂区刑事法庭的裁决,你将立即被转移到南路易斯安那女子监狱。我们走吧,姑娘。"

她走过一条长长的走廊,经过满是犯人的牢房。牢房里传出一连串的嘘声。

"祝你旅途愉快,宝贝……"

"你告诉我画藏在哪里了,特蕾西,宝贝,我跟你分钱……"

"如果你要去大牢,就去找欧内斯廷·利特查普。她会好好照顾你的……"

走过曾给查尔斯打电话的那部电话机,特蕾西停了一下。永别了,查尔斯。

走出牢房,她来到了一个院子里。一辆黄色囚车停在那里,车窗上有铁栅栏,发动机空转着。上车后,她看到六名妇女已经坐在车上,由两名武装警卫看守。特蕾西打量着同伴们的脸。一个满脸的不服气,一个麻木得没有表情,剩下的几个垂头丧气。她们之前的生活即将结束。这个社会容不下她们,她们将被关进笼子里,像动物一样被关起来。特蕾西很好奇她们犯了什么罪,会不会有人像她一样无辜。她也很好奇,她们从她的脸上看到了什么表情。

去监狱的路漫长得似乎没有尽头,囚车里热烘烘的,又散发着难闻的臭味,但特蕾西却浑然不觉。她沉浸在自己的世界里,不再注意其他囚犯,也不再注意囚车所经过的郁郁葱葱的乡村。此刻她在另一个时间,另一个地点。

海边:她是一个小女孩,和父母一起嬉戏。父亲用肩扛着她走进海里,她害怕得哭喊起来。父亲说:"别像个胆小鬼,特蕾西。"说完便一把把她扔进了冰冷的海水里。水淹过她的头顶,她惊慌失措,呛了几口水。这时父亲把她抱起来,再次把她扔进海水里。从那一刻起,她便对水产生了恐惧……

大学礼堂:这里挤满了毕业生和他们的父母和亲戚。她荣幸地登台,代表毕业班致告别辞。她讲了十五分钟,激情饱满地陈述了他们的崇高理想,巧妙地总结了他们过去的成就,满怀希望地展望了他们的美好前程。院长给了她一把优秀生联谊会的荣誉钥匙。"我想让你留着它。"特蕾西郑重地对母亲说。当时母亲的脸上充满了骄傲,何其动人啊……

"我要去费城,妈妈。我在那里的银行找到了工作。"

特蕾西最好的朋友安妮·马勒给她打来了电话："你会爱上费城的，特蕾西。这里有丰厚的文化底蕴。这里处处有美景，但唯独缺女人。我是说，这里的男人真可谓是'望女若渴'啊！我可以帮你在我工作的银行找份差事……"

查尔斯的卧室：他正在和她鱼水之欢。她似乎提不起兴趣，失望地望着天花板上他俩晃动的影子，心里琢磨着，不知道有多少姑娘在羡慕我！查尔斯是多少女人追逐的对象。但立刻她就为自己的失望感到羞愧。她是爱他的。

她能感觉到他的动作，他开始更用力，越来越快。到了爆发的极点，他喘着气说："你准备好了吗？"她撒了谎，说准备好了。"你感觉好吗？""是的，查尔斯。"而她心里却在不停地打问号，难道情爱就是这样吗？很快，她又为自己的怀疑感到一阵愧疚……

"你！我在跟你说话。看在老天的分儿上，你聋了吗？我们走吧。"

特蕾西抬头一看，猛然意识到她在黄色的监狱囚车上。囚车已经停在了阴森森的石头围墙之内。南路易斯安那州女子监狱的场地是五百英亩①的牧场和林地，周围有九道围墙，围墙顶部都装着带刺铁丝网。

"出来，"警卫说，"我们到了。"

我们到了地狱。

---

① 英亩为英美制地积单位。1英亩约4047平方米。——编者注

第五章

一位头发染成黑褐色、身材敦实的女看守开始板起脸对新来的犯人训话了:"在你们这群人当中,有些人可能要在这里待很多年。你们要想熬过这些年头,办法只有一个,那就是彻底忘掉外面的世界。你们坐这个牢,说容易也容易,说难也难。总之,我们这里有规矩,你们得老老实实地遵守规矩。我们会告诉你什么时候起床,什么时候干活,什么时候吃饭,什么时候上厕所。你要是违反了这些规矩,就会生不如死的。我们希望在这里大家都相安无事,对那些挑事的主,我们有的是办法收拾她。"她的目光掠过特蕾西,"接下来,大家都去体检。完事后,你们都去洗澡,然后有人给你们分配牢房。明天早上起来,会有工作任务分到你们手上。"她刚要转身离去,这时站在特蕾西身边的一个面色苍白的年轻女孩说:"对不起,请……"

女看守唰的一下转过身来,脸上满是怒气。"闭上你的臭嘴。别人问你话时你才能说话,这是规矩,懂吗?你们这些混蛋都要守这个规矩。"

她的语气和措辞让特蕾西感到震惊。女看守向站在房间后面的两个女警卫打了个手势:"把这些没用的贱人带走。"

特蕾西发现自己和其他人一起被赶出了房间,穿过一条长长的走廊。囚犯们被押进一间铺着白色瓷砖的大房间,一个中年男子,臃肿的身上套了一件脏兮兮的罩衫,守在体检桌旁。

其中一名女看守喊道"排好队",女囚犯们排成长队。

穿罩衫的男人说:"女士们,我是格拉斯科医生。脱衣服吧!"

女人们转过身来,茫然地面面相觑。其中一个问:"脱哪件衣服?"

"你不知道该死的脱衣服是什么意思吗?脱掉衣服——全部脱掉。"

女人们开始慢慢地脱衣服。有些人感到难为情,有些人恼羞成怒,有些人则一副无所谓的样子。特蕾西的左边是一个年近四十的女人,浑身瑟瑟发抖。特蕾西的右边是一个瘦得可怜的女孩,看起来不到十七岁。她身上长满了粉刺。医生向排在最前面的妇女做了个手势:"躺在桌子上,把脚套进脚镫子里。"

那个女人犹豫了一下。

"快点,你这是在耽误大家的时间。"

她乖乖地按照吩咐躺在桌子上了。医生把一个窥镜插入她的阴道。他一边搅动窥镜,一边问:"你有性病吗?"

"没有。"

"我们很快就会知道的。"

下一个女人躺在桌子上。当医生开始把同样的窥镜插入她的体内时,特蕾西喊道:"等一下!"

医生停了下来,惊讶地抬起头来。"什么?"

每个人都盯着特蕾西。她说:"我……你没有给那个仪器消毒。"

格拉斯科医生对着特蕾西冷笑了一下,慢悠悠地说:"嚯!我们这儿来了个妇科医生。你担心细菌感染,对吧?排到队尾去。"

"什么?"

"你听不懂英语吗?排到后面去。"

特蕾西不明白医生的话,不情愿地出列,挪到了队伍的最后。

"现在,如果你不介意的话,"医生说,"我们继续。"他照旧把窥镜插入了桌子上的那个女人的下体,特蕾西突然明白医生为什么要她排在最后了。他要用那只未经消毒的窥镜把她们全都检查一遍,她将是他最后一个用窥镜检查的人。她感到一股怒火在心中燃起。他完全可以把她们分开一个个检查,而不是故意剥夺她们的尊严。而这些女犯竟听任他这样欺侮。如果她们都反对的话——现在该轮到她了。

"躺在桌子上，妇科专家。"

特蕾西犹豫了，但她别无选择。她爬上桌子，闭上了眼睛。她能感觉到他把她的双腿分开，然后那冰冷的窥镜进入了她的体内，插得又猛又深，把她弄得很疼。他就是故意要让她很痛。她咬紧了牙关。

"你有梅毒或者淋病吗？"医生问。

"没有。"她不打算告诉他她怀着孩子的事。不能告诉这个恶魔。她会和监狱长讨论这个问题。

她感到窥镜被粗暴地拔了出来。格拉斯科医生戴上了橡胶手套。"好吧，"他说，"排好队，弯下腰。我要检查你们的屁股。"

特蕾西不禁脱口问道："为什么要这样做？"

格拉斯科医生盯着她。"我来告诉你为什么，妇科专家。因为屁股是藏东西的好地方。我那儿有一大堆大麻和可卡因，就是从你这样的小姐身上搜出来的。现在弯下腰。"他顺着队伍往下走，把手指伸进一个又一个肛门里。特蕾西觉得恶心。她能感觉到一股热流在喉咙里上涌，她开始作呕。

"你在这里吐，我就用呕吐物擦你的脸。"格拉斯科转向警卫，"带她们去洗澡。臭死了。"

赤裸的囚犯们拿着她们的衣服，沿着另一条走廊被押送到一个水泥结构的大房间，房间里有十几个没有门的淋浴间。

"把衣服放在角落里，"女看守命令道，"然后去洗澡。用消毒肥皂。从头到脚，全身都要洗净，头发也要洗净。"

特蕾西踩着粗糙的水泥地板走到淋浴间。喷出的水花是冷的。她使劲地擦洗着自己，心想："我再也洗不干净了。她们都是些什么人？她们怎么能这样对待同类呢？过这样的生活，这十五年我是熬不过去的。"

一个警卫向她喊道："嘿，你！时间到了。出去。"

特蕾西从浴室里走出来，另一个囚犯接替了她的位置。有人递给特蕾西一条毛巾，毛巾又薄又旧，只够她勉强把身子擦个半干。

最后一名囚犯洗完澡后，他们被带到一个很大的储物库房，一排排的置物架上摆满了衣服，由一名拉丁裔囚犯看守。她给每个囚犯量了量尺寸，然后分发灰色制服。特蕾西和其他人拿到了两件囚衣、两条内裤、两条裤子、两件胸罩、两双鞋子、两件睡衣、一条卫生带、一把梳子和一个洗衣袋。女看守们站在那里看着囚犯们穿衣服。穿好衣服之后，她们被押进另一间房。在那里，一个模范囚犯架好一台大型照相机等在那里。

"靠墙站直。"

特蕾西走到墙边。

"正面。"

她盯着摄像机。咔嚓。

"把头向右转。"

她照办了。咔嚓。

"左转。"咔嚓。"到桌子那边去。"

桌子上有指纹采集设备。有人捏着特蕾西的手指，先在印泥上转动了几下，然后按在一张白色卡片上。

"左手。右手。用那块布擦手。你完了。"

"她说得对，"特蕾西麻木地想，"我完了。我现在只是一个号码。无名无姓，也没了人格。"

一个警卫指着特蕾西："惠特尼，监狱长要见你。跟我来。"

特蕾西心中一喜。查尔斯终究还是要帮她的！当然，他并没有抛弃她，正如她也不会抛弃他一样。查尔斯当时那样无情，是被突然的变故吓蒙了。现在他已经仔细考虑过了，意识到他仍然爱着她。他和监狱长谈过，解释了这个可怕的错误。她就要被释放了。

她被押送到另一条走廊，穿过由男女警卫们把守的警备森严的两道门岗。特蕾西从第二道门进去时，她差点被一个囚犯撞倒。她是个巨人，是特蕾西见过的最胖的女人——足足有六英尺多高，体重大概有三百磅[①]。她长着一张扁平、布满麻子的脸，一双狂野的黄眼睛。她抓住特蕾西的胳膊稳住她，并趁机把胳膊压在特蕾西的胸部上。

"嘿！"这个女人对警卫说，"我们这里来了一条'鲜鱼'。你让她和我

[①] 磅为英美制质量或重量单位。1磅约0.45千克。——编者注

住在一起，怎么样？"她带着很重的瑞典口音。

"抱歉。她已经分配好了，伯莎。"

这个强悍的女人动手抚摸特蕾西的脸蛋。特蕾西猛地撇开身子，那大个女人咯咯笑了。"没关系，小妞。大个子伯莎还要跟你见面。我们来日方长。你哪也跑不了。"

他们来到了监狱长的办公室。特蕾西满怀希望，又兴奋，又紧张。查尔斯会在那里吗？或者他会派律师来吗？

监狱长的秘书向警卫点了点头。"他在等她。在这儿等着。"

监狱长乔治·布兰尼根坐在一张伤痕累累的桌子前，研究着面前的一些文件。他四十多岁，身材瘦削，有些憔悴，有一张善解人意的脸，一双深褐色的眼睛有些凹陷。

布兰尼根狱长负责管理南路易斯安那州女子监狱已经五年了。当初他是以罪犯管理学家的资历，带着理想主义者的热情来到这所监狱，决心对监狱进行彻底的改革。但是像他的前任一样，他最终还是在这所监狱面前屈服了。

按照这座监狱最初的设计，一个牢房容纳两名囚犯，而现在每个牢房最多可容纳四到六名囚犯。他知道其他监狱也跟这儿差不多。国家的所有监狱都人满为患，而且管理人员严重不足。成千上万的罪犯被日夜关在监狱里，除了酝酿他们的仇恨和策划他们的复仇以外，什么也不做。这是一个愚蠢而残酷的制度，但现实就是这样。

他按铃呼叫秘书："好吧。让她进来。"

警卫打开了里面办公室的门，特蕾西走了进去。

监狱长布兰尼根抬头看着站在他面前的女人。特蕾西·惠特尼穿着素色的囚服，脸色疲惫，但依然风韵犹存。她有一张可爱率真的脸，监狱长布兰尼根不知道这种面容能维持多久。他对这个囚犯特别感兴趣，因为他在报纸上读过她的案子，研究过有关她的记录。她是初犯，并没有杀人，十五年的判决确实判得太重了。更何况她的原告是乔瑟夫·罗马诺，他觉得这样的定罪更值得质疑了。然而监狱长的职责只是看管犯人。他无法反抗这个制度。他自己也是制度的一部分。

"请坐。"他说。

特蕾西很高兴地坐了下来。她的膝盖发软。他现在要告诉她查尔斯的事，以及她多久才能被释放。

"我一直在看你的档案。"监狱长说。

肯定是查尔斯让他这么做的。

"我知道你要和我们在一起很长时间。你的刑期是十五年。"

过了一会儿，特蕾西才理解他的话。肯定是哪里出了严重的差错。"你没有……你没有和……和查尔斯谈过吗？"她紧张得结结巴巴的。

他茫然地看着她。"查尔斯？"

这一刻，特蕾西彻底明白了。她心里开始紧张起来了。"求你了，"她说，"请听我说。我是无辜的，我不应该到这儿来。"

这话他听过多少次了。一百次？一千次？我是无辜的。

他说："法庭已经判你有罪。我奉劝你最好还是规规矩矩地服刑。只要你服从判决，日子就会好过得多。监狱里没有钟表，只有日历。"

"我不能被关在这里十五年，"特蕾西绝望地想，"我想死。老天爷，求你了，让我死吧。但我不能死，对吧？这样我会害了我的孩子。这也是你的孩子，查尔斯。你怎么不来帮我？"从那一刻起，她开始恨他了。

"如果你有什么难处，"监狱长布兰尼根说，"我的意思是，如果我能在任何方面帮助你，我希望你来找我。"他自己这么说着，他也知道这话是多么空洞无力。她年轻美丽，对这里的一切都不懂。监狱里野蛮淫荡的囚犯会像野兽一样扑向她。他甚至无法给她安排一间安全的牢房，几乎每间囚室都有色魔或恶霸。

监狱长布兰尼根听到过无数有关在浴室、厕所和夜间走廊发生的强奸传闻。但这只是传闻，受害者本人事后并没有举报。当然了，如果举报，他们就会被悄无声息地弄死。

监狱长布兰尼根温和地说："如果表现良好，你可能会在十二年后被释放，或者……"

"不！"特蕾西彻底绝望了，大声哭喊起来。她感到办公室的墙壁在向她逼近。她站起来，尖叫着。警卫匆匆走了进来，抓住了特蕾西的胳膊。

"轻点。"监狱长布兰尼根带着命令的口气说。

他坐在那里，看着特蕾西被带走，爱莫能助。

特蕾西被人押着，穿过一条条通道，通道两边是一间间牢房，里面充塞着各种肤色的囚犯，有白人、黑人，还有棕色和黄色皮肤的人。当特蕾西走过他们的牢房时，他们死死地盯着她，对她尖叫，里面夹杂着十几种口音。然而，特蕾西听不懂他们在叫喊什么。

"鲜秀到了……"

"新肉到了……"

"鲜料到了……"

"鲜柚到了……"

直到特蕾西回到自己的牢房，她才琢磨出这些女人在喊什么——"鲜肉"。

第六章

牢房C区有六十个女人,每个牢房里住四个女人。特蕾西被押着,穿过这些长长的、臭气熏天的走廊。在铁栏后面探出的一张张面孔上,她看到了冷漠、欲望,还有仇恨。一切都怪怪的,她觉得自己像是来到了水下某个陌生的国度,又像是一个外星人不知不觉中闯入了一个梦境。她的喉咙被困在身体里的阵阵尖叫声刺痛了。叫她去监狱长办公室的消息是她最后一丝微弱的希望。现在什么也没有了。她会被关在这个炼狱里十五年,前途一片黑暗。

女看守打开了一扇牢房的门,对她说:"进去!"

特蕾西眨眨眼,环顾四周。牢房里有三个女人,默默地看着她。

"走。"女看守命令道。

特蕾西犹豫了一下,然后走进了牢房。她听到身后门砰的一声关上了。

她终于到家了。

牢房狭小,勉强容下四张铺位,一张小桌,桌子上方挂着一面破镜子,四个小储物柜,在最远的角落里有一个蹲式便坑。

她的狱友正盯着她看。其中一个妇女打破了沉默,她说:"看来我们又多了个狱友。"她的声音低沉而沙哑,一道青灰色刀疤从她的太阳穴一直延伸到喉咙。如果不是这个疤,她应该也是很漂亮的。她看上去不过十四岁,但如果你仔细看她的眼睛,那就说不准了。

一个矮胖的中年妇女说："你好！很高兴见到你。他们为什么把你关进来，亲爱的？"

特蕾西已经被彻底击垮了，没有一丝力气搭话。

第三个女人是黑人。她差不多有六英尺高，一双机警的眼睛眯着，脸上一副冷酷强硬的表情。她的头发剃光了，在昏暗的灯光下脑袋闪着蓝黑色的光。"你的铺位在那个角落里。"

特蕾西走到床边。床垫很脏，天知道上面沾着多少囚犯的排泄物。她实在不愿意去碰它。她本能地说出了她对床垫的嫌恶。"我……我没法睡这种床。"

那个胖胖的墨西哥女人对她咧嘴一笑。"你不必睡在那儿，亲爱的。你可以睡在我的床上。"

特蕾西突然意识到牢房里涌动着一阵阵看不见摸不着的情绪，这些情绪对她有一种实实在在的冲击力。那三个女人盯着她看，她们的眼睛让她觉得自己的衣服都被剥掉了。这就是"鲜肉来了"的真正含义。她突然害怕起来了。"我肯定是想错了，"特蕾西想，"哦，我真希望我错了。"

她终于有力气了，结结巴巴地问道："我要去找谁换干净的床垫？"

"找上帝，"黑人妇女咕哝道，"但他最近没来过这儿。"

特蕾西转身又看了看床垫。上面正爬着几只黑色大蟑螂。"我不能再待在这个地方了，"特蕾西想，"我会发疯的。"

黑人妇女似乎读懂了她的心思，对她说："既来之，则安之，宝贝。"

特蕾西耳边响起了监狱长的声音：我奉劝你最好还是规规矩矩地服刑……

黑人妇女继续说："我是欧内斯廷·利特查普。"她朝那个有长长伤疤的女人点了点头，"那是洛拉，来自波多黎各。这位胖子是宝莉塔，来自墨西哥。你叫什么名字？"

"我是……我是特蕾西·惠特尼。"她差点就说成"我从前是特蕾西·惠特尼。"她一阵恐惧，从前的那个自己正在消失。一阵恶心袭来，她抓住床沿稳住身子。

"亲爱的，你从哪里来？"胖女人问。

"对不起，我……我不想说话。"她突然觉得虚弱得站不起来了。她一屁股坐在肮脏的铺位边上，用裙子擦去脸上的汗珠。"我的孩子，"她想，"我应该告诉监狱长我要有孩子了。他会把我转移到干净的牢房。也许他们会让我单独住一间牢房。"

她听到走廊上传来脚步声。一个女看守从牢房旁边走过。特蕾西急忙跑到牢房门口。"对不起，"她说，"我要见监狱长。我……""我会喊他过来。"女看守回过头来说。"你不明白。我……"特蕾西想要解释。

女看守走了。

特蕾西想要大声尖叫，但她还是用拳头堵住嘴防止自己尖叫出声。

"你生病了，还是怎么了，亲爱的？"波多黎各人问道。

特蕾西摇摇头，说不出话来。她走回铺位，看了一会儿，然后慢慢地躺了下来。她绝望了，屈服了。她闭上了眼睛，昏睡过去了。

十岁生日是她一生中最激动人心的一天。"我们要去安托尼餐厅吃晚饭。"她父亲郑重宣布。

安托尼餐厅！这个名字让人联想到另一个世界，一个富有的美妙世界。特蕾西知道父亲没有多少钱。"我们明年就能去度假了。"这是家里人不断念叨的一句话。现在他们要去安托尼餐厅了！母亲给她穿了一件绿色的新连衣裙。

"看看你们两个，多漂亮啊！"父亲得意地说，"新奥尔良最漂亮的两个女人都陪着我。所有人都会嫉妒我的。"

安托尼餐厅的一切都是特蕾西梦寐以求的，甚至比她想象中的更好。这里如仙境一般，优雅的装饰，雪白的餐巾，镀金镀银的盘碟上镶嵌着字母图案。"这就是一座宫殿，"特蕾西心想，"我打赌国王和王后都会来这里。"她兴奋得顾不上吃饭，只顾盯着那些穿着漂亮的男男女女。"等我长大了，"特蕾西美美地憧憬着，"我每天晚上都要去安托尼餐厅，还要带上我的父母。"

"你怎么没吃东西啊，特蕾西。"她母亲说。

为了让她高兴，特蕾西强迫自己吃了几口。父母为她准备了一个大的生日蛋糕，上面插了十支蜡烛。服务员们过来一起为她唱生日快乐歌，周围桌子上的客人也转过身来鼓掌，特蕾西觉得自己像个公主。这时她听到外面有轨电车驶过时哐当哐当的铃声。

哐当哐当的铃声十分刺耳，且响个不停。

"晚饭时间到了。"欧内斯廷·利特查普大声嚷道。

特蕾西睁开了眼睛。整个牢房区的房门都砰的一声打开了。特蕾西躺在她的铺位上,竭力想回到梦中的美好回忆里。

"嘿!吃饭去。"那名年轻的波多黎各人说。

一想到食物她就恶心。"我不饿。"

胖墨西哥女人宝莉塔发话了:"这么简单的规矩都不懂。他们才不管你饿不饿。每个人都得去食堂。"

囚犯们开始在外面的走廊里排起队来。

"你最好快走,否则他们会宰了你。"欧内斯廷警告她。"我动不了了,"特蕾西想,"我就待在这儿。"

她的狱友们出了牢房,排进了那两列纵队里。一个将头发染成金黄色的矮胖女看守看见特蕾西躺在她的铺位上。"你!"她吼道,"你没听到铃声吗?快出来。"

特蕾西说:"我不饿,谢谢。我不去了。"

女看守睁大了眼睛,简直不敢相信。她冲进牢房,大步走到特蕾西的床铺边。"你他妈的以为你是谁!还等着有人端着饭菜上门为你服务吗?给我滚到队伍里去。我本可以记你一过。下次再犯,罚你蹲黑坑。明白了吗?"

她什么都不明白。她不明白发生在她身上的一切。她从床铺上爬起来,走到女人的队伍中。她站在黑人妇女旁边。"我为什么……"

"闭嘴!"欧内斯廷·利特查普咬着牙,从嘴角边挤出了这两个字,"排队时不许说话。"

女人们被押送进一条狭窄而沉闷的走廊,经过两扇安全门,进入一个巨大的食堂,里面摆满了木制桌椅。有一个长长的服务柜台,上面放着蒸汽保温设备,囚犯们在那里排队领取食物。当天的菜单包括金枪鱼砂锅菜、煮烂的豆角、灰白色的蛋奶沙司,还有一份淡咖啡或合成水果饮料。囚犯们排着队往前移动,让人倒胃口的饭菜一勺勺打进犯人们的锡盘中,那些站在柜台后面服务的囚犯们不停地喊着:"继续往前走。下一个……向前走。下一个……"

特蕾西打完了饭菜,却犹豫不决地站在那里,不知道该端着饭菜去哪里。她四处寻找欧内斯廷·利特查普,但那个黑人已经不见了。特蕾西走到一张桌子旁,洛拉和胖墨西哥女人宝莉塔正坐在那里。桌旁有二十个女人,正在狼吞虎咽。特蕾西低头看了看她盘子里的东西,然后把它推开,胆汁翻腾起来,涌向她的喉咙。

宝莉塔伸手从特蕾西手里抢过盘子。"如果你不吃这个,我就吃了。"

洛拉说:"喂,你得吃点东西,不然你在这里活不了多久。"

"我不想活太久,"特蕾西绝望地想,"我想死。这些女人怎么能忍受这样的生活?他们来这儿多久了?几个月?几年?"她想起了臭气熏天的牢房和满是虫子的床垫,真想尖叫起来。她咬紧牙关,没发出任何声音。

墨西哥女人说:"如果他们发现你不吃东西,你就得挨揍。"她看到特蕾西脸上不解的表情。"就是黑牢——单独关押。你是不会喜欢那种地方的。"她身子探了过来。"这是你第一次进监狱,是吧?我给你个提示,亲爱的。欧内斯廷·利特查普是这里的头头。对她好一点,你就没事了。"

从女人们进入食堂已有三十分钟,一声响亮的铃声便响起了,女人们都站了起来。宝莉塔从旁边的盘子里抓起一根剩下的豆角。特蕾西跟着她加入了队列。女人们走向各自的牢房。晚饭正式结束了。现在是下午四点——要熬五个小时才到熄灯的时候。

特蕾西回到牢房时,欧内斯廷·利特查普已经在那里了。特蕾西好奇地想知道晚饭时她到哪里去了。特蕾西看了看角落里的便坑。她很想上厕所,可又不愿当着这几个人的面去上。她要等到熄灯之后再去。她挨着床边坐了下来。

欧内斯廷·利特查普说:"我知道你晚饭什么也没吃。这太蠢了。"

她怎么知道?她为什么要在乎呢?"我想见监狱长,该怎么办?"

"你得提交一份书面申请。不过警卫们会把你的申请当手纸用。他们认为任何想见监狱长的女人都是想惹事的。"她向特蕾西走去,"这里有很多事情会给你带来麻烦。你需要的是一个能帮你摆脱麻烦的朋友。"她笑了,露出一颗金门牙。她的声音很柔和。"这个朋友懂得怎么在动物园里混日子。"

特蕾西抬头看着那个黑人妇女咧着嘴笑。那张脸左右晃动着,快要够到天花板上了。

这应该是她见过的个头最高的动物。

"那是长颈鹿。"她的父亲说。

他们在奥杜邦公园的动物园里。特蕾西喜欢这个公园。星期天他们去那里听乐队现场演奏的音乐会,之后她的父母带她去水族馆或动物园。他们走得很慢,逐个观赏笼子里的动物。

"它们不讨厌被关起来吗,爸爸?"

父亲哈哈笑了。"不会的,特蕾西。它们生活得很惬意:它们有人照顾,有人喂养,它们还不会被敌人攻击。"

特蕾西觉得它们活得并不开心。她想打开它们的笼子,把它们放出来。"我可不想被那样关起来。"特蕾西想。

八点四十五分,警铃响彻整个监狱。特蕾西的狱友们开始脱衣服,特蕾西没有动。

洛拉说:"你只有十五分钟时间做好睡觉的准备。"

她们都脱掉衣服,换上了睡衣。那个头发漂染成金色的女看守从牢房前走过时,看到特蕾西还躺在铺上没动,便停了下来。

"脱衣服啊!"女看守命令道。她转向欧内斯廷,问:"你没告诉她?"

"说过了。我们跟她说过了。"

女看守重新把目光投向特蕾西。"我们可是有专门的手段对付想闹事的人,"她警告道,"叫你干什么你就干什么,否则我不会让你好过。"说完,她沿着走廊离开了。

宝莉塔告诫特蕾西:"宝贝,你最好还是听她的。那个铁裤老大凶得很。"

特蕾西极不情愿地从床上爬起来,背对着其他人开始脱衣服。她脱到身上只剩内裤,然后把粗布睡衣从头上套进去。她察觉到几个女人的视线都集中在自己身上。

"你身材可真好看。"宝莉塔评论道。

"是啊,真好看。"洛拉应声道。

特蕾西不禁打了一个寒战。

欧内斯廷凑到特蕾西身旁,低头看着她说:"我们可都是你的朋友,我们都会好好照顾你的。"说话时,她的嗓音兴奋得有些嘶哑了。

特蕾西又惊又怒，急忙往一旁闪躲，大声喊道："别碰我！你们都别碰我！我……我不是那种人。"

那黑女人低声笑了，"宝贝，你是哪种人得我们说了算。"

"有的是时间。有大把大把的时间呢。"

这时，所有的灯都熄灭了。

牢内一片黑暗，黑暗是特蕾西的敌人。她坐在床铺边缘，身体紧绷着。她能感觉到其他人在等待时机朝她扑过来。或许这只是她自己的想象。可能她因为紧张过度，所以才觉得到处都潜藏着威胁。她们威胁自己了吗？其实也没有。说不定刚才她们只是想向她示好，她却误读了她们的话。之前她听说过监狱中有同性恋行为，但那肯定只是少数情况，不会处处如此。监狱不会允许这种行为存在。

然而，特蕾西心中的疑云仍然挥之不去。她决定今晚不睡觉，要是谁胆敢冒犯她，她就大声呼救。狱警有保护囚犯的安全不受侵犯的责任。她再一次安慰自己，没什么可怕的，只要保持警惕就可以了。

特蕾西坐在床沿，屏息聆听着黑暗中的每一个声音。她听到三个女人依次去蹲便池，然后回到各自的床铺上。这时特蕾西实在忍不住了，于是也去上厕所。她想放水冲便池，但冲水设备坏了，那臭气简直叫人忍受不了，她赶紧跑回来在床铺上坐下。"天很快就会亮的，"她心想，"天一亮我就去求见监狱长，告诉他我怀孕了，他会让我搬到另一间牢房。"

特蕾西紧张到浑身痉挛。她刚躺到床铺上几秒钟，就感觉什么东西爬过她的脖颈。她拼命忍住才没叫出声来。"我只要熬到天亮就行了。天亮就什么事都没有了。"特蕾西想。每分钟她都这样安慰自己一次。

到了凌晨三点，她的双眼实在困得睁不开了。她一下就睡着了。

她从睡梦中惊醒的时候发现有一只手紧紧捂住了她的嘴，还有两只手抓着她的乳房。她想坐起身大喊，这时才发现身上的睡衣和内裤都被扯掉了。有几只手滑入她的大腿之间，将她的双腿用力掰开。特蕾西拼命挣扎着，想要从床上爬起来。

"你乖乖听话，"黑暗中发出了一个压低的声音，"你不会受伤的。"

特蕾西朝声音传来的方向猛地踢了一脚，她肯定是踢到了什么人了。

"他娘的！给这婊子一点教训，"说话的人倒吸一口气，"把她拖下来！"

一记重拳狠狠地打在了特蕾西的脸上，一拳砸在她的肚子上。有人骑到她的身上，使劲按住她的身体，让她喘不过气来。有几双手在她的下体乱摸。

特蕾西终于挣脱了她们。下一秒，就有一个女人抓住了她，把她的头往栏杆上撞。

特蕾西感到鲜血从鼻子里涌了出来。她被摔到水泥地面上，手脚都被人压住了。她发疯般地挣扎反抗，可一个人根本不是三个人的对手。她感觉到她们的冷手和热舌在自己的身上游移，她的双腿被掰开，一个冰冷的硬物塞到了她的下体。她绝望地扭动着身体，拼命想要出声呼救。不知谁的手臂抵在她的嘴上，特蕾西使出浑身的力气狠狠咬了一口。一个低沉的叫声喊道："你这个贱货！"

拳头如雨点般砸在她的脸上……她被卷入疼痛的旋涡，越陷越深，直到失去了知觉。

叫醒她的是刺耳的铃声。她躺在牢房冰冷的水泥地面上，浑身赤裸着，而她的三个室友都躺在各自的床铺上。

铁裤老大在走廊里喊着："都起来了！"她路过特蕾西的牢房时，看到她躺在地上的一小片血泊之中，脸上伤得惨不忍睹，一只眼睛肿了起来。

"这他妈的怎么回事？"铁裤老大开了门锁，走进牢房。

"她肯定是从床上掉下来了。"欧内斯廷·利特查普先开口说道。

铁裤老大走到特蕾西边上，用脚踢了踢她，说道："你！起来。"

特蕾西听见这声音从很远的地方传来。对，她心想，我必须得起来。我得离开这里。但是她却动弹不得，身上的每一个细胞都在叫嚣着疼痛。

铁裤老大抓住特蕾西的手肘，拉着她坐起来，特蕾西疼得几乎要晕过去。

"怎么回事？"

特蕾西那只睁得开的眼睛模模糊糊地看到她三个室友的轮廓，她们都静静地等着她的回答。

"我……我……"特蕾西张开嘴，但却说不出话来。她又试了一次，然而某种根深蒂固的、原始的、自我保护的本能驱使她说道："我从床上掉下来了……"

铁裤老大声色俱厉地呵斥道:"我最恨自作聪明的家伙,看来得把你扔进地牢里学学怎么守规矩。"

地牢是一种让人遗忘的好方式,像是回到了母亲的子宫。她独自待在一片漆黑之中。狭小的地牢没有任何家具,只有一张又薄又破的床垫扔在冰冷的水泥地上,地面上一个臭气熏天的坑洞就是厕所。特蕾西躺在黑暗里,哼起父亲很久以前教她的民谣。她不知道自己是不是下一秒就会精神失常。

她不知道自己身处何地,但这不重要,重要的只有她饱受摧残的身体传来的剧痛。"我一定是自己从床上摔下来受伤了,但妈妈会照顾我。"特蕾西心想。她声音嘶哑地叫了一声"妈妈……",但是没有任何回应,她又睡着了。

她睡了四十八个小时,身体的剧痛终于消减,随后便感到浑身胀痛。特蕾西睁开双眼,周遭是一片虚无。这里太黑了,连地牢的轮廓都辨认不出。记忆如洪水般涌进她的脑海。他们抬着她去看过医生了,她能听见医生在说:"一根肋骨骨折,手腕骨折,我们能接好……很多伤口,还有多处淤青,都很严重,不过也能痊愈。她流产了……"

"啊,我的宝宝,"特蕾西小声地念叨着,"她们害死了我的宝宝。"

她哭了。她为失去的孩子哭,为自己哭,为这惨无人道的世界哭。

特蕾西躺在薄薄的床垫上,周遭只有冰冷的黑暗与她相伴。胸腔内的仇恨是如此强烈,让她浑身都战栗起来。她的思绪燃起一团熊熊烈火,直到把一切情感都燃烧殆尽,只剩下一种情感:复仇。不是针对她三个室友的复仇,她们和她一样,都是受害者。不,她的目标是将她害到如此地步的那些男人,毁了她人生的那些男人。

"你妈嘴可真紧啊,"乔·罗马诺说,"她可没告诉过我,她还有个长得这么性感风骚的女儿。"

奥托·施密特:"乔·罗马诺实际是一个叫安东尼·奥尔萨蒂的人的手下。奥尔萨蒂掌控着整个新奥尔良……"

佩里·波普:"如果你认罪,就为州政府省下了庭审的费用……"

亨利·劳伦斯法官:"在未来的十五年里不能。因为,你将被监禁在南路易斯安那州女子监狱十五年。"

这些男人就是她的仇敌。还有查尔斯，甚至根本不给她辩解的机会。"如果你那么需要钱，你应该和我说……看来，我从来没有真正了解过你……你自己觉得怎么妥当，就怎么处理你的孩子吧……"查尔斯的话在她的耳边响起。

她一定会让这些男人付出代价。一个都跑不掉。她虽然现在还没有计划，但她知道自己一定会复仇。"明天，"她想，"假如还有明天。"

第七章

这里,时间已没有任何意义了。地牢内永远是一片漆黑,所以白天和夜晚根本没有差别,她也不知道自己被单独监禁了多久。不时有人将冷饭冷菜从门下面的缝隙塞进来。特蕾西并没有什么食欲,但她每顿饭都强迫自己吃得干干净净。你得吃东西,否则在这里是活不下去的。她现在算是懂了这句话的含义,她知道自己需要一点一滴地积蓄力量,才能完成她的计划。她现在的处境,无论是谁都看不到任何希望:她要被关上十五年,没有钱,没有朋友,也没有任何资源。但是在她的体内,有一股力量如泉水般喷涌而出。"我一定会活下去,"特蕾西想,"我虽然赤手空拳,但可以以勇气为盾,直面敌人。"她会像自己的祖先那样,顽强地生存下来。她的血管中奔涌的是英格兰人、爱尔兰人和苏格兰人的血,她继承了他们最优秀的品质——过人的智慧、勇气和意志。"我的祖先没有向饥荒、瘟疫和洪水低头,我也定能战胜厄运。"在这间阴暗的地牢里,牧羊人和猎人、农民和店主、医生和教师——他们与她同在。这些来自过去的英魂,他们每一位都成了她体内的一股力量。特蕾西对面前的黑暗低声道:"我绝不会让你们失望。"

她开始计划越狱。

特蕾西明白,她现在要做的头等大事就是恢复自己的体力。这间地牢太狭小,那些跑步之类的大范围的运动在这里是不可能做的,但是打太极拳是绰绰有余的。太极拳有着几百年的悠久历史，是士兵们战前准备时所练习的一种武术。这种武术需要的空间很小，并且能调动全身的每一块肌肉。特蕾西站起身，做了起势。每个招式都有各自的名字和意义。她先做了个硬朗的"降妖伏魔"，接着是柔和的"怀中揽月"。她的一招一式流畅优雅，十分缓慢。每个动作的发力都始于丹田，即人的能量的核心。太极拳每个招式的开合、虚实、起落、旋转都是由一个圆圈构成的。特蕾西仿佛听到师傅的声音在耳边回响：提气，气就是你体内的元气。提气后，刚开始感觉重如泰山，慢慢会觉得轻如鸿毛。特蕾西能够感觉到气在自己的手指间流动。她摒除心中所有杂念，然后将精神完全集中于自己的身体上，一招一式，周而复始。

揽雀尾，白鹤亮翅，倒卷肱，独立打虎，云手，白蛇吐信，退步跨虎，弯弓射虎，收势，气还丹田。

整套太极拳打下来用了一个小时，结束时特蕾西已经筋疲力尽。她每天上午和下午各打一遍拳，她的身体逐渐敏捷起来，体力也开始恢复。

不打拳锻炼身体时，特蕾西就锻炼自己的大脑。她躺在黑暗之中，计算复杂的数学方程式，在脑海中操作银行的电脑，背诵诗歌，回忆大学时参演戏剧的台词。她做事追求完美，如果在学校表演中被分到不同口音的台词，她会在开演前几星期就特地去学这种口音。曾经还有一个星探找上她，邀她去好莱坞试镜。"谢谢您，我就不去了。我不太热衷于舞台生涯，我志不在此。"特蕾西这样答复了那个人。

查尔斯的声音在她脑中回响：你上了今天早晨《费城日报》的头条。

特蕾西强迫自己不去想查尔斯。她心中的几扇门现在必须封死。

她还玩教学游戏，找三件绝对不可能教的事来教：

教蚂蚁如何区分天主教徒和新教徒。

教蜜蜂明白是地球在围绕着太阳转这个事实。

跟小猫解释共产主义和民主的区别。

但是她思考得最多的还是如何逐一消灭她的敌人。她想起一个自己小时候经常玩的把戏：把一只手举向天空，就有可能遮住太阳。特蕾西的仇敌就是这样对她的：他们举起一只手，她的人生便陷入了可怖的黑暗。

特蕾西不知道这地牢曾让多少囚犯身心崩溃，反正现在这对她也不重要了。

到了第七天，地牢的门被打开时，特蕾西的眼睛被突然射入的光线刺得什么都看不清。门外站着一个狱警："站起来，你该回到楼上了。"

狱警走到她的身旁，俯下身子想要伸手把她拉起来，但她竟没借助他的力量就十分轻松地站起身，走出了地牢，这令他大为惊讶。要知道，之前那些被他从单独监禁中放出来的囚犯，一个个不是萎靡不振，就是愤愤不平，然而这名女囚却全然不同。她周身散发出一种高贵端庄的气质，一种与这里格格不入的自信。特蕾西站在光亮的地方，让自己的眼睛慢慢适应光亮。"这小妞长得真不赖，"狱警心想，"让她收拾干净，带她去哪里都不是问题。我敢打赌，给她点好处，她肯定什么都愿意做。"

他大声说道："像你这么漂亮的姑娘，不该受这种苦，咱俩交个朋友，我敢保证以后你不用再遭罪了。"

特蕾西转过身来面对着他。看到她的眼神后，他立即打消了念头。

狱警押着特蕾西上了楼，把她交给一名女看守。

女看守鼻子一动，蹙着眉头说："天哪，你也太臭了，进去冲个澡，我们得把这身衣服烧了。"

凉水澡洗得很舒服。特蕾西用洗发水洗了头，还拿粗糙的碱性皂从头到脚擦洗了一遍。

她擦干身子，穿上换洗的衣服，看到女看守正在等她。"监狱长想要见你。"

上次特蕾西听到这句话时，还以为她将重获自由。她绝对不会再那么天真了。

特蕾西迈进办公室，看见监狱长布兰尼根正站在窗前。他转过身说："请坐。"特蕾西便坐在了椅子上。"我去华盛顿参加会议了，今天早上回来的时候才看到这件事的报告。你不应该被关禁闭。"

她坐在那里望着他，她冷冰冰的脸上没有流露出任何情感。

监狱长瞟了一眼桌上的报告，说："这份报告上说，你遭到了室友的性侵犯。"

"先生，没有的事。"

监狱长布兰尼根点点头表示理解。"我知道你很害怕,但是我不能容忍这些犯人在监狱肆意妄为。谁伤害了你,我要惩罚她,但我需要你的证词。我保证你会受到很好的保护。现在,我需要你告诉我究竟发生了什么,谁干的。"

特蕾西直视着他的双眼。"是我自己。我从床上掉下来了。"

监狱长端详她良久,她看到他脸上浮现出了失望的神色。"你确定吗?"

"我确定,先生。"

"你不会改变主意吗?"

"不会,先生。"

监狱长布兰尼根一声长叹。"如果这是你的决定的话,那好吧,我会把你换到另一间牢房……"

"我不想换。"

他惊讶地看着她。"你是说你想回到原来那间牢房?"

"是的,先生。"

监狱长一头雾水。也许他错看了她,也许这事根本就是她自己招来的。天知道这些该死的女囚犯一天到晚都在想些什么,做些什么。他真希望自己能够调到男子监狱去,所管理的犯人心智健全一些,他也能舒心一些,但他的妻子和女儿艾米喜欢这里。他们全家住在一座漂亮的小屋里,监狱的农场周围还有醉人的田野。她们觉得就像住在乡间一样,可他却二十四小时都要管着这些疯女人。

他盯着坐在面前的年轻女子,讪讪地说:"好吧。以后别再惹麻烦就行。"

"好的,先生。"

回到那间牢房是特蕾西做过的最艰难的事。踏入屋内的那一刻,可怕的一幕又盘旋在她的脑海中,纠缠着她。三个室友都出去干活了,特蕾西在自己的床铺上躺下,盯着天花板,心中盘算着。最终,她把手伸到床底,撬下一根松动的铁棒,把它放到床垫下面。十一点,午饭的铃声响起时,特蕾西第一个到走廊里排队。

食堂里,宝莉塔和洛拉坐在门口附近的桌子旁,但是找不到欧内斯廷·利特查普的身影。

特蕾西选了一张全是生人的桌子坐下，把难以下咽的饭菜一扫而光。下午，她一个人待在牢房，两点四十五分，三个室友都回来了。

宝莉塔看到特蕾西，惊讶地咧开嘴笑了。"小妞，又回我们这儿啦，上次咱们干的那事你挺喜欢，是不？"

"不错，以后有的是机会让你好好享受。"洛拉说。

特蕾西装作没有听懂她们的这番嘲弄。她的聚焦点在那个黑女人身上。

特蕾西就是为了欧内斯廷·利特查普才回到这间牢房的。特蕾西从没信任过她，一刻也没有，但特蕾西需要她。

"那我得教教你，亲爱的。欧内斯廷·利特查普是咱们的头头……"

当晚，熄灯前十五分钟的预备铃响起时，特蕾西从床上起来，开始脱衣服。这一次她没有再遮遮掩掩，直接脱了个精光。看见她那饱满的双乳，修长的小腿，娇嫩的大腿，墨西哥女人轻声吹了个长长的口哨。洛拉的呼吸变得粗重起来。特蕾西换上睡衣，躺回床上。熄灯了，牢房陷入一片漆黑。

三十分钟过去了。特蕾西在黑暗中躺着，竖起耳朵听室友的呼吸声。

在牢房的另一端，宝莉塔低声说道："老娘今晚要对你动真格了。宝贝，把睡衣脱了。"

"我们要教你怎么伺候人，教到你会了为止。"洛拉咯咯笑了。

而那个黑女人仍然一言不发。洛拉和宝莉塔向她冲过来时，特蕾西感觉到了一股气流，但她早有准备。她举起藏在手中的铁棒，用尽全力挥舞着，打中了其中一个女人的脸，那人疼得尖叫起来。特蕾西又踢飞了另一个人，看到她摔倒在地。

"谁再过来我就宰了谁。"特蕾西说。

"你这婊子！"

特蕾西听到她们又朝她走了过来，再一次举起铁棒。

这时，黑暗中突然响起欧内斯廷的声音。"行了，别惹她了。"

"欧尼，我都出血了，我得教训一下她……"

"让你们干什么就干什么！"屋内沉默了很久。最终特蕾西听到那两个女人都喘着粗气走向各自的床铺。特蕾西躺在那里，紧张地等待着她们的下一步行动。

欧内斯廷说："宝贝，你胆子挺大啊。"

特蕾西沉默着没接话。

"你没跟监狱长告状。"欧内斯廷在黑暗中轻笑，"你要是告了，人早就死透了。"

特蕾西相信她说的是真的。

"你为什么不让监狱长给你换个牢房？"

她居然连这件事都一清二楚。"是我自己想回来。"

"哦？为什么？"欧内斯廷的声音里带着几分困惑。

这是特蕾西一直在等待的时机。"你会帮我越狱。"

第八章

一个女看守来找特蕾西，对她说："惠特尼，有人要见你。"

特蕾西惊讶地盯着她。"见我？"

会是谁呢？突然，一个名字在她心中浮现：查尔斯。他终究还是来了。但是，已经太晚了。在她最需要他的时候，他却不在这里。"我再也不需要他了，也不需要任何人。"特蕾西心想。

特蕾西跟在女看守后面，沿着走廊向会客室走去。

特蕾西踏进屋内。

一张小木桌旁坐着一个陌生人。特蕾西见过的人里几乎没有谁长得像他这么寒碜。他个头很矮，身材臃肿，看起来有点不男不女；鼻子很长，鼻梁塌陷，嘴巴又小又尖；额头高耸突出，棕色的眼睛十分锐利，被厚厚的镜片放大了几倍。

他没有起身。"我叫丹尼尔·库珀。监狱长允许我和你谈一谈。"

"谈什么？"特蕾西满脸疑惑地问。

"我是国际保险业保护协会的探员。我们有一个客户为乔瑟夫·罗马诺先生承保了一幅雷诺阿的名画，这幅画失窃了。"

特蕾西做了个深呼吸："我帮不了你，不是我偷的。"说完，她就朝门口走去。

然而库珀的下一句话却让她停住了脚步。"我知道。"

特蕾西转过身，谨慎地看着他，全身上下都警觉起来。

"没人偷过那幅画。惠特尼小姐，你是被陷害的。"

特蕾西缓缓地在椅子上坐下来。

丹尼尔·库珀是三星期前开始参与这一案件的调查的。当时在国际保险业保护协会曼哈顿总部，他的上司雷诺兹把他叫到了办公室。

"丹，我要交给你一个任务。"雷诺兹说。

丹尼尔·库珀极为讨厌别人叫他"丹"。

"我简单说明一下情况。"雷诺兹想尽量缩短谈话的时间，因为库珀让他感到很不自在。实际上，库珀让这里的所有人都觉得很不自在。他是个怪人——很多人都用"性情古怪"来形容他。丹尼尔·库珀拒他人于千里之外，没有一个人知道他家住哪里，婚否，有没有小孩。他不和任何人来往，也从不参加办公室的聚会或者会议。他一向独来独往，而雷诺兹容忍他的唯一原因就是，他是个该死的天才。丹尼尔是一条猎犬，有着同计算机一样的好脑子。他单枪匹马追回的失物和揭露的保险欺诈行为，比组织中其他探员加起来还要多。雷诺兹真希望能摸清楚库珀这个人的底细，仅仅是坐在他对面，迎着那双棕色眼睛的灼灼目光，就已经让他浑身不舒服。

雷诺兹说："我们的客户中，有一家公司为一幅画承保了五十万美元，结果……"

"雷诺阿的画，事发地是新奥尔良。乔·罗马诺家。一个叫特蕾西·惠特尼的女人被指控偷了画，被判处十五年监禁。画到现在还没找到。"

"这个混蛋！"雷诺兹心想，"但凡换成其他人，我可能就会觉得他在卖弄本事。""没错，"雷诺兹十分勉强地承认道，"那个叫惠特尼的女人不知道把画藏哪里了，我们得拿回来。去把它找到。"

库珀一句话也没说，直接转身离开了办公室。看着他的背影，雷诺兹又一次在心中想道："总有一天我会搞清楚这混蛋的底细。"

库珀穿过办公区，这里挤着五十名雇员，他们都忙于各自的工作，有操作电脑的，有打报告的，有接电话的。简直乱成一团。

库珀路过一张办公桌时，一个同事对他说："我听说你接了罗马诺那个案子，运气真好，新奥尔良那儿……"

库珀径直走开了，没有理会他。为什么他们就不能让他一个人待着？只要不来烦他，他对别人没有任何要求，但这些人多管闲事，总是跑过来纠缠他。

这已经成了办公室的一种消遣。他们决心要揭晓，在他那高深莫测、沉默寡言的外表下，隐藏的究竟是怎样的一个人。

"丹，星期五你打算去哪里吃晚饭？……"

"丹，你要是还没结婚，我和萨拉认识一个很棒的姑娘……"

他们难道看不出来，他不需要任何人关心，也不想跟任何人来往？

"来嘛，只是一起喝杯酒而已……"

但是丹尼尔·库珀心里清楚，绝不仅仅是"喝杯酒而已"。先是喝杯酒，然后就会一道吃晚饭，接着就会称兄道弟，而这就意味着互诉衷肠。太危险了。

丹尼尔·库珀生活在极度的恐惧中，他害怕某一天有人会知晓他的过去。"将死寂的过去埋葬"根本就是谎言。死去的永远无法被埋葬。每过一两年，就会有专登丑闻的报刊栏目挖出那件多年前的丑闻，而丹尼尔会消失好几天。只有那时他会喝得酩酊大醉。

如果丹尼尔·库珀能够表露自己的情绪，可能会让精神科医生一天到晚忙个不停，但他无法让自己对任何人谈起过去。关于很久之前那噩梦般的一天，他保留下来的唯一物证是一张褪色发黄的剪报，他将其锁在他的房间里，谁都找不到。他时不时把这张剪报拿出来看一下，以此来惩罚自己，那篇文章的每个字都已经深深烙印在他的脑海里。

他每天都淋浴或泡澡至少三次，但还是觉得身上不干净。他坚信地狱以及地狱之火的存在，知道只有赎罪才能拯救他的灵魂。他曾经想要进入纽约警察部队，但是身高不够，矮了四英寸，因而没能通过体检，于是他当了一名私家侦探。他将自己视为猎人，追寻着那些违法者的蛛丝马迹。他是上帝的复仇者，替上帝将怒火降于罪人的头上。只有这样，他才能赎清过往的罪孽，去往天国，获得永生。

他想知道赶飞机之前是否还来得及冲个澡。

丹尼尔·库珀的第一站是新奥尔良。他在新奥尔良逗留了五天，在结束此行之前，关于需要了解的乔·罗马诺、安东尼·奥尔萨蒂、佩里·波普和亨利·劳伦斯法官这几个人的情况，他已经全部掌握了。库珀读了特蕾西·惠特尼的庭审记录和判决记录，见了米勒警督，向他了解到了特蕾西·惠特尼母亲自杀的情况。他还与奥托·施密特进行了谈话，得知惠特尼家的公司是如何被侵吞的。会见这些人的时候，丹尼尔·库珀从不记笔记，但他却能将每次谈话的内容一字不差地复述出来。特蕾西·惠特尼是无辜的受害者，关于这一点，他有百分之九十九的把握，但即使是百分之九十九，也不能让丹尼尔·库珀满意。他乘机飞往费城，访问了克拉伦斯·德斯蒙德，他在特蕾西·惠特尼工作过的银行任副行长。而查尔斯·斯坦诺普三世拒绝和他见面。

此时，库珀看着坐在他对面的女人，百分之百地肯定她和名画的失窃没有任何关系。他可以写调查报告了。

"惠特尼小姐，罗马诺陷害了你，他迟早要为那幅画的失窃提出索赔，而你只是刚好在恰当的时机出现，帮了他的忙。"特蕾西感到自己的心跳加快了。这个人知道她是无辜的，他手上或许有足以指控乔·罗马诺的证据，能够证明她的清白。他可以找监狱长或者州长说明情况，然后让她从这场噩梦中解脱出来。特蕾西突然觉得呼吸都困难起来。"这么说你会帮我？"

丹尼尔·库珀显得很困惑，他说："帮你？"

"是啊，帮我免罪或者……"

"不。"

他的回答像是狠狠地扇了她一记耳光。"不？为什么？你既然知道我是无辜的……"

人怎么能蠢到这个地步？"我的任务已经完成了。"

库珀回到旅馆房间，第一件事就是脱掉衣服去淋浴。花洒中喷出的水流热气腾腾，他将自己从头到脚仔细搓洗了将近半个小时。他擦干身子，换上衣服后，坐下来开始写报告。

  收件人：雷诺兹

  文件编号：Y-72-830-412

  发件人：丹尼尔·库珀

主题：雷诺阿的油画《红色咖啡馆中的两个女人》

我的结论是：特蕾西·惠特尼与上述画作的失窃毫不相干。我确信乔·罗马诺购买保险的目的是伪造入室盗窃，骗取保险金，并将画转手他人，此时这幅画大概已经被运到国外了。鉴于此画的知名度，我猜测它会出现在瑞士，因为瑞士实行善意购买和保护法。若买方称其购买艺术品时，相信卖方所说的一切属实，那么即使在交易完成后，发现这件艺术品是赃物，瑞士政府也允许买方保留。

建议：鉴于并无具体证据证明罗马诺的罪行，我们的客户须向其支付保险费。此外，向特蕾西·惠特尼追讨画作或损害赔偿是徒劳的，因为她根本不知道这幅画，也未发现她有任何资产。补充一点，她要在南路易斯安那州女子监狱服刑十五年。

丹尼尔·库珀将手中的笔停了片刻，想到了特蕾西·惠特尼。他猜别的男人应该会觉得她长得很漂亮。他漫不经心地想，不知十五年的牢狱生活会把她摧残成什么样子。不过这与他无关。

丹尼尔·库珀在报告上签了字，盘算着是否有时间再冲个澡。

第九章

铁裤老大把特蕾西·惠特尼派到了洗衣房做事。在囚犯们从事的三十五个工种里,洗衣房的工作是最苦最累的。巨大闷热的房间里摆满了一排排的洗衣机和熨衣架,待洗的衣物源源不断地被送进来。先是向洗衣机内装填衣物,然后取出衣物,最后把沉重的篮子搬到熨烫区。这是一项机械枯燥的累弯腰的粗活。

犯人们早上六点开始工作,每两小时才能休息十分钟。忙碌了九个小时后,大多数女犯都要累晕过去了。特蕾西机械地干着手上的活,一句话也不和旁人讲,沉浸在自己的思绪中。

欧内斯廷·利特查普听说特蕾西被派去洗衣房时,对她说:"铁裤老大就爱找你的碴儿。"

特蕾西说:"她并没有惹着我。"

欧内斯廷听后十分困惑。和三星期前那个刚被关进监狱的惶恐不安的小姑娘相比,特蕾西现在简直判若两人。显然有些东西改变了她,欧内斯廷非常好奇那是什么。

今天是特蕾西在洗衣房工作的第八天。午后不久,一个狱警走到她面前说:"给你的调动单,你被调到厨房了。"那可是整个监狱里最令人垂涎的工作。

监狱供应两套伙食：囚犯们吃的是蔬菜肉丁、热狗、豆角，或者味同嚼蜡的炖菜，而狱警和监狱管理人员的餐食是由专业厨师精心烹调的，他们吃的有牛排、鲜鱼、排骨、鸡肉、新鲜蔬果，以及诱人的甜点。在厨房工作的犯人近水楼台先得月，当然会好好利用工作之便。

特蕾西去厨房报到，看见欧内斯廷·利特查普也在。不知为何，特蕾西并不感到惊讶。

特蕾西主动走到她的身旁。"谢谢。"她强迫自己说话时语气友好一些。

欧内斯廷哼了一声，没有接话。

"你是怎么让铁裤老大同意放我过来的？"

"她不管我们了。"

"她怎么啦？"

"我们有个小规矩，如果哪个狱警太凶，老爱找我们的碴儿，我们就把她赶走。"

"你是说连监狱长都听……"

"屁，这跟监狱长有何关系？"

"那你们怎么能……"

"简单得很。你想赶走哪个狱警，每次轮到她值班的时候，监狱就开始乱套，大伙一个接一个地告状。一个犯人告状说铁裤老大摸她屁股，第二天另一个说她被铁裤老大虐待了，然后又有人告她偷了犯人的东西——就好比收音机吧。当然了，那个收音机肯定会出现在铁裤老大的屋里。铁裤老大就被撵走了。管这个监狱的可不是狱警，是我们。"

"你是因为什么进来的呢？"特蕾西问。其实她对答案并不感兴趣，只是想和这个女人搞好关系。

"我欧内斯廷·利特查普可没犯什么错，你可得相信我。我手下有一大帮姑娘。"

特蕾西看向她。"你是说，她们是……"她犹豫了一下，没有说出口。

"妓女？"她大笑起来，"不是。那些姑娘在大户人家当用人，我开了家职业介绍所，手下至少有二十个姑娘。有钱人在找女佣这事上可真是费尽了心思。我在最有名的报纸上登了一大堆广告，说得天花乱坠。他们打电话联系我,我就把姑娘们介绍过去。姑娘们去了之后,摸清楚家里的情况,等雇主上班去或者出远门,姑娘们就卷了所有值钱的物件,银器啦,珠宝啦,毛皮啦,偷偷溜走。"欧内斯廷叹了口气。"你绝对不敢相信,我们当时赚了多大一笔免税外快。"

"那你是怎么被抓的?"

"运气不好咯,宝贝。当时市长家里办午宴,我手下的一个姑娘在那儿当服务员,来的客人里有个老太太,家里被那姑娘卷过。警察一上刑,姑娘该招的不该招的全都招了,可怜的欧内斯廷就被关到这里了。"

只有她们俩现在单独站在一个炉子边。"我不能待在牢里,"特蕾西压低声音说道,"外边有些事我必须去做,你能帮我逃出去吗?我……"

"赶紧切洋葱吧。晚饭吃爱尔兰炖肉。"说完,欧内斯廷就走开了。

监狱的秘密情报网简直不可思议。每件事发生前,犯人们很早就知道了。情报网里,被称作"垃圾信息耗子"的那些犯人会去捡被人丢掉的备忘录,偷听电话内容,偷看监狱长的信件,然后将收集的所有信息认真整理之后,报告给地位高的犯人。欧内斯廷·利特查普就是地位高的犯人之一。特蕾西意识到狱警和犯人都很听欧内斯廷的话。自从其他犯人认定欧内斯廷做了特蕾西的保护人之后,再也没有人来找过她的麻烦。特蕾西时刻留意欧内斯廷向她示好的信号,但这个大个头黑女人却还是和她保持着距离。为什么?特蕾西百思不得其解。

监狱会给新囚犯发一本十页长的小册子,上面是官方制定的监规,其中第七条规定是:"严禁任何形式的性行为。一间牢房内,囚犯不得超过四人。同一时间,一个铺位上不得超过一名囚犯。"

然而现实简直天差地别,犯人们甚至把那本册子当成监狱里的笑话书。时间过去了一星期又一星期,特蕾西每天都能看到新的犯人——"鲜鱼"——被带进监狱,等待她们的是完全相同的命运。所有性取向正常的新犯人都无可避免地会遭到毒手。她们刚入狱时,一个个都怯生生的,惶惶恐恐,而那些强壮的女同性恋犯人早已在狱中蛰伏着,蠢蠢欲动。这场戏是按计划、按阶段进行的。在监狱这样一个恐怖的、充满敌意的世界里,强壮的女同性恋犯人会处心积虑地对新来的女犯人时时示好,处处同情。最初,她会邀请这个新犯人到娱乐室一起看电视，等到新犯人意识到自己的手被她握住的时候，自然怕失去这唯一的新朋友，往往会默许这种行为。接着，新来的犯人很快就会注意到，自己被其他所有人孤立了，于是她必须对这个女同性恋犯人越来越依赖，那么两人之间就会有越来越多更亲密的行为。最后，这个新犯人为了留住自己唯一的朋友，会不顾一切地迁就这个女同性恋犯人。

如果有谁拒不屈从，就会惨遭强暴。在刚入狱的三十天内，百分之九十的女人，不论她愿不愿意，都会被迫进行同性恋行为。特蕾西心中大骇。

"可当局怎能听之任之呢？"她问欧内斯廷。

"这都是制度作的孽，"欧内斯廷解释道，"哪个监狱都这样，宝贝。一千二百多个女人，让她们离开自己的男人之后自个儿乖乖待着，怎么可能呢？我们对别人施暴不是为了获得性的满足，而是为了展示自己的力量，叫别人看看谁才是老大。刚进来的'鲜鱼'就是那些想要集体施暴的人的猎物。'鲜鱼'们只有当女同性恋犯人的老婆，才能受到保护。这样一来，就没人再敢骚扰她们了。"

此刻，特蕾西意识到给她做讲解的欧内斯廷绝对是个内行。

"不光犯人会这样，"欧内斯廷继续说，"狱警也好不到哪里去。有个刚进来的'鲜鱼'吸毒，突然毒瘾发作，不来一针不行。她汗流浃背，简直要抖成筛子。好，女看守能帮她搞到海洛因，但是得拿点别的东西作为交换，懂吧？所以'鲜鱼'只好委屈一次，才能解决自己的毒瘾。男狱警更是坏到家了，各个牢房的钥匙都在他们手上，晚上他们就大摇大摆地走进去，想干吗就干吗。他们说不定会让你怀孕，但也能给你挺多好处。你想吃块糖，想见自己的男朋友，你就得给狱警点甜头。这就叫作等价交换，全国的监狱都是这套规矩。"

"这个规矩好恐怖啊！"

"这不过是求生罢了。"牢房天花板上的灯光把欧内斯廷的光头照得愈发亮了。"你知道这儿为什么不让吃口香糖吗？"

"不知道。"

"因为姑娘们会把口香糖粘在门锁上，这样门就关不牢，等到晚上她们就能偷偷溜出去见别人。我们只守那些我们想守的规矩。那些溜出去的姑娘可能是挺傻的,但她们是聪明的小傻子。"

恋情在监狱内十分盛行,而恋人之间要遵守的规矩比外边还严格。在这个反常的世界里,犯人们把自己想象成丈夫或妻子的身份,然后认真去演好这些虚假的角色。所谓的丈夫,就要在这个没有男人的地方扮演男人的角色。她们会把自己的名字变成男性化的名字,比如欧内斯廷改成欧尼,泰西改成泰克斯,芭芭拉改成鲍勃,凯瑟琳改成凯利。丈夫会把头发剪短或者剃光,不做打扫卫生这些杂活。而所谓的妻子,就要为自己的丈夫收拾卫生,缝补、熨烫衣物。洛拉和宝莉塔为博得欧内斯廷的欢心,两人争破了头,都想将对方比下去。

夫妻间经常打翻醋坛子,并往往会导致暴力事件。要是某个妻子看了一眼别人的丈夫,或者和别人的丈夫在监狱的院子里说了几句话,一旦被发现,可就引爆了火药桶。情书在监狱中你来我往,由"垃圾信息耗子"负责传递。

这些情书被折叠成小小的三角形,被称为"风筝",可以很轻易地藏在胸罩或者鞋子里。在进食堂的时候或者去干活的路上,特蕾西亲眼看到犯人们擦肩而过,"风筝"就悄然转手了。

特蕾西还常常见到有犯人对狱警动感情的。这种恋情都是犯人在绝望、无助和屈服的情绪中滋生出来的。这些犯人明白她们的一切都要仰仗狱警,她们的食物、待遇,有时甚至连性命都捏在狱警手里。特蕾西克制自己不要对任何人产生这种感情。

浴室、厕所、牢房……狱中各个角落不分昼夜都会有性行为。狱警的犯人妻子们会在夜里被放出牢房,溜去狱警居住的区域。

熄灯后,特蕾西躺在床上,用手捂紧耳朵,不让自己听见那些声音。

一天晚上,欧内斯廷从床下拽出一盒脆米酥,开始往牢房外的走廊上撒。特蕾西能听到其他牢房的犯人也在做同样的事。

"这是干什么啊?"特蕾西问道。

欧内斯廷转过头来,没好气地对她说:"关你屁事。老实在你的床上待着,睡你的破觉吧。"

几分钟后,突然响起一声凄厉的尖叫声,是从邻近的牢房传来的。那间牢房新来了一名犯人。"哦,天哪,不!不要!求求你放过我!"

这时，特蕾西明白是怎么回事了，心里顿时感到一阵恶心。那尖叫声停不下来，一声高过一声，直到最后声音渐渐低下去，变成那种绝望、悲恸的啜泣声。特蕾西眼睛紧紧闭着，心中却燃着熊熊怒火。女人怎么可以这样对待其他女人呢？她本以为狱中的生活已经让自己练就了铁石心肠，然而第二天早上醒来，她脸上竟泪痕交错。

特蕾西决心不让欧内斯廷察觉到自己的情绪，她看似随意地问："脆米酥是用来干吗的？"

"那是我们用来预警的。如果狱警突然过来，我们就能提前察觉。"

特蕾西一下子悟出为什么犯人们把进监狱称作"上大学"了。蹲监狱也是一种教育经历，只不过犯人们学到的净是些旁门左道的东西。

监狱里不乏犯罪专家，什么行当的人都有。她们一起交流诈骗、入店行窃和掏光酒鬼口袋的方法，讨论用美色骗取钱财的新点子，交换关于告密者和卧底警察的信息。

一天上午，大家在院子里放风活动。一个年长的犯人在给一群年轻人讲授扒窃的技巧。特蕾西凑了过去，发现她们个个听得入了迷。

"真正顶尖的职业高手来自哥伦比亚。首都波哥大有个学校，叫十铃学校，去了之后要付两千五百美元学习怎么成为一个专业扒手。他们在天花板上挂上一个假人，假人身上穿的衣服有十个口袋，里面装满了钞票和珠宝。"

"这里边有什么玄机呢？"

"玄机就在于，每个口袋里都放着个铃铛，等到你能够做到掏光十个口袋却不碰响铃铛时，你才能毕业。"

洛拉叹了口气。"我之前认识个伙计，他穿着大衣走进人群，两只手露在外面什么都不做，却能肆无忌惮地逢人就扒。"

"他究竟是咋办到的？"

"露在外面的右手是假的，真手从大衣上的一个缝隙伸出来，去掏别人的口袋、提包、钱夹。"

犯罪教学继续在娱乐室里进行。

"我喜欢骗储物柜钥匙那招。"一个老手说道，"你在火车站附近闲逛，一旦看到一个小老太太想把行李箱或者大包裹搬进一个储物柜，你就过去帮她的忙，然后把钥匙交给她。不过那是一个空柜子的钥匙。等她一走，你就拿上她柜子里的东西开溜。"

还有一个下午，大家在院子里放风，两个因卖淫和非法持有毒品被判刑的犯人和一个新来的犯人在院子里聊天。那个新来的姑娘年轻漂亮，看模样不到十七岁。

"宝贝，难怪你会被抓进来呢。"那个年纪稍大的女人责备道，"跟嫖客讲价钱之前，你得搜他的身，确保他身上没带枪。还有，别主动跟他说你要为他提供什么服务，你得让他告诉你他想要什么。如果他是个警察，你一主动，你就上了他的圈套，懂了吗？"

另一个女人也很专业，补了几句："对咯。还有，你要注意观察他们的手。要是哪个男人说自己是个干粗活的工人，你就要看看他的手是不是粗糙。便衣警察打扮成工人模样的可多了，但是一看他们的手就露馅了，他们竟然忘了自己的手都细皮嫩肉的。"

时间过得说快不快，说慢也不慢。时间就只是时间了。特蕾西想起古罗马神学家圣奥古斯丁的一句格言："时间究竟是什么？若无人问我，我心中明白；若有人问我，我就说不明白了。"

日复一日，狱中的生活作息从未变过。

上午
四点四十分预备铃响
四点四十五分起床穿衣
五点吃早饭
五点三十分回牢房
五点五十五分预备铃响
六点集合上工
十点院内放风
十点三十分吃午饭
十一点集合上工

下午

三点三十分吃晚饭

四点回牢房

五点娱乐室自由活动

六点回牢房

八点四十五分预备铃响

九点熄灯

所有的规定都没有商量的余地。所有的犯人都必须按时去吃饭，排队的时候禁止讲话。牢房的小储物柜存放的化妆品不得多于五件。床铺必须在早饭前整理好，并且全天都要保持整洁。

监狱里有自己独特的交响乐：电铃的叮当声，水泥地上踢踏踢踏的脚步声，铁门猛然关上的哐当声，白天的窃窃私语声，夜半时分的惨叫声，狱警们的对讲机发出的刺啦刺啦声，吃饭时托盘的咣当声。监狱里一成不变的，还有带刺的铁丝网、高高耸立的围墙、令人窒息的孤寂，以及那四处弥漫的仇恨。

现在特蕾西已经是个模范囚犯了。她的身体会对狱中的各种作息铃声做出相应的条件反射，比如她一听到晚间门闩插上的声音就知道要点名了，早上一听到门闩打开的声音就知道要起床了，她知道哪个是上工铃，哪个是收工铃。

牢狱死死困住的是特蕾西的身体，却无法阻止她的大脑构想大胆的越狱计划。

犯人不准给外面的人打电话，但是每个月可以接听两个电话，每次限时五分钟。有一次，特蕾西接到了奥托·施密特打来的电话。

"有件事我觉得你应该想知道，"他有些局促地说，"葬礼办得很隆重，我已经把钱付清了，特蕾西。"

"奥托，谢谢你。我……谢谢你。"两个人再无话可说了。

此后再也没有人给她来过电话。

"姑娘，你最好把外面的世界给忘了，"欧内斯廷劝她，"外面已经没有人等你了。"

"你错了。"一个声音在特蕾西心里冷冷地响起。

乔·罗马诺。

佩里·波普。

亨利·劳伦斯法官。

安东尼·奥尔萨蒂。

查尔斯·斯坦诺普三世。

在院子里放风的时候,特蕾西又撞上了大个子伯莎。这个院子很宽敞,是个露天的长方形场地,位于监狱内墙和高耸的外墙之间。每天早上,犯人们都可以在院子里自由活动三十分钟。这里是为数不多的允许犯人聊天的地方之一。午饭前,犯人们三五成群地聚在一起,交流最新的情报和八卦。特蕾西第一次走进这个院子的时候,立刻就有一种自由的感觉,然后她才意识到原来是因为自己来到了室外,呼吸到了新鲜空气。她能看到头顶上高悬着的太阳,空中徜徉着一堆堆的云朵。这时从那遥远的蓝天,传来了飞机自由飞翔的嗡嗡声。

"你在这儿啊!我一直在找你。"一个声音响起。

特蕾西转过头,看见了入狱第一天撞到的那个高大的女人。

"听说你找了个黑人做丈夫了。"

特蕾西抬脚想要绕过那个女人走开。大个子伯莎铁钳似的手抓住了她的胳膊。"在我面前,谁也别想跑掉,"她轻声说,"乖一点,小宝贝。"她把特蕾西推向墙壁,庞大的身躯压了过来。

"别碰我。"

"你需要有人来舒舒服服地伺候你一下。你懂我的意思吧?我来伺候伺候你。你马上就是我的人了,小宝贝。"

突然,一个熟悉的声音在特蕾西背后厉声喊道:"放开她!你个臭娘们儿。"

欧内斯廷·利特查普站在那里,硕大的拳头紧紧地握着,眼中喷出怒火,她那光头在阳光下闪闪发亮。

"欧尼,当她的男人,你不够格。"

"我当你的男人够格。"黑女人发火了,"胆敢再缠着她,你就等着屁股被我剁掉当早餐吧。"

气氛顿时剑拔弩张起来。两个高大强壮的女人四目相对,眼里迸发出仇恨的火花。"她们这是要为了我决斗。"特蕾西心想。但随后她意识到,这和她其实没多大关系。她还记得欧内斯廷跟她说过:"在这儿,你就得打,就得斗,腰板必须挺住,否则就得死。"

大个子伯莎先退让了。她轻蔑地瞪了欧内斯廷一眼。"我有的是时间。"说完,她又向特蕾西露出不怀好意的眼神。"宝贝,你还得在这儿待好久吧,我也是。咱们总会再见的。"

欧内斯廷盯着她离去。"这娘们儿坏透了。记得芝加哥那个把病人都杀掉的护士吗?她用氰化物给病人下毒,然后留在那儿看着他们咽气。惠特尼,那个'白衣天使'就是刚才来缠你的那个婆娘。真该死!得有个人保护你。她肯定不会放过你的。"

"你愿意帮我逃出去吗?"

这时铃声响了。

"吃饭了。"欧内斯廷·利特查普说。

那一晚,特蕾西躺在床上,想着欧内斯廷说的话。

虽然后来欧内斯廷再也没为难过她,但特蕾西还是不信任她。她永远也不会忘记欧内斯廷和另外两个室友对她做的龌龊事。但是她需要这个黑女人。

每天下午晚饭过后,犯人们被允许在娱乐室待上一个小时,她们可以看电视、闲聊,或者阅读新到的杂志和报纸。这天,特蕾西正在翻阅一本杂志,一张照片突然吸引了她的双眼。照片上是查尔斯·斯坦诺普三世和他的新娘手挽着手,微笑着走出教堂。特蕾西如遭雷击。此时在照片上,她看到了他的那张脸上洋溢着幸福的微笑。她的内心被深深地刺痛了。痛过之后,剩下的只有心死和愤怒。她曾经打算与这个男人白头偕老,然而他却无情地抛弃了她,任凭她被诬陷而不施以援手,任凭他们的孩子被活活折磨死。但这些都过去了,好像是另一个时间、另一个地点,甚至是另一个世界上发生的事了。过去不过是幻象,如今才是现实。

特蕾西啪的一声合上了那本杂志。

一到探监的日子,很容易就能看出哪些犯人会有朋友或亲人来看她们。她们通常会先洗澡,换上干净衣服,再化个妆。欧内斯廷从会客室回来的时候,总是满面笑容,神采奕奕。

"我的阿尔,他总来看我,"她告诉特蕾西,"他会一直等着我,直到我出去。你知道为什么吗？因为我给他的，其他女人都给不了。"

特蕾西掩饰不住自己的疑惑。"你是说……在床上？"

"对咯。监狱里的事和外面没有关系。在这儿，有时候我们需要有个暖烘烘的身子搂着，需要有个人抚摸自己，说几句情话。我们总得有个人关心自己，至于是真是假，长不长久，根本不重要。我们就只有这些了。但是等我出去了——"欧内斯廷突然很开心地笑了，"我就会像疯了一样爱男人，明白吗？"

特蕾西心里一直有个疑惑，于是她决定趁此机会问一下。"欧尼，你一直在保护我，图的是什么？"

欧内斯廷耸了耸肩。"我哪里晓得。"

"我真的想知道。"特蕾西小心地斟酌着词句，"你的……你的那些朋友都听你的，你让她们干什么，她们就干什么。"

"没错，如果她们不想缺胳膊少腿的话。"

"但你对我不一样。为什么？"

"你不乐意吗？"

"没有，我只是好奇。"

欧内斯廷思考了片刻。"好吧，你身上有种东西我很喜欢。"她注意到了特蕾西脸上的表情，"不是你想的那样。那玩意我不缺，宝贝。我的意思是，你身上有一种风度，地道的、真正的风度。就像《时尚》和《城市与乡村》那些杂志封面上气质高雅的女性，一个个穿着考究，过着用银壶倒茶的体面日子。你是那个世界的人，不属于这里。我不知道你在外面是怎么惹上麻烦的，但我猜你应该是被谁给骗了。"她看着特蕾西，神情略显羞涩。"我这辈子没见过几个体面人，你就是其中一个。"她背过脸去，接下来说的话几乎听不见了："你孩子的事，我很抱歉，真的……"

那天晚上熄灯之后，特蕾西在黑暗中悄声说："欧尼，我必须得逃出去。帮帮我，求你了。"

"老天爷，我刚要睡着，你给我闭嘴，听见没？"

欧内斯廷给特蕾西初步讲解了一下监狱里的黑话。有一次，犯人们聚在院子里闲聊："这母牛跟一个白的解了皮带，从今往后得拿长柄勺喂她……"

"她倒是不长了，但他们在暴风雪中逮住了她，钉子把她交给屠夫了，脱壳不成，红宝石也拜拜咯……"

特蕾西像是在听一帮外星人讲话。"她们在说什么？"她问。

欧内斯廷一阵大笑。"姑娘，你不会说英语吗？同性恋的女人'解皮带'就是从'丈夫'变成了'老婆'。她和一个'白的'搞在一起，'白的'就是说像你一样的白人。她失去我们的信任了，所以你得离她远点。她'不长了'意思是刑期快结束了，但是她被'钉子'逮到吸海洛因，'钉子'就是我们搞不定的、守监规的人。她们把她交给'屠夫'，说的是狱医。"

"'红宝石'和'脱壳'又是什么意思呢？"

"你还没懂？'红宝石'是假释，'脱壳'就是出狱那天。"

特蕾西知道，她自己是不会乖乖等着假释和出狱那一天到来的。

第二天，欧内斯廷和大个子伯莎之间的恩怨在院子里爆发了。当时，犯人们在狱警的监视下玩垒球，大个子伯莎两次击球不中，第三次却大力击中，随后跑向特蕾西在守的一垒。大个子伯莎撞向特蕾西，把她扑倒在地，压在她的身上。她将手探到特蕾西腿间，对她耳语道："没人敢拒绝我，你这个骚货。今晚我要好好伺候伺候你，小宝贝，到时候叫你哭爹喊娘。"

特蕾西拼命挣扎着想要逃脱。突然，她感到大个子伯莎被谁给拉开了。欧内斯廷掐住那高大的瑞典女人的脖子，一副要把她勒死的架势。

"你真他娘的贱！"欧内斯廷怒吼，"我警告过你！"她用指甲抓挠大个子伯莎的脸和眼睛。

"我的眼睛要瞎了！"大个子伯莎尖叫道，"我的眼睛要瞎了！"她伸手拽扯欧内斯廷的乳房。两个女人扭打在一起，你一拳我一脚，四个狱警见状赶紧跑了过来，花了五分钟才把她俩拉开。两个人都被带去了医务室。那天直到深夜，欧内斯廷才回到牢房。洛拉和宝莉塔连忙跑到她的床前安慰她。

"你没事吧？"特蕾西轻声问。

"好极了。"欧内斯廷说。她的声音有点含混不清，特蕾西不知她伤得有多重。"我昨天拿了'红宝石'，马上要出去了。你要有麻烦了。那婆娘不会放过你的，绝对不会。等到她把你拿下，就会杀了你。"

在黑暗中，她们俩就这么躺着，一言不发。最终，欧内斯廷再次开口道："也许是时候跟你合计一下怎么把你快点搞出去了。"

第十章

"明天家庭教师就要走了。"监狱长布兰尼根对他的妻子说道。

秀·艾琳·布兰尼根惊讶地抬起头说:"为什么?朱迪和艾米相处得可好了。"

"我知道,但她的刑期到了。她明早就会被释放。"

此时,布兰尼根夫妇正在舒适的小别墅里吃早餐,这房子是监狱长职业的额外福利之一。其他福利还包括派给他一名厨师、一名女佣、一名司机和一名家庭教师,来照顾他们快五岁的女儿艾米。而为他们服务的所有仆人都是模范囚犯。五年前,秀·艾琳·布兰尼根刚搬到监狱大院里住的时候,内心十分紧张不安,看着一屋子的仆人都是判了刑的罪犯,更是惴惴不安了。

"你怎么知道他们不会趁夜深到我们家做些抢劫、杀人的勾当?"她向丈夫问道。

"他们如果敢这么做,"监狱长布兰尼根一脸坚定地说,"我就会在他们案卷上狠狠记上一笔。"

监狱长说服了妻子,但却没有抹去她心里的疑影。不过,后来事实证明秀·艾琳的确是过虑了。那些模范囚犯一个劲地想赢得狱长的好感,以求尽可能缩短刑期,所以没人敢生异心。

现在,布兰尼根太太抱怨道:"我好不容易才放心让朱迪照顾艾米。"她希望朱迪出狱过好日子，却也不想她离开这里。天知道艾米的下一个家庭教师会是个什么样的女人？那些陌生人用尽手段残害孩子的恐怖故事她可听多了。

"乔治，谁来接替艾米的活，你心里有数了吗？"

监狱长已经反复掂量过这件事了。有十几个模范囚犯都是适合照顾他女儿的人选，但他始终无法将特蕾西·惠特尼这个人选从脑海中抹去。她的案子中有些疑点一直让他内心深处极其不安。他作为已经从业十五年的犯罪学家，常为自己能准确评估犯人这一特长而感到自豪。他管辖的罪犯中，有些是冷血型罪犯，有些是激情型罪犯，还有些是因为没挡住诱惑的贪欲型罪犯。据监狱长布兰尼根的观察，特蕾西·惠特尼哪种类型都不是。她叫喊着说她是无罪的，监狱长并没有为之所动，因为这是所有罪犯的一贯做法。监狱长担忧的是那些密谋把特蕾西·惠特尼送进监狱的人。

监狱长的职务是由新奥尔良州长分管的一个市民委员会任命的，虽然监狱长布兰尼根坚决不愿卷入政治斗争，但究竟是谁在搅弄风云，他还是略知一二的。乔·罗马诺是黑手党安东尼·奥尔萨蒂的走狗，而为特蕾西·惠特尼辩护的律师佩里·波普和亨利·劳伦斯法官也都是他们的人。显然，特蕾西·惠特尼的获罪过程有很多猫腻。

想到这里，监狱长布兰尼根立刻做出了决定。他对妻子说："是的，我确实想到了一个人选。"

监狱的厨房里有一块僻静处，里面摆着一张小胶木餐桌和四把椅子，这是唯一一个可以有点隐私的所在。欧内斯廷和特蕾西趁着十分钟的休息时间，舒舒服服地坐在这里享受咖啡。

"我觉得你现在可以透露一下你为什么这么着急想要逃出去。"欧内斯廷说道。

特蕾西犹豫了一下。她能相信欧内斯廷吗？除了信任她，特蕾西别无选择。"有人对我和家人坏事做尽。我得出去找他们算账。"

"哦？他们都干了些什么事？"

特蕾西一字一字咬牙切齿地回答，每个字都夹杂着痛苦："他们杀了我母亲。"

"他们是谁？"

"说了你也不知道。乔·罗马诺，佩里·波普，一个叫亨利·劳伦斯的法官，安东尼·奥尔萨蒂……"

欧内斯廷张着嘴盯着她说："天哪！你不是在逗我玩吧，姑娘？"

特蕾西吃了一惊："难道你听说过他们？"

"听说过他们？！他们的大名谁人不知？没有奥尔萨蒂和罗马诺点头，你在新奥尔良什么事也干不成。你可千万不能惹他们，这些人只消动动手指头就能弄死你。"

特蕾西却不动声色地说："他们已经弄死过我一次了。"

欧内斯廷环顾四周，确保无人偷听。"你要么是疯了，要么就是我见过的最蠢的女人。你惹不起那些人！"她摇了摇头。"打消这个念头吧。趁早！"

"不。我不可能放弃。我必须从这里逃出去。有法子吗？"

欧内斯廷不说话了。过了好长一会儿，她终于开口道："我们出去到院子里聊吧。"

她们找到了院子里一个背人的角落。

"这儿发生过十二起越狱。"欧内斯廷说，"两个被当场击毙，另外十个也全被抓回来了。"特蕾西一震，没有说一句话。"塔楼上二十四小时都有持机关枪的守卫看守，他们都是些狗娘养的混蛋。若是有人成功越狱，守卫就会立马丢掉饭碗，所以一旦他们发现你越狱，眼睛都不眨一下就对你开枪了。监狱周围布满了铁丝网，就算你能穿过铁丝网，躲过机枪，他们还会派警犬来追你，那些警犬连蚊子放的屁都能闻到。几英里[①]外有一个国民警卫队驻地，如果有囚犯逃跑，他们会派配备着枪和探照灯的直升机来进行追捕。只要能抓到逃跑的犯人，没人在乎你是死是活，姑娘。他们觉得逃跑的犯人死了更好，这样别人就不敢再生越狱的念头了。"

"但总会有些人心不甘啊。"特蕾西固执地说。

"那些能成功越狱的都有人在外边帮忙，那些人偷偷把枪、钱和衣服送进监狱，还安排了逃跑用的车在外面接应。"她有意顿了一下，"但她们最后还是被抓回来了。"

---

① 英里为英美制长度单位。1英里约1.6千米。——编者注

"他们不会抓到我。"特蕾西信心满满地说。

一个女看守走过来,对特蕾西喊道:"监狱长布兰尼根要见你,动作快点。"

"我们想找一个人来照顾我们家的小女儿。"监狱长布兰尼根说,"这份工作完全是自愿选择性质的。做与不做全看你个人意愿了。"

找一个人来照顾他们家的小女儿。特蕾西此刻大脑正飞速运转,这也许能给越狱创造有利条件。在监狱长的家里工作,可能有利于她进一步了解整个监狱的体制。

"好的,"特蕾西说,"我愿意接受这份工作。"

乔治·布兰尼根十分高兴。他不知为何心中总有一种奇怪的感觉,觉得自己欠这个女人些什么。"很好。工作薪酬是每小时六十美分,每个月月底会把钱存入你的账户。"

囚犯不允许持有现金,所有积蓄会在释放时一并给予。

"月底我早就不在这儿了。"特蕾西心里这么想,嘴上却说:"没问题。"

"明早开始工作。看守长会给你交代所有细节。"

"谢谢您,监狱长。"

他看着特蕾西,想再说些什么,却又不知要说些什么,只是简单说了句"那就这样"。

特蕾西把这个消息告诉了欧内斯廷,这个黑女人边琢磨边说:"这说明他们开始信任你了。不出几日,你就会把监狱摸得门清。这可能会让你的越狱大计更容易些。"

"怎么才能逃出去?"特蕾西问。

"你有三条路可走,不过条条都有风险。第一条路是偷偷溜出去。晚上你用口香糖堵住牢门和走廊的门锁。然后伺机溜到院子里,把一条毯子扔在铁丝网上盖住它,就可以翻墙逃跑。"

特蕾西都可以想象警犬和直升机追捕她的画面,子弹穿过她身体的感觉,她不由得打了个寒战。"另外几条路呢?"

"第二条路就是硬闯。你只用拿枪挟持人质。如果他们抓到你,就会给你掷个两个点的色子，外带个五分镍币。"她注意到特蕾西脸上疑惑的表情。"就是再给你加上两到五年的刑期。"

"第三条路呢？"

"大模大样地走出去。模范囚犯外出工作的时候就有这样的机会。一旦你出去了，姑娘，抓住机会只管跑吧。"

特蕾西认真琢磨了一下这个方案。到了外面，她没有钱，没有接应她的车，也没有藏身之处，她逃掉是不可能的。"只要到了清点人数时，他们就会发现我不在，会立马追捕我。"

欧内斯廷叹了口气。"没有万无一失的逃跑计划，姑娘。这就是为什么从来没有人能逃出这个地方。"

"我一定会逃出去的，"特蕾西暗暗发誓，"我一定会逃出去的。"

特蕾西被带到监狱长布兰尼根家的那天早晨，正好是她入狱满五个月的时间。见到监狱长的妻子和女儿前，她很紧张，因为她十分渴望获得这份工作。这是她通往自由之门的钥匙。

特蕾西走进宽敞舒适的厨房坐了下来。她能感觉到汗珠从腋下滚落下来。一个穿着浅玫瑰色家居服的女人出现在门口。

"早上好。"她说。

"早上好。"

那个女人先是准备坐下，后来变了主意，依旧站着。秀·艾琳·布兰尼根是一个三十五六岁的金发女郎，面容和善，有些焦虑不安的样子。她十分清瘦，举手投足间显得分外局促，似乎不知道该怎么对待那些囚犯仆人。她是应该感谢她们做了分内的工作，还是只管对她们发号施令？她是应该对那些犯人友好点呢，还是就拿她们当犯人？秀·艾琳至今仍然不习惯整天生活在瘾君子、窃贼和杀人犯当中。

"我是布兰尼根太太。"她紧张地开口了。"艾米快五岁了，你知道这个年纪的孩子有多调皮，身边得一直有人照看着。"她瞥了一眼特蕾西的左手。没有看到结婚戒指，但如今就算手上戴着戒指也说明不了什么。"尤其是那些下层社会的人。"秀·艾琳想。她停顿了一下，委婉地问道："你有孩子吗？"

特蕾西想起了她未出生的孩子。"没有。"

"明白了。"秀·艾琳看不懂这个年轻的女人。她和自己预先想象的大相径庭，言行举止颇有几分优雅的气质。"我去把艾米带来。"她匆匆走出房间。

特蕾西抬眼打量了一下四周。这个小别墅还相当宽敞，屋内收拾得整齐干净，家里装饰得十分雅致。特蕾西仿佛觉得自己已经很多年没有去过别人家里了。家是另一个世界，牢房之外的世界。

秀·艾琳牵着一个小女孩的手走过来了。"艾米，这是……"应该称呼囚犯的名还是姓呢？她想了一个折中的称呼。"这是特蕾西·惠特尼。"

"嘿。"艾米说。她和她母亲一样纤瘦，长着一双深邃、聪敏的淡褐色的眼睛。她长得并不漂亮，但她身上却释放着一种强烈的善意，很招人喜欢。

"但我是不会让自己喜欢上她的。"特蕾西心想。

"你会成为我的新保姆阿姨吗？"

"呃，我要帮你妈妈一起照看你。"

"朱迪假释出狱了，你知道吗？你也会被假释出狱吗？"

"不会的。"特蕾西想。她说："我要在这里待上很长一段时间，艾米。"

"这很好。"秀·艾琳面露喜色，脱口说道。但她又觉得有些尴尬，脸都红了，她咬了咬嘴唇，结巴地说："我的意思是……"她在厨房里转来转去，开始向特蕾西交代任务。"你和艾米一起吃饭。你给她做早餐，早上和她一起玩。厨师会在这儿做午饭。午饭之后，艾米要小睡一会儿，下午她喜欢在农场周围散散步。我觉得让孩子看看庄稼生长的过程是大有裨益的，你觉得呢？"

"对的。"特蕾西说。

农场在主监狱区域的另一边，二十英亩的土地上种着各种蔬菜和果树，这些都由模范囚犯负责种植、照料。那边还有一个用于灌溉的大型人工湖，湖的四周有一座石砌的堤坝。

接下来的五天，几乎就是特蕾西的新生活了。她终于不用再整日待在那些暗无天日的牢房里了，她可以在农场里自由地散步，呼吸田野间的新鲜空气。换作其他时候，她定会陶醉于这种新生活之中，但此刻她满脑子都是越狱的事。每次照顾艾米的工作结束后，她就必须回监狱报到。每天晚上，特蕾西都被关在自己的牢房里，但是到了白天，她却生活在梦幻般的自由中。在监狱里用过早餐后，她就要去监狱长的别墅里，为艾米做早餐。特蕾西从查尔斯那里学到了很多烹饪知识。在监狱长家里，看到厨房架子上摆满了各种食材，特蕾西就忍不住地想变些花样做早餐，但是艾米更喜欢简单的早餐——燕麦粥或者加水果的麦片粥。吃完早饭后，特蕾西会带着小女孩玩游戏，或者读书给她听。不知不觉间，特蕾西竟然开始教艾米玩她自己小时候和母亲玩过的游戏。

艾米喜欢玩布偶。特蕾西就试着用监狱长的旧袜子做一个沙里·刘易斯那样的小羊布偶给她，但做出来的东西却像是狐狸和鸭子杂交生出的四不像般的怪物。但艾米却没让她失望，反而真心地夸赞道："真好看。"

特蕾西还会给布偶配不同的口音：法国口音、意大利口音、德国口音，还有艾米最喜欢的，宝莉塔的墨西哥口音。特蕾西看到孩子脸上洋溢着快乐，心里使劲叮嘱自己："我是不会让自己喜欢她的。她只不过是我离开这儿的工具。"

等艾米午睡醒来之后，特蕾西就会带着她到处散步，她们通常会走得很远。特蕾西每次都要带她去之前从未涉足过的监狱区域。她会仔细观察每一个出入口，以及守卫塔楼的人员配置情况和轮班时间。结果很明显，她和欧内斯廷讨论过的逃跑方案没有一个行得通。

"有没有人试图躲在运送东西到监狱的卡车里逃跑呢？我见过送牛奶和食物的……"

"别想了，"欧内斯廷直截了当地说，"每辆进出监狱大门的车辆都要受到搜查。"

一天早上吃早餐时，艾米说："我爱你，特蕾西。你愿意做我的妈妈吗？"听到这些话，特蕾西感到一阵揪心。

"有一个妈妈就够了，你不需要两个。"

"不，我需要。我的朋友莎莉·安的爸爸又结婚了，莎莉·安有两个妈妈。"

"你又不是莎莉·安，"特蕾西草草地应付了她一句，"你赶紧吃早餐。"

艾米用受伤的眼神看着她。"我不饿了。"

"好吧。那我读书给你听吧。"

特蕾西开始读书了,她可以感觉到艾米把自己柔软的小手放在了她的手上。

"我能坐在你的腿上吗?"

"不行。""让你家人去好好爱你吧,"特蕾西想,"你不属于我,我什么都没有。"

白天在牢房外的生活轻松自在,可回到牢房的夜晚便有些难熬了。特蕾西极其讨厌回到自己的牢房的那一刻,她讨厌像动物一样被关在笼子里。她仍然无法忍受附近牢房里传来的那些刺破黑夜的、凄厉的尖叫声。她总是紧咬着牙,咬得下巴都痛了。"就忍这一个晚上,"她这样宽慰自己,"就忍这一个晚上。"

她睡得很少,因为脑子里一刻不停地在盘算着越狱计划。越狱只是第一步。第二步是找乔·罗马诺、佩里·波普、亨利·劳伦斯法官和安东尼·奥尔萨蒂算账。第三步是去找查尔斯算账。不过,这一步太痛苦了,她连想都不敢想。"我到时候肯定会有办法。"她自己安慰着自己。

大个子伯莎越来越难缠了。特蕾西断定那个大块头瑞典人一定派人监视着她。特蕾西若去娱乐室,不出几分钟大个子伯莎就会尾随而至,特蕾西若去院子里,大个子伯莎也会很快出现。

一天,大个子伯莎走到特蕾西面前说:"你今天看起来真漂亮,小妞。我都等不及和你在一起了。"

"离我远点。"特蕾西警告她。

大块头咧嘴一笑。"离你近点又怎么样?你的那个黑婊子就要出去了,我正在安排把你转到我的牢房里来。"

特蕾西疑惑地看了她一眼。

大个子伯莎点点头。"我说到做到,亲爱的。你等着瞧吧。"

这时,特蕾西意识到她的时间不多了。她必须在欧内斯廷被释放之前逃走。

艾米最喜欢在草地上散步,草地上开满了五颜六色的野花。大型人工湖就在这附近，周围是低矮的混凝土堤坝，有一条长长的水沟通向深水区。

"我们去游泳吧。"艾米恳求道，"求你了，陪我去吧，特蕾西。"

"那儿不能游泳，"特蕾西说，"湖里的水是用来灌溉的。"远处的湖面，让人寒意顿生，望而却步，她不禁打了个寒战。

她想起父亲那时肩扛着她走向海里，她开始大声喊叫。父亲说："别像个胆小鬼，特蕾西。"父亲把她扔进了冰冷的海水里，海水淹没她的头顶，她惊慌失措，猛呛了几口水……

下面这个消息特蕾西早就料到了，但她亲耳听到时，还是吃了一惊。

"下星期六我就要离开这里了。"欧内斯廷说。

这话让特蕾西感到一阵寒意。她没有告诉欧内斯廷她和大个子伯莎的谈话，欧内斯廷也不会来帮她。大个子伯莎可能真的有能力把特蕾西转到她的牢房，而特蕾西唯一能避免这件事情的办法就是告诉监狱长，但她知道如果她真那么做就没命了。监狱里的每个因犯都会视她为眼中钉，和她不对付。"你要么跟人斗，要么逃出去！"特蕾西心想。嗯，她要想办法逃出去。

她和欧内斯廷再次讨论了越狱的可能性，可哪个方案都不令人满意。

"你没有车，外面也没人接应你。你肯定会被抓住，然后情况会变得更糟。还不如平平安安待在这儿，等服刑期满。"

但特蕾西知道有大个子伯莎在这里，她就不会有平平安安的日子。一想到那个大块头的女同性恋犯人对她图谋不轨，她就浑身上下不舒服。

这个星期六的早上，离欧内斯廷出狱还有七天。秀·艾琳·布兰尼根带艾米去新奥尔良过周末，特蕾西回到监狱厨房干活。

"保姆的工作干得怎么样？"欧内斯廷问。

"还行。"

"我见过那个小女孩。她看起来挺可爱的。"

"是挺可爱的。"她的语气很冷淡。

"能离开这里我自然很高兴。告诉你，我再也不会回来了。如果我和阿尔在外面能为你做点什么……"

"借过。"一个男声喊道。

特蕾西转过身去，只见一个洗衣工正推着一辆大推车，车上堆满了脏兮兮的制服和床单被套。特蕾西看着他朝出口走去，疑惑地皱了皱眉头。

"我刚想说的是，如果我和阿尔能为你做点什么，比如说，给你寄点东西或者……"

"欧尼，外边洗衣店的卡车怎么会在这里？监狱里不是有自己的洗衣房吗？"

"哦，那些都是狱警的衣物。"欧内斯廷笑着说，"以前他们是把制服送到监狱的洗衣房洗的，但洗完后纽扣都被扯掉了，袖子也被撕破了，衣服里还缝着骂人的字条，衬衫也缩水了，衣料还莫名其妙地被划破了。真可惜啊，是吧，斯嘉莉小姐？现在守卫只能把他们的衣物送到外面的洗衣房去洗。"说这话的时候，欧内斯廷是模仿了巴特芙蕾·麦奎因在《乱世佳人》中扮演的女黑奴的腔调，说完她自己都被逗笑了。

特蕾西却一个字都没听进去。她已经想好了越狱的办法。

第十一章

"乔治，我觉得不应该让特蕾西再干这份活了。"

监狱长布兰尼根看着报纸，抬起头说："什么？有什么问题吗？"

"我也说不清楚。但我总觉得特蕾西不喜欢艾米。也许她只是不喜欢和孩子打交道。"

"她没有对艾米不好吧？打她了？吼她了？"

"没有……"

"那究竟是因为什么？"

"昨天艾米跑过去搂特蕾西，但特蕾西把她推开了。艾米太喜欢她了，这多少让我心里有点不舒服。说实话，我可能有点嫉妒。可能是因为这个吧。"

监狱长布兰尼根笑了。"很有可能，秀·艾琳。我觉得特蕾西·惠特尼很适合这份工作。但你要是真发现她有什么错处就跟我说，我会处理的。"

"好的，亲爱的。"秀·艾琳并没有释怀。她拿起她的绣品，开始一针一针地绣起来。这事还没完呢。

"为什么这法子行不通？"

"我说过了，姑娘。每辆出入监狱大门的卡车都要被警卫搜查。"

"但卡车上装的是一大筐换洗衣物——他们总不会把衣服全倒出来检

查吧。"

"他们根本不用这么麻烦。洗衣筐被运到杂物间后，会有一个狱警监视衣物装筐。"

特蕾西站在那里思考："欧尼……有谁能将狱警引开五分钟？"

"这有什么用……"说着，她停了下来，脸上露出一丝微笑，"一个人将他引开，你就趁势钻进洗衣筐的底部，用衣服把自己盖起来！"她点点头，"这法子似乎行得通。"

"那你肯帮我吗？"

欧内斯廷沉思了一会儿，温柔地说："是的，我会帮你。这也算是我最后一次报复大个子伯莎的机会。"监狱的情报网里沸沸扬扬，传播着特蕾西·惠特尼即将越狱的消息。越狱事件是和所有囚犯都相关的大事。犯人们总是密切关注着每一次越狱行动，希望她们自己也有勇气去尝试一次。但是外边有守卫、警犬和直升机，还有最后被带回来的囚犯的尸体。

在欧内斯廷的帮助下，越狱计划进展神速。欧内斯廷给特蕾西量了尺寸，洛拉从女帽店搞到了做裙子的料子，宝莉塔在另一个牢房找了个女裁缝。有人从监狱库房里偷来一双鞋，染成了和这条裙子相配的颜色。又像变魔术一般，搞到了一顶帽子、一副手套和一只钱包。

"现在该给你搞张身份证了。"欧内斯廷对特蕾西说，"你还需要几张信用卡和一张驾照。"

"我怎么才能……"

欧内斯廷咧嘴一笑。"有我老欧尼在，你用不着操心这个。"

第二天晚上，欧内斯廷就给了特蕾西三家大银行的信用卡，名字是简·史密斯。

"接下来，还缺一张驾照。"

午夜过后，特蕾西听到她牢房的门被打开了。有人溜进了牢房。特蕾西在自己的铺位上坐了起来，立刻警惕起来。

一个声音在耳边低语道："惠特尼，我们走吧。"

特蕾西听出是莉莲的声音，她也是一名模范囚犯。"你找谁？"特蕾西问。

欧内斯廷的声音从黑暗中传来。"你妈怎么生出你这么蠢的人？闭上嘴，什么都别说。"

莉莲轻声说："我们得快点。如果我们被抓了，我就完蛋了，快点。"

"我们要去哪里？"特蕾西问道。她跟着莉莲穿过黑暗的走廊，来到一个楼梯口。他们爬到楼梯上的平台，确定周围没有狱警后，便顺着一条走廊匆匆走到一个房间门口。特蕾西记得曾在那儿采集过指纹，还拍了照。莉莲推开门。"就是这儿。"她低声说。

特蕾西跟着她进了房间。另一个犯人已经在里面等着了。

"靠墙站着。"她声音听起来很紧张。

特蕾西朝墙走去，紧张得胃里翻江倒海。

"看着镜头，拜托，显得轻松点好不好。"

"真好笑。"特蕾西想。她这辈子从来没有这么紧张过。摄像机咔嗒响了一声。

"照片明天早上送出去。"那犯人说，"这是为你的驾照准备的。你们赶紧离开这里，快！"

特蕾西和莉莲原路返回。在路上，莉莲说："我听说你要换牢房了。"

特蕾西愣住了。"你说什么？"

"你不知道吗？你要搬到大个子伯莎的牢房里去了。"

特蕾西回来的时候，欧内斯廷、洛拉和宝莉塔都在等她。"怎么样？"

"很顺利。"

"你不知道吗？你要搬到大个子伯莎的牢房里去了。"莉莲的声音又在他耳边回响。

"衣服星期六就做好了。"宝莉塔说。

"欧内斯廷出狱的那天，就是我的最后期限了。"特蕾西想。

欧内斯廷低声说："一切都很顺利。星期六下午两点他们会去取待洗的衣服，你必须在一点半之前到杂物间。你不用担心那个狱警，洛拉会在隔壁的房间缠住他。宝莉塔会在杂物间里等你，她会把你要用的衣服带去。身份证在你的钱包里。你上的那辆车会在两点一刻前开出监狱大门。"

特蕾西紧张得喘不过气来。光是谈论越狱的事，她就浑身发抖。"只要能抓到人，没人在乎你是死是活……他们觉得人死了更好……"

再过几天，她就要为自由而奋斗了。她并不抱什么幻想：成功的概率不大。他们最终会找到她，把她带回来。但她发誓一旦逃出去了，一定要先处理好一件事。

监狱里的小道消息都知道欧内斯廷·利特查普和大个子伯莎为争夺特蕾西而互相较量这回事。现在特蕾西要被转到大个子伯莎的牢房的消息已经传出去了，但没有人向大个子伯莎提起特蕾西的越狱计划，这并非偶然：伯莎不喜欢听到坏消息。她常常容易把制造消息的人和报信的人搞混，然后将一肚子气全撒在报信的人身上。直到特蕾西计划越狱的当天大个子伯莎才知道这事，是那个给特蕾西拍照的模范囚犯透露给她的。

大个子伯莎的脸沉了下去，她默默地听着，身子好像被气得又膨胀了一圈。

"什么时候？"她只问了一句。

"今天下午两点，伯莎。她们要把她藏在杂物间的洗衣筐底下带出去。"

大个子伯莎思索了很久。最后她一摇一晃地走到了一个女看守面前说："我要马上见监狱长布兰尼根。"

特蕾西一整晚都没睡，她紧张得要命。在监狱里不过几个月的时间，却好似几个世纪般漫长。她躺在牢房的铺位上，凝视着黑暗，脑海中不停地闪着过去的画面。

"我觉得自己就像童话里的公主，妈妈。我从不相信有人能如此幸福。"

"这么说！你和查尔斯是打算结婚了。"

"你们打算度多久的蜜月？"

"你竟然开枪打我……你个贱人。"

"你的母亲自杀了……"

"我从来没有真正了解过你。"

查尔斯对新娘微笑的结婚照。

这是发生在多少亿年前的事情？在哪个星球上发生的？

清晨的起床铃声像冲击波一样在走廊里叮当作响。特蕾西在她的铺位上坐了起来，一下子清醒了。欧内斯廷盯着她说："感觉怎么样，姑娘？"

"很好。"特蕾西撒谎道。她口干舌燥，心在不停地乱跳。

"好了，今天我们都要离开这里了。"

特蕾西艰难地咽着口水。"是……是啊。"

"你确定你能在一点半之前离开监狱长家吗？"

"没问题。艾米吃完午饭后总要小睡一会儿。"

宝莉塔说："你千万不能迟到，不然就前功尽弃了。"

"我一定会准时到。"

欧内斯廷把手伸到床垫下，拿出一卷钞票。"你身上得带点钱。虽然只有两百美元，但却能救救急。"

"欧尼，我不知道该……"

"什么都别说，姑娘，拿着吧。"

特蕾西强迫自己吞下了几口早饭。她的头嗡嗡地响个不停，浑身上下都疼得厉害。"我怎么也熬不过今天了，"她内心挣扎着，"我不管怎样一定要把今天熬过去。"

今天的厨房里弥漫着一种紧张的、不自然的沉默，特蕾西突然意识到这完全是因她而起。她成了那些会心的目光和紧张的、窃窃私语的对象。一场越狱大戏即将上演，而她是这场戏的女主角。再过几个小时她就自由了，抑或万劫不复。

特蕾西放下早餐，站起身朝监狱长布兰尼根家走去。特蕾西等着警卫打开走廊的门时，迎面碰见了大个子伯莎。那个大块头的瑞典人正朝她咧嘴笑着。

特蕾西想："她一定会大吃一惊的。"

大个子伯莎想："她现在是我的女人了。"

上午的时间过得太慢了，特蕾西觉得自己快要疯了。时间似乎没完没了地拖着，每一分钟都显得格外漫长。她给艾米读书，自己却完全不知道在读什么。她意识到布兰尼根太太正从窗户里注视着她。

"特蕾西，我们来玩捉迷藏吧。"

特蕾西紧张得快要吐出来了，完全没心思玩游戏，但她又不敢做任何引起布兰尼根太太怀疑的事。她挤出了一个微笑，说："好呀。艾米，你先藏，我来找你，好吗？"

她们就在别墅前的院子里玩。特蕾西可以看到远处杂物间所在的那座建筑物。

　　她必须一点半准时到。她得先换上为她量身定做的便装，在一点四十五分准时躺在大洗衣筐里，身上盖满了制服和床单。两点钟的时候，洗衣工会过来拿洗衣筐，将洗衣筐运到他的卡车上。两点一刻，卡车就会穿过监狱大门，开往附近城镇的洗衣厂。

　　司机坐在前座，他看不见卡车后面的情况。等卡车开到镇上等红灯时，她就打开车门，优雅地爬出来。这实在是太酷了。然后，她就可以乘公共汽车去想去的地方。

　　"你能看见我吗？"艾米喊道。她藏在一棵木兰树的树干后面，一半的身子都露了出来。她用手捂住嘴，忍住不笑出声来。

　　"我会想念她的，"特蕾西想，"等我离开这儿后，我会想念两个人。一个是那个黑人光头女同性恋犯人，另一个就是这小女孩。"她不知道查尔斯·斯坦诺普三世对此会做何感想。

　　"我来找你了。"特蕾西说。

　　秀·艾琳从屋里看着她们做游戏。在她看来，特蕾西的行为十分奇怪。整个上午她不停地看着手表，好像在等什么人似的，她的心思显然不在艾米身上。

　　"等乔治回家吃午饭时，我必须和他谈谈这件事，"秀·艾琳心里暗下决心，"这次一定要让他把特蕾西换掉。"

　　特蕾西和艾米在院子里玩了一会儿"跳房子"，又玩了好一会儿"抓子儿"的游戏，然后特蕾西读书给艾米听。终于，感谢上苍，总算到了十二点半，是艾米吃午饭的时间了。特蕾西该行动了。她把艾米送进了别墅。

　　"我要走了，布兰尼根太太。"

　　"什么？哦，没人告诉你吗，特蕾西？我们今天有一个贵宾参观团到访，他们要在家里吃午饭，所以艾米今天不用睡午觉。你带着她一起玩吧。"

　　特蕾西站在那里，逼着自己不尖叫出来。"我……我不能那样做，布兰尼根太太。"

　　秀·艾琳·布兰尼根的脸沉了下来。"你不能这么做是什么意思？"

特蕾西看到了她脸上的愠色，她想："我可不能见罪于她。她会打电话给监狱长，然后把我送回牢房。"

特蕾西强颜欢笑着说："我的意思是……艾米还没吃午饭。她会饿的。"

"我让厨师中午为你们俩准备了野餐。你们可以在草地上散散步，然后享受野餐。艾米喜欢野餐，是不是，亲爱的？"

"我可喜欢野餐啦。"她用恳求的目光看着特蕾西，"可以吗，特蕾西，可以吗？"

不可以！可以。还是小心为妙。还是来得及的。

一点半之前必须赶到杂物间，不能迟到。

特蕾西看着布兰尼根太太。"我什……什么时候把艾米送回来？"

"哦，大约三点吧。那时客人应该已经走了。"

那时卡车也走了。特蕾西顿然觉得有天旋地转的感觉。"我……"

"你没事吧？你的脸看起来一点血色都没有。"

对啊，她可以说她病了，要去医院。但之后医生会给她做检查，把她留在那里。她不可能及时出来。肯定还有别的办法。

布兰尼根太太盯着她看。

"我很好。"

"她肯定有什么毛病，"秀·艾琳·布兰尼根想，"我一定要让乔治把她换掉。"

艾米的眼睛里闪着喜悦的光芒。"我把最大的三明治给你吃，特蕾西。我们肯定会玩得很开心，是吧？"

特蕾西没有回答。

这次贵宾参观团是突然到访。州长威廉·哈伯亲自带着监狱改革委员会的成员来监狱参观。监狱长布兰尼根每年都要接待一次这样的访问。

"这是地区的例行公事，乔治，"州长解释说，"只要把监狱打扫干净，让姑娘们笑得漂亮点，我们的预算就能再增加。"

当天早晨，看守长便下令："所有的毒品、刀子和假阳具都要处理干净。"

哈伯州长一行原定于上午十点到达。他们将先视察监狱内部，再参观农场，然后在监狱长家里吃午饭。

大个子伯莎等得不耐烦了。她要求见监狱长，却被告知："今天上午监狱长的时间很紧。明天会空闲一点。他……"

"明天！"大个子伯莎勃然大怒，"我现在就要见他，事情紧急。"

监狱里很少有犯人敢像大个子伯莎这样讲话而不受处罚。监狱当局很清楚她的势力。他们见过她是如何挑起一场骚乱，又是如何将它平息的。世界上任何监狱都离不开与囚犯头头的合作，显然，大个子伯莎就是其中的一个头头。

她在监狱长的办公室外面已经等了将近一个小时。她那一身肥膘从椅子里溢了出来。"她长得真恶心，"监狱长的秘书想，"让人看了浑身起鸡皮疙瘩。"

"还要等多久？"大个子伯莎问。

"不会太久。监狱长正在接待一些贵客。他今早非常忙。"

大个子伯莎说："出了事他会更忙。"她看了看表，时间是十二点四十五分。时间还很充裕。

这是完美的一天，万里无云，阳光明媚，微风习习，各种诱人的花草香味随风飘荡在绿油油的农田上。特蕾西在湖边的草地上铺了一块桌布，艾米正开心地吃着鸡蛋沙拉三明治。特蕾西瞥了一眼手表。已经一点了。她简直不敢相信，上午的时间一分一秒都赖着不肯走，下午的时间却又飞逝而过。她必须尽快想出办法，否则时间会夺走她最后一次获得自由的机会。

一点十分。监狱长的接待室里，秘书放下电话，对大个子伯莎说："对不起。监狱长说他今天没法见你。我们再约个时间……"

大个子伯莎费力地拖着身子站了起来。"他必须见我！是……"

"我们明天会给你安排个时间。"

大个子伯莎正准备说"明天就太晚了"，但她还是及时忍住了没说。除了监狱长本人，谁也不能知道她想干什么。她的告密计划遭遇了致命的意外，但她并不打算放弃。她不可能让特蕾西·惠特尼从她手里溜走。伯莎走进监狱图书馆，在房间尽头的一张长桌旁坐了下来。她草草地写了一张字条，趁女看守走到过道去给一个犯人拿书时，把字条扔在看守的桌子上离开了。

女看守回来看到了字条，打开仔细看了两遍：你们今天最好检查一下洗衣车。

没有签名。是恶作剧？女看守无从得知。她接起了电话："给我接警卫长……"

一点十五分。"你什么都没吃，"艾米说，"吃点我的三明治好吗？"

"不吃！离我远点。"她本不想说得这么严厉。

艾米放下手里的三明治。"你在生我的气吗，特蕾西？请你不要生我的气，我好喜欢你。我从不生你的气。"她温柔的眼睛里满是委屈。

"我没有生气。"特蕾西心急如焚。

"如果你不饿，我也不饿，我们打球吧，特蕾西。"艾米从口袋里掏出她的橡皮球。

一点十六分。她本应该上路了。她至少要花十五分钟才能到达杂物间。现在赶紧去还来得及。但她不能丢下艾米一个人。特蕾西环顾四周，看见远处一群囚犯正在收庄稼。特蕾西立刻就想到了个主意。

"你不想玩球吗，特蕾西？"

特蕾西站了起来。"想玩呀，我们来玩个新游戏。看谁能把球扔得最远。我先扔球，你再扔。"特蕾西捡起那个坚硬的橡皮球，拼了命地朝囚犯们工作的方向扔去。

"哇，扔得真远。"艾米钦佩地说，"真是太远了。"

"我去拿球，"特蕾西说，"你就在这儿等着。"

她开始狂奔，为了逃命而狂奔，她的脚在田野上飞驰。已经一点一十八分了。如果她迟到了，他们会等她一会儿的。他们真的会吗？她跑得更快了。她听到艾米在她身后叫她，但她没有理会。农场的囚犯现在正朝另一个方向走着。特蕾西朝她们大喊了一声，她们便停了下来。她跑到她们跟前时已经上气不接下气了。

"出什么事了？"其中一个囚犯问道。

"没，没……没事。"她气喘吁吁，"后面那个小女孩，拜托你们谁帮我照顾一下。我有很重要的事要做。我……"

特蕾西听到远处有人叫她的名字，便转过身来。只见艾米站在湖边的水泥堤坝上，正朝她挥手喊着："特蕾西，看我！"

"别上去，赶紧下来！"特蕾西高声喊道。

特蕾西惊恐地看着她，艾米一下子失去平衡，一头栽进了湖里。

"天哪！"特蕾西顿失血色。她必须做出选择，但别无选择。"我帮不了她。至少现在不行。会有人救她的。我得救我自己。我必须离开这个地方，否则我会没命的。已经一点二十了。"特蕾西心中十分纠结。

特蕾西转过身，使出吃奶的劲狂奔起来。人们在背后叫她，她也听不见。她健步如飞，没有意识到鞋子已经跑掉了，也没有意识到尖锐的石子划破了她的脚。她的心怦怦直跳，肺也要炸裂了，她逼着自己跑得更快、更快。她跑到湖堤边，一个箭步冲上了堤坝。在下面深不见底的地方，她看见艾米不停地往下坠，挣扎着想浮上水面。特蕾西毫不犹豫地跟着跳了进去。等她碰到水的时候才想起："天哪！我不会游泳……"

第二部

第十二章

新奥尔良：八月二十五日，星期五，上午十点

莱斯特·托伦斯是新奥尔良第一招商银行的一名出纳。他觉得自己有两大优点值得自豪：一是他勾引女人的绝招，二是他判断客户的能力。莱斯特四十多岁，长脸，面色蜡黄，留着像演员汤姆·赛莱克那样的八字胡和络腮胡。两次职员提升机会都与他无缘。为了报复，莱斯特索性把银行当作他的钓鱼场所。他能在一英里外发现妓女，然后说服她们免费为自己提供服务。寂寞难耐的寡妇特别容易成为他的猎物。她们长相不同，年龄各异，面临的难题也不尽相同，但迟早她们会来到莱斯特的营业窗口。如果她们是暂时透支，莱斯特就会同情地听她们诉说原委，并且把拒付支票的日期推迟几天。作为回报，说不准她们会找个僻静的地方约他吃晚饭。他的许多女性顾客向他寻求帮助，并向他吐露了不可告人的秘密：她们需要一笔贷款，但不能让丈夫知道……开出的某几张支票要保密……她们正在考虑离婚。"请帮我立即结清与丈夫开的联合账户吧。"莱斯特很乐意讨好她们，当然也愿意接受她们的谄媚。

就在这个星期五的早晨，莱斯特知道他中了头彩。那个女人一走进银行的大门，他就看见了她。她是个绝色美人，一头黑色的秀发垂至肩膀，紧身的裙子和毛衣，勾勒出曼妙的身材，连拉斯维加斯赌城的歌女都会自愧不如。

银行里还有另外四个出纳员，年轻女郎从一个窗口看向另一个窗口，好像在寻求帮助。她看了莱斯特一眼，他急切地点点头，热情地朝她微笑。她走向他的窗口，正如莱斯特预料的那样。

"早上好，"莱斯特热情地说，"能为您做些什么？"

他可以看到她的乳头顶得开士米羊毛衫鼓了起来。他想："宝贝，我真想为你做些什么！"

"我遇到了麻烦。"女人轻声说。莱斯特从未听到过这么悦耳的南方口音。

"这就是我的本职工作，"他热情洋溢地说，"专门解决麻烦。"

"哦，真希望如此。恐怕我做了一件很可怕的事。"

莱斯特对她露出父亲般慈爱的微笑。"我不敢相信像您这样可爱的女士会做出可怕的事来。"

"哦，我确实做了。"她那双柔和的棕色的眼睛因惊慌而瞪得圆圆的。

"我是乔瑟夫·罗马诺的秘书，一个星期前他让我为他的支票账户重新订几本空白支票，我把这事全忘了，现在我们的支票快用完了。如果他发现了，我不知道他会怎么对我。"女郎以丝缎般柔滑的嗓音急促地说出这番话。

莱斯特对乔瑟夫·罗马诺这个名字再熟悉不过了。他可是这家银行的重要客户，尽管他在账户上的存款数目相对较小。大家都知道他的大钱拿到别处洗白了。

莱斯特想："他选秘书的眼光真毒辣。"他又笑了。"嗯，这不算太严重，太太？"

"小姐，哈特福德小姐。露琳·哈特福德。"

今天是他的幸运日。莱斯特感到这次一定能钓一条大鱼。"我现在就给您订新支票。再过两三个星期您就能拿到了，而且——"

她娇滴滴地打断了他，那娇甜的嗓音让莱斯特浮想联翩。"哦，那太晚了，罗马诺先生已经很生我的气了。你知道吗，我好像无法把注意力集中在工作上了。"她身体前倾，胸脯触到窗口的边缘。她娇喘着说："如果你能提前发出那批支票，我很乐意多付钱。"

莱斯特面露难色，说："哎呀，我很抱歉，露琳，不可能……"他见她快要哭出来了。

"说实话，这可能会让我丢了工作。拜托……我愿意做任何事。"

这句话在莱斯特听来像音乐般动听。

"那我们这样吧。"莱斯特说，"我打个电话让他们紧急发出这批支票，星期一你就能收到。这样可以吗？"

"哦，你真是太棒了！"她的声音里充满了感激。

"我把支票送到你的办公室去，然后……"

"还是我自己来取比较合适。我不想让罗马诺先生知道我干的蠢事。"

莱斯特笑了笑，一脸的宠溺。"你不蠢，露琳。我们总有忘事的时候。"

她嗲声说道："我这辈子都不会忘记你的。星期一见了。"

"我会在这里等你的。"只要他的脊梁骨不摔断，他一定会在这里等她的。

她嫣然一笑，款步走出银行，光是她摇曳的步态，就已经令人销魂了。莱斯特笑嘻嘻地走到一个文件柜跟前，找到了乔瑟夫·罗马诺的账户号码，就打电话去催新支票了。

卡门街上的这家酒店十分普通，和新奥尔良的其他一百多家酒店别无二致，这就是特蕾西选择它的原因。她在这间装修简陋的小房间里住了一个星期。和她的牢房相比，这里简直就是宫殿。

在银行和莱斯特见面回来后，特蕾西摘下黑色假发，用手指梳理自己浓密的头发，取出软性隐形眼镜，卸掉深色粉底。她坐在房间里唯一一把直椅上，深深地吸了一口气。一切进展顺利。查出乔·罗马诺存钱的银行并不困难。特蕾西查阅了她母亲名下的由罗马诺签发的一张作废的支票。"乔·罗马诺？你可千万不能惹他们。"欧内斯廷说。

欧内斯廷错了。乔·罗马诺就是第一个要惹的，然后才是另外几个。每个人的账都要算。

她闭上眼睛，重温着那一个使她获救的奇迹……

她感到冰冷黑暗的湖水向她的头顶逼近。她快要淹死了，心里充满了恐惧。她潜入水中，她的手摸索到了孩子，抓住她，把她拉到了水面上。艾米惊慌失措地挣扎着，她的胳膊和腿疯狂地乱舞着，拽着特蕾西一道下沉。特蕾西的肺胀得快炸了。她一边拼命从水里往外爬，一边死死抓住小女孩不放。她渐渐感到体力不支了。"我们怕是撑不过去了，"她想，"我们要死了。"她感到艾米的身体从她怀里被扯开了，她尖叫道："哦，天哪，不要！"一双有力的手搂着特蕾西的腰，一个声音说："现在没事啦，别紧张。一切都结束了。"

特蕾西疯狂地环顾四周寻找艾米，然后发现艾米已经安全地被一个男人抱在怀里了。片刻之后，她们俩都被拖出那个会吞噬生命的深湖……

通常情况下，这样的落水事件在晨报内页的一篇豆腐块大小的版面上报道一下就可以了，但这次是一个不会游泳的囚犯冒着生命危险救了监狱长的孩子。一夜之间，报纸和电视评论员把特蕾西描绘成了女英雄。哈伯州长亲自和监狱长布兰尼根去监狱医院看望特蕾西。

"你非常勇敢，"监狱长说，"我和布兰尼根太太非常感激你。"他激动得说不出话来。

特蕾西仍然很虚弱，还没有彻底从惊吓中回过神来。"艾米怎么样了？"

"她会没事的。"

特蕾西闭上了眼睛。"如果她出了什么事，我可受不了。"她想。当孩子最需要她的爱的时候，自己却冷若冰霜，特蕾西感到非常羞愧。这次事件使她失去了越狱的机会，但她知道，如果让她重新来过，她还是会做同样的事。

有人对事故进行了简短的调查。

"这是我的错，"艾米对父亲说，"我们在打球，特蕾西追着球跑，让我等着，但我爬上了堤坝，想看得更清楚，结果掉进了水里。但是特蕾西救了我，爸爸。"

那天晚上他们把特蕾西留在医院观察，第二天早上她被带到监狱长布兰尼根的办公室。媒体在等着她，合众国际社和美联社的特约记者都到场了，当地电视台派出了一个新闻组。

那天晚上，特蕾西的英勇事迹引起了各大媒体的关注。她奋不顾身救落水小孩的报道在全国电视上陆续播出，消息便越传越远。《时代周刊》《新闻周刊》《人物》杂志和全国数百家报纸都报道了这一事件。随着新闻报道的持续，信件和电报涌进了监狱，要求赦免特蕾西·惠特尼。

哈伯州长和监狱长布兰尼根讨论过这件事。

"特蕾西·惠特尼是因为重罪被关在这里的。"监狱长布兰尼根说。州长沉思着。

"但她没有前科，对吧，乔治？"

"是的，州长先生。"

"告诉你吧，我承受着巨大压力，逼着我为她做点什么。"

"我也有压力，州长。"

"当然，我们不能让公众来告诉我们如何管理我们的监狱，不是吗？"

"是的。"

"另一方面，"州长谨慎地说，"惠特尼女士确实表现出了非凡的勇气。她已经成了一个名副其实的女英雄。"

"这一点毫无疑问。"监狱长布兰尼根表示同意。

州长停下来点了一支雪茄。"你怎么看，乔治？"

乔治·布兰尼根措辞谨慎。"州长先生，您当然知道，我个人对这件事有特别的兴趣。她救的是我的孩子。但是，先不说这个，我还认为特蕾西·惠特尼这个人不属于罪犯类型，我也相信如果她出了监狱不会对社会造成危险。我强烈建议您赦免她。"

即将宣布参加竞选连任的州长意识到狱长的建议是个很好的主意。"这件事暂时不要说出去。"在政治中，时机是关键。

秀·艾琳和丈夫商量后，对特蕾西说："如果你搬到小屋去住，我和监狱长布兰尼根将非常高兴。我们后面有一间空卧室。你可以全职照顾艾米。"

"谢谢您，"特蕾西感激地说，"我很乐意。"

这个安排完美极了。特蕾西不仅不用每晚待在牢房里，她和艾米的关系也完全改变了。艾米喜欢特蕾西，特蕾西也喜欢她。她喜欢和这个聪明可爱的小女孩待在一起。她们玩以前那些游戏，在电视上看迪士尼电影，一起读书。特蕾西几乎成了家庭的一员。

但每当特蕾西有事要去牢房时，她总会碰到大个子伯莎。

"你个走运的婊子。"大个子伯莎咆哮道，"但是要不了多久，你会乖乖回到这里，和我们待在一起的。我正在想办法呢，小婊子。"

艾米获救三星期后的这天，特蕾西和她正在院子里玩捉迷藏，这时秀·艾琳·布兰尼根匆匆走出了房子。她站在那里看了一会儿。"特蕾西，监狱长刚打电话来。他要你马上到他的办公室去。"

特蕾西突然感到一阵恐惧。这是不是意味着她要被转回监狱了？是伯莎利用她的影响力安排了这一切，还是布兰尼根夫人认为艾米和特蕾西走得太近了？

"好的，布兰尼根太太。"

特蕾西被带进来时，监狱长正站在他办公室的门口。"你最好先坐下来吧。"他说。

特蕾西试图从他的语气中读出她的命运。

"我有个消息要告诉你。"他停顿了一下，他心中似乎有特蕾西无法理解的情感。"我刚刚收到路易斯安那州州长的命令，"监狱长布兰尼根继续说，"对你全面赦免，立即生效。"

"天哪，他说的和我想的一样吗？"特蕾西实在是不敢相信，大气都不敢喘。

"我想让你知道，"监狱长继续说，"这并不是因为你救了我的孩子。你本能地做出了任何一个体面的公民都会做的事。我怎么也不会相信你会对社会构成威胁。"他笑着补充道："艾米会想念你的。我们也是。"

听了监狱长的一番话，特蕾西又是激动又是羞愧，竟然说不出一句话。真不知道监狱长得知真相会怎么样：如果事故没有发生，他手下的警卫现在正在搜捕她这个逃犯呢。

"你后天就会被释放。"

她要"脱壳"了。但特蕾西还是无法接受。"我……我不知道该说什么。"

"你什么都不用说。这里的每个人都为你感到骄傲。布兰尼根太太和我都期待你在外面大有作为。"

所以，一切是真的：她自由了。特蕾西激动得几乎承受不住，她不得不靠在椅子扶手上稳住自己。当她终于开口说话时，她的声音很坚定："我有很多事想做，布兰尼根监狱长。"

特蕾西在监狱的最后一天，一个来自特蕾西原来牢房区的囚犯走到她面前。"所以你要出去了。"

"没错。"

那个女人叫贝蒂·弗兰西斯科斯，四十出头，仍有几分姿色，派头十足。"如果你在外面需要帮助，可以去纽约找一个人。他叫康拉德·摩根。"她塞给特蕾西一张字条。"他对犯人改过自新的问题很感兴趣，喜欢帮助蹲过监狱的人。"

"谢谢，不过我想我不需要……"

"谁知道呢。留下他的地址吧。"

两个小时后，特蕾西穿过监狱的重重大门，绕过那群电视记者的一架架摄像机。她不愿对记者讲话。这时艾米从母亲身边挣脱出来，扑到特蕾西的怀里，所有的摄像机咔嚓咔嚓响了一阵。这就是当天晚间新闻上刊登的照片。

此刻，特蕾西觉得自由不再是一个抽象的名词。自由是有形的、看得见的、摸得着的东西，是可以实实在在地去体会与享受的状态。自由，意味着她可以呼吸新鲜空气，拥有个人空间，不用排队打饭，不用按铃声作息。自由，意味着她可以泡热水澡，用香气宜人的高级肥皂，穿柔软的内衣、漂亮的连衣裙和高跟鞋。自由，意味着她拥有自己的姓名，而不是被当作一个数字。自由，意味着她逃离了大个子伯莎，逃离了对轮奸的恐惧，逃离了单调得令人窒息的监狱生活。

新获得的自由，特蕾西需要慢慢适应。她走在街上，一路小心，生怕撞到人。在监狱里，撞到另一个囚犯可能会变成点燃一场大战的火星。没有持续的威胁却是特蕾西最难适应的。现在没有人威胁她。

终于，她可以自由地执行她的一系列计划了。

在费城，查尔斯·斯坦诺普三世在电视上看到特蕾西离开监狱的新闻报道。"她仍然很漂亮。"他心里想。她的外表看上去很难让人相信她真的犯下了那些罪。他看了看他那模范妻子，她平静地坐在房间的另一头织着毛线。查尔斯想："我怀疑我做了一个错误的选择。"

丹尼尔·库珀在纽约的公寓里看到了电视新闻中的特蕾西。他对她已被从监狱释放这一事实并没有什么反应。他咔嗒一声关了电视机，回到他正在处理的文件上。

乔·罗马诺看到了这个电视新闻，忍不住放声大笑起来。"这个名叫惠特尼的娘们儿真走运。我敢说监狱肯定教会她不少东西。她现在绝对是个风骚的小妞。说不定哪天我们会邂逅呢。"

罗马诺对自己设的骗局很满意。他已经把雷诺阿的画交给了负责销赃的商贩，后来苏黎世的一个私人收藏家买走了那幅画。罗马诺从保险公司拿到五十万美元赔偿金，又从负责销赃的商贩那里拿到二十万美元。罗马诺自然和安东尼·奥尔萨蒂平分了这笔钱。罗马诺在与安东尼·奥尔萨蒂打交道时非常谨慎，因为他曾见过与安东尼·奥尔萨蒂交易不当的人会落得什么下场。

星期一中午，特蕾西以露琳·哈特福德的身份回到新奥尔良第一招商银行。那个时候银行里挤满了顾客。有几个人在莱斯特·托伦斯的窗口前排队。特蕾西也加入了队伍，莱斯特一看见她，就笑嘻嘻地冲她点点头。她比他记忆中的还要漂亮得多。

终于轮到特蕾西了，她走到窗前时，莱斯特开始邀功了。"哎呀，这事确实有难度，但我为你办成了，露琳。"露琳的脸上绽放着暖暖的、感激的微笑。"你真是太棒了。"

"那当然了。你要的全都在这儿。"莱斯特打开一个抽屉，找到他小心地收起来的那盒支票，便递给她。"拿去吧。四百张空白支票。够了吗？"

"哦，足够了，除非罗马诺先生疯狂地开支票。"她专注地望着莱斯特的眼睛，舒了一口长气，"你真的救了我的命。"

莱斯特感到腹部产生了一阵快乐的悸动。"我相信大家应该礼尚往来，你说呢，露琳？"

"你说得太对了，莱斯特。"

"你懂吧，你就应该在这里开一个自己的账户。我会好好为你服务的。名副其实的好服务。"

"我就知道你会的。"特蕾西温柔地说。

"为什么我们不找个安静的地方吃顿饭，边吃边谈呢？"

"我当然乐意了。"

"我怎么联系你呢，露琳？"

"哦，我会给你打电话的，莱斯特。"说完她便走开了。

"等一等——"下一个顾客走上前，递给沮丧的莱斯特一袋硬币。

银行中央摆着四张桌子，桌上的金属盒里备有银行的存款及取款单子，桌前挤满了忙着填写表格的人。特蕾西走到莱斯特看不见的地方。一位顾客离开，特蕾西坐在了他的位置上。莱斯特给她的那个盒子里装着八本空白支票。但特蕾西感兴趣的不是支票本里的空白支票，而是支票本后面的存款单。

她小心翼翼地把所有的存款单从支票本上扯下来。不到三分钟，她手里就拿了八十张存款单。趁着没人注意她的工夫，特蕾西抽出二十张存款单放进了这张桌子上的金属盒里。

她走到另一张桌子，又放了二十张存款单。几分钟后，八十张存款单分别被放置在不同的桌子上。存款单是空白的，但每张存款单的底部都有一个磁性密码，电脑识别这个磁性密码后会把钱自动存入这个账户。无论谁拿这些存款单去存钱，电脑都会识别这个磁性密码，将存款自动存入乔·罗马诺的账户。特蕾西凭着她在银行工作的经验，知道在两天之内这八十张的磁性存款单就会被用完，这个错误至少需要五天的时间才会被银行发现。如此一来，她想完成计划，时间是绰绰有余的。

在回酒店的路上，特蕾西把所有的空白支票扔进了垃圾桶。乔·罗马诺先生以后就用不着这些支票了。

特蕾西的下一站是新奥尔良假日旅行社。服务台后的年轻女士问："我能为您效劳吗？"

"我是乔瑟夫·罗马诺的秘书。罗马诺先生想订一张去里约热内卢的机票。他想这个星期五启程。"

"只要一张票吗？"

"是的。头等舱。靠过道的座位。吸烟座。"

"是往返票吗？"

"单程票。"

旅行社职员转向桌上的电脑。几秒钟后，她说："订好了。泛美航空公司728次航班的头等舱，星期五下午六点三十五分起飞，在迈阿密短暂停留。"

"这肯定合罗马诺先生的意。"特蕾西向那个女人保证。

"一共是一千九百二十九美元。付现金还是刷卡？"

"罗马诺先生总是付现金。收到票时付款。你能在星期四把票送到他的办公室吗？"

"如果你愿意，我们明天就可以送过去。"

"不用。罗马诺先生明天不会在那里。星期四上午十一点，行吗？"

"好的。可以。地址是……"

"乔瑟夫·罗马诺先生，波德拉斯街217号，408房。"

女人记了下来。"很好。我会安排星期四上午送到的。"

"十一点整，"特蕾西说，"谢谢你。"

沿这条街走半个街区就是艾克姆行李店。

特蕾西在走进去之前仔细看了看橱窗里的展品。

一个店员走近她。"早上好。我能为您做些什么？"

"我想给我丈夫买几只旅行提箱。"

"你来对地方了。我们正在打折。我们有一些又好又便宜的……"

"不，"特蕾西说，"不要便宜的。"

她走到靠墙陈列的路易威登行李箱前。"这才是我想要的。我们要去旅行了。"

"好吧，我敢肯定他会喜欢其中一款的。我们有三种不同的尺寸。哪一个会——？"

"我各拿一个。"

"哦，好吧。刷卡还是付现金？"

"见货付款。名字是乔瑟夫·罗马诺。你能在星期四上午把它们送到我丈夫的办公室吗？"

"当然可以，罗马诺太太。"

"十一点送到可以吗？"

"我会亲自安排人去送的。"

特蕾西似乎想到了什么，又补充道："哦……你能把他名字的首字母写在上面吗？要烫金字母：J. R.。"

"当然。这是我们的荣幸，罗马诺夫人。"

特蕾西笑了，然后把办公室地址给了他。

特蕾西来到附近的西联汇款营业处，向里约热内卢发了一份付费电报到科帕卡瓦纳海滩的里奥欧松宫旅店。

电文如下：预订贵酒店最豪华套房，本星期五始，为期两个月。请发对方付款电报确认。乔瑟夫·罗马诺，美国路易斯安那州新奥尔良市波德拉斯街217号408房。

三天后，特蕾西给银行打电话，要求与莱斯特·托伦斯通话。当她听到他的声音时，她轻声说："你可能不记得我了，莱斯特，我是露琳·哈特福德，罗马诺先生的秘书，还有……"

不记得她了！他的声音显得迫不及待。"我当然记得你，露琳。我……"

"真的记得？喔，我有些受宠若惊了。你每天要见那么多人。"

"你和他们可不一样，"莱斯特讨好她说，"你没有忘记我们约定一起用晚餐，是吗？"

"你不知道我有多期待。下星期二你看行吗，莱斯特？"

"太好了！"

"那就说定了。哦，我真是个白痴！和你聊得一高兴，我差点忘了正事。罗马诺先生让我查一下他的银行余额。你能给我报一下数字吗？"

"当然可以。很简单的事。"

通常情况下，莱斯特·托伦斯会要求打电话的人提供存款人的出生日期或其他身份证明，但在这种情况下，显然没有必要。"别挂电话，露琳。"他说。

他走到文件柜跟前，取出乔瑟夫·罗马诺的记录卡查看，不禁大吃一惊。在过去的几天里，罗马诺的账户上有大量的存款。罗马诺以前从未在他的账户上存过这么多钱。莱斯特·托伦斯不知道这是怎么回事。这显然是件大事。和露琳·哈特福德吃饭的时候一定要问个究竟。弄点内部消息总没有坏处。他回到电话机旁。

"你的老板可让我们银行忙坏了，"他告诉特蕾西，"他的支票账户里有三十多万美元。"

"哦，好的。和我这边的数字一样。"

"他想把钱转成定期吗？存在这里没什么利息，我可以……"

"不用。他的意思是这笔钱就在这个账户里不动。"特蕾西很明确地告诉他。

"好吧。"

"太谢谢你了，莱斯特。你真是太可爱了。"

"等一下！要我打电话到你的办公室问你星期二的具体安排吗？"

"我会给你打电话的，亲爱的。"特蕾西告诉他。

然后就挂断了。

安东尼·奥尔萨蒂拥有一座现代化的高层办公楼，它坐落在波德拉斯街，夹在江岸和巍峨的路易斯安那大厦之间。太平洋进出口公司的办公室占据了大楼的第四层。一头是奥尔萨蒂的办公室套间，另一头是乔·罗马诺的套间。中间由四个年轻的接待员占据，他们晚上要招待安东尼·奥尔萨蒂的朋友和生意上的熟人。在奥尔萨蒂的套间前坐着两个大块头，他们的职责是保护老板的安全，还充当老板的司机和按摩师，为他们跑腿办事。

星期四的早上，奥尔萨蒂正在他的办公室里查看前一天的进账情况，这些收入来自太平洋进出口公司控制下的赌博、赛马、卖淫以及其他十多种利润颇丰的业务。

安东尼·奥尔萨蒂六十多岁。身材极不协调，躯干宽厚健壮，两腿又短又细，让他显得个头很矮。他站着的时候看上去却像一只蹲伏着的青蛙。脸上疤痕横七竖八，像一只蜘蛛喝醉酒后织的网。一张大嘴宽阔肥厚，一双黑眼睛圆鼓鼓的。十五岁时他得了一场脱发病，头发掉光了，从那以后就一直戴着黑色假发。

那顶假发很不适合他，但这么多年来，从来没有人敢当着他的面提起这件事。奥尔萨蒂的眼睛是赌徒的眼睛，冷漠犀利，不流露出任何情感。脸上也总是不挂任何表情，除非是见到了那五个心肝宝贝女儿。了解奥尔萨蒂情绪的唯一线索是听他的声音。他的声音沙哑刺耳，这是因为他二十一岁生日那天，有人用铁丝勒他的喉咙，当时以为他断气了，就扔下他跑了。一个星期后，勒他的那两个人的尸体就出现在了太平间。奥尔萨蒂真的生气时，他的声音会沙哑得像是被人勒着脖子一样，听不清他在说什么。

安东尼·奥尔萨蒂是一个国王，他通过贿赂、暴力和勒索来管理他的封地。他统治着新奥尔良，新奥尔良将数不清的财富进贡给他。全国其他几大家族的首领都尊敬他，唯他马首是瞻。

此刻，安东尼·奥尔萨蒂龙颜大悦，心情甚好。情妇陪着他一起美美地享用了早餐。奥尔萨蒂在维斯特湖边买下了一座公寓楼，并把情妇安置在那里，每星期去看她三次。他今天上午在她那里过得格外愉快。她在床上对他曲意逢迎，其他女人做梦都想不到的招数被她发挥得淋漓尽致，如此这般，他打心眼里觉得她真的很爱他。

奥尔萨蒂把他的领地管理得井井有条，基本没出过岔子，这是因为安东尼·奥尔萨蒂懂得如何在棘手的事变成麻烦之前就解决掉它们。他曾经向乔·罗马诺解释过他的哲学："永远不要让小问题变成大问题，乔。否则它就会像雪球一样越滚越大。如果你发现手下有个贪心的小头目总想多捞点，你就立刻把他解决掉，懂吗？这样就没有什么雪球了。如果有个芝加哥来的大佬向你申请许可在新奥尔良开个小公司，你怎么办？你知道这个小公司的业务很快就会发展成大业务，然后很快他的业务就会吃掉你的利润。那么，你就要先答应他，等他来到这儿，你就把这狗娘养的给解决掉。这样就不会有雪球了。听明白了吗？"

乔·罗马诺听明白了。

安东尼·奥尔萨蒂很看重罗马诺，对待他就像对待亲生儿子一样。奥尔萨蒂认识罗马诺的时候，罗马诺还是个巷子里抢劫醉汉的小混混。奥尔萨蒂亲自对他进行培训。十年后，罗马诺便爬到了安东尼·奥尔萨蒂的大总管的位置。现在这孩子已经能和奥尔萨蒂手下的那些精兵强将周旋博弈，如鱼得水。他才思敏捷，聪明机灵，诚实可靠。他监督家族各项事务的运转，只听命于奥尔萨蒂一人。

奥尔萨蒂的私人秘书露茜敲门走进了办公室。她二十四岁，大学毕业，脸蛋和身材都很漂亮，在当地的选美比赛中多次获奖。奥尔萨蒂喜欢看到年轻漂亮的女人在他面前晃来晃去。

他看了看桌子上的钟，当时是十点四十五分。他告诉过露茜，中午之前他不希望有人打扰他。他瞪起大眼，气鼓鼓地说："做什么？"

"很抱歉打扰您，奥尔萨蒂先生。有位吉吉·杜普瑞斯小姐打电话来。她听起来急得要命，但她不肯告诉我她要做什么。她坚持要您本人接电话。我猜可能她有重要的事吧。"

奥尔萨蒂坐在那里，大脑中搜索着这个名字。"吉吉·杜普瑞斯？会不会是我在拉斯维加斯赌城带回宾馆的某个女人？"吉吉·杜普瑞斯？他不记得了，他一向为自己的记忆力感到自豪。好奇之下，奥尔萨蒂拿起电话，挥手让露茜离开。

"喂？你是哪位？"

"您是安东尼·奥尔萨蒂先生吗？"她带着法国口音。

"什么事？"

"哦，感谢苍天，我终于找到您了，奥尔萨蒂先生！"

露茜说得对。这女人是急得要命。安东尼·奥尔萨蒂对此并不感兴趣。他正要挂断电话，她继续说道："您必须阻止他，求您了！"

"小姐，我不知道你在说谁，我正忙着……"

"我的乔，乔·罗马诺。他答应带我一起走的，明白吗？"

"如果你和乔闹别扭，就去找他，我不是他的保姆。"

"他对我撒谎！我刚发现他要离开我去巴西了。那三十万美元有一半是我的。"

突然，安东尼·奥尔萨蒂明白了这件事和他本人是相关的。"你说的三十万是什么意思？"

"钱藏在乔的支票账户里。那笔钱——用你们的话怎么说来着——刮来的。"

现在，安东尼·奥尔萨蒂非常想听她说下去。

"请您告诉乔，他必须带我去巴西。拜托！您愿意帮我个忙吗？"

"愿意，"安东尼·奥尔萨蒂答应了，"我来处理。"

乔·罗马诺的办公室装修很现代，满屋用的都是白色调和铬合金材质，由新奥尔良最时尚的装饰师之一设计。房内唯一的色彩是墙上三幅昂贵的法国印象派画作。罗马诺为自己高雅的审美品味而自豪。他从新奥尔良的贫民窟一路奋斗到现在，一路走来，这些经历也锤炼了他，造就了他。他对绘画、音乐都有鉴赏力。当他在外面吃饭时，他能颇内行地跟斟酒的侍者长谈各种美酒。是的，乔·罗马诺完全有理由感到骄傲。他的那些同龄人还在靠拳头活命，而他却靠动脑筋飞黄腾达了。如果说新奥尔良是奥尔萨蒂的王国，那么罗马诺就是替他管理这个王国的人。

这时，他的秘书走进了他的办公室。"罗马诺先生，有个听差给您送来了一张去里约热内卢的机票。我要写张支票给他吗？机票是见货付款的。"

"里约热内卢？"罗马诺摇了摇头，"告诉他搞错了。"

穿制服的听差就站在门口。"有人让我把这个送到这个地址，交给乔瑟夫·罗马诺。"

"好吧，我告诉你，你弄错了。这是干什么啊，是航空公司新的促销把戏吗？"

"不，先生。我……"

"让我看看。"罗马诺从听差手中接过票，看了看。"星期五。为什么我星期五要去里约热内卢？"

"这是个好问题，"安东尼·奥尔萨蒂说。他就站在送信人的后面。"你为什么要去那儿，乔？"

"这是个愚蠢的错误，托尼①。"罗马诺把票还给听差。"把这个拿回去，然后……"

"先等等。"安东尼·奥尔萨蒂接过机票仔细看了看。"这里写着一张头等舱票，靠过道的座位，吸烟座，星期五去里约热内卢。单程。"

乔·罗马诺听后大笑："肯定是有人搞错了。"他转向他的秘书："麦琪，给旅行社打电话，告诉他们搞错了。某个可怜虫将要错过他的飞机了。"

助理秘书杰玲走了进来。"对不起，罗马诺先生。行李箱已经到了，要我签收吗？"

乔·罗马诺盯着她："什么行李箱？我没有订过行李箱。"

"让他们把行李箱送进来。"安东尼·奥尔萨蒂命令道。

---

① "托尼"是"安东尼"的简称。——编者注

"天哪！"乔·罗马诺说，"他们都疯了吗？"

一个听差走了进来，提着三个路易威登的手提箱。

"这是怎么回事？我从没订过这些。"

听差检查了他的送货单。"上面写着乔瑟夫·罗马诺先生，波德拉斯街217号，408室。"

乔·罗马诺的火气上来了，他说："我才不管写了什么。我没有订，给我搬走。"

奥尔萨蒂认真检查了行李箱。"上面有你名字的首字母，乔。"

"什么？哦，等一下！这可能是什么礼物吧。"

"今天是你的生日吗？"

"不是。但你知道那些女人有多贱，托尼。她们总爱乱送礼物。"

"你在巴西搞了点什么事吗？"安东尼·奥尔萨蒂问道。

"巴西？"乔·罗马诺笑了，"这一定是有人在恶作剧，托尼。"

奥尔萨蒂温和地笑了笑，然后转向秘书和两个听差，说道："出去。"

门关上后，安东尼·奥尔萨蒂说话了："乔，你的银行账户里有多少钱？"

乔·罗马诺困惑地看着他。"我不知道。我想是一千五百美元，又或许有几千美元。怎么了？"

"纯粹是好玩。你干吗不打电话到银行去查一下呢？"

"为什么？我……"

"查查看吧，乔。"

"当然。如果这能让您高兴的话。"他按铃呼叫秘书："给我接第一商行的会计主管。"

一分钟后，会计主管接了电话。

"你好，亲爱的。我是乔瑟夫·罗马诺。请告诉我支票账户上的当前余额好吗？我的生日是十月四日。"

安东尼·奥尔萨蒂拿起了分机电话的听筒。过了一会儿，又听到了会计主管的声音。

"抱歉，让您久等了，罗马诺先生。到今天早上为止，您的支票账户余额是三十一万九百零五美元三十五美分。"

罗马诺能感觉到自己脸上的血色消失了。"什么？"

"三十一万九百零五……"

"你个蠢货！"他咆哮道，"我的账户里没有那么多钱，你弄错了。让我跟……"

他觉得有人从他手里夺走了电话听筒，这时他看到安东尼·奥尔萨蒂把听筒放回原处。"钱从哪里来的，乔？"

乔·罗马诺的脸色苍白。"我向上天发誓，托尼，我压根儿不知道那笔钱。"

"是吗？"

"嘿，您一定要相信我！您知道是怎么回事吗？有人在给我设圈套。"

"那人一定是很喜欢你。他送给你一份三十一万美元的临别礼物。"

奥尔萨蒂沉重地坐在司卡拉曼德牌的丝绸扶手椅上，盯着乔·罗马诺看了许久，然后慢条斯理地说："一切都准备好了，是吧？一张去里约热内卢的单程票，新行李箱……好像你在计划一个全新的生活。"

"不是这样的！"乔·罗马诺的声音里充满了恐慌，"天哪，托尼，您知道我不会去做这种糊涂事的。我一直对您很坦诚，您就像我的父亲一样。"他急得满头大汗。这时有人敲门，麦琪探进头来。她拿着一个信封。

"很抱歉打断您，罗马诺先生。有一份给您的电报，但您必须自己签收。"

凭着困兽般的直觉，乔·罗马诺知道准没好事，急忙说道："现在不行，我很忙。"

"我来签收。"安东尼·奥尔萨蒂说。还没等那个女人关门，他就从椅子上站了起来。他不慌不忙地读着电报，然后一双愤怒的圆眼注视着乔·罗马诺。

安东尼·奥尔萨蒂用一种罗马诺几乎听不见的低沉声音说："乔，我读给你听。'确认您所预订的豪华套房，本星期五起，为期两个月，九月一日。'上面的署名是：'里约热内卢，科帕卡瓦纳海滩，里奥欧松宫旅店经理，蒙托邦德。'这是你预订的，乔。但你不需要它了，是吗？"

第十三章

安德烈·吉利恩正在厨房里准备意大利面、沙拉和梨馅蛋糕，突然听到噼噼啪啪的声音，他觉得事情有些不妙。果然，片刻之后中央空调那让人感到安慰的嗡嗡声慢慢停了下来，最后是一片死寂。

安德烈跺着脚说："天哪！今天晚上有牌局，别出岔子啊。"

他急忙跑到工具间，找到电闸箱，把开关一个接一个地拨动。没一点用。

唉，波普先生会发火的。绝对会发火的！安德烈知道他的老板有多期待每个星期五晚上的牌局。这是一个已经延续多年的传统，而且参与者一直是圈内的那几位大人物。没有空调，这房子根本没法待。根本没法待！九月的新奥尔良，没有空调的话，只有野蛮人能承受得住。即使太阳下山了，空气依然闷热潮湿。

安德烈回到厨房，看了看厨房的钟，四点钟。客人们将在八点到达。安德烈想给波普先生打电话说明这个问题，但他想起波普律师说过今天一整天都在法庭上。这位可爱的律师大人太忙了，他今晚需要放松一下，可现在空调停了！

安德烈从厨房抽屉里拿出一本黑色的小电话簿，查了一个号码，拨了出去。

电话铃声响了三下后，传来了电话留言机机械的声音："这里是因纽特人空调服务公司。我们的技术人员现在不在。请在'哔——'声之后，留下您的姓名、电话号码和简短的留言，我们会尽快与您联系。"

见鬼！只有在美国，你才会被迫与机器交谈。

安德烈听到了电话里传来的刺耳恼人的哔声。他对着话筒说："这是佩里·波普先生的住宅，查尔斯街42号。我们的空调停止工作了，请你务必尽快派人来。要快！"

他砰的一声放下听筒。当然没有人会来，这座可怕的城市，大概全城的空调都坏了。天气又热又潮，空调也顶不住了。好吧，最好马上有人来修。波普先生可是有脾气的，他的脾气超级坏。

在为这位律师做厨师的三年里，安德烈·吉利恩见识过他老板的号召力。他有很神奇的号召力，这么年轻就有这样的才能。佩里·波普能结识所有人，他一打响指，人们就会跑来听他调遣。

安德烈·吉利恩觉得屋子里已经热起来了。完蛋了，如果空调不能马上修好，那麻烦就大了。

安德烈回到厨房，用心地把意大利腊肠切得像纸一样薄，准备再切些波罗伏洛干酪做沙拉，心中却无法摆脱一种可怕的感觉：今晚注定是一场灾难。

三十分钟后，门铃响了，此时安德烈的衣服早已被汗水浸透，厨房热得简直像个蒸笼。他赶忙跑过去把后门打开。

两个身穿工作服的工人站在门口，手里提着工具箱。其中一个是黑人，个子很高，另一个是白人，比他的同伴要矮上几英寸，一脸倦容。他们身后的车道上停着工作车。

"空调坏了？"黑人问道。

"是啊！感谢老天，你们可算来了。赶紧修好，客人马上就到了。"

黑人走到烤箱旁边，闻了闻从里面飘出来的蛋糕香气，说："真香啊。"

"求你了！"安德烈说，"解决一下问题！"

"咱们去看一眼锅炉间，"矮个子说，"在哪里？"

"这边走。"

安德烈催促着他们沿着走廊走到一个杂物间，空调就安装在这里。

"拉尔夫，这机器可不错啊。"黑人对他的同伴说。

"是啊，阿尔。现在再也造不出来这么好的机器喽。"

"那它怎么还能坏呢？"安德烈问道。

两人都转过头来盯着他看。

"我们才刚进来，好吧。"拉尔夫用责备的语气说。他跪下来，打开空调机底部的一个小门，拿出手电筒，趴在地上，朝里面细细看去。过了一会儿，他站起身来。"问题不在这儿。"

"那到底在哪里啊？"安德烈问。

"肯定是哪个插座短路了，然后可能导致整个系统都短路了。这儿有多少个空调通风口？"

"每个房间都有一个。我想想，至少有九个吧。"

"问题可能就出在这儿，变频器超负荷了。走，咱们去看看。"

三个人又沿着走廊返回。路过客厅的时候，阿尔说："波普先生住的地方可真漂亮。"

客厅布置得确实雅致，摆满了价值不菲的古董家具，样样出自名家之手，地板上铺着浅色羊毛波斯地毯。客厅左边是一间宽敞气派的餐厅，右边是书房，书房中央有一张铺着绿色毛毡的大赌桌。房间的角落里放了一张圆桌，上面已经摆好了餐具。两个维修工走进书房，阿尔用手电筒照了照墙上高处的空调通风口。

他咕哝了一声，抬头打量起赌桌上方的天花板。"这上边是什么地方？"

"阁楼。"

"去看一眼。"

两人跟着安德烈上了阁楼。那是一个很长的房间，但天花板很低，到处都是尘土和蜘蛛网。

阿尔走到墙上的电箱跟前，检查缠得乱糟糟的电线。"哈！"

"有发现吗？"安德烈急切地问。

"冷凝器出毛病了。最近天气太潮湿。我们这星期接到了起码一百个报修电话，都是一样的问题。冷凝器短路了，得换一个。"

"哦，天哪！需要很久吗？"

"不用，我们车里有新的冷凝器。"

"请快一点，"安德烈向两人恳求道，"波普先生马上就要回来了。"

"交给我们吧。"阿尔说。

回到厨房后，安德烈说："我必须得把沙拉酱调好。你们自己能找到回阁楼的路吧？"

阿尔举起一只手示意。"没问题，伙计。你忙你的，我们干我们的活。"

"哦，谢谢，太感谢了。"安德烈看着两人出了门，到车上取回两个大帆布包。"如果有什么需要，"他对两人说，"叫我一声就行。"

"好嘞！"

两个工人上了楼，安德烈回到了厨房。

拉尔夫和阿尔走进阁楼后，打开两个帆布包，取出一把露营用的小折叠椅，一把钢钻头的电钻，一盘三明治，两听啤酒，一副 12×40 的蔡司牌双筒望远镜，用于在光线昏暗的环境下观察远处的物体，还有两只被注射了 3/4 毫克乙酰丙胺的活仓鼠。

两人动手开始干起来。

"欧内斯廷肯定会夸我的。"阿尔一边干着手上的活，一边咯咯笑起来。

一开始，阿尔坚决反对这个计划。

"老婆，你疯了吧？我可不想去招惹佩里·波普，那家伙肯定让我见不到明天的太阳。"

"你不用怕，以后他再也祸害不了人了。"

他们二人赤裸着身子躺在欧内斯廷公寓的水床上。

"亲爱的，你究竟是为了什么要干这种事？"阿尔问道。

"他就是个恶棍。"

"得了吧，宝贝，恶棍到处都是，你总不能把他们一个一个地全都干掉吧！"

"好吧，其实是帮一个朋友干的。"

"特蕾西？"

"没错。"阿尔挺喜欢特蕾西，她出狱那天，他们三个还一起吃了晚饭。

"她是个优雅的女人，"阿尔承认道，"但我们不至于为了她把命都豁出去吧？"

"因为如果我们不帮她干，她就得去找别人，可哪有像你这么靠谱的人？她要是被抓到了，又要被他们扔到监狱里。"

阿尔坐起来，疑惑地看着欧内斯廷。"宝贝，这件事对你来说那么重要吗？"

"是的，亲爱的。"

欧内斯廷永远无法让他明白她为什么帮特蕾西。道理很简单：如果特蕾西再次入狱，就只能任由大个子伯莎摆布。一想到这里，她就接受不了。不仅仅是因为欧内斯廷担心特蕾西，她也怕自己丢了面子。她既然以特蕾西的保护人自居，如果特蕾西落入大个子伯莎手中，岂不就是她欧内斯廷无能？

所以她只是说："是的，亲爱的。对我来说很重要。你愿意干，是吧？"

"就我一人单干可搞不定。"阿尔嘟囔道。

话说到这个份儿上，欧内斯廷知道自己已经赢了。于是，她开始慢慢地吻遍他那修长的身子，柔声说道："老拉尔夫前几天不是被放出来了吗？"

直到六点半，两个工人才回到安德烈工作的厨房，满身的汗水和灰尘。

"修好了吗？"安德烈迫不及待地问。

"可真难搞，"阿尔对他说，"知道吗，你们的冷凝器配了个交直流断路器……"

"这都不重要，"安德烈不耐烦地打断他，"到底修好了没？"

"放心吧，都修好了。五分钟之内空调就能重新运转，保证像新的一样。"

"太好了！账单就请放在厨房的桌子上……"

拉尔夫摇摇头。"不用你操心，公司会把账单寄过来。"

"非常感谢你们。再见。"

安德烈目送着两人拎着帆布包从后门离开。走出他的视线后，两人又绕回院子里，打开了放置空调机外部冷凝器的外壳。拉尔夫拿着手电筒，而阿尔则把他几个小时前断开的电线接上，空调立刻就重新运转了起来。

贴在冷凝器上的标签写着保修电话，阿尔记下那串号码，过了片刻，便拨了过去。等接通因纽特人空调公司的电话留言机时，他说："这里是查尔斯街42号，佩里·波普的住所，我们家的空调现在已经正常运转，不用再派人过来了。祝你生活愉快。"

每个星期五晚上在佩里·波普家举行的扑克牌聚会是每个牌友都翘首以盼的活动。参与者是经过精心挑选的，不外乎就是那几个人：安东尼·奥尔萨蒂、乔·罗马诺、亨利·劳伦斯法官、一位市参议员、一位州参议员。当然了，还有东道主本人。每次牌局，赌注都很高，又有珍馐美馔增色，况且宾客们都是能够呼风唤雨的大人物。

佩里·波普在卧室里换上白色丝绸休闲裤，配了一件运动衬衫。他高兴地哼着歌，憧憬着马上就要开始的赌局。他最近一直处于连胜的状态。"其实，我在人生这场大赌局里也是一直在连胜。"他得意地想。

在新奥尔良，如果谁想在打官司的时候找找关系，就可以倚仗佩里·波普。他的权力来自他与奥尔萨蒂家族的私人关系。他被称为协调人，不论是交通违规，还是贩毒罪，甚至是谋杀罪，佩里·波普可以帮你摆平一切。他的人生可谓是顺风顺水，一片光明。

安东尼·奥尔萨蒂到了。他带来一位新客人。"乔·罗马诺以后不来了，"奥尔萨蒂告诉众人，"你们都认识纽豪斯警督吧？"

大家互相握手致意。

"先生们，酒在柜子上，请自便。"佩里·波普说，"我们稍后再开饭，先玩一会儿如何？"

在书房那张铺着绿色毛毡的赌桌旁，众人纷纷坐在了自己常坐的位置上。奥尔萨蒂指着那张原本属于乔·罗马诺的空椅子，对纽豪斯警督说："梅尔，从今以后那就是你的位子。"

有人打开了几副新的扑克牌，这时波普便开始分发筹码。他向纽豪斯警督解释说："黑色筹码是五美元，红色筹码是十美元，蓝色筹码是五十美元，白色筹码是一百美元。开始之前每个人都要买价值五百美元的筹码。我们以桌上的筹码下注，可以加注三次，由庄家决定下一轮的玩法。"

"听起来不错。"警督说。

安东尼·奥尔萨蒂今天心情很差。"好了，赶紧开始吧。"他的声音沙哑，像被人掐住喉咙似的。这不是一个好兆头。

佩里·波普很想知道乔·罗马诺出了什么事，但是他知道现在最好不要提这个话题，等奥尔萨蒂想说时，自然会同他说起。

然而，奥尔萨蒂心里正憋着一股恶气："我待乔·罗马诺如父亲一般好。我信任他，提拔他做了我的得力助手，可这个狗娘养的竟然在背后捅我一刀。要不是那个愚蠢的法国女人把电话打到我这里，他可能已经逃之夭夭了。哼，这回我看他还能往哪里逃。他不是觉得自己挺聪明吗，把他丢去喂鱼好了。"

"托尼，你跟不跟牌？"

安东尼·奥尔萨蒂立刻将注意力集中在牌局上。在这张桌子上，输赢都是一大笔钱。安东尼·奥尔萨蒂一输就心烦意乱。但是这与钱无关，他干什么事都不愿输。他认为自己是一个天生的赢家，只有赢家才能爬到他如今的地位。在过去的六个星期里，佩里·波普一直在疯狂地稳赢不输，今晚安东尼·奥尔萨蒂决定要挫一下他的锐气。

既然是庄家决定下一轮游戏形式，每个庄家都选择了自己觉得最有把握的玩法。他们玩过梭哈、七张桩牌、赌小、抽牌——但今晚无论玩什么，安东尼·奥尔萨蒂发现自己最后都输了。他开始加大赌注，不顾一切地去赌，试图挽回他的损失。到了午夜，他们停下来去吃安德烈准备的饭菜时，奥尔萨蒂已经输掉了五万美元，而佩里·波普还是大赢家。

饭菜非常可口。奥尔萨蒂通常很享受这顿免费的夜宵，但今晚他迫不及待地想回到赌桌去。

"托尼，你没吃多少。"佩里·波普说。

"我不饿。"奥尔萨蒂伸手去拿旁边的银色咖啡壶，把咖啡倒进一个印有维多利亚风格图案的海兰德瓷杯，端着杯子坐回赌桌旁。他注视着其他还在用餐的人，希望他们能快点吃完，他急于把自己的钱赢回来。

他搅拌咖啡的时候，看见一个小颗粒掉进了杯子。奥尔萨蒂一脸嫌恶地用勺子捞起来仔细看看，好像是墙上的石灰。他抬头看向天花板，不知什么东西掉下来砸中了他的额头。这时他突然意识到楼上传来一阵跑窜的响动。

"楼上干吗呢？"安东尼·奥尔萨蒂问。

佩里·波普正在给纽豪斯警督讲一件趣闻。"对不起，托尼，你刚刚说什么？"

跑窜的声音变得更响了。石灰屑开始稀稀拉拉地掉落在绿色毛毡上。

"听起来像是你家有老鼠。"州参议员说。

"绝对不可能。"佩里·波普有些愤愤然。

"哼，上边肯定有什么鬼东西。"奥尔萨蒂没好气地吼道。

一粒更大的石灰屑掉在赌桌上。

"我马上叫安德烈去看一下，"波普说，"如果各位都用好餐了，我们回去接着玩，如何？"

安东尼·奥尔萨蒂死死地盯着头顶正上方的天花板，发现了一个小洞。"等一下。咱们先上去看看。"

"托尼，用不着吧？安德烈会……"

奥尔萨蒂已经站起身，向楼梯走去。其他人互相交换了一下眼神，迅速跟上了他的脚步。

"说不定是阁楼里进了一只松鼠，"佩里·波普猜测道，"每年到这个时候，它们都会到处乱跑。可能是为了过冬在储藏坚果呢。"他笑着开了个小玩笑。

一行人走到阁楼门口，奥尔萨蒂把门推开，佩里·波普打开了灯。众人一眼瞥见两只白仓鼠正满屋乱窜。

"天哪！"佩里·波普惊呼，"家里真有老鼠！"

安东尼·奥尔萨蒂根本没听他讲话，而是盯着这间屋子看。阁楼中央放着一把折叠椅，上面放了一盘三明治和两听打开的啤酒。椅子旁边的地板上有一副望远镜。

奥尔萨蒂走过去，把摆在那里的物件逐一拿起来仔细检查。接着，他跪在布满灰尘的地板上，拿开地上的小木塞，立刻就看到了一个小孔，小孔直通楼下的天花板。奥尔萨蒂贴近那个小孔向下窥视，楼下书房里的赌桌竟能看得清清楚楚。

佩里·波普目瞪口呆地站在阁楼中央。"谁把这些垃圾堆在这儿的？这事我得好好骂安德烈一顿。"

奥尔萨蒂缓缓站起身，掸了掸裤子上沾到的灰尘。

佩里·波普向地板瞥了一眼。"快看！"他惊叫，"他们居然在天花板上凿了个洞！现在的修理工简直都是废物。"

他蹲下来朝那个小孔里看了一眼，脸上的血色立刻消失殆尽了。他站起身，环顾众人，惊恐地发现所有人都瞪着他。

"嘿！"佩里·波普连忙说，"你们不会以为是我……别傻了，伙计们，你们还不了解我？这事我完全不知情，我怎么可能骗你们?！老天，我们都是朋友！"他不自觉地把手移到嘴边，紧张地咬着手指甲周围的皮。

奥尔萨蒂拍拍他的胳膊。"别担心。"他的声音低哑得几乎听不见了。

佩里·波普拼命地咬着自己右手的拇指。

第十四章

"特蕾西，干掉两个了，"欧内斯廷·利特查普开怀大笑，"现在大街上到处都在说，你的律师朋友佩里·波普再也干不了法律这行了，他可倒了大霉。"

在皇家街拐角处的一家咖啡馆里，她们俩人美美地喝着牛奶咖啡，就着法式甜甜圈。

欧内斯廷高声笑着说："姑娘，你的脑子可真灵光，想不想和我一起干啊？"

"谢谢你，欧内斯廷，我还有别的计划需要完成。"

欧内斯廷迫不及待地问："下一个是谁？"

"劳伦斯。亨利·劳伦斯法官。"

亨利·劳伦斯当初入行的时候，只是路易斯安那州利斯维尔市镇的一名小律师。虽然在法律上没有什么天赋，但他身上有两个非常重要的特质：首先，他仪表堂堂；其次，他在道德是非上懂得变通。他的处世哲学是：法律就像一根柔软的枝条，可以为了适应客户的需要而任意弯曲。既然秉承着这样的观念，他在搬到新奥尔良之后，法律业务自然迅速地在一个特殊的客户群体中蓬勃发展起来。他刚开始处理的都是些轻罪和交通事故，后来也处理重罪和死罪。等到劳伦斯和那帮能够呼风唤雨的大人物攀上关系后，他在贿赂陪审团、诋毁证人、收买人心方面俨然成了一位专家。

总而言之，他和安东尼·奥尔萨蒂是一类人，他们二人的人生轨迹会出现交错是命中注定，简直可以说是黑社会中的一段"金玉良缘"。劳伦斯一跃成了奥尔萨蒂家族的喉舌。后来瞅准时机，奥尔萨蒂一下就把他推到了法官的高位。

"我实在是想不出你有什么办法能修理那个法官，"欧内斯廷说，"他有钱有势，谁都管不了。"

"他确实有钱有势。"特蕾西纠正她说，"但并不是谁都管不了他。"

特蕾西本来已经定好了报复的计划，但是往劳伦斯法官的办公室打电话时，她马上就意识到：情况有变，必须改变计划。

"我找劳伦斯法官，麻烦您了。"

一位秘书回复："很抱歉，劳伦斯法官不在。"

"那他什么时候回来？"特蕾西问。

"这我也说不准。"

"我有很重要的事找他谈。明天上午他能回来吗？"

"不能。劳伦斯法官在外地。"

"哦，那我可以联系到他吗？"

"恐怕不行。法官先生他不在国内。"

特蕾西小心掩饰着声音中的失望情绪。"我知道了。可以告诉我他人在哪里吗？"

"法官先生在欧洲参加一个国际司法研讨会。"

"太遗憾了。"特蕾西说。

"请问您是？"

特蕾西的大脑飞速运转起来。"我是美国审判律师协会南部分会的主席伊丽莎白·罗恩·达斯汀。我们将于本月二十日在新奥尔良举行年度颁奖晚宴，亨利·劳伦斯法官被评选为我们的年度人物。"

"太棒了！"法官的秘书说，"但是法官先生恐怕到时候回不来。"

"那太遗憾了。我们都非常期待在现场听到他的精彩演讲呢。我们的评选委员会一致同意将年度人物的奖项授予劳伦斯法官。"

"错过此次颁奖他也一定非常遗憾。"

"是啊，你也知道这是一项怎样的殊荣吧。我国最著名的几位法官都曾获得过这个奖项。等等！我想到了一个主意。你觉得劳伦斯先生能不能给我们录制一段获奖感言——几句致谢词就可以，行吗？"

"呃，我……我说不准，他行程安排得很紧张……"

"全国的电视和报纸可都会报道我们的颁奖典礼。"

秘书沉默良久。她知道劳伦斯法官非常喜欢在媒体上出风头。实际上，她觉得劳伦斯法官此次远赴欧洲主要也是为了在媒体上出风头。

于是她答道："也许他可以抽出时间给你们录一小段话。我会问问他的。"

"哦，那太好了，"特蕾西激动地说，"这样我们的晚宴才算圆满嘛。"

"你们对法官先生的致谢词有什么特殊要求吗？"

"啊，当然啦，我们希望他可以谈谈——"她迟疑了一下，"恐怕几句话说不清楚，我希望能直接向他本人说明。"

秘书又沉默了片刻。她现在处于一个左右两难的境地，劳伦斯法官不许她透露他的行程，但另一方面，如果他错过了如此重要的授奖仪式，还是一样会斥责她的。

她说："我本来不应该透露任何信息，但是既然是这么隆重的典礼，他会允许我破一次例。他在莫斯科罗西亚大酒店，接下来的五天都会待在那儿，之后……"

"太好了，我马上就去联系他。非常感谢。"

"谢谢你，达斯汀小姐。"

几封电报发到了莫斯科罗西亚酒店，收件人都是亨利·劳伦斯法官。第一封电报内容如下：

> 下届会议已经着手准备，奉命确定时间、安排会场，细节见面敲定。
>
> 鲍里斯

第二天收到了第二封电报，电文如下：

令妹已携设计图乘坐飞机安全抵达，还未接到上级慰问。

报酬会由专人汇到。今晚入住瑞士酒店，并且账户余额充足。

鲍里斯

最后一封电报电文如下：

剩余事项尽快确定，尚未掌握全部资料。

苏联专家到齐。新艇尽快采购。

鲍里斯

苏联内务人民委员部等待着后续的电报。直到他们确定再没有电报发来，就逮捕了劳伦斯法官。

审讯持续了十天十夜。

"你把情报交给谁了？"

"什么情报？我根本听不懂你在说什么。"

"我说的是设计图。你把设计图给谁了？"

"什么设计图？"

"苏联核潜艇的设计图。"

"你在胡言乱语什么啊，我怎么可能知道苏联潜艇的事？"

"这正是我们要查清楚的事。你都秘密会见了哪些人？"

"什么秘密会见？我没有什么秘密。"

"很好，那你告诉我们，鲍里斯是谁？"

"鲍里斯？是谁啊？"

"那个把钱汇到你瑞士银行账户上的人。"

"什么瑞士银行账户？"

他们大发雷霆。"你真是个顽固的蠢货。"他们说。

"我们要来个杀鸡儆猴，让那些妄想破坏我们伟大祖国的美国间谍瞧瞧，你的下场就是他们的下场。"

等到美国驻苏大使得到许可,前来探望劳伦斯法官时,他已经瘦了十五磅。他已经不记得逮捕自己的那些人上一次允许他睡觉是什么时候了。他如今形容枯槁,全身都在颤抖着。

"他们为什么这么对我?"法官嘶哑着嗓子说,"我是美国公民。我是一名法官。看在老天的分儿上,救我出去!"

"我会尽己所能。"大使向他保证道。看到劳伦斯如今的模样,大使惊诧不已。两个星期前劳伦斯法官和其他司法委员会成员抵达时,大使曾前去迎接。当时见到的那个人与他面前这个卑躬屈膝、惊恐万状的人没有任何相似之处。

苏联人这次到底在搞什么鬼把戏?大使琢磨着。"这个法官还没我像间谍呢。"接着,他在心中挖苦道,"要是换成我来干,肯定能找到比他更合适的人来背这口黑锅。"

大使要求见政治局主席,却被拒绝了,于是他转而选择了一位部长。

"我要正式提出抗议,"这位大使愤怒地声明,"贵国在对待亨利·劳伦斯法官方面的行为是不可宽恕的。把一个像他这样的人称为间谍,多么可笑。"

"如果你说完了,"部长冷冷地说,"就请看看这些电报。"他把几封电报的复印件递给大使。

大使读完之后,疑惑地抬起头。"有什么问题吗?都是很正常的内容啊。"

"真的吗?你最好再好好读一遍。这是破译后的版本。"他递给大使另外一份复印件,每隔四个字,就有一个词被标注出来。

下届会议<u>已</u>经着手准备,<u>奉命</u>确定时间、<u>安排</u>会场,细节<u>见面</u>敲定。

鲍里斯

令妹已携<u>设计图</u>乘坐飞机<u>安全</u>抵达,还未<u>接到</u>上级慰问。<u>报酬</u>会由专人<u>汇到</u>。今晚入住<u>瑞士</u>酒店,并且<u>账户</u>余额充足。

鲍里斯

剩余事项<u>尽快</u>确定,尚未<u>掌握</u>全部资料。

<u>苏联专家到齐。</u><u>新艇尽快采购。</u>

鲍里斯

"我真是蠢到家了。"大使心想。

审判禁止媒体和公众旁听。劳伦斯法官始终不肯招供，还是坚决否认他在苏联执行间谍任务。检方承诺，只要说出他的上级是谁，就对他宽大处理。劳伦斯多么希望自己能说出来，甚至愿意以灵魂为代价，可惜他根本不知道这号人物的存在。

审判后第二天，《真理报》刊登了一条简短的新闻：臭名昭著的美国间谍亨利·劳伦斯法官被判定犯有间谍罪，流放西伯利亚服十四年苦役。

劳伦斯案令整个美国情报界都十分迷惑。中情局、联邦调查局、特勤局和财政部谣言四起。

"他不是我们的人，"中情局说，"也许是财政部的人。"

财政部则声称对此案毫不知情。"不，先生，劳伦斯不是我们这边的。可能是该死的联邦调查局狗拿耗子，又把手伸到我们的地盘上了。"

"没听过这个人，"联邦调查局称，"说不定他隶属于政府，或者国防情报局。"

国防情报局同样对此案毫不知情，他们狡猾地答道："无可奉告。"

每个部门都认定亨利·劳伦斯法官是其他部门派到国外去的。

"不过，你得佩服他的勇气，"中情局局长说，"他是条硬汉子。始终拒不承认，也没供出任何人。说实话，我倒希望手下多几个他这样的人。"

对安东尼·奥尔萨蒂来说，最近可谓是诸事不顺，但这个黑帮老大却不明所以。这是他有生以来第一次运气变差。事情的开端是乔·罗马诺的叛变，然后是佩里·波普，现在连法官也出事了，莫名其妙被卷进什么间谍案。他们几个都是奥尔萨蒂帮派中举足轻重的人物，他的心腹。

乔·罗马诺是支撑整个帮派运转的枢纽，奥尔萨蒂还没找到能力相当的人来接替他。最近各项事务的处理效率都很低下，那些以前从来不敢抱怨的人都怨声载道了。有传言说奥尔萨蒂已经老了，管不住底下的人了，还说他的帮派马上要散了。

压倒骆驼的最后一根稻草是一个从新泽西打来的电话。

"托尼，我们听说你那边出了点小乱子。我们可以帮你解决。"

"我这儿没出乱子，"奥尔萨蒂光火，"我最近是遇到点小麻烦，但是都已经摆平了。"

"托尼，我们听说的可不是这样啊。有人说你的地盘已经乱套了，连个能控制局面的人都没有。"

"我在控制着局面。"

"也许你肩上的担子太重了，你太操劳了，可能需要休息一阵子。"

"这是我的地盘，谁都别想抢走。"

"嘿，托尼，谁说要抢你的地盘啦？我们只是想帮帮你。东部的几家聚到一块碰了个头，决定从我们这儿派几个人去给你帮点小忙。我们都是老朋友了，互相之间搭把手很正常，你说是不是？"

安东尼·奥尔萨蒂全身一阵战栗。老朋友来搭把手只有一点不好：帮小忙会像滚雪球一样变成帮大忙，最后变成只手遮天。

欧内斯廷做了鲜虾秋葵汤，她把汤锅放在炉子上用文火煨着，和特蕾西一起等阿尔回来吃晚饭。九月的热浪烤得每个人都焦躁不安。当阿尔终于走进这间小公寓时，欧内斯廷冲他喊道："你跑到什么鬼地方去了？晚饭再煮就要煳了，我也要热死了！"

但阿尔神采奕奕的，听了这话也不生气："老婆，我忙着到处打听消息呢，都等不及赶回来和你们分享了。"他转向特蕾西："那帮家伙打算收拾奥尔萨蒂了，新泽西的帮派马上要过来抢他的地盘喽。"他开心得简直要把嘴角咧到耳根。"你居然真的把那个恶棍除掉了！"他看向特蕾西的眼睛，笑容僵在了脸上。

"特蕾西，你不开心吗？""开心。"特蕾西想。这真是个陌生的词啊。她已经忘记了这个词的意义。她不知道自己这辈子能否再开心起来，能否再感受到正常的喜怒哀乐。这么长时间以来，每个清醒的时刻里，她的心中只有一件事，那就是为母亲和自己报仇。而现在一切即将结束，特蕾西心中却只剩下无尽的空虚。

第二天,特蕾西在一家花店前停住脚步。"我想给安东尼·奥尔萨蒂送花。要一个带支架的白色康乃馨葬礼花圈,系上一条宽丝带,写上'安息'。"然后她手写了一张卡片。

上面写着:多丽丝·惠特尼之女赠。

第三部

第十五章

十月七日,星期二,下午四点

是时候去对付查尔斯·斯坦诺普三世了。那几个仇人是外人,可查尔斯是她的恋人,是她未出生孩子的父亲,但他却抛弃了她们俩。

欧内斯廷和阿尔特地赶到新奥尔良机场为特蕾西送行。

"我会想你的。"欧内斯廷说,"你可把这座城市给救了。他们应该选你当市长。"

"你要去费城干什么?"阿尔问道。

她只向他们透露了计划的一部分。"回银行做我以前的工作。"

欧内斯廷和阿尔迅速交换了个眼神。"他们……嗯……知道你要去吗?"

"不知道。但是副行长很看好我,不会有问题的。优秀的电脑操作员可不好找。"

"好吧,那祝你好运。保持联系,听见没?别惹麻烦,姑娘。"

三十分钟后,特蕾西登上了飞机,飞往费城。

她入住了希尔顿酒店,用热水浴缸冒出的蒸汽熨烫好她仅有的一件好衣服。第二天上午十一点,她走进银行,来到克拉伦斯·德斯蒙德的秘书面前。

"你好,梅。"

那女孩盯着特蕾西,活像见了鬼。"特蕾西!"她目光闪躲,不知道该看哪里,"我……你好吗?"

"挺好的。德斯蒙德先生在吗？"

"我……我不知道。我去看看，请稍等。"梅慌慌张张地站起身，匆忙走进副行长办公室。

过了一会儿，她走了出来。"你可以进去了。"特蕾西朝门口走去，梅则悄悄溜走了。

她这是怎么了？特蕾西觉得有些蹊跷。

克拉伦斯·德斯蒙德站在办公桌旁。

"你好，德斯蒙德先生，我回来了。"特蕾西笑盈盈地说道。

"你回来做什么？"他的语气很不友好，甚至带有明显的敌意。

这让特蕾西大吃一惊，但她厚着脸皮继续说了下去："是这样的，你说过，我是你见过的最优秀的电脑操作员，我觉得……"

"你觉得我会让你复职？"

"是的，先生。我没有忘记我掌握的技能。我仍然可以……"

"惠特尼小姐。"德斯蒙德不再称呼她为特蕾西了，"我很抱歉，你的要求我们绝不可能同意。我相信你能理解，我们的客户不希望和一个因持械抢劫和谋杀未遂在监狱里服过刑的人打交道。这与我行崇高的道德形象不符。鉴于你的背景，我认为不可能有银行会雇用你。我建议你根据实际情况去找一份更适合自己的工作。我希望你明白，我并不是针对你个人。"

特蕾西听了他的话，先是感到震惊，然后越来越愤怒。德斯蒙德把她说得像一个社会的弃儿，一个麻风病人。"我们真不想看到你因为结婚辞去这里的工作。你可是我们最看重的员工。"

"惠特尼小姐，还有别的事吗？"德斯蒙德下了逐客令。

特蕾西有好多话想说，但她知道多说无益。"没有。我想你已经说得很明白了。"

特蕾西转过身，走出了办公室，她的面颊滚烫，银行里所有的职员似乎都在盯着她看。梅已经放出了消息：那个罪犯回来了。特蕾西昂首向出口走去，内心却一片死寂。"我不能让他们这么对我，谁都不能践踏我仅剩的自尊。"

特蕾西一整天都待在自己的房间里，痛苦不堪。她怎么会如此天真，居然相信他们会张开双臂欢迎她回来？她现在已然臭名昭著了。"你上了《费城日报》的头条。""得了，让费城见鬼去吧。"特蕾西心想。一办完手头的事情，她就会离开。她要去纽约，在那里没有人认识她。下定决心后，特蕾西感到心情舒畅了些。

那天晚上，特蕾西决定犒劳自己——到皇家咖啡厅享用一顿晚餐。早上与克拉伦斯·德斯蒙德的会面实在糟糕透顶，她需要在柔和的灯光下，优雅的环境和舒缓的音乐中让自己放松一下。她点了一杯伏特加马提尼，当服务员把酒端到她的桌子上时，特蕾西抬起头瞥了一眼，心脏猛然漏跳了半拍。查尔斯和他的妻子就坐在对面的雅座，他们还没有看到她。特蕾西的第一反应是起身离开。在找到机会落实计划之前，她还不打算去面对查尔斯。

"您现在点单吗？"服务员领班问道。

"我……我等一会儿点，谢谢。"特蕾西必须在去留之间做个决断。

她又朝查尔斯看了一眼。突然，她吃惊地发现，自己现在看查尔斯就像在看一个陌生人。此刻，她看到的这个中年男子脸色蜡黄，面容憔悴，驼着背，也秃了顶，脸上写着空虚无聊。她曾经竟以为自己爱这个男人，曾与他同床共枕，甚至打算与他共度余生，真令人难以置信。特蕾西瞥了一眼他的妻子，她的脸上也同样无精打采。他们看起来像是被强行捆在了一起，永远也无法摆脱彼此。他们只是坐在那里，彼此一句话也不说。特蕾西可以想象他们未来漫长而乏味的岁月。没有爱，没有快乐。"这就是查尔斯该受的惩罚。"特蕾西想，她突然释怀了，那束缚她的沉重情感枷锁终于轰然坠地。

特蕾西向领班招了一下手，说："我现在点单。"

一切都结束了。过去终于被埋葬了。

直到那天晚上回到酒店房间，特蕾西才想起来，银行的雇员基金里还有一笔钱应当发给她。她坐下来计算出金额，总共是一千三百七十五美元六十五美分。

她写了一封信给克拉伦斯·德斯蒙德，两天后她收到了梅的回信。

亲爱的惠特尼小姐：

　　有关您的诉求，德斯蒙德先生让我转告您，鉴于本银行员工财务制度中有关职业操守的规定,您的份额已恢复到普通基金水平。他向您保证,此举并不是针对您个人。

  此致

敬礼!

副行长秘书
梅·特伦顿

  他们在偷她的钱!特蕾西简直不敢相信,而且是打着遵守银行规定的幌子!她心中燃起了怒火。她发誓,决不能让他们欺骗我。我不会再被任何人骗了。

  特蕾西站在熟悉的费城信托银行门口。她戴着长长的黑色假发,化着浓妆,皮肤涂抹得很黑,下巴上有一道鲜红的伤疤。如果出了差错,他们会记起的就只有她下巴上的这道疤。

  尽管特蕾西乔装打扮,但还是觉得自己像没穿衣服似的,因为她已经在这里工作了五年,银行里的职员都很熟悉她。她必须非常小心,不能暴露自己。

  她从钱包里拿出一个瓶子,取下瓶盖,然后把瓶盖放在鞋子里,一瘸一拐地走进了银行。特蕾西专门挑选银行业务高峰时段来,因而此时银行里挤满了顾客。她瘸着腿走到一个服务台前,坐在柜台后的男人打完电话后问道:"什么事?"

  他是乔恩·克莱顿,是个偏执狂。他憎恨犹太人、黑人和波多黎各人,不过憎恨程度不一定按照这个次序。特蕾西在银行工作时一直很讨厌这个人。当下从乔恩的表情可以看出,他没有认出她来。

  "早上好,先生。我想开一个支票账户。"特蕾西说道,用的是墨西哥口音。在监狱里的那几个月,她的室友宝莉塔就是这样讲话的。

  克莱顿的脸上露出不屑的神色。"名字?"

  "丽塔·冈萨雷斯。"

  "户头上想存多少钱?"

  "十美元。"

  克莱顿的语调中带着嘲讽:"存支票还是存现金?"

"现金，嗯。"

她小心翼翼地从钱包里取出一张皱皱巴巴、残缺不全的十美元钞票递给了克莱顿。克莱顿丢给她一张空白的表格。

"填个表——"

特蕾西不想留下自己的字迹。她皱起了眉头，为难地说："对不起，先生。我的手因为事故受伤了，你帮我写一下，可以吗？"

克莱顿哼了一声。这帮目不识丁的偷渡犯！"你叫丽塔·冈萨雷斯？"

"对。"

"住址？"

特蕾西说了酒店的地址和电话。

"你母亲的娘家姓什么？"

"冈萨雷斯。我母亲嫁给了自己的叔叔。"

"你的出生日期？"

"一九五八年十二月二十日。"

"出生地？"

"墨西哥城。"

"墨西哥城是吧？在这儿签名。"

"那我只能用左手了。"特蕾西说。她拿起笔签了名，字迹潦草，难以辨认。

乔恩·克莱顿写了一张存款单。"给你一个临时支票本。三到四个星期之内会寄给你正式的支票本。"

"好的。谢谢你，先生。"

"嗯。"

乔恩·克莱顿目送特蕾西走出银行。讨人嫌的墨西哥佬。

有很多非法手段可以进入电脑系统，特蕾西是这方面的专家。她曾帮助费城信托银行设立了防盗系统，而现在她要想办法绕过这个防盗系统。

首先，她要找到一家电脑商店，在那里使用终端进入银行的电脑。离银行几条街远的一家电脑商店基本没什么人。

一位热心的售货员走到特蕾西身边。"小姐，想买什么？"

"现在不买，我先看看。"

售货员被一个正在玩电脑游戏的少年吸引了过去。

特蕾西转向她面前的台式电脑，这台电脑与电话相连。进入银行的电脑系统其实很容易，但如果不知道正确的密码就会受阻。系统密码是每天都要更换的，特蕾西还参加过设定初始密码的会议。

"我们必须经常更换密码，"克拉伦斯·德斯蒙德说，"这样就不会被人破解，但要设定得简单一些，这样才能让有权使用密码的人记住。"

他们最后决定用四季和当天的日期做密码。

特蕾西打开电脑终端，输入费城信托银行的代码。听到尖鸣声后，她将电话接收机接入了电脑终端的调制解调器。屏幕上跳出一行字：请输入授权码。

今天是十号。

现在是秋天（fall），特蕾西就试了这个授权码：F-A-L-L 10。

授权码错误。屏幕上的字不见了。

难道他们把密码组合方式改了？特蕾西用余光瞥见售货员又向她走过来了。她走向另一台电脑，状似随意地看了看电脑，然后沿着过道东瞧西望。售货员突然停下脚步。她属于那种只看不买的主，他觉得自己看准了。恰逢这时，有一对看起来很阔气的夫妇走进店门，售货员便小跑迎上去招呼他们。特蕾西便趁机又回到刚刚的台式电脑前。

她试着推敲克拉伦斯·德斯蒙德的想法。他是个墨守成规的人，特蕾西确信他不会对密码做太大的改动。他可能保留了这种季节和日期相结合的组合方式，但他到底改动了哪里呢？如果把数字颠倒过来就太复杂了，他可能只改动了季节。

特蕾西又试了一次。

请输入授权码。

那就试试冬天（winter）：W-I-N-T-E-R 10

授权码错误。屏幕上的字又消失了。

"看来这个方法不行啊。"特蕾西沮丧地想。再试一次吧。

请输入授权码。

接着试试春天（spring）：S-P-R-I-N-G 10

屏幕上的字消失了一瞬，另外几个字显现出来：下一步。

德斯蒙德果然改动了季节。特蕾西赶紧输入：国内汇兑。

屏幕上立刻跳出了银行交易列表，可供选择：

您是要

A. 存款

B. 转账

C. 从储蓄账户取款

D. 支行间转账

E. 从支票账户取款

请选择

特蕾西选了"B"选项。屏幕上又出现了新的对话框：

转账金额？

转到何处？

转自何处？

特蕾西先后输入总基金和丽塔·冈萨雷斯。在输入金额时，她犹豫了一下。这太有诱惑力了，特蕾西想。既然已经成功获得了系统权限，不论她打出多少钱，电脑都会乖乖听从指令提款给她。她本可以取走几百万，但她不是小偷，她只想要自己应得的部分。

特蕾西输入一千三百七十五美元六十五美分和丽塔·冈萨雷斯的账号。

屏幕上跳出对话框：

汇兑完成。需要办理其他业务吗？

否。

服务结束。谢谢。

这笔钱将通过清算所银行同业支付系统自动转账，这个系统追踪着每天在各家银行间流动的两千两百亿美元。

售货员再次朝特蕾西走来，皱着眉头。

"小姐，您想买这台电脑吗？"

"不买，谢谢，"特蕾西抱歉地说，"我不太懂电脑。"

她从街角的一家药店给银行打了电话，要求和出纳主管通话。

"你好，我叫丽塔·冈萨雷斯。我想把支票账户转到纽约市第一汉诺威银行总行，麻烦了。"

"冈萨雷斯小姐，请告诉我您的账号。"

特蕾西报了账号。

一小时后特蕾西从希尔顿酒店退房，启程前往纽约。

第二天上午十点，纽约第一汉诺威银行刚开门时，丽塔·冈萨雷斯就去取支票账户中的全部存款。

出纳员核对后对她说："一共一千三百八十五元六角五分。"

"是的，数目没错。"

"冈萨雷斯小姐，开保付支票吗？"

"不了，谢谢，"特蕾西说，"我不相信银行，我要现金。"

特蕾西出狱时按规定从州立监狱领到了两百美元，外加她照顾艾米赚来的一小笔钱，即使再加上这次从银行基金取的钱，她在经济上仍然没有保障。她必须尽快找到工作。

她在莱克星顿大道上找了一家廉价旅馆，入住后便开始向纽约各家银行申请电脑操作方面的职位。但特蕾西突然意识到，电脑现在变成了她的敌人。电脑让她的个人信息不再是秘密了。电脑数据库记载着她的履历，不论是谁，只要轻轻一按键盘，就能调出她所有的信息。一旦特蕾西的犯罪记录被查到，她的申请就会遭到拒绝。

"鉴于你的背景，我认为不可能有银行会雇用你。"克拉伦斯·德斯蒙德的话应验了。

特蕾西又向很多保险公司和其他数十家与计算机相关的企业投了求职申请，然而得到的都是否定的答复。

"好吧，"特蕾西想，"我总能找到别的工作。"她买了一份《纽约时报》，开始寻找招聘广告。

她发现有一家出口公司在招聘秘书。

特蕾西刚刚走进出口公司的门去应聘，人事经理就说："嘿，我在电视上看到过你。你在监狱里救了一个小孩，是吗？"

特蕾西转身逃走了。

第二天，她被聘用为萨克斯第五大道精品百货店儿童部的销售员。工资比以前低得多，但至少还能养活自己。

上班第二天，有顾客认出了特蕾西，歇斯底里地找楼层经理大吵大闹，说她绝不会让一个淹死过小孩的女杀人犯给她服务。特蕾西连辩解的机会都没有，当场就被解雇了。

这一刻，特蕾西似乎明白了，她曾报复过的那几个仇人终究还是把她钉在了耻辱柱上。他们害她成了对社会有危害的罪犯和无赖。她遭受的冤屈在腐蚀着她的人生。现在她已经不知该如何活下去，人生第一次感受到了绝望的滋味。当晚，她打开钱包清点剩下的钱，忽然注意到夹层里藏着一张字条，是之前在监狱里贝蒂·弗朗西斯科斯塞给她的。康拉德·摩根，珠宝商，纽约市第五大道640号。他对犯人改过自新的问题很感兴趣，喜欢帮助蹲过监狱的人。

康拉德·摩根珠宝行店面十分典雅，门口站着穿制服的门卫，店内还有武装警卫。店内的装修低调素雅，但售卖的珠宝都极其精美，而且价格昂贵。

特蕾西告诉店内的接待员："我想见康拉德·摩根先生。"

"您有预约吗？"

"没有。是……我和他都认识的一个朋友建议我来见他。"

"您是？"

"特蕾西·惠特尼。"

"请稍等。"

接待员拿起电话，对着电话低声说了些什么，特蕾西没有听见。她放下了电话。"摩根先生现在在忙。他问您能否六点钟再来。"

"可以，谢谢。"特蕾西说。

特蕾西走出了珠宝行。她站在人行道上，心中迟疑不决。来纽约就是个错误的决定。康拉德·摩根大概帮不上她什么忙。他有什么理由帮她呢？特蕾西对他来说完全是个陌生人。"他肯定会对我说教，会给我施舍，但我才不需要这些。我不需要任何人给我这些所谓的帮助。我也是经历过大风大浪的人，无论如何我都会依靠自己挺过难关的。让康拉德·摩根见鬼去吧，我再也不去找他了。"

特蕾西漫无目的地在街上闲逛，她路过第五大道上华丽的沙龙，路过公园大道上戒备森严的公寓楼，又路过莱克星顿大道和第三大道上熙熙攘攘的商店。她徘徊在纽约街头，魂不守舍，周遭的一切她都视而不见，心中充满痛苦和沮丧。

然而不知为何，六点钟的时候她又走回第五大道，站在了康拉德·摩根的珠宝行前。门卫已经走了，大门也锁着。特蕾西挑衅般地猛敲了一阵门，转身想要离开，但令她惊讶的是，门突然打开了。

一位很有长者风范的男人站在那里看着她。他头顶已经秃了，耳朵上方有几绺乱蓬蓬的灰发。他面色红润，一双蓝眼睛炯炯有神，看起来像一个快乐的土地公。"你就是惠特尼小姐吧？"

"是的……"

"我是康拉德·摩根。进来吧，好吗？"

特蕾西走进了空荡荡的商店。

"我一直在等你，"康拉德·摩根说，"去我的办公室谈吧。"

他领着特蕾西从店内穿过，来到一扇关着的门前，用钥匙打开了门。他的办公室陈设高雅，看上去不像办公场所，更像公寓。屋内没有办公桌，只有沙发、椅子和桌子，摆放得很有艺术感，墙上挂满了大师的名画。

"要不要喝点什么？"康拉德·摩根问道，"威士忌、干邑还是雪利酒？"

"我什么都不喝，谢谢。"

特蕾西突然紧张起来了。她不相信眼前这个男人会帮助自己，但同时又迫切地希望他能帮她一点忙。

"摩根先生，贝蒂·弗朗西斯科斯建议我来找你。她说你……你帮助过那些……有难处的人。"坐牢这个词，她实在说不出口。

康拉德·摩根双手交握在一起，特蕾西注意到他的指甲修剪得整齐好看。

"可怜的贝蒂。多可爱的姑娘。她太不幸了。"

"不幸？"

"是啊，她被抓到了。"

"我……我没明白。"

"其实很简单，惠特尼小姐。贝蒂以前为我工作，她受到了很好的保护。后来，这个可怜的小姑娘爱上了一个从新奥尔良来的司机，然后就不辞而别了。再后来……他们就抓到了她。"

特蕾西一头雾水。"她在这儿给你当售货员吗？"

康拉德·摩根往后一靠，笑得眼泪都流出来了。"不，亲爱的，"他说着，拭去了眼泪，"看来贝蒂没有向你解释清楚。"他向后靠在椅子上，双手的指尖搭在一起。"惠特尼小姐，我有一个小小的副业，利润很丰厚，我很高兴能和同事们分享这些利润。我最为明智的选择就是雇用了像你这样在监狱里服过刑的人——请原谅我这样说。"

特蕾西端详着他的脸，更加迷惑不解。

"是这样的，我的境况很特殊。我有一群很富有的顾客，他们都是我的朋友，任何事都愿意向我倾诉。"他的手指相互轻轻敲打着，"我知道我的客户们什么时候外出远行。现在世道不太平，很少有人带着珠宝外出，他们都把珠宝锁在家里。我给他们推荐合适的安保措施，也很清楚他们都有什么珠宝，因为就是从我这里购买的。他们……"

特蕾西站起身来。"摩根先生，谢谢您抽出时间告诉我这些。"

"你不会要走了吧？"

"如果你刚刚说的话是我理解的那个意思……"

"是的，就是那个意思。"

特蕾西感到双颊滚烫。"我不是罪犯。我是来找工作的。"

"亲爱的，我不就是在给你提供工作吗？只要花上一两个小时的时间，我保证你可以赚到两万五千美元。"他顽皮地一笑，"当然，还不用交税。"

特蕾西努力克制着自己的怒火。"我不感兴趣。可以让我出去了吗？"

"如果你真想走的话，当然可以。"他站起身，送特蕾西到门口。"惠特尼小姐，你应该明白，如果我手下的人有那么一丝被抓的风险，我绝不会参与其中。我需要维护自己的名声。"

"我向你保证，我不会说出去的。"特蕾西冷冷地说。

他微微一笑。"亲爱的，你也没什么可说的，对吗？我是说，谁会相信你呢？我可是康拉德·摩根。"

他们走到商店大门时，摩根说："如果你改主意了，一定要告诉我，好吗？最好在晚上六点以后给我打电话。我等你的电话。"

"不用等了。"特蕾西甩给他一句话，就走进了夜幕之中。直到回了自己的房间，她还气得浑身发抖。

特蕾西让酒店的服务员出去买三明治和咖啡。她不想面对任何人。与康拉德·摩根的会面让她觉得受到了侮辱。他认为自己和南路易斯安那州女子监狱里那些悲伤、迷茫、颓丧的罪犯是一类人。她怎么能与那些人混为一谈，她可是特蕾西·惠特尼，一个电脑专家，一个正直守法的公民。

然而却没有人愿意雇用她。

特蕾西彻夜未眠，思考着自己的未来。她没有工作，身上也没剩多少钱了。最终，她做出了两个决定：第二天一早她要搬到一个更便宜的住处去；还有，她要找一份工作。什么工作都行。

这个更便宜的住处选在了下东区一个沉闷的旅馆，她住四楼的一个单间，连电梯都没有。从特蕾西的房间里，透过纸一样薄的墙壁，可以听到邻居们用各种外语互相叫骂的声音。街上小商店的门窗装有很多栅栏，特蕾西知道这是为什么。这个社区似乎到处都是酒鬼、娼妓和无家可归的女人。

在去市场购物的路上，特蕾西被搭讪了三次——两次是男的，一次是女的。

"这些我都可以忍受，我不会在这里待太久的。"特蕾西这样安慰自己。

她去了离公寓几个街区远的一家小型职业介绍所。经营这家店的是墨菲太太，一个主妇模样、体态肥胖的女人。她放下特蕾西的履历，打量着她，神情十分疑惑。"我不知道你来找我干什么。像你这样的人，肯定有很多公司都争着要。"

特蕾西深吸了一口气，说："我有难处。"接着，她解释了自己的状况，墨菲太太坐在那里静静地听着。特蕾西说完之后，墨菲太太断然说道："那你别想找与电脑相关的工作了。"

"但你刚才说……"

"现在的公司对电脑犯罪都提心吊胆，他们绝对不会雇用有前科的人。"

"但我需要一份工作。我……"

"还有其他种类的工作。你想过做售货员吗？"

特蕾西想起了她在百货公司的经历，她再也不想遭受那样的屈辱了。

"还有别的选择吗？"

墨菲太太犹豫了一下。她想到的这份工作介绍给特蕾西·惠特尼实在太屈才了。"是这样的，"她说，"我知道这份工作不合你意，但杰克逊霍尔餐厅缺个服务员。那是上东区的一家汉堡店。"

"餐厅服务员？"

"是的。如果你接受这份工作，我就不收你的佣金了。我也是碰巧听到这个消息的。"

特蕾西坐在那里，做了一番思想斗争。她在读大学时，当过餐厅服务员。不过当时只是觉得好玩，现在却要靠它谋生了。

"我试一下吧。"特蕾西说。

杰克逊霍尔餐厅里乱哄哄的：顾客们等得不耐烦了，大吵大闹，厨子们被催得一肚子火气，动辄发火。这家店饭菜味道不错，价格合理，因此总是很拥挤。服务员们忙得团团转，连一点歇息的时间都没有。第一天结束的时候，特蕾西已经筋疲力尽了。但她终于挣到钱了。

第二天中午，特蕾西正在招待一桌推销员，其中一个男人把手伸进了她的裙子下面，特蕾西把一碗辣椒扣在了他的头上。于是这份工作就这样没了。

她回到墨菲太太那里，向她讲了当天的情况。

"我有个好消息，"墨菲太太说，"威灵顿·阿姆斯酒店需要一名客房助理。我想介绍你去。"

坐落在派克大街上的威灵顿·阿姆斯酒店规模不大，但高雅精致，专门服务富人名流。客房经理面试了特蕾西，决定录用她。这份工作相对简单，同事们很友善，上班时间也很合理。

工作一星期后，特蕾西被叫到客房经理的办公室。副经理也在那里。

"你今天检查827号套房了吗?"客房经理问特蕾西。827号套房住的是好莱坞演员珍妮弗·马洛。特蕾西的工作包括检查每间套房,看服务员们是否按要求将房间整理好了。

"查过,怎么了?"她问道。

"什么时候查的房?"

"两点钟。有什么问题吗?"

副经理开口了。"马洛小姐三点钟回来时,发现一枚贵重的钻戒不见了。"

特蕾西觉得自己浑身紧绷。

"特蕾西,你去过卧室吗?"

"去过,每个房间我都检查了。"

"你在卧室里看到过什么珠宝吗?"

"嗯……没有。我觉得应该没有。"

副经理连忙追问道:"你觉得应该没有?这么说你不确定?"

"我又不是去找珠宝,"特蕾西说,"我是去检查床铺和毛巾的。"

"马洛小姐坚持说,她离开套房时,戒指就在梳妆台上。"

"这我就不知道了。"

"其他人都进不了那间套房。我们的服务员们也都在这里工作很多年了。"

"我可没有拿。"

副经理叹了口气。"我们得叫警察来调查了。"

"肯定是别人拿的,"特蕾西大声辩解道,"说不定马洛小姐把它放错地方了。"

"鉴于你有前科……"副经理说。

又来了,又搬出这一套了。鉴于你有前科……

"请你去保安室等候警察来调查。"

特蕾西感觉自己脸红了。"好的,先生。"

一名保安将特蕾西送至办公室,她觉得自己似乎又回到了监狱。特蕾西曾读过相关的报道,犯人出狱后因有犯罪前科而屡遭歧视,但从未想过这种事会发生在自己身上。人们给她贴上了标签，揣测她就是这种人，甚至认为她应当堕落至此，特蕾西越想越痛苦。

三十分钟后，副经理微笑着走进了办公室。"没事了！"他说，"马洛小姐找到了她的戒指，她把它放错地方了。一个小误会而已。"

"那可真是太好了。"特蕾西说。

她走出办公室，径直向康拉德·摩根珠宝行走去。

"这事再简单不过了，"康拉德·摩根说，"我有一个客户叫洛伊丝·贝拉米，她去了欧洲。她的住所在长岛的海崖镇。周末用人们都不上班，家里一个人都没有。有一支私人巡逻队每四小时会检查一次。你只要在屋里待上几分钟就行。"

他们二人坐在康拉德·摩根的办公室里。

"我了解她住所的安保系统，也有保险箱的密码。亲爱的，你只需要走进房间，拿到珠宝，然后再出来。你把珠宝交给我，我把宝石从底座上取下来，切小之后再卖出去。"

"如果真这么简单，你为什么不自己动手呢？"特蕾西直截了当地问。

他的蓝眼睛闪闪发光。"因为我要出城办事。每当这种小'事件'发生时，我总是在出差。"

"明白了。"

"你不必因为偷了贝拉米夫人的珠宝而感到歉疚，她是个非常可恨的女人，在世界各地都有房子，里边堆满了金银财宝。另外，她投保了两倍于珠宝价值的保险。当然，是我替她估的价。"

特蕾西坐在那里看着康拉德·摩根，心想，我一定是疯了。我居然平静地坐在这里和这个人讨论怎样盗窃珠宝。"摩根先生，我不想再回监狱去了。"

"这件事没有任何危险。我的人一个都没被抓过。至少在为我工作的期间没有被抓。好了……你觉得怎么样？"

答案当然是显而易见的。她要拒绝。这件事太疯狂了。

"你之前说我能赚到两万五千美元？"

"一手交钱，一手交货。"

这可是一大笔钱，在她想好往后的路该如何走之前，这笔钱足以维持生计。她想到了自己住的那个沉闷的小房间，想到了吵嚷的房客们，想到了那个顾客的叫喊"我绝不会让一个女杀人犯给我服务"，还想到了副经理说"我们得叫警察来调查了"。

不过，特蕾西还是没法下定决心答应。

"我建议这个星期六晚上动手，"康拉德·摩根说，"佣人们星期六中午就离开了。我让人用假名给你搞一个驾照和一张信用卡。你在曼哈顿租一辆车，然后开去长岛，十一点到达。拿到珠宝后开车回纽约，把车还了……你会开车，对吧？"

"会。"

"太好了。早上七点四十五分有一列开往圣路易斯的火车，我给你预订一个包间。到时候我们在圣路易斯车站碰头，你把珠宝交给我，我就给你两万五千美元。"

他这么一说，一切都好简单啊。

是时候拒绝了，是时候站起身，离开这里了。可是离开之后，她还能去哪里呢？

"我需要一顶金色的假发。"特蕾西一字一顿地说。

特蕾西走后，康拉德·摩根坐在办公室里，也不开灯，开始琢磨她这个人。她真是位佳人，确实漂亮，真是太可惜了。也许应该提醒她，其实他并不是很了解别墅里那套特殊的防盗警报系统。

第十六章

特蕾西用康拉德·摩根预付给她的一千美元买了两顶假发——一顶金色，一顶黑色，还有许多小辫子。她从莱克星顿大道的一个街头小贩那里买了一件深蓝色西裤套装、一件黑色工装连衣裤和一个仿古驰手提箱。到目前为止，一切进展顺利。正如摩根所承诺的那样，特蕾西收到了一个信封，里面有埃伦·布兰奇的驾照，一张贝拉米家的安保系统图，卧室保险箱的密码，还有一张美国铁路公司的火车票，开往圣路易斯，单人包间。特蕾西收拾好自己少得可怜的几件行李，离开了房间。"我以后再也不要住在这种破地方了。"特蕾西给自己鼓劲。她租了一辆车，向长岛驶去。她要去入室行窃了。

特蕾西感觉一切都是那么荒诞虚幻，像是身处在梦境之中，她心中充满了恐惧。如果她被抓住了怎么办？值得冒这么大的风险去做这种事吗？

这事再简单不过了，康拉德·摩根说过。

如果没有把握，他绝不会参与其中。他需要维护自己的名声。"我也有名声，"特蕾西心酸地想，"只不过我的是臭名。每次有人丢了宝石，在找到之前我都是嫌疑犯。"

特蕾西知道自己心里为什么这么想：她在竭力烧起心中的怒火，给犯罪做好心理准备。但这并没有奏效。车到达海崖镇时，她已经要精神崩溃了。她两次都差点把车开出马路。"也许警察会因为驾驶不当而逮捕我，"她满怀希望地想,"我就可以告诉摩根先生,路上出了差错。"

但是一辆警车都看不到。"警察果然不可靠。"特蕾西愤愤不平地想。当你需要他们的时候,他们从不出现。

特蕾西依照康拉德·摩根的指示向长岛海峡驶去:那座别墅就在海边,名叫恩贝尔斯,是一座维多利亚时代的老宅邸,不会找不到的。

"千万别让我找到。"特蕾西祈祷说。

但那座别墅就在眼前,在黑暗中若隐若现,就像噩梦中食人魔的城堡。别墅看上去空无一人。"用人们怎么敢周末离开,"特蕾西愤怒地想,"应该解雇他们。"

她把车开到一排高大的柳树后面,把车子掩藏起来,然后关掉引擎,听着夜里昆虫的叫声。再没有其他声音打破这寂静。别墅并不在主干道旁,这么晚了也没有车辆经过。

"亲爱的,这房子被树遮住了,最近的邻居也在几英里远的地方,你不用担心被人撞见。巡逻队在晚上十点和凌晨两点会进行检查,而两点之前你早已离开那里了。"

特蕾西看了看手表,十一点。第一次巡逻已经结束,在第二次巡逻之前,她还有三个小时。或者花三秒钟掉头回纽约,忘掉这件疯狂的事。但是,回去又能做什么呢?那些画面不由自主地在她的脑海中浮现。萨克斯精品百货店的副经理说道:"非常抱歉,惠特尼小姐,但顾客就是上帝……"

"那你别想找与电脑相关的工作了,他们绝对不会雇用有前科的人……"

"只要花上一两个小时的时间,就能赚两万五千美元,还不用交税。你不必感到歉疚,她是个非常可恨的女人。"

"我这是在做什么?"特蕾西心想,"我不是贼,至少不是真正意义上的贼。我只是个业余的蠢贼,马上就要精神崩溃了。

"如果我还有一丝理智,就应该趁现在还有时间离开这里,免得被特警队发现后乱枪打死,千疮百孔的尸体被运到太平间。我已经能够想象报纸会起什么标题:入室盗窃未遂,危险分子被当场击毙。"

谁会在她的葬礼上哭泣呢?欧内斯廷和艾米。特蕾西看了看手表。"哦,天哪。"她居然坐在这里神游了二十分钟。如果要做的话,得赶紧行动了。

但特蕾西浑身动不了。她害怕得浑身僵硬。"我不能永远坐在这里，"她对自己说，"不如我去别墅那儿看看吧？就看一眼。"

特蕾西深吸了一口气，下了车。她穿着黑色工装连衣裤，膝盖在发抖。

她慢慢地走近那座别墅，可以看到里面没有一丝亮光。

一定要戴手套。

特蕾西把手伸进口袋，拿出一副手套戴上。"哦，天哪，开始了，"她想，"我真的要做这种事了。"她的心怦怦直跳，心跳声盖住了周遭所有的声音。

"警报器在前门的左边，有五个按钮。红灯亮着的时候，意味着警报器已经打开，关闭它的密码是32411。红灯熄灭后，警报器就关闭了。这是前门的钥匙，你进去后，一定要把门关上。记得用这个手电筒照明，不要打开房子里的任何一盏灯，以防有人碰巧开车路过。主卧在楼上左手边，面朝海湾。你会在洛伊丝·贝拉米的画像后面找到保险柜。那个保险柜非常简单，你只要按这套密码开锁就行了。"特蕾西回想着摩根的话。

特蕾西一动不动地站在门口，浑身颤抖着，准备一有声响就逃跑。四周一片寂静。她慢慢地伸出手在警报器上按了密码，心里却祈祷密码不会有任何作用。然而，红灯熄灭了。而下一步，如果迈进去，就是万劫不复。她记得飞行员会用一个词来形容这种情况：不归路。

特蕾西把钥匙插进锁孔，门开了。她足足等了一分钟才鼓足勇气走进去。她站在门厅里侧耳倾听，不敢妄动，全身的每一根神经都突突直跳。空无一人的别墅寂静无声。她拿出手电筒照明，看见了楼梯。于是她走过去，开始上楼，心中只有一个念头，那就是尽快结束这一切，然后逃走。

二楼的走廊在手电筒的光晕下显得有些诡异，摇曳的亮光使墙壁仿佛在前后跳动。特蕾西向她经过的每一个房间里窥视，都空无一人。

正如摩根所描述的那样，主卧在走廊的尽头，面朝海湾。卧室漆成了暗粉色，有一张带幔帐的床和一个用粉色玫瑰装饰的柜橱，十分漂亮。房间里有两个双人座椅，一个壁炉，壁炉前面还摆了一张餐桌。"我差点就可以和查尔斯，还有我们的孩子住进这样的房子里了。"特蕾西想。

她走到落地窗边，望着远处停泊在海湾里的船舶。"老天爷，告诉我，为什么你让洛伊丝·贝拉米住在这座漂亮的房子里，却让我在这里行窃？得了吧，姑娘，"她对自己说，"别伤春悲秋了。就干这一次。几分钟就结束了。如果站在这里什么都不做，就永远也没办法结束。"

她从窗口转过身，走到摩根说的那幅肖像前。洛伊丝·贝拉米看起来强硬、傲慢。这点没错。她那副模样确实像个可恨的女人。特蕾西将肖像画从墙上挪开后，一个小保险柜映入眼帘。她已经记住了密码，向右转三圈，停在42；向左转两圈，停在10；再向右转一圈，停在30。她的手抖得厉害，不得不又试了两遍。终于，她听到咔嗒一声，柜门打开了。

保险箱里满是厚厚的信封和钞票，但特蕾西对它们视而不见。在最里面的一个小架子上，放着一个麂皮珠宝袋。特蕾西伸手把它从架子上拿了下来。就在这一刻，防盗警报器响了，那是特蕾西听过的最响亮的声音。房子的每个角落似乎都回荡着那高昂尖锐的铃声。她整个人僵在那里，吓呆了。

哪里出了问题？康拉德·摩根难道不知道珠宝一拿出来，就会触发保险柜里的警报器吗？

她必须尽快离开。她把麂皮袋子揣进口袋，向楼梯跑去。接着，除警报声之外，她听到了另一种声音，那是由远及近的警笛声。特蕾西惊恐地停在楼梯口，口干舌燥，心跳如雷。她急忙走到窗前，掀起窗帘，向外张望。一辆黑白双色巡逻车停在屋前。特蕾西看到一个穿制服的警察朝后跑去，另一个朝前门跑去。没有退路了。警铃还在响个不停，突然间，那声音听起来就像南路易斯安那州女子监狱走廊里可怕的铃声。

不！特蕾西心想："我绝不会让他们再把我送回那里。"

前门的门铃刺耳地响了。

梅尔文·德金警官在海崖镇警局工作了十年。海崖镇是一个僻静的小镇，警察的主要职责也就是处理破坏公物的行为、几桩偷车案，以及偶尔在星期六夜里发生的酒后斗殴。但今晚，贝拉米别墅的警报器响了，这可是大事件，性质完全不同了。德金警官正是为了处理这类犯罪案件才选择当警察的。他认识洛伊丝·贝拉米，知道她收藏的那些名画和珠宝有多么贵重。这座别墅对窃贼来说是个诱人的目标，因此她不在的时候，德金警官一定会时常过来巡查。

"这一次，"德金警官想，"应该是叫我碰到了。"安保公司的无线电电话打来时,他离这里只有两个街区。"如果能抓住窃贼,会给我的履历增光添彩。这机会可是千载难逢。"

德金警官再次按响了前门的门铃。他希望能够在报告中声明,他是按了三次门铃后才强行闯入的。他的同事正守在后门,所以窃贼根本逃不出去,那他很有可能会藏身于屋内,但德金警官要攻其不备。没人能从梅尔文·德金的眼皮底下溜走。

德金警官正准备按第三次门铃时,门突然打开了。他愣在了原地。门口站着一个女人,她穿着一件薄薄的睡衣,薄得几乎透明,没有多少让人发挥想象的余地。她的脸上敷着泥膜,头发塞在一顶鬈发帽里。

她质问道:"这到底是怎么回事?"

德金警官咽了口唾沫。"我……你是谁?"

"我是埃伦·布兰奇,是洛伊丝·贝拉米的客人。她去欧洲了。"

"我知道。"警官很困惑,"可她没告诉我们她有个客人。"

那女人会意地点点头。"洛伊丝不就是这样的人吗?对不起,我受不了这噪声了。"

德金警官亲眼看着洛伊丝·贝拉米的客人伸手在警报器按钮上按了一连串的数字,警铃声便停止了。

"好多了,"她舒了口气,"我简直说不出见到你有多高兴。"她颤抖地笑着。"我刚准备睡觉,警铃就响了。房子里肯定是进了贼,但只有我一个人在这里。用人中午就走了。"

"你介意我们四处看看吗?"

"那就劳您大驾了。"

德金警官和他的同事只花了几分钟就确定没人潜伏在房子里。

"一切正常,"德金警官说,"一场虚惊而已。肯定是什么东西触发了警报器。这些电子玩意有时候也靠不住。我会打电话给安保公司,让他们检查一下系统。"

"您放心,我一定会打的。"

"好的,那我们走了。"德金警官说。

"非常感谢你们能过来。我现在觉得安全多了。"

"这女人的身材真是凹凸有致，"德金警官想，"如果她洗去泥膜，摘掉鬈发帽，不知道长什么样。""布兰奇小姐，你会在这里常住吗？"

"再住一两个星期吧，直到洛伊丝回来。"

"如果有什么我能帮上忙的，尽管告诉我。"

"谢谢，我会的。"

特蕾西注视着警车驶入夜色。如释重负的同时感到头晕目眩。等警车看不见了，她赶紧上楼，洗掉脸上的泥膜，那是她在浴室里找到的，脱下洛伊丝·贝拉米的鬈发帽和睡衣，换上自己的黑色工装，然后从前门离开，小心地重新开启了警报器。

她开车驶回曼哈顿。到了半路上，她才突然意识到自己所做的事情是多么大胆。她咯咯地笑了起来，然后渐渐变成颤抖的、无法控制的大笑，最后她不得不把车停在路边。她笑得泪流满面，这是她整整一年来第一次开怀大笑。

第十七章

美国铁路公司的火车终于驶出了宾夕法尼亚车站，直到这时特蕾西才真正松了口气。之前，她总感觉下一刻就会有一只铁钳般的手抓住她的肩膀，然后有一个声音说"你被捕了"。

其他乘客上车时，她仔细地观察过他们，没发现什么可疑的迹象。但是，特蕾西的肩膀还是紧绷着。她不停地安慰自己，谁都不可能这么快就发现珠宝失窃，即使有人发现了，也找不到她的头上来。康拉德·摩根会带着两万五千美元在圣路易斯车站等她。

两万五千美元，她想怎么花就怎么花！这么大一笔钱，相当于她在银行工作一整年的薪水。"我要去欧洲旅行，"特蕾西想，"去巴黎。不，巴黎不行。查尔斯和我曾经打算去巴黎度蜜月。去伦敦吧，到了那儿我就不会再变成笼中之鸟了。"奇怪的是，特蕾西觉得这次经历把她变成了另外一个人，好像重获新生了一样。

她锁上包间的门，拿出麂皮袋子打开。各式珠宝闪耀着夺目的色彩，如一条小瀑布，倾泻到她的手中。有三个大钻戒，一枚祖母绿胸针，一个蓝宝石手镯，三对耳环，还有两条项链，一条是红宝石项链，另一条是珍珠项链。

特蕾西惊叹不已，这些珠宝的价值一定超过一百万美元。当火车驶过乡村时，她坐回座位，在脑海中重温昨晚的情形。租车……开车去海崖镇……寂静的夜晚……关掉警报器进入别墅……打开保险柜……然后警报器响了，警察赶到了。他们就没想过，那个穿着睡衣、脸上敷着泥膜、头上戴着鬈发帽的女人就是他们要找的窃贼。

现在，坐在开往圣路易斯的火车包间里，特蕾西终于露出了满意的微笑。和警察智斗真是其乐无穷，行走在危险的边缘令她兴奋无比。她觉得自己既有胆识，又有头脑，无往不胜。这感觉真是棒极了。

这时，有人敲她包间的门。特蕾西连忙把珠宝塞回袋子，放到手提箱里。她拿出车票，打开了包间的门，准备让乘务员检票。

两个身穿灰色西装的男人站在走廊里。一个看起来三十出头，另一个还要大十岁的样子。那个年轻人很有魅力，有着运动员的体格。他的下巴线条硬朗，留着整齐的小胡子，戴着角质框眼镜，镜片后一双蓝眼睛闪烁着睿智的光芒。那个年长的男人一头浓密的黑发，身材魁梧，棕色的眼睛十分冷峻。

"请问有什么事吗？"特蕾西问。

"是的，小姐。"那位年长者答道。他拿出皮夹，把证件举到她眼前。

美国司法部
联邦调查局

"我是特工丹尼斯·特雷弗，这位是特工托马斯·鲍尔斯。"

特蕾西突然感到口干舌燥。她挤出一丝微笑。"我……我不明白这是什么意思，出什么事了吗？"

"小姐，确实出事了。"鲍尔斯说道，他说话时带有温柔的南方口音。"几分钟前这辆火车进入了新泽西州。跨州运输赃物触犯了联邦法律。"

特蕾西感到一阵头晕目眩。眼前落下了一片红色的薄幕，一切都模糊了起来。

丹尼斯·特雷弗说："可以请你打开箱子吗？"这语气不是请求，而是命令。

眼下，只能虚张声势试一试了。"那怎么行！你们竟敢擅自闯入我的隔间！"她怒气冲冲地厉声说道，"联邦调查局的人做事都像你们这样？到处骚扰无辜的公民？我要叫乘务员过来。"

"我们已经跟乘务员说明情况了。"特雷弗说。

她的计策不起作用。"你……你们有搜查令吗？"

鲍尔斯温和地说："惠特尼小姐，不需要搜查令。我们是在你犯案的中途将你逮捕的。"他们甚至知道她的名字。她无计可施，无路可逃了。全都完了。

特雷弗走过去打开了她的手提箱。事到如今，阻止他也没有用了。特雷西在一旁看着他把手伸进箱子，拿出了那个麂皮袋子。他打开袋子，和同伴对视一眼，点了点头。特雷西瘫坐在座位上，浑身的力气都被抽走了。

特雷弗从口袋里掏出一张单子，对照单子核对了珠宝，然后把麂皮袋子塞进了口袋。"汤姆，一件不差。"

"你……你们是怎么发现的？"特蕾西绝望地问。

"我们不能透露任何信息，"特雷弗答道，"你被逮捕了。在你的律师到场之前，你有权保持沉默，但你所说的每一句话都可能作为对你不利的证据。明白了吗？"

她的声音微弱得几乎听不见了。"明白。"

托马斯·鲍尔斯说："抱歉。我想说，我知道你的背景，我真为你感到难过。"

"老天，"特雷弗说，"我们又不是来探亲的。"

"我知道，但是……"

特雷弗拿出一副手铐，递到特蕾西面前。"请把手伸出来。"

特蕾西心如刀绞。她还记得当时在新奥尔良机场，她在众目睽睽之下被戴上手铐的情景。"不要！一定要戴上这个吗？"

"是的，小姐。"

鲍尔斯说："丹尼斯，跟你单独说句话。"

丹尼斯·特雷弗耸了耸肩。"行。"

两人出门去了外面的过道。特蕾西茫然地坐在那里，心如死灰。她能够听到两个人谈话的只言片语。

"拜托，丹尼斯，没必要给她铐上吧，她现在又跑不了……"

"你什么时候才能成熟点？等你在局里待的时间赶上我之后……"

"好啦，这事就放她一马吧，她都那么难堪了，而且……"

"这算什么，相比她干的……"

接下来的对话她就听不见了。她也不想听。

过了一会儿，两人又回到了包间。特雷弗看起来好像有点气恼。"好吧，"他说，"手铐就不给你戴了。下一站带你下车，我们会提前用无线电叫一辆局里的车过来。你不准离开这个包间，听清楚了吗？"

特蕾西点点头，难过得说不出话来。

托马斯·鲍尔斯同情地朝她耸了耸肩，好像在说"我尽力了，别的我就帮不了你了"。

"现在谁也帮不了我。"特蕾西心想。来不及了，一切都太迟了。她是被当场抓获的。大概是警察发现了她的踪迹，通知了联邦调查局。

两个特工现在正站在过道和乘务员交谈。鲍尔斯指了指特蕾西，说了句什么，她没有听见。乘务员点了点头。接着鲍尔斯关上了包间的门，在特蕾西看来，仿佛是牢房的门咣当一声关上了。

车窗外，乡村美景不断闪过，但特蕾西却无心去看。

她坐在那里，被恐惧麻痹了。她的耳朵里阵阵轰鸣，却不是火车行驶的声音。她不会再有第二次机会，她是一个被判过刑的重罪犯。他们会判处她最高的刑期，这一次没有监狱长的女儿等着她去救了，等着她的只有那无穷无尽、令人窒息的牢狱生活，还有大个子伯莎。警察他们是怎么知道是她偷了珠宝的？这件事情唯一的知情人是康拉德·摩根，他没理由把她和珠宝都交给联邦调查局。可能是他店里的某个店员知道了这个计划，向警方通风报信了。但是过程如何已经不重要了。结果就是，她被抓住了。等到下一站，她又要去监狱了。先是预审，然后是正式审判，再然后……

特蕾西紧紧地闭上双眼，不愿再想下去了。两行热泪从她的面颊滚落。

火车开始减速了。特蕾西的呼吸变得急促起来，感觉快要窒息了。那两个联邦调查局的特工随时都会进入包间把她带走。车站映入了眼帘，几秒钟后，火车突然停了下来。该走了。特蕾西合上手提箱，穿上外套，坐了下来。她盯着包间门，等着它打开。

几分钟过去了。那两个人还没出现。他们干什么去了？她回想起他们的话："下一站带你下车，我们会提前用无线电叫一辆局里的车过来。你不准离开这个包间。"

她听见乘务员喊道："请各位乘客上车……"

特蕾西开始慌乱起来。也许他们的意思是在站台上等她，一定是这样。如果她留在火车上，他们会指责她试图拒捕逃跑，那她岂不是罪上加罪。特蕾西抓起手提箱，打开包间门，匆匆跑到过道里。

乘务员朝她走了过来，"小姐，您要下车吗？"他问道，"那您要抓紧了。我来帮您拿箱子吧，像您这种情况是不能提重物的。"

特蕾西瞪大眼睛看着他，"我这种情况？"

"您不用不好意思。您的两个哥哥告诉我您怀孕了，所以叫我多照顾一下您。"

"我哥哥？"

"小伙子人都不错，他们看起来挺关心您的。"

她感到一阵天旋地转。一切都变得混乱起来。

乘务员帮她把箱子提到车厢门口，扶着她下了车。火车开动了。

"你知道我哥哥去哪里了吗？"特蕾西问。

"不知道，小姐。火车到站后他们匆忙上了一辆出租车。"

带着她辛辛苦苦偷到手的价值一百万美元的珠宝。

特蕾西赶紧打车前往机场。那是她能够想到的那两人唯一可能去的地方。坐上了出租车，就意味着他们没有自己的交通工具，而他们又必须尽快离开这里。她靠在出租车的座位上，一想起被他们骗的情景，她就怒火中烧；看到自己竟也如此轻易地上了他们的当，她觉得真是羞愧。哼，那两个人还挺厉害。骗术可真高明。戏简直演得天衣无缝。他们俩"你唱红脸我唱白脸"，用的不过是警察审讯的老套路，自己竟被耍得团团转。她羞愤交加，脸都涨红了。

"拜托，丹尼斯，没必要给她铐上吧，她现在又跑不了……"

"你什么时候才能成熟点？等你在局里待的时间赶上我之后……"

联邦调查局？他们可能都是法外之徒。哼，她一定要拿回那些珠宝。她经历过那么多大风大浪，不可能就这样被两个骗子骗了，她必须及时赶到机场。

她在座位上探身向前，对司机说："请您再开快一点！"

那两人就站在登机口前排队的人里，她并没有立即认出他们来。

那个声称自己叫托马斯·鲍尔斯的年轻特工摘掉了眼镜，眼睛从蓝色变成了灰色，小胡子也不见了。另一个叫丹尼斯·特雷弗的人，本来有一头浓密的黑发，现在却是秃头。但是特蕾西是不会认错的，因为他们没来得及换衣服。

特蕾西走过去的时候，二人已经快到登机口了。

"你们是不是忘了什么。"特蕾西说。

二人转过身来看到她，吓了一跳。那个年轻人皱起眉头。"你怎么在这儿？局里已经派车到车站去接你了。"他说话不带南方口音了。

"那我们一起回去找调查局的车吧？"特蕾西建议道。

"不行，我们要去办另一件案子，"特雷弗解释说，"得赶这班飞机。"

"那先把珠宝还给我。"特蕾西坚决地说。

"恐怕不行，"托马斯·鲍尔斯告诉她，"这些都是证物，我们之后会把收据寄给你的。"

"不，我不要收据，我就要珠宝。"

"抱歉，"特雷弗说，"珠宝必须由我们保管。"

这时，二人已经到了登机口。特雷弗把登机牌递给了乘务员。特蕾西焦急地环顾四周，看到一个机场警察站在附近，于是喊道："先生！警察先生！"

那两人顿时十分慌张地对视了一眼。

"你知道你在干什么吗？"特雷弗低声呵斥她，"你想把咱们都送进监狱吗？"

那个警察朝他们走过来。"小姐，有什么事吗？"

"哎呀，也没什么，"特蕾西轻快地说，"这两位好心的先生帮我找到了我丢的贵重珠宝，他们现在要还给我了。要不我恐怕得去联邦调查局报案呢。"

那两人更加惊慌地又对视了一眼。

"他们二位建议，让您护送我上出租车。"

"没问题。我很荣幸。"

特蕾西转向二人。"现在把珠宝交给我很安全。这位好心的警察先生会保护我的。"

"不，说真的，"托马斯·鲍尔斯回绝道，"最好还是我们来……"

"哦不，没关系，就按我说的办吧，"特蕾西催促道，"我知道你们一定得赶这趟飞机。"

两个人看了一眼警察，又看着对方，一副无计可施的模样。他们现在别无选择。托马斯·鲍尔斯只好十分不情愿地从口袋里摸出了麂皮袋子。

"这就对了！"特蕾西说。她从鲍尔斯手里接过袋子打开，朝里面看了看。"感谢老天，一件不差。"

托马斯·鲍尔斯还想做一下最后的挣扎。"我们可以代你保管，直到……"

"没必要。"特蕾西神采奕奕地说。她打开钱包，把珠宝袋放进去，又拿出两张五美元的钞票，递给他们一人一张。"谢谢你们帮忙，这是我的一点心意。"

其他乘客都已经进入了登机口。航班的乘务员对二人说："二位先生，飞机马上就要起飞，你们现在必须登机了。"

"再次感谢你们。"特蕾西与警察一道离开时，笑容满面地冲他们说："这年头可不容易遇到好人啊。"

第十八章

飞机起飞时，托马斯·鲍尔斯——原名杰夫·史蒂文斯，坐在舷窗边向外望去。他用手帕捂着眼睛，肩膀剧烈地颤动着。

而化名为丹尼斯·特雷弗的布兰顿·希金斯坐在他身旁，惊讶地看着他。"嘿，"他说，"不过是丢了一笔钱，有什么可哭的。"

杰夫转过头来看他，眼泪顺着他的脸颊流下来，希金斯惊诧地发现他是因为笑得太厉害了才发抖的。

"你到底怎么了？"希金斯问道，"也没什么可笑的啊。"

杰夫觉得好笑极了。特蕾西·惠特尼在机场智斗他们的骗术简直是他见过的最高明的。真是人外有人，天外有天。康拉德·摩根告诉他们这个女人是个新手。"我的天，"杰夫想，"如果她成了行家，又会是什么样子？"特蕾西·惠特尼无疑是杰夫·史蒂文斯见过的最漂亮的女人，也很聪明。杰夫十分自豪，认为自己在这个行业中无可匹敌，而她比他还要聪明。"威利叔叔会喜欢她的。"杰夫想。

杰夫是威利叔叔一手带出来的。杰夫的母亲是个轻信他人的女人，继承了家里贩卖农具的生意，嫁给了一个缺乏远见却又喜欢空想的男人，他满脑子都是些能够快速致富的项目，但从来没有成功过。杰夫的父亲很有魅力，皮肤黝黑，仪表堂堂，又巧舌如簧，在结婚的头五年里，他设法继承了妻子的遗产。

杰夫最早的记忆就是他的父母为了钱和父亲的婚外情争吵。这是一段痛苦的婚姻，因此小杰夫下定决心："我将来不结婚。绝对不会。"

他父亲的哥哥威利叔叔经营着一个小型巡回马戏团，每当他在史蒂文斯夫妇居住的俄亥俄州马里恩市附近巡演时，他都会去看望他们。威利叔叔是杰夫所认识的最开朗的人，对美好的明天充满了憧憬与期待。他总是变着法地给小杰夫带来各种有趣的小玩意，他还教杰夫新奇的魔术。威利叔叔最初在马戏团当魔术师，后来马戏团快破产的时候，他就接管了它。

杰夫十四岁的时候，母亲在车祸中丧生。两个月后他父亲就娶了一个十九岁的酒吧服务员。"男人独自生活是有悖于常理的。"他父亲这样解释道。但是小杰夫心中充满了怨恨，觉得父亲无情地背叛了他。

杰夫的父亲是壁板推销员，每个星期有三天都要出差。一天晚上，杰夫和他的继母单独待在家里，他突然被卧室门打开的声音惊醒。过了一会儿，他感觉一具柔软、赤裸的身子躺在了他身边。杰夫惊恐地坐了起来。

"杰夫，抱我，"继母对他耳语，"我怕打雷。"

"可……可是没打雷啊。"杰夫磕磕巴巴地说。

"说不定会呢，报纸上说今天有雨。"她紧贴着他，"宝贝，咱们找点乐子吧。"

小杰夫惊慌失措。"好，我们去爸爸的床上吧。"

"行啊，"她咯咯地笑了起来，"我们可真坏，对吗？"

"我马上就过去。"杰夫保证道。

她从床上溜下来，去了另一间卧室。杰夫换衣服的速度从来没这么快过。他从窗户跳了出去，向堪萨斯州西马隆市方向逃去，威利叔叔的马戏团现在在那儿巡演。他走得很坚决，一次都没有回头。

威利叔叔问杰夫为什么离家出走，他只是答："我跟继母合不来。"

威利叔叔给他父亲打了电话，两人谈了很久，最终决定就让杰夫留在马戏团。"他会受到比任何学校都好的教育。"威利叔叔保证道。

马戏团就是一个独立的小世界。"我们可不办那种平平无奇的表演，"威利叔叔向杰夫解释，"我们都是骗术大师。但是小子，你要记住，只有贪婪的人才会被骗。喜剧天才威廉·克劳德·菲尔兹说得很对，你骗不了一个诚实的人。"

马戏团的成员们变成了杰夫的朋友。其中有"前场"的人,他们在外面的场地经营货摊,也有"后场"的人,比如那个胖女人和那个有文身的女人,她们负责各种表演。除此之外,还有在板房里主持各类游戏的人。马戏团里有一些达到适婚年龄的女孩,她们都被杰夫吸引了。杰夫继承了母亲的敏感细心和父亲黝黑英俊的外表,姑娘们为谁将得到杰夫的童贞而争吵。他的第一次性经历是和一个漂亮的柔术演员。多年来,她一直是马戏团里其他姑娘崇拜的对象。

威利叔叔安排杰夫尝试马戏团里各种各样的工作。

"总有一天你要接管这个马戏团的,"威利叔叔告诉杰夫,"你只有比其他人都博学多闻才能胜任。"

杰夫是从"砸猫入网"开始学的。这游戏是一个骗局,顾客付钱后,试图通过掷球将六只由帆布制成且配有木制底座的猫打入网中。主持游戏的人会先演示如何轻松打翻这些猫,但当顾客尝试时,藏在帆布幕布后面的"枪手"就举起一根杆子来按住猫身上的木制底座。即使是美国著名的棒球投手桑迪·库法克斯也不可能打倒这些猫。

"嘿,你投的角度太低了,"主持人说,"用劲要轻,要巧。"

"用劲要轻,要巧"就是暗语,只要主持人一说出口,藏在后面的"枪手"就放开杆子,这时猫就会被主持人击倒,然后他说:"看到了吗?就像这样。"枪手接收到信号,又架起杆子。总会有土包子上当,想在咯咯笑的女朋友面前出点风头。

杰夫还学了"凑数游戏"。主持人把衣夹排成一行,顾客付钱之后用橡胶圈去套有编号的衣夹,如果编号总数加起来是二十九,顾客就能赢得一个昂贵的玩具。但是来玩游戏的笨蛋不知道的是,衣夹的两面标有不同的数字,这样主持人在游戏过程中就可以把加起来是二十九的数字藏起来,因此那些笨蛋就永远也没办法中奖。

有一天威利叔叔对杰夫说:"孩子,你表现得很好,我很为你骄傲。现在你可以去学最高级的骗术了。"

掌握最高级骗术的人都是万里挑一的精英,马戏团其他的成员都尊敬他们。他们赚最多的钱，住高级酒店，开豪华汽车。所谓最高级的骗术，指的是操控一个转盘游戏。这个游戏用的道具是一个带箭头的转盘，它被装在一块玻璃板上，人们需要小心翼翼地使其保持着平衡，转盘的中心部分是一张薄薄的纸，上面的每个部分都编了号。当顾客转动转盘，箭头停在一个编号上时，这个编号所代表的空白部分就会被涂掉。想再转一次转盘，就要再付一次钱。主持人解释说，如果所有的空白部分都被涂掉，顾客就能赢一大笔钱。一旦顾客只剩下最后几个部分时，主持人就会鼓励他增加赌注。他会紧张地环顾四周，然后低声对顾客说："我只是个打工的，但我希望你能赢。如果你赢了，给我也分点吧。"

主持人会塞给顾客五到十美元，然后说："帮我也赌一把，好吗？看样子你肯定输不了。"于是那个笨蛋就会觉得自己有了一个同盟。杰夫成了引顾客上套的专家。随着转盘上的空白越来越少，获胜的概率越来越大，顾客也就越来越兴奋。

"你这把赢定了！"杰夫会这样惊呼，于是那些笨蛋就会迫不及待投入更多的钱。最后，只剩下一个小小的空白时，他们就会兴奋到极点。到了这个时候，顾客们会掏光身上所有的钱，还经常赶回家去取钱。然而，顾客从来没有赢过，因为主持人或他的同伙会神不知鬼不觉地轻推一下桌子，让箭头总是错过空白的地方。

杰夫很快学会了马戏团里所有的行话："收线"是说在游戏过程中动手脚，这样顾客就不可能赢。站在表演场地外吆喝的人被外人称为"叫卖的"，但马戏团的人称他们为"演说家"。演说家因为招揽了顾客，可以获得表演收入的百分之十。"蹩脚货"是送出去的奖品。"邮递员"是必须收买的警察。

杰夫很快又成了招揽顾客的专家。当观众付钱观看表演时，杰夫会鼓动人们。"女士们、先生们，大家在外面的海报和广告上看到的所有节目，只需支付普通门票的价格，就可以在这个帐篷内看到。然而，等到那个年轻女孩在电椅上被五万瓦的电折磨后，我们还有一个附加的特别演出，与之前的节目完全无关，也没有在外面做广告。在这个帐篷内，大家还会看到一个非常震撼的表演。这个表演十分恐怖，令人毛骨悚然，不适合脆弱的幼童或敏感的妇女观看，所以我们没敢在外面做海报宣传。"

那些被说动的傻瓜又付了一美元后，杰夫就会带他们进去观看一个无腰女子，或者双头怪婴。当然了，这不过是用几面镜子搞出来的花招。

"老鼠赛跑"是马戏团最赚钱的游戏之一。一只活老鼠被放在桌子中央，上面扣着一个碗。桌子边缘有十个带编号的洞，碗被举起来的时候，老鼠就会跑进任意一个洞里。每个顾客选一个洞下注。谁选的洞进了老鼠，谁就赢了。

"你怎么在这里边动手脚呢？"杰夫问威利叔叔，"你用的老鼠受过训练吗？"

威利叔叔闻言捧腹大笑。"谁会花时间去训练老鼠？当然不是了。很简单，主持人看到哪个洞没有被人下注，就悄悄用手指蘸一点醋涂在那个洞的边缘，老鼠保准每次都进那个洞。"

漂亮的肚皮舞演员凯伦给杰夫讲了怎么"卖钥匙"。

"星期六晚上'演讲'完，"凯伦告诉他，"你就把几个男观众叫到一旁，要一个一个单独叫，然后把我拖车屋的钥匙卖给他们。"

一把钥匙卖五美元。到了夜里，就会有十多个男人在凯伦的拖车屋外面游荡。而那时候凯伦早就和杰夫到镇上的旅馆过夜去了。等那些被骗的傻瓜第二天早上过来找人算账，已经一个人影都看不见了。

在接下来的四年里，杰夫对人性有了更深刻的认识。他发现激起人的贪欲有多么容易，而人们又是多么容易上当受骗。他们相信荒诞离奇的谎言，因为贪欲促使他们相信。杰夫十八岁时，已经长成了一个十分英俊的小伙子。即使是最神经大条的女人也会立刻注意到并喜欢上他灰色的、间距比例协调的眼睛，高大的身材，以及卷曲的黑发。男人则欣赏他的机智随和以及幽默风趣。即使是小孩，和杰夫说话的时候，也能感觉到他有一颗能够与孩子产生共鸣的童心，因而与他无话不谈。女顾客们肆无忌惮地和杰夫调情，但威利叔叔告诫他："孩子，离城里的姑娘远点。她们的父亲总是当大官的。"

后来，飞刀手的妻子让杰夫离开了马戏团。那时，马戏团刚刚到达乔治亚州的米利奇维尔，他们正在搭帐篷。一个叫佐尔比尼的西西里飞刀手和他迷人的金发妻子来到马戏团签了约，要表演新节目。当佐尔比尼在马戏团安装他的设备时，他的妻子邀请杰夫去他们夫妇在镇上的旅馆房间。

"佐尔比尼可要忙活一整天呢，"她告诉杰夫，"咱们找点乐子吧。"

听起来不错。

"一个小时之后再到我的房间来。"她说。

"为什么要等一个小时?"杰夫问。

她笑了笑,答道:"因为我需要一个小时才能准备好。"

杰夫只好乖乖地等,好奇心不断地膨胀。等他终于按时到了旅馆房间时,她一丝不挂地站在门口迎接他。杰夫伸出双臂,她却牵住他的手,说:"来这边。"

他走进浴室,不禁惊讶地瞪大了双眼。她把六种不同口味的果冻浸在温水里,把浴缸装得满满当当。

"这是什么东西?"杰夫问道。

"甜点。宝贝,可以脱衣服了。"

杰夫把衣服脱掉了。

"来,进浴缸吧。"

他步入浴缸,坐了下来。那是他从未体验过的奇妙感觉,又软又滑的果冻似乎填补了身体的每一个缝隙,摩挲着他的全身。金发女郎也踏进浴缸和他坐在一起。

"好啦,"她说,"开饭。"

于是她开始就着果冻舔舐他的身子,那奇异的感觉简直无可名状。就在这时,浴室的门砰的一声被人打开,佐尔比尼闯了进来。那个西西里人看了一眼妻子和手足无措的杰夫,咆哮道:"你这个贱货!我要宰了你们!我的刀呢?"

杰夫一个字都听不懂,但能听出那可怕的语气。佐尔比尼跑出浴室去拿他的刀时,杰夫从浴缸里跳了出来。五彩缤纷的果冻粘在他的身上,让他的身体看起来像彩虹一样。他抓起自己的衣服,一丝不挂地跳出窗户,开始沿着小巷狂奔。他听到身后传来一声怒吼,一把刀从他头上飞过。嗖!然后又是一把。之后飞刀就够不着他了。他躲到一个涵洞里,草草把衬衫和裤子套到粘满了果冻的身上,然后跑向车站,边跑边发出咯吱咯吱的声音。他赶上了第一班公共汽车出了城。

六个月后,杰夫到了越南。

每个参加过战争的士兵，其经历都是独一无二的。经历了越南战争之后，杰夫便开始从骨子里蔑视官僚主义，痛恨权威。一场永远也打不赢的战争，他打了整整两年，他对战争中金钱、物质和生命的浪费感到震惊，对将军和政客们的背叛和欺骗感到厌恶。"我们被卷入了一场没人想打的战争。"杰夫想。这是一场真正的骗局。

退役前一星期，杰夫接到了威利叔叔的死讯。马戏团也解散了。往者已矣，但来者可追。

后来许多年，杰夫不停地四处闯荡。对他来说，整个世界就是一个嘉年华，来到嘉年华的人就是他要下套的观众。他自己设计了各式各样的骗局。他在报纸上刊登广告，以一美元的价格售卖总统的彩色照片。每收到一美元，他就给那上当的蠢货寄去一张印有总统照片的邮票。

他在许多杂志上都登了告示，告诉人们只剩下六十天了，尽快寄来五美元，不然就太迟了。这则广告并没有告诉人们用这五美元是要买什么，然而钱却源源不断地寄过来。

杰夫在一个锅炉房里待了三个月，专门打电话售卖假的石油股票。

他喜欢航海，一个朋友给他介绍了一份工作，于是他在一艘开往塔希提岛的纵帆船上当了一名水手。

这艘船有一百六十五英尺长，是一艘非常漂亮的白色纵帆船，在阳光下闪闪发光，所有的帆都拉得很满。甲板是柚木的，长长的船体由闪亮的俄勒冈冷杉木制成，船上有一个可容纳十二人的大客厅，客厅前面是厨房，里面有电烤箱。船员的住处在船头。除了船长、管家和一个厨师外，还有五个水手。杰夫的工作包括帮忙拉起船帆，擦亮黄铜舷窗，爬上绳梯到较低的横撑杆上收起船帆。船上载有八名贵宾。

"船主叫霍兰德。"杰夫的朋友告诉他。

霍兰德全名是路易丝·霍兰德，是个二十五岁的金发美人，她的父亲拥有半个中美洲的资产。船上的其他乘客都是她的朋友，杰夫的伙伴讽刺地说他们是"一路货色"。

第一天，杰夫顶着烈日在甲板上擦拭着黄铜栏杆。路易丝·霍兰德看到了他，便停下脚步。

"你是新来的。"

他抬起了头。"是。"

"你有名字吗?"

"杰夫·史蒂文斯。"

"真是个好名字。"杰夫没有接话。

"你知道我是谁吗?"

"不知道。"

"我是路易丝·霍兰德,这条船的船主。"

"明白了。我在给你工作。"

她冲他嫣然一笑。"没错。"

"所以,你要是不想白付我薪水,最好别打扰我干活。"杰夫走到下一个黄铜柱子前继续擦起来。

夜晚,船员们一回到他们住的地方,便开始对乘客们评头论足,挖苦取笑。然而,杰夫的内心里确实羡慕这些乘客:他们出身优越,有良好的教育背景,还有那高贵从容的举止。他们都生在有钱人家,上最顶尖的学校,而他的学校却是马戏团,老师只有威利叔叔。

马戏团里曾经有一位考古学教授,他之前因偷盗和倒卖文物被大学开除了。教授和杰夫经常促膝长谈,正是他激发了杰夫对考古学的热情。"你可以从历史中读到人类的整个未来。"教授说,"孩子,你想想,几千年前,就有像你我一样的人做着梦,编着故事,过着日子,生下了我们的祖先。"他的眼神迷离起来,好像在眺望某个遥远的地方。"迦太基,那是我想去进行发掘的地方。早在基督诞生之前,迦太基就是一个伟大的城市,它是古代非洲的巴黎。人们有自己的娱乐方式,有浴场,还举办过战车比赛。马克西穆斯竞技场有五个足球场那么大。"从这个男孩瞪大的双眼中,教授知道他开始感兴趣了。"你知道古罗马思想家老卡托过去在元老院演讲时,结尾是怎么说的吗?他说,'迦太基一定会被摧毁'。他的预言应验了。罗马人把这座城市夷为平地,二十五年后又返回这里,在废墟之上建造了一座伟大的城市。孩子,真希望有一天我能带你去迦太基考古发掘。"

一年后,教授因酗酒去世,但是杰夫暗暗发誓,总有一天要去从事考古发掘工作。第一站就是迦太基遗址，他要替教授了一桩心愿。

帆船到达塔希提岛的前一天夜里，杰夫被叫到路易丝·霍兰德的特等客舱。她身上只穿了一件薄薄的丝绸睡袍。

"小姐，您找我？"

"杰夫，你喜欢男人吗？"

"霍兰德小姐，我觉得这跟你没有关系吧。但我不喜欢男人。我这个人就是有些挑剔。"

路易丝·霍兰德抿起嘴角开始思索。"那你喜欢什么类型的女人？我猜猜，妓女，对吗？"

"有时候吧，"杰夫顺着她答道，"霍兰德小姐，还有别的事吗？"

"有。明晚我要举办晚宴，你愿意来吗？"

杰夫打量了那女人许久，才回答道："干吗不呢。"

他们就这样开始了交往。

路易丝·霍兰德在二十一岁之前就有过两任丈夫。而她遇到杰夫的时候，她的律师刚刚为她和第三任丈夫起草完离婚协议。他们在帕皮提的港口停泊的次日晚上，其他客人和船员都上岸去了，杰夫却第二次被叫到路易丝·霍兰德的船舱。杰夫一进来就看到她穿着一件色彩鲜艳的丝绸印花裙，开衩高得露出大腿。

"我想把裙子脱下来，"她说，"但我摸不到拉链。"

杰夫走到她身边，查看了那件裙子。"这裙子根本就没有拉链。"

她转过身来，冲着他莞尔一笑。"我知道。所以我才要叫你帮忙。"

于是他们躺在甲板上亲热，热带的微风温柔地爱抚着他们的身体，仿佛是在为他们送上祝福。之后两个人面对面侧躺着，杰夫用手肘支撑起身体，低头望着路易丝。"你爸爸不会是当大官的吧？"他问道。

她惊讶地坐起身来。"什么？"

"你是第一个跟我在一起的城里人。威利叔叔以前经常告诫我，城里姑娘的爸爸总是当大官的。"

从那之后，他们每晚都在一起。刚开始路易丝的朋友们觉得好笑，他们认为杰夫不过是她的另一个玩物。可当路易丝告知他们她要嫁给杰夫时，他们都难以置信。

"我的天哪，路易丝，他是从马戏团出来的，嫁给他就等于嫁了个小马倌。确实，他长相英俊，身材也不错，但是亲爱的，除了睡觉，你们其他方面都不会合得来的。"

"路易丝，杰夫只能当早餐，不能当正餐。"

"你得维护自己的社会地位啊。"

"宝贝，说实话，他不适合你，对不对？"

但是无论朋友们说什么，都不能动摇路易丝的决心。她从没见过杰夫这样如此有魅力的男人。她从前觉得凡是外貌出众的男人，要么愚蠢得令人难以置信，要么无聊得叫人忍受不了。而杰夫除了帅气，还聪明机智又风趣幽默，面对这个集众多优点于一身的男人，路易丝深深陷入了爱河，铁了心要嫁给她。

当路易丝和杰夫提起结婚的话题时，他的反应和她的朋友们一样惊讶。

"为什么要结婚？我的身体已经是你的了，别的我可再拿不出来了。"

"杰夫，原因很简单。我爱你。我想和你共度余生。"

结婚这个概念对杰夫来说曾是那样遥远陌生，但现在，一切都变了。在路易丝·霍兰德那世故又精明的外表下，原来藏着一个脆弱迷茫的小女孩。"她需要我。"杰夫想。于是结婚生子安顿下来这种想法，一下子对杰夫变得非常有吸引力了。

自从杰夫记事以来，他好像就一直在外面漂泊。

现在，是时候安顿下来了。三天后，他们在塔希提岛上的市政厅结了婚。

他们返回纽约之后，杰夫被路易丝的律师斯科特·福格蒂请到了办公室。他身材矮小，给人感觉冷冰冰的，嘴唇总是紧紧地绷着。杰夫猜，他的屁股大概也紧紧地绷着。

"这里有一份文件需要你签字。"律师一本正经地说。

"什么文件？"

"弃权声明。很简单，就是如果你和路易丝·霍兰德的婚姻关系破裂……"

"是路易丝·史蒂文斯。"

"如果你和路易丝·史蒂文斯的婚姻关系破裂，你不会分享她的任何财产……"

杰夫感觉自己下巴上的肌肉绷紧了。"签在哪里？"

"你不想听我读完吗？"

"不想。我觉得你没理解我的意思。我不是为了那几个臭钱跟她结婚的。"

"真的吗，史蒂文斯先生？我只是……"

"你还让不让我签字了？"

律师把文件放到杰夫面前，他潦草地签了名，然后就夺门而出。司机开着路易丝的豪华轿车在楼下等着接他。杰夫上车的时候，暗自嘲笑自己：我究竟为什么这么生气？当了一辈子的骗术大师，好不容易改邪归正一次，人家却觉得我要诓他们，我刚刚太像个圣洁的教会老师了。

路易丝带杰夫去了曼哈顿最好的裁缝店。"你穿无尾礼服一定很好看。"她撒娇道。正如她所说，杰夫穿上后的确英俊潇洒。结婚刚一个月，竟有五个路易丝的闺蜜先后试图勾引这位新进入圈子的英俊男子，但杰夫没有理睬她们。他决心好好维持这段婚姻。

路易丝的哥哥巴奇·霍兰德推荐杰夫加入了纽约朝圣者俱乐部。巴奇是个健壮的中年男子，在哈佛大学橄榄球队时他曾有"白挤"这个称号，因为担任右卫时对方队员谁也挤不倒他。他拥有一家航运公司、一个香蕉种植园、几个牧场、一家肉类包装公司，还有杰夫数不清的公司。巴奇·霍兰德毫不掩饰他对杰夫·史蒂文斯的蔑视。

"你真的跟我们格格不入，是不是，老弟？但只要你在床上逗路易丝开心，那就行了。我很喜欢我的妹妹。"

杰夫费了很大的意志力才控制住自己不去发怒。"我娶的是路易丝，不是这头蠢猪。"杰夫心想。

朝圣者俱乐部的其他成员也同样让杰夫觉得讨厌。他们觉得杰夫非常有趣，每天中午在俱乐部吃饭时，都会请求杰夫给他们讲述他在马戏团发生的故事。杰夫把故事编得越来越离谱。

杰夫和路易丝住在曼哈顿东区的一座别墅里，里面有二十个房间和数不清的用人。路易丝在长岛和巴哈马群岛有地产，在撒丁岛有一座别墅，在巴黎福煦大街有一间大公寓。除了那艘纵帆船之外，路易丝还拥有一辆玛莎拉蒂、一辆劳斯莱斯、一辆兰博基尼和一辆戴姆勒。

这太棒了，杰夫最初心里想。

真好啊，杰夫后来心里想。

太无聊了，杰夫最后这么想。真是堕落。

一天早晨，他从他那张十八世纪的四柱床上起来，穿上一件苏卡长袍，去找路易丝。他在早餐室找到了她。

"我得找份工作。"他告诉她。

"看在老天的分儿上，亲爱的，为什么？我们不缺钱。"

"这和钱无关。我不能坐着吃闲饭。我得工作。"

路易丝想了一会儿。"好吧，宝贝。我会跟巴奇说的。他开了一家股票经纪公司。亲爱的，你想当股票经纪人吗？"

"我只是不想这样等吃等喝。"杰夫咕哝着。

杰夫去为巴奇工作了。他先前从没干过按时上下班的工作。"我会喜欢这份工作的。"杰夫想。

而事实上，他讨厌这份工作。但他没有辞职，因为他想给妻子挣钱。

"我们什么时候要孩子？"某个星期日，在懒散地用过早午餐后，他问路易丝。

"很快，亲爱的。我在努力。"

"上床吧。我们再试一次。"

杰夫坐在朝圣者俱乐部里的一张餐桌旁，这张桌子是专门为他的姐夫和其他六位大企业家留的。

巴奇宣布："伙计们，我们刚刚公布了肉类包装公司的年度报告。我们的利润增长了百分之四十。"

"这难道不是理所当然的吗？"桌旁的一个男人笑着说，"你贿赂了检查官。"他转向同桌的其他人。"巴奇贼得很，他买劣质肉，贴上上等的标签，然后高价卖出去。"

杰夫惊呆了。"天哪，这可是人要吃的东西。"

巴奇一边笑咧咧的，一边喊道："瞧，这儿来了个说教的。"

在接下来的三个月里，杰夫和他一同聚餐的这几个人混熟了。为了在利比亚建工厂，埃德·泽勒行贿了一百万美元。企业集团总裁迈克·昆西先收购一些公司，然后指点朋友们何时可以买进或抛出公司股票，通过这种非法手段操纵股票市场。餐桌上最富有的人阿兰·汤普森夸耀自己公司的政策。他说："在他们修改那该死的法律之前，我们常常在养老金到期前一年解雇这些老年人。这省了一大笔钱。"

他们都偷税漏税，诈保，伪造报销单，让他们的现任情妇以公司秘书或助理身份拿着工资。

天哪，杰夫想，这些人个个外表光鲜亮丽，骨子里却是嘉年华上的杂耍演员。他们实际上都是骗人的赌博摊上的主持人。

他们的妻子也好不到哪去。她们贪婪地拿取一切可以得到的东西，欺骗自己的丈夫。杰夫惊异地发现：她们都在玩"卖钥匙"的花招。

杰夫试图把自己的这些感受讲给路易丝听，她呵呵一笑。"杰夫，别天真了。你很享受现在的生活，不是吗？"

但事实并非如此。他娶了路易丝，因为他相信路易丝需要他。杰夫觉得有了孩子后，一切都会改变。

"我们应该生一儿一女。都已经结婚一年了。"

"宝贝，耐心点。我去看了医生，他说我一切都很正常。也许你应该做个检查，看看你是否正常。"

杰夫去做了检查。

"你没有生育问题，可以生下健康的孩子。"医生语气很肯定地说。

但还是没有一点动静。

复活节后的第一个星期一，杰夫的世界突然分崩离析了。一天早上，他去路易丝的药箱里拿阿司匹林。他发现避孕药摆满了一排。其中一个药箱几乎是空的。药箱旁放着一小瓶白色粉末和一个小金勺。而这还只是开始，好戏还在后面呢。

中午，杰夫坐在朝圣者俱乐部的一张扶手椅上等巴奇，这时他听到身后有两个人在说话。

"她发誓说那位意大利歌手的东西有十英寸长。"

那人窃笑起来。"嗯，路易丝总是喜欢大的。"

"他们说的可能是另一个路易丝。"杰夫对自己说。

"这可能就是她嫁给那个杂耍演员的原因。她讲了那个人的好多笑话。你简直不会相信,那一天他居然……"

杰夫站起身来,冲出了俱乐部。

他从未感到如此愤怒。他想杀人。他想杀死那个不知名的意大利人。他想杀了路易丝。在过去的一年里,她到底还和多少男人上过床?他们肯定一直都在嘲笑他。

巴奇、埃德·泽勒、迈克·昆西、阿兰·汤普森和他们的妻子一直都把他当作最大的笑料。在他一直想保护的路易丝眼里,他也竟成了个大笑话。杰夫的第一反应是收拾东西离开。但这还不够解恨。他坚决不容忍这帮混蛋占了上风。

那天下午杰夫到家时,路易丝不在。"夫人今天早上出去了,"管家皮肯斯说,"我想她有几个约会。"

"我敢打赌,"杰夫想,"她肯定是去和那个十英寸长的意大利佬上床了。天哪!"

路易丝到家时,杰夫尽力控制好自己的情绪。"今天过得愉快吗?"杰夫问。

"哦,和往常一样无聊,亲爱的。去做了美容、购物……你今天过得怎么样,宝贝?"

"很有意思。"杰夫回答得像真的一样,"知道了很多。"

"巴奇告诉我你做得很好。"

"是的,"杰夫向她保证,"很快我就会做得更好。"

路易丝抚摸着他的手。"我的丈夫真是聪明。今天咱们早点睡,好吗?"

"今晚不行,"杰夫说,"我头疼。"

接下来的一个星期他都在制订计划。午饭都开始到俱乐部吃了。

"你们有谁知道怎么用电脑诈骗吗?"杰夫问。

"怎么了?"埃德·泽勒问道,"你打算电脑诈骗?"

一阵哄堂大笑。

"不,我是认真的,"杰夫坚持道,"这是个棘手的问题。人们利用电脑从银行、保险公司和其他企业盗取数十亿美元。情况越来越糟。"

"你好像挺懂行的。"巴奇嘀咕着。

"我遇到过一个人,他发明了一台防窃的电脑。"

"你想打败他。"迈克·昆西开玩笑说。

"事实上,我很想筹钱资助他。我只是想知道你们当中有没有人懂电脑。"

"没有,"巴奇咧嘴一笑,"不过,我们对资助发明家倒是很懂,不是吗?伙计们。"

又是一阵哄堂大笑。

两天后在俱乐部里,杰夫走过平常聚餐时坐的那张桌子,对巴奇解释说:"很抱歉,我今天不能和你们在一起了。我要请一位客人吃午饭。"

当杰夫走到另一张桌子旁时,阿兰·汤普森咧嘴笑着说:"他可能要请马戏团那个长胡子的女人吃饭。"

一个驼背、头发花白的男人走进餐厅,被领到杰夫的餐桌旁。

"天哪!"迈克·昆西说,"那不是艾克曼教授吗?"

"艾克曼教授是谁?"

"除了财务报告,你就不看别的吗,巴奇?范农·艾克曼上个月上了《时代周刊》的封面。他是美国国家科学理事会的主席。这个组织的成员都是由总统亲自任命的。他可是美国最杰出的科学家啊。"

"他跟我妹夫在一起搞什么鬼呢?"

整个午餐时间,杰夫和教授都在全神贯注地谈话,巴奇和他的朋友们变得越来越好奇。教授走后,巴奇示意杰夫过来。

"嘿,杰夫。那是谁?"

杰夫愣了一下,显得有些手足无措。"哦……你是说范农?"

"是的。你们俩在谈什么?"

"我们……呃……"他们看出来杰夫试图回避巴奇的问题。"我……呃……也许会写一本关于他的书,他这个人很有意思。"

"我还不知道你是个作家。"

"嗯,谁也不是天生就是啊。"

三天后,又有一位客人来和杰夫用午餐。这回是巴奇认出了他。

"嘿！那是西摩·杰里特，杰里特国际计算机公司的董事会主席。他怎么会和杰夫在一起？"

杰夫和他的客人又进行了一次热烈的长谈。午餐结束后，巴奇找到杰夫。

"杰夫，小子，你和西摩·杰里特是怎么回事？"

"没什么，"杰夫赶紧说，"只是聊聊天。"他想要离开，巴奇不让他走。

"别急，老伙计。西摩·杰里特是个大忙人。他不会坐在这里这么长时间和别人闲聊的。"

杰夫认真地说："好吧，我说实话吧，巴奇。西摩有集邮的爱好，我告诉过他，我也许能给他弄到一张邮票。"

"什么实话，这个混蛋。"巴奇心想。

随后的一星期，杰夫在俱乐部与查尔斯·巴特雷总裁共进午餐，巴特雷是世界上最大的私人风险投资集团之一。巴奇、埃德·泽勒、阿兰·汤普森和迈克·昆西目不转睛地看着这两个人凑到一起交谈，脑袋贴得很近。

"你妹夫最近老是和大人物会面。"泽勒说道，"他在搞什么交易，巴奇？"

巴奇不耐烦地说："我不知道，但我绝对会弄清楚的。如果杰里特和巴特雷都感兴趣，那肯定是一笔大买卖。"

他们看着巴特雷站起身，热情地抓住杰夫的手，使劲地摇晃了一阵，然后离开了。杰夫经过他们的桌子时，巴奇抓住了他的胳膊。"坐下，杰夫。我们想和你谈一谈。"

"我该回办公室了。"杰夫不耐烦地说道，"我……"

"你为我工作，记得吗？坐下。"

杰夫坐定。"你和谁一起吃的午饭？"

杰夫犹豫了一下。"不是什么特别的人。一个老朋友。"

"查尔斯·巴特雷是你的老朋友吗？"

"差不多吧。"

"杰夫，你和你的老朋友查尔斯在讨论什么？"

"嗯……汽车，主要是汽车。老查尔斯喜欢古董车，我知道一辆一九三七年产的帕卡德四门敞篷车——"

"少废话！"巴奇打断他，"你不是在集邮，也不是在卖汽车，也不是在写什么该死的书。你到底想干什么？"

"没干什么，我……"

"你在为某件事筹款，不是吗，杰夫？"埃德·泽勒问。

"没有！"杰夫不假思索，一口否定。

巴奇用他强壮的手臂搂住杰夫。"嘿，伙计，我是你的大舅子。我们是一家人，记得吗？"他给了杰夫一个熊抱，"跟你上星期提到的防盗电脑有关，对吧？"

从杰夫的表情可以看出，他的秘密被他们看破了。

"好吧，是的。"

从这混蛋嘴里探点消息简直比拔他的牙还难。"你为什么不告诉我们艾克曼教授也参与了这件事呢？"

"我以为你不会感兴趣。"

"你错了。当你需要资金时，你应该来找你的朋友。"

"我和教授不需要资金，"杰夫说，"杰里特和巴特雷……"

"他们可是该死的大鳄！会把你生吞活剥了的。"阿兰·汤普森喊道。

埃德·泽勒接过话头说："杰夫，和朋友们做生意你吃不了亏。"

"一切都已经安排好了，"杰夫告诉他们，"查尔斯·巴特雷……"

"签合同了吗？"

"没有，但我答应过……"

"那就什么都没安排好。杰夫，在商界，人们每时每刻都在改变主意。"

"我本不应该和你说这个，"杰夫急声辩解道，"不能提到艾克曼教授的名字。他与一家政府机构签订了合同。"

"我们知道，"汤普森安慰道，"教授认为这东西有用吗？"

"哦，他知道这有用。"

"如果艾克曼教授认为它有利可图，那我们也一样，对不对，伙计们？"

大家齐声表示同意。

"嘿，我不是科学家，"杰夫说，"我不能保证任何事。据我所知，这东西可能一点价值也没有。"

"当然。我们理解。但如果它确实有价值的话,杰夫,能赚多少?"

"巴奇,这个市场是全球性的。我简直无法估计销售的规模,每个人都会需要它。"

"你们希望获得多少初始融资?"

"两百万美元,但我们只需要二十五万美元的定金。巴特雷承诺……"

"忘掉巴特雷吧。这都是小钱,哥们儿。由我们来出就好了。不要让别人知道。对吗,伙计们?"

"没错。"

巴奇抬起头,打了个响指,一个侍者领班赶紧跑了过来。"多米尼克,给史蒂文斯先生拿些纸和笔来。"

纸和笔立刻拿来了。

"我们可以在这里完成这笔小交易。"巴奇对杰夫说。

"你只要在纸上写下转让给我们的权益,我们大家签字,明天早上你就会收到一张二十五万美元的保付支票。你觉得如何?"

杰夫咬着他的下嘴唇。"巴奇,我答应过巴特雷先生的。"

"去他的巴特雷。"巴奇不耐烦地叫嚷道,"你娶的是他的妹妹还是我的妹妹?快写。"

巴奇把笔塞到杰夫手里。杰夫很不情愿地开始写:"兹将本人对于名为SUCABA的计算机的所有权利、资格和利益转让给买方唐纳德·巴奇·霍兰德、埃德·泽勒、阿兰·汤普森和迈克·昆西,转让费为二百万美元,签约后支付二十五万美元。SUCABA计算机经过了广泛测试,价格便宜,质量可靠,耗电量低于目前市场上的任何计算机。SUCABA至少在十年内无须维修或更换部件。"杰夫写合约的时候,他们都在他的身后盯着他。

"天哪!"埃德·泽勒说,"十年!市场上没有一款电脑能做到这一点!"

杰夫继续写道:"买方已被告知,范农·艾克曼教授和本人均无SUCABA的专利……"

阿兰·汤普森不耐烦地打断了他。"我有一个了不起的专利律师。"

杰夫继续写道："本人已向买方申明，SUCABA可能没有任何价值，范农·艾克曼教授和我均未对SUCABA计算机做出任何担保。"杰夫在上面签了名，举起了那张合约。"满意了吗？"

"你能肯定十年都不用维修吗？"巴奇问道。

"肯定。我再抄写一份合约。"杰夫说。他们看着他仔细地把他这份契约又抄写了一遍。

巴奇从杰夫手中抢过文件，签了名。泽勒、昆西和汤普森也纷纷签名。

巴奇喜形于色。"一份给我们，一份留给你。老西摩·杰里特和查尔斯·巴特雷要吃一回哑巴亏了，对吧，伙计们？真想让他们早点知道，他们到手的生意被人抢跑了。"

第二天早上，巴奇递给杰夫一张二十五万美元的保兑支票。

"电脑在哪里？"巴奇问道。

"我让人今天中午送到俱乐部来。我想，交货的时候最好大家都在场。"

巴奇拍了拍他的肩膀。"杰夫，你是个聪明的家伙。午饭时见。"

正午钟声敲响的时候，一名送货人提着箱子出现在朝圣者俱乐部的餐厅，他被领到了巴奇的桌旁。巴奇和泽勒、汤普森、昆西坐在一起。

"在这儿！"巴奇喊道，"天哪！这该死的东西甚至可以随身携带！"

"我们要等杰夫吗？"汤普森问道。

"去他的杰夫。现在它属于我们了。"巴奇把盒子上的纸撕下来。

盒子里铺满了稻草。巴奇格外小心，几乎带着几分虔诚，把埋在稻草里的物件拿了出来。男人们坐在那里，目不转睛地盯着它。这个物件是一个方形框架，一英尺长，上面安着一排排杆子，杆子上穿着很多珠子。很久都没人说话。

"这是什么？"昆西终于问道。

阿兰·汤普森说："这是算盘。东方人用来计算的东西……"话到此，他脸上的表情突然变了。"天哪！把这个词SUCABA倒过来拼就是英文里的算盘（ABACUS）！"他转向巴奇，"这是在开玩笑吗？"

泽勒气得说不出话来。"低功耗，无故障，比目前市场上的任何计算机都更省电……赶紧撤回那张该死的支票！"

一众人不约而同地奔向电话机。

"您的保兑支票？"簿记主任说，"没什么好担心的。史蒂文斯先生今天早上已经兑现了。"

管家皮肯斯不舍得史蒂文斯先生，但史蒂文斯先生已经收拾好行李离开了。"他说要做一次长途旅行。"

那天下午，慌乱的巴奇终于打通了范农·艾克曼教授的电话。

"当然。杰夫·史蒂文斯。那个小伙子很有魅力。你是说他是你的妹夫？"

"教授，你和杰夫那天都讨论了些什么？"

"我想这不是秘密。杰夫很想写一本关于我的书。他告诉我，人们很想了解在日常生活中科学家们是怎样的人……"

西摩·杰里特沉默不语。"你为什么想知道我和史蒂文斯先生讨论了什么？你也有集邮爱好吗？"

"不，我……"

"好吧，到处瞎打探别人的私事对你没有任何好处。像这样的邮票现存只有一枚，史蒂文斯先生已经同意得到它后就卖给我。"他砰的一声放下听筒。

查尔斯·巴特雷说话之前，巴奇就知道他要说什么了。

"杰夫·史蒂文斯？哦，是的。我收集古董车。杰夫知道有一辆崭新的一九三七年产的帕卡德四门敞篷车在哪里……"

这次是巴奇先挂了对方的电话。

"别担心，"巴奇告诉他的合伙人，"我们可以把钱拿回来，然后把那个狗娘养的关起来，我想让他坐一辈子牢。诈骗是要受到法律惩罚的。"

他们随后来到斯科特·福格蒂的办公室。

"他骗了我们二十五万美元，"巴奇告诉律师，"我想让他在监狱里度过余生。申请搜查令去……"

"你带合约了吗，巴奇？"

"就在这里。"他把杰夫写好的合约递给福格蒂。

律师迅速地扫了一眼，然后又慢慢地读了一遍。"他伪造了你们的签名吗？"

"不是，"迈克·昆西说，"我们自己签的。"

"签字前你们看过合约吗？"

埃德·泽勒生气地说："我们当然看了。你以为我们是傻子吗？"

"先生们，你们自己来判断吧。你们签署了一份合同。合同上说，你们已被告知用二十五万美元的首付款购得的这个物件既没有专利权，又可能毫无价值。借用一位曾经教过我的法学老教授的口头禅：'白纸黑字，这哑巴亏你们是吃定了。'"

杰夫在里诺办理了离婚。他在找住处的时候碰到了康拉德·摩根。

摩根曾经为威利叔叔工作过。"你能帮我一个小忙吗，杰夫？"康拉德·摩根问，"有一个年轻女士要乘火车从纽约去圣路易斯旅行，她带着一些珠宝……"

杰夫望着窗外，想着特蕾西，脸上露出了笑容。

特蕾西一回到纽约，就去了康拉德·摩根珠宝行。康拉德·摩根把特蕾西领进他的办公室，关上了门。他搓着双手说："亲爱的，我正在担心呢。我在圣路易斯车站等你，而且……"

"你不在圣路易斯。"

"什么？你这是什么意思？"他的蓝眼睛似乎闪烁着光芒。

"我的意思是，你没有去圣路易斯。你根本就没想过要见我。"

"我当然去了！你有珠宝，而我……"

"你派了两个人，让他们劫走珠宝。"

摩根的脸上露出困惑的表情。"我不明白。"

"起初我以为你们公司里可能有内奸，但并没有，对吗？是你。你说我的火车票是你亲自安排的，所以只有你知道我的车厢号。我用的是假名字、假身份，但你的人知道在哪里可以找到我。"

他肥嘟嘟的脸上露出惊讶的神色。"你是想告诉我有人把你的珠宝抢走了吗？"

特蕾西笑了。"我想告诉你的是，他们没有。"

这回摩根脸上的惊讶表情可是真真切切的。"这么说，珠宝在你的手里？"

"是的。你的朋友们赶飞机太急了，把珠宝落下了。"

摩根重新打量了特蕾西一会儿。"请稍等。"

他从一扇小门走了出去，特蕾西坐在沙发上，非常放松。

康拉德·摩根离开了差不多十五分钟，当他回来时，脸上露出沮丧的表情。"恐怕弄错了。大错特错。你是个很聪明的姑娘，惠特尼小姐。两万五千美元你已经挣到了。"他赞许地笑了，"把珠宝给我，还有……"

"五万美元。"

"你说什么？"

"我不得不偷了两次。那是五万美元，摩根先生。"

"不，"他淡淡地说，眼睛失去了光芒，"恐怕我不能给你那么多钱。"

特蕾西站起身来。"没有关系。我会试着在拉斯维加斯找一个愿意出这个价钱的主。"

"你要五万美元？"康拉德·摩根问道。

特蕾西点点头。

"珠宝在哪里？"

"在宾夕法尼亚车站的储物柜里。只要你给我钱——现金——让我坐上出租车，我就把钥匙给你。"

康拉德·摩根无奈地叹了口气。"好吧，一言为定。"

"谢谢，"特蕾西高兴地说，"很高兴和你做生意。"

第十九章

今天早晨雷诺兹的办公室里将要召开会议,丹尼尔·库珀已经知道会议的主题,因为公司里的所有侦探在前一天都收到了一份备忘录,内容是关于一个星期前发生的洛伊丝·贝拉米入室盗窃案。丹尼尔·库珀讨厌开会。他实在不想坐在那儿听那些愚蠢的啰唆话。

库珀到达雷诺兹的办公室时,已经迟到了四十五分钟,当时雷诺兹正在讲话。

"你能过来可真是太好了。"雷诺兹讽刺他说。库珀没有做出回应。和他绕这些弯子太浪费时间了,雷诺兹心里想。雷诺兹觉得库珀不懂讽刺,除了如何抓罪犯,他什么也不懂。但同时雷诺兹不得不承认,库珀在缉拿罪犯方面确实是个天才。

办公室里坐着该机构的三位顶级侦探:大卫·斯威夫特、罗伯特·斯契弗和杰里·戴维斯。

"诸位都看过贝拉米入室盗窃的报告了,"雷诺兹说,"但是现在又有一些新情况。洛伊丝·贝拉米是警察局长的表妹,局长正大发雷霆呢。"

"警察都干什么去了?"大卫问道。

"逃避媒体。这也不能怪他们。和那些宾夕法尼亚州的警察一样,当时接到电话去别墅里调查案件的几位警察确实盘问了在屋内捉拿到的窃贼,却又让她从眼皮底下逃跑了。"

"如此说来，他们应该很清楚她长什么模样了。"斯威夫特猜测道。

"他们只清楚她的睡衣是什么款式的，"雷诺兹尖刻地反驳道，"他们的脑子就是一团糨糊，只知道她的身材很好，他们甚至不知道她的头发是什么颜色。窃贼戴着鬈发帽，脸上涂着泥膜。去调查的警察说窃贼是一个二十多岁的女人，有着迷人的臀部和胸部。没留下一丝痕迹。我们没有任何线索，什么也没有。"

丹尼尔·库珀第一次开口说话。"不，我们有。"

他们都转过身来，目光中流露出不同程度的厌恶。

"你说什么？"雷诺兹问道。

"我知道她是谁。"

前一天早上库珀看完备忘录后，就决定去贝拉米的别墅看看，这是办案必然要走的第一步。对丹尼尔·库珀来说，所谓的逻辑就是上天给的顺序，是解决所有问题的根本所在。要符合逻辑，万事必须从头开始。库珀开车去了长岛贝拉米的别墅，在车内看了别墅一眼，就掉头开回了曼哈顿。他已经了解到了所有情况。这座房子与世隔绝，附近没有公共交通工具，这意味着窃贼只能开车来这里。

此刻，库珀正在向雷诺兹办公室里开会的人们解释他的推理。"她可能不愿意开自己的车，因为会被追踪到，所以这辆车要么是偷来的，要么是租来的。我决定先去租赁公司看看。我认为她会在曼哈顿租车，在那里更容易掩盖行踪。"

杰里·戴维斯对此并不以为然。"你在开玩笑吧，库珀。曼哈顿每天要租出好几千辆汽车。"

库珀没有理会他的打岔。"所有的汽车租赁业务在电脑上都有记录。很少有女人来租车。我已经全部查过了。这位女士去了西23街61号码头的廉价租车行，在案发当晚八点租了一辆雪佛兰卡普里斯，并在凌晨两点把车还回了租车行。"

"你怎么知道这辆车是窃贼租的？"雷诺兹半信半疑地问。

面对这些愚蠢的问题，库珀是越来越不耐烦了。"我查了一下行驶里程。

到洛伊丝·贝拉米家有三十二英里，返回又是三十二英里。这和卡普里斯车上的里程表完全吻合。这辆车是以埃伦·布兰奇的名义租的。"

"假名字。"大卫·斯威夫特猜测。

"对了。她的真名是特蕾西·惠特尼。"

他们都盯着他。"你怎么知道的？"斯契弗问道。

"她提供了假的姓名和地址，但她必须签署一份租赁协议。我把原件拿到警署大厦一号让他们比对指纹，结果和特蕾西·惠特尼的指纹吻合。她曾在南路易斯安那女子监狱服刑。或许你们还记得，大约一年前我曾为一幅失窃的雷诺阿名画找她谈过话。"

"我记得，"雷诺兹点点头，"你当时说她是无罪的。"

"她……当时是无罪的。这回不是了，贝拉米案是她干的。"

这个小杂种又成功破案了！而且他破案竟然如此简单。雷诺兹尽量让自己的语气听起来不那么勉强。"那……那干得不错，库珀。干得真漂亮。我们去抓住她。叫警察把她带走，然后……"

"罪名是什么？"库珀淡淡地问道，"租车？警察无法确认她的身份，也没有丝毫不利于她的证据。"

"我们该怎么办？"斯契弗问道，"难道让她逃之夭夭？"

"这一次只能这样，"库珀说，"但现在我知道她是谁了。她会再次犯罪的。她要再出手，我就将她逮住。"

会议终于结束了。库珀非常想洗个澡。他拿出一个黑皮小本子，在本子上认认真真地写下：特蕾西·惠特尼。

第二十章

就要开始我的新生活了,特蕾西在心里鼓励着自己。"但是这是什么样的生活呢?我从一个无辜天真的受害者变成了……什么?一个窃贼——就是这样。"她想起了乔·罗马诺、安东尼·奥尔萨蒂、佩里·波普和劳伦斯法官。"不,一个复仇者。这就是现在的我。也许还是个女冒险家。"她骗过警察,骗过两个职业骗子,还骗过一个出卖自己的珠宝商。她想起欧内斯廷和艾米,感到一阵心痛。冲动之下,特蕾西去舒瓦茨商场买了一个演木偶戏的小舞台,舞台上有六个木偶,她将其寄给了艾米。卡片上写着:给你送几位新朋友。想念你,爱你的特蕾西。

接着,她去了麦迪逊大道的一家皮货商,给欧内斯廷买了一条蓝色的狐狸毛围巾,连同一张两百美元的汇款单寄了出去。卡片上只写着:谢谢你,欧尼。特蕾西。

"我所有的债务现在都还清了,"特蕾西想,"这感觉真好。"她可以自由地出入任何她想去的地方,做任何她喜欢做的事。

为了庆祝自己的独立,她入住了赫尔姆斯利皇宫酒店中的塔楼套间。从她所在的四十七层的客厅里,可以俯瞰圣帕特里克大教堂和远处的乔治·华盛顿桥。看向另一个方向,几英里外就是她不久前住过的那个沉闷的旅馆。"我再也不会住在那种破地方了。"特蕾西发誓。

她打开酒店送来的香槟，坐在那里小口抿着，看着太阳从曼哈顿摩天大楼的上空落下。到月亮升起的时候，特蕾西已经做出了决定，她要去伦敦，她已经准备好迎接美好的新生活。"我已经付出了应有的代价，"特蕾西想，"我应该得到幸福。"

她躺在床上，打开电视收看晚间新闻。有两个人正在接受采访。鲍里斯·梅尔尼科夫是一个矮矮胖胖的俄国人，穿着一套不合身的棕色西装，彼得·尼古莱斯库正好相反，又高又瘦，看上去很优雅。特蕾西想知道这两个人可能有什么共同点。

"国际象棋比赛将在哪里举行？"新闻主播问道。

"在索契，美丽的黑海边。"梅尔尼科夫答道。

"先生们，你们都是国际象棋大师，这场比赛引起了不小的轰动。在之前的比赛中，你们轮流获得冠军，而最近一场比赛是平局。尼古莱斯库先生，梅尔尼科夫先生目前占据着冠军宝座。你觉得这一次能再从他的手中夺回桂冠吗？"

"当然。"罗马尼亚人回答。

"他不会有机会的。"俄国人反驳道。

特蕾西对国际象棋一窍不通，但这两个人身上都透露出傲慢，这让她感到厌恶。她按下遥控器上的键，关掉了电视机，倒头睡去了。

第二天一大早，特蕾西就来到一家旅行社，订了伊丽莎白女王2号游轮甲板上的一间套房。这是特蕾西第一次出国旅行，她兴奋得像个孩子，整整三天都在购置衣服和行李。

出海的那天早上，特蕾西租了一辆豪华轿车送她去码头。当她抵达西五十五大道和第十二大道交会处的90号码头的3号泊位时，那里挤满了摄影师和电视记者，特蕾西突然惊慌失措。随后她意识到，他们正在采访摆好了姿势、站在舷梯口的两位国际特级象棋大师———梅尔尼科夫和尼古莱斯库。特蕾西从他们身边经过，向站在舷梯口的一位长官出示了护照，往船上走去。在甲板上，一个乘务员看了看特蕾西的票，把她领到了她的客舱。这是一间漂亮的套间，有一个私人露台。它的价格贵得离谱，但特蕾西认为这是值得的。

特蕾西先收拾好行李，然后沿着走廊闲逛。几乎每一间船舱里都在举行欢送会，香槟酒伴随着欢声笑语。面对此情此景，特蕾西不由得感到一阵孤独的痛苦。没有人给她送行，没有人需要她关心，也没有人关心她。"不是这样的，"特蕾西告诉自己，"大个子伯莎需要我。"想到这儿，她便放声大笑起来。

她登上甲板四处走走。一路走过来，她丝毫没有意识到，此刻有多少男人在默默欣赏着她，有多少女人在暗暗妒忌她。

听到低沉的汽笛声和"要上岸的快上岸"的叫喊声，特蕾西突然兴奋起来。她将要驶向一个完全未知的未来。当拖船开始把巨轮拖出港口时，她感到巨轮在颤动。在船甲板上，她夹在乘客中间，看着自由女神像从视线中消失，然后就开始四处转悠。

"伊丽莎白女王2号"像是一座城市，有九百多英尺长，十三层楼高。它有四间餐厅、六间酒吧、两间舞厅、两间夜总会和一间"海上金门温泉"。这里有几十家商店、四个游泳池、一个体育馆、一个高尔夫球场、一个慢跑跑道。"我可能再也不想离开这艘船了。"特蕾西被惊呆了。

她在楼上的公主烧烤餐厅订了一张桌子，这里比主餐厅小一些，但更雅致。她刚坐下，一个熟悉的声音就说："喂，你好！"

她抬头一看，托马斯·鲍尔斯站在那里，那个冒牌的联邦调查局探员。"哦，不。我怎么这么倒霉。"特蕾西想。

"真是惊喜。你介意我和你一起用餐吗？"

"非常介意。"

他坐到她对面的椅子上，对她露出迷人的微笑。"不如我们交个朋友。毕竟，我们来这里的原因是一样的，不是吗？"

特蕾西完全不知道他在说什么。"听着，鲍尔斯先生……"

"史蒂文斯，"他用轻松的语气说，"杰夫·史蒂文斯。"

"随便吧。"特蕾西准备起身。

"等等。我想解释一下我们上次见面的事。"

"没什么好解释的，"特蕾西一口回绝了他，"小笨孩都能猜出来是怎么回事——而且早就猜出来了。"

"我对不起康拉德·摩根。"他苦笑着，"恐怕他对我不太满意。"

他的脸上还是那么轻松、顽皮，特蕾西之前就完全被他这种魅力迷住了。

"拜托，丹尼斯，没必要给她铐上吧，她现在又跑不了……"

她带有敌意地说："我对你也不太满意。你在这艘船上做什么？你不是应该在江轮上吗？"

他笑了。"只要马克西米利安·皮尔庞特在船上，这条船就是一条江轮。"

"谁？"

他惊讶地看着她。"行了。你是说你真的不知道吗？"

"知道什么？"

"马克斯·皮尔庞特①是世界上最富有的人之一。他的爱好是把竞争的公司搞倒闭。他喜欢温顺的马和火辣的女人，这两者他都有很多。他是最懂得挥金如土的人。"

"所以你想分担他多余的财产吗？"

"事实上，我想分担一大部分。"他若有所思地打量着她，"你知道你和我两个人应该做些什么吗？"

"我当然知道，史蒂文斯先生。我们应该说再见了。"

他坐在那里，看着特蕾西站起身走出餐厅。

特蕾西在自己的屋子里吃了晚饭。她一边吃，一边纳闷怎么这么倒霉，又见到了杰夫·史蒂文斯。她想彻底忘掉上次在火车上感觉自己要被捕时的恐惧。我不会让他毁了这次旅行的。我不理他就好了。

晚饭后，特蕾西上了甲板。夜色很美，繁星点缀在天鹅绒般的夜空上，织就了一个神奇的天幕。史蒂文斯走到她身边时，她正沐浴在月光下，倚着栏杆，看着粼粼的柔波，听着夜风的声音。

"你不知道你站在那里有多美。你相信发生在轮船上的爱情故事吗？"

"当然相信。我只是不相信你。"特蕾西掉头要走开。

"等等。我有个消息要告诉你。我刚发现马克斯·皮尔庞特不在这条船上。他在最后一刻取消了这次航行。"

"哦，真可惜。你浪费了船票。"

"未必。"他若有所思地看着她，"你想在这次航行中赚一笔钱吗？"

---

① "马克斯"是"马克西米利安"的简称。——编者注

这个男人太不可思议了。"除非你能从口袋里变出一艘潜艇或一架直升机，否则别想在这艘船上抢劫后逍遥法外。"

"谁说要抢劫了？你听说过鲍里斯·梅尔尼科夫和彼得·尼古莱斯库吗？"

"听说过又怎样？"

"梅尔尼科夫和尼古莱斯库正要前往俄罗斯参加决赛。如果我能安排你和他们两个下一盘，"杰夫一脸正经地说，"我们就能赢很多钱。这是一个完美的计划。"

特蕾西怀疑地看着他。"你能安排我和他们两个下盘棋？这就是你完美的计划？"

"嗯。你觉得怎么样？"

"我喜欢。只是有一个小问题。"

"什么问题？"

"我不会下棋。"

他优雅一笑。"没关系。我来教你。"

"你疯了，"特蕾西说，"我建议你去找一个好的精神科医生。晚安。"

第二天早上，特蕾西真的碰到了鲍里斯·梅尔尼科夫。他正在船甲板上慢跑，当特蕾西转过拐角时，他撞上了她，把她撞倒在地。

"看着点路。"他大吼道，说完径自跑开了。

特蕾西在甲板上坐了起来，看着他。"所有这些粗鲁的……"她站起来，掸了一下衣服。

一个服务员走过来。"你受伤了吗，小姐？我看见他……"

"我没事，谢谢你。"

不会有人来毁掉她的这次旅行了。

特蕾西回到她的小屋时，杰夫·史蒂文斯已来六次电话要她回话。她没有理睬他。到了下午，特蕾西游泳、看书、做按摩，感觉真是棒极了。然而，就在她准备走进酒吧，喝一杯鸡尾酒时，她的幸福却戛然消失了。罗马尼亚人彼得·尼古莱斯库就坐在吧台旁。他看到特蕾西时，站起身来说："我可以请你喝一杯吗，美丽的女士？"

特蕾西犹豫了一下，然后笑了。"好吧，可以，谢谢你。"

"你想要什么？"

"请给我一杯加奎宁水的伏特加。"

尼古莱斯库吩咐酒吧招待以后，转向了特蕾西。他说："我是彼得·尼古莱斯库。"

"我知道。"

"当然，所有人都认识我。我是世界上最厉害的棋手。在我的国家，我是民族英雄。"

他靠近特蕾西，把一只手放在她的膝盖上，说："我的床上功夫也很好。"

特蕾西以为自己听错了。"什么？"

"我的床上功夫也很好。"

她的第一反应是把酒泼到他的脸上，但她控制住了自己。

特蕾西有一个更好的主意。"对不起，"她说，"我得去见一个朋友。"

她去找杰夫·史蒂文斯了。她在公主烧烤店找到了他，但当特蕾西朝他的桌子走去时，看到他正在和一个金发美女吃饭。那个女人身材真是太曼妙了，身上的那件晚礼服看起来像是画上去的。"我早该知道的。"特蕾西想。她转身朝走廊走去。过了一会儿，杰夫来到了她的身边。

"特蕾西……你要见我吗？"

"我不想让你离开你的……晚餐。"

"她只是甜点，"杰夫轻松地说，"我能为你做些什么？"

"上次你说的有关梅尔尼科夫和尼古莱斯库的事是认真的吗？"

"百分之百认真，怎么了？"

"我觉得他们都需要上一堂礼仪课。"

"我也这么觉得。我们教训他们的同时还能赚一笔钱。"

"很好。你有什么计划？"

"你会在下棋时赢了他们俩。"

"我是认真的。"

"我就是认真的。"

"我告诉过你，我不会下象棋。我分不清什么是卒，什么是王。我……"

"别担心，"杰夫向她保证，"只要我给你上几节课，你就能把他们两个打得落花流水。"

"他们两个？"

"哦，我不是告诉过你吗？你要同时和他们两个下棋。"

杰夫来到那个钢琴酒吧，挨着鲍里斯·梅尔尼科夫坐了下来。

"这个女人是个很出色的棋手，"杰夫向梅尔尼科夫介绍道，"她隐姓埋名，周游世界。"

俄国人哼了一声。"女人对象棋一无所知，她们不会思考。"

"但这个女人会，她说她能轻易打败你。"

鲍里斯·梅尔尼科夫大笑起来。"没人能打败我——不管轻松与否。"

"她愿意跟你赌一万美元，赌她能同时跟你和彼得·尼古莱斯库下棋，而且至少能和你们中的一个打平。"

鲍里斯·梅尔尼科夫被酒呛住了。"什么！这……这太荒谬了！同时和我们两个人下棋？这个……这个女业余棋手？"

"没错。与你们每人赌一万美元。"

"我下这盘棋，只是为了给这个白痴一个教训。"

"如果你赢了，这笔钱将被存入你所选择的任何国家的账户。"

俄国人的脸上掠过贪婪的表情。"我甚至从未听说过这个人。还要同时和我们两个下！天哪，她一定是疯了。"

"她有两万美元现金。"

"她是哪国人？"

"美国人。"

"啊，原来如此。有钱的美国佬都是疯子，尤其是美国女人。"

杰夫站起身来。"好吧，我想她只好和彼得·尼古莱斯库一个人下了。"

"尼古莱斯库要和她下？"

"是的，我不是告诉过你吗？她想和你们两个下，但如果你害怕……"

"害怕！鲍里斯·梅尔尼科夫害怕?！"他大吼道，"我要灭了她。这场荒唐的比赛什么时候举行？"

"她觉得最好是星期五晚上，在船上的最后一夜。"

鲍里斯·梅尼科夫开始转动脑袋了。"三局两胜？"

"不。一局定胜负。"

"赌一万美元？"

"没错。"

俄国人叹了口气："我没带那么多现金。"

"没关系，"杰夫向他保证，"惠特尼小姐真正想要的是和伟大的鲍里斯·梅尔尼科夫对弈的荣耀。如果你输了，你给她一张亲笔签名的照片。如果你赢了，你就能得到一万美元。"

"谁持有赌注？"他的声音里明显带着怀疑。

"船上的乘务长。"

"很好，"梅尔尼科夫断定，"星期五晚上，我们将在十点钟准时开战。"

"她会高兴死的。"杰夫向他保证。

第二天早上，杰夫和彼得·尼古莱斯库在体育馆里一边健身，一边聊天。

"她是美国人？"彼得·尼古莱斯库说，"我早该知道的。所有的美国人都是疯子。"

"她是一名优秀的棋手……"

彼得·尼古莱斯库轻蔑地摆了摆手。"光优秀是不够的。无敌才是最重要的，我是无敌的。"

"这就是为什么她如此渴望和你比赛。如果你输了，给她一张亲笔签名照。如果你赢了，你会得到一万美元现金……"

"在下不和业余棋手比赛。"

"……存到任何你喜欢的国家的银行里。"

"没戏。"

"好吧，那她只能和鲍里斯·梅尔尼科夫比了。"

"什么？你是说梅尔尼科夫同意和这个女人比赛吗？"

"当然。但她希望同时和你们两个比。"

"我从来没有听说过这么……这么……"尼古莱斯库一时语塞，不知说什么好。"太狂妄了！她到底是谁，居然认为自己能击败世界上两位顶尖国际象棋大师？她一定是从疯人院逃出来的。"

"她是有点疯癫，"杰夫坦白说，"但她的钱是真的。全是现金。"

"你刚才说赢了她有一万美元？"

"没错。"

"鲍里斯·梅尼科夫也能拿到同样的数？"

"如果他击败她的话。"

彼得·尼古莱斯库咧嘴一笑。"哦，他会打败她的，我也会的。"

"不瞒你说，这我一点也不惊讶。"

"谁来保管赌注？"

"船上的乘务长。"

"为什么让梅尔尼科夫一个人从这女人那里拿钱？"彼得·尼古莱斯库想通了。

"朋友，我参加比赛。什么时候比？在什么地方？"

"星期五晚上。十点钟。女王厅。"

彼得·尼古莱斯库饿狼似的笑了笑。"我会去的。"

"你是说他们同意了？"特蕾西尖叫起来。

"没错。"

"我要晕了。"

"我去给你拿条凉毛巾。"

杰夫匆匆走进特蕾西套房的浴室，在毛巾上泼了冷水，然后拿出来给她。她躺在躺椅上，杰夫把毛巾放在她的额头上。"怎么样？"

"糟透了。我想是偏头痛犯了。"

"你以前患过偏头痛吗？"

"没有。"

"那你现在也没有。听我说，特蕾西，遇到这种事，紧张是很正常的。"

她跳起身，扔掉毛巾。"这种事？从来没有过这种事情！我从你这儿学了一节课，就要和两个国际象棋大师下棋，而且……"

"两节课。"杰夫纠正她，"你有下棋的天赋。"

"我的天哪，我为什么要听你的？"

"因为我们会赚很多钱。"

"我不想赚很多钱,"特蕾西带着哭腔说,"我想让这艘船沉没。为什么这不是泰坦尼克号?"

"好了,先放松一下,"杰夫安慰道,"这将是……"

"这将是一场灾难!这艘船上的每个人都会来看。"

"这正是关键,不是吗?"杰夫微微一笑。

杰夫已经和船上的乘务长安排好了一切。

他把赌注——两万美元的旅行支票——交给了乘务长,让他在星期五晚上摆好两张棋桌。消息很快传遍了整艘船,乘客们纷纷找到杰夫,询问比赛是否真的要举行。

"当然。"杰夫向所有来问的人保证,"简直难以置信。可怜的惠特尼小姐相信她能赢。事实上,她还下了注。"

"我问一下,"一位乘客问道,"我可以下注吗?"

"当然可以。你想下多少都可以。惠特尼小姐只出十比一的赔率。"

百万分之一的赔率更合理。从接受第一个赌注的那一刻起,闸门就打开了。

似乎船上的每个人,包括引擎室的水手和船上的长官们,都想在这场比赛中下注。赌注从五美元到五千美元不等,所有的赌注都押在俄国人和罗马尼亚人身上。

乘务长有点担忧,便向船长报告。"我从来没见过这样的事,先生。完全一边倒。几乎所有的乘客都下了赌注。我这里的赌金就有二十万美元。"

船长看着他,若有所思。"你说惠特尼小姐要同时和梅尔尼科夫与尼古莱斯库比赛?"

"是的,船长。"

"你证实这两个人真的是彼得·尼古莱斯库和鲍里斯·梅尔尼科夫吗?"

"哦,当然,先生。"

"他们不会故意弃局吧?"

"不会,他们都是自尊心很强的人。如果那样的话,我想他们宁愿去死。如果他们输给了这个女人,一回家可能就会这么干。"

船长用手指捋了捋头发,一脸困惑,皱着眉头问:"你了解惠特尼小姐和这位史蒂文斯先生吗?"

"完全不了解,先生。据我所知,他们不是一路的。"

船长最后拿定了主意。"这听起来有诈骗的味道,通常我都会制止的。不过,我自己碰巧也懂些国际象棋。关于国际象棋,有一个事实我敢以性命担保,那就是国际象棋不可能作弊。那就让比赛的事继续推进吧。"

他走到自己的办公桌前,拿出一个黑色的皮钱包。"给我押五十英镑。押在大师们身上。"

到星期五晚上九点,女王厅里挤满了头等舱的乘客,还有从二等舱和三等舱偷偷溜进来的乘客,以及不当班的长官和水手。在杰夫·史蒂文斯的要求下,腾出了两个房间供比赛使用。一张桌子摆在女王厅的中央,另一张桌子在隔壁的客厅里。两间房间用帘幕隔开。

"如此一来,棋手们就不会相互打扰了。"杰夫解释道,"同时,为了不影响棋手,我们希望观众选定房间后,就不要随意窜来窜去了。"

两张桌子周围都系上了天鹅绒制的绳子,将人群挡在后面。观众们知道他们即将看到的是一场空前绝后的比赛。这位年轻漂亮的美国女人,他们一无所知,只知道她——或者其他任何人——不可能同时与伟大的尼古莱斯库和梅尔尼科夫打个平手。

在比赛即将开始前,杰夫将特蕾西介绍给两位大师。特蕾西身着淡绿色雪纺绸伽拉诺式礼服裙,露出一侧肩膀,仿佛是从希腊绘画里走出来的。她紧张得脸色苍白,一双眼睛显得格外大。

彼得·尼古莱斯库仔细地打量着她。"你参加的所有全国锦标赛都赢了吗?"他问。

"是的。"特蕾西回答得像真的一样。

他耸了耸肩。"我从来没有听说过你。"

鲍里斯·梅尔尼科夫同样粗鲁。"你们美国人有钱不知道怎么花,"他说,"我想提前感谢你。拿到奖金会让我的家人非常高兴。"

特蕾西瞪起绿宝石般的大眼睛瞥了瞥他。"你还没有赢呢,梅尔尼科夫先生。"

梅尔尼科夫的笑声响彻了整个房间。"亲爱的女士,我不知道你是谁,但我知道我是谁。我是无敌的鲍里斯·梅尔尼科夫。"

到了十点。杰夫环顾四周,看到两个大厅都挤满了观众。"比赛该开始了。"

特蕾西坐在梅尔尼科夫对面,这已经是她第一百次责问自己是如何陷入这种境地的。

"没事的,"杰夫安慰她说,"相信我。"

她像个傻瓜一样信任了他。"我一定是疯了。"特蕾西想。她正在和世界上最伟大的两位棋手下棋,而除了杰夫花了四个小时教她的东西外,她对国际象棋一无所知。

决定成败的关键时刻就要来了。特蕾西感到她的腿在发抖。梅尔尼科夫转向期待的人群,咧嘴一笑。他对一个服务员吹了声口哨。"给我来杯白兰地,拿破仑牌的。"

"为了对大家公平,"杰夫对梅尔尼科夫说,"我建议你执白先行,在和尼古莱斯库先生比时,惠特尼小姐执白先行。"

两位大师都同意了。

观众们安静地站立着,鲍里斯·梅尔尼科夫伸手到棋盘的另一边,将他的皇后的卒移动了两格。"我不仅要击败这个女人,而且要杀她个落花流水。"鲍里斯心想。

他抬头看了看特蕾西。她盯着棋盘,点了点头,站起身。一名服务员在人群中为她开路,特蕾西走进第二间房子,彼得·尼古莱斯库正坐在桌旁等着她。房间里至少挤满了一百人。特蕾西在尼古莱斯库对面落座。

"啊,我的小鸽子。你打败鲍里斯了吗?"彼得·尼古莱斯库开完玩笑后狂笑起来。

"我正在努力,尼古莱斯库先生。"特蕾西平静地说。

她倾身向前,把白棋皇后前面的棋子移了两格。尼古莱斯库抬头看着她,咧嘴一笑。他预约了一个小时后的按摩,他计划在那之前完成比赛。

他弯下腰,把黑皇后的棋子移动了两格。特蕾西盯着棋盘看了一会儿,然后站了起来。

服务员护送她回到鲍里斯·梅尔尼科夫这边。

特蕾西在桌旁坐下，把黑棋皇后的棋子移动了两格。她看到杰夫在背后暗暗点头表示赞同。

鲍里斯·梅尔尼科夫毫不犹豫地把白棋皇后的象移了两格。

两分钟后，特蕾西回到尼古莱斯库的桌上，把白棋皇后的象移动了两格。尼古莱斯库把王卒移动一格。

特蕾西站起身，回到鲍里斯·梅尔尼科夫这边。将王卒移动一格。

"原来如此！她不是完全的业余爱好者，"梅尔尼科夫惊讶地想，"看看她这下会怎么做。"他将后马移至后象三的位置。

特蕾西看着他的动作，点了点头，回到尼古莱斯库这边，重复了梅尔尼科夫的动作。

尼古莱斯库将后象卒移动了两格，特蕾西回到梅尔尼科夫身边，重复了尼古莱斯库的步数。

两位大师越发感到惊奇，意识到他们面对的是一个聪明的对手。不管他们的招数有多精妙，这个业余爱好者都能设法对付他们。

由于他们分坐在两个房间，鲍里斯·梅尔尼科夫和彼得·尼古莱斯库并不知道他们实际上是在互相对抗。梅尔尼科夫每下一步棋，特蕾西都会在尼古莱斯库这边重复一遍。尼古莱斯库反击时，特蕾西又用这一招对付梅尔尼科夫。

比赛进入中场时，两位大师不再沾沾自喜。他们开始为自己的名誉而战。他们在地板上踱来踱去，一边考虑着该怎么走下一步棋，一边拼命地抽着烟。特蕾西似乎是唯一冷静的人。

一开始，为了尽快结束比赛，梅尔尼科夫曾尝试弃马，让他的白棋的象对黑王的侧翼施加压力。特蕾西在尼古莱斯库这边照搬了这一步数。尼古莱斯库仔细检查了这步棋，决定放弃吃子，填补上侧翼的空虚，而当尼古莱斯库放弃象，以便使自己的车插到白棋的第七格时，梅尔尼科夫为了不让黑车破坏自己的卒阵，也没有贸然吃象。

特蕾西势不可当。比赛已经进行了四个小时，两边的观众都没有挪动。

每个大师的脑子里都储存了其他大师对弈的几百局棋路。就在这场特殊的比赛接近尾声时，梅尔尼科夫和尼古莱斯库都发现了这是对方的路数。

"这个婊子，"梅尔尼科夫想，"她曾跟随尼古莱斯库学习。他肯定辅导过她。"

尼古莱斯库想:"她是梅尔尼科夫的门生。那个混蛋把他的路数教给了她。"

他们与特蕾西比得越激烈,就越意识到他们根本不可能打败她。比赛变得愈加胶着。

比赛进行到了第六个小时,已经到了凌晨四点,下到最后时,棋盘上各剩三个卒、一个车和一个王。任何一方都不可能赢。

梅尔尼科夫盯着棋盘看了良久,然后深吸了一口气,哽咽着说:"我求和。"四周一片骚动,特蕾西说:"我接受。"

人群沸腾起来。

特蕾西站了起来,穿过人群走进了隔壁房间。当她准备就座时,尼古莱斯库用一种哽咽的声音说:"我求和。"

另一个房间同样开始喧闹起来了。观众简直不敢相信他们刚刚目睹的一切。一个不知道从哪里冒出来的女人同时打平了世界上最伟大的两位国际象棋大师。

杰夫来到特蕾西身边。"走吧,"他咧嘴笑着说,"我们应该喝一杯。"

他们走的时候,鲍里斯·梅尔尼科夫和彼得·尼古莱斯库瘫坐在椅子上,呆呆地盯着自己的棋盘。

特蕾西和杰夫走上甲板酒吧,找了一张两人桌坐下。

"干得好,"杰夫笑着说,"你注意到梅尔尼科夫脸上的表情了吗?我看他心脏病都要犯了。"

"我的心脏病倒是要犯了,"特蕾西说,"我们赢了多少钱?"

"差不多二十万美元。明早到了南安普敦码头时,我们找乘务长取钱。吃早餐时在餐厅碰头。"

"好。"

"我现在想睡觉了。我送你去特等舱吧。""我还不想睡,杰夫。我实在太兴奋了。你先去睡吧。"

"你可是冠军。"杰夫对她说。

他俯下身来,轻轻地吻了吻她的脸颊。

"晚安,特蕾西。"

"晚安，杰夫。"

她看着他离开的背影，心想："还睡觉呢？怎么可能睡得着！"这是她一生中最美妙的一夜。想那俄罗斯人和罗马尼亚人是那么自信，那么傲慢。杰夫说"相信我"，她也就信了他。

她对他不抱任何幻想。他是个骗子。他聪明伶俐、风趣幽默，又容易相处。当然，她不可能真的对他感兴趣。

杰夫回舱的路上遇到了船上的一名长官。

"史蒂文斯先生，比赛很精彩。这场比赛的消息已经通过无线电传出去了。我想媒体会在南安普敦等候二位。您是惠特尼小姐的经纪人吗？"

"不，我们只是在船上认识的。"杰夫嘴上应付着，但脑子却在飞速转动。

如果他和特蕾西有什么密切联系的话，整件事就会被人怀疑是圈套，甚至可能会有人前来调查。他决心在引起任何怀疑之前赶紧把钱拿到手。

杰夫给特蕾西写了张字条：钱已到手，在萨伏依酒店等你共进早餐。干得漂亮。杰夫。他把字条装进信封里封好，交给了服务员。"明天一早就请务必让惠特尼小姐收到这封信。"

"好的，先生。"杰夫朝乘务长办公室走去。

"很抱歉打扰您，"杰夫抱歉地说，"船不到几小时就要靠岸了，届时您肯定无暇顾及这些小事，所以能麻烦您现在将钱兑给我吗？"

"一点也不麻烦，"乘务长微笑着说，"您的那位年轻小姐真是个人才啊，是吧？"

"她确实是。"

"史蒂文斯先生，如果您不介意我问的话，可否告诉我她究竟是在哪里学的如此精妙的棋艺？"

杰夫靠近他，悄悄地说道："我听说她曾和棋王鲍比·费舍尔一起学棋。"

乘务长从保险柜里拿出两个大牛皮纸文件袋。"这可是一大笔钱哪，恐怕不方便携带。您需要我给您一张等同数额的支票吗？"

"不，不用麻烦了，现金挺好的。"杰夫向他保证道，"不知您是否方便帮我个忙？我们的邮轮在明天靠岸前应该会有邮船过来送取信件，对吗？"

"是的，先生，邮船预计早上六点到达。"

"如果您能安排我乘邮船离开，我将不胜感激。我母亲重病在身，我想尽快赶回去见她，否则可能就——"他突然压低了声音，"来不及了。"

"噢，太遗憾了，史蒂文斯先生。我当然会帮您这个忙的，到时我会和海关联系给您行个方便。"

清晨六点十五分，杰夫·史蒂文斯小心翼翼地把两个牛皮纸文件袋藏在行李箱里，手提着箱子顺着轮船的梯子爬上了邮船。他转过身，最后看了一眼高耸在他头顶上的巨轮的轮廓。客轮上的乘客都还在熟睡，等伊丽莎白女王2号靠岸之时，杰夫早就登上码头，不见踪影了。"真是一趟令人身心愉悦的航行啊。"杰夫对邮船上的一名水手说。

"是啊，谁说不是呢！"一个声音附和着。

杰夫转过身来，特蕾西正坐在一卷缆绳上，头发轻柔地拂过她的脸颊。

"特蕾西！你怎么会在这儿？"

"你觉得我为什么会在这儿？"

他看到了她脸上的表情。"你可别误会！你不会以为我想把你甩掉吧？"

"我怎么会那么想？"她的语调明显带着些不满。

"特蕾西，我给你留了张字条。我本来要去萨沃伊酒店见你，然后……"

"你自然是要去的，"她打断他，说道，"你从不放弃，不是吗？"

他看了她一眼，无话可说。

在萨沃伊酒店特蕾西的套房里，她仔细地看着杰夫数钱。"你那份总共是十万零一千美元。"

"谢谢。"她的语气冷冰冰的。

杰夫说："特蕾西，你误会我了。我希望你能给我一个解释的机会。今晚能和我一起吃个饭吗？"

她犹豫了一下，然后点了点头，说道："好吧。"

"太好了，我八点钟来接你。"

那天晚上，杰夫·史蒂文斯来到酒店接特蕾西，客房服务员对他说道："对不起，先生。惠特尼小姐今天下午很早就退房了。她没有留下任何转寄信件的地址。"

第二十一章

特蕾西收到了一封邀请函,是用华丽的字体手写而成的。她后来才意识到,正是这封邀请函改变了她的生活。

从杰夫·史蒂文斯那里拿到了自己应得的钱之后,特蕾西就离开了萨沃伊酒店,搬到了帕克街47号,这是一家半住宅式酒店,四周十分安静,客房宽敞舒适,服务更是一流。

她到伦敦的第二天,大厅门房就把这封邀请函送到了她的套房。邀请函上的字是精美的铜版体:"我们共同的朋友建议,若你我二人有幸结识,对彼此都大有裨益。谨请于今日下午四时来丽兹酒店一道品茗。届时我将在胸前别一朵康乃馨,虽略显老套,望您海涵。"

署名是"冈瑟·哈托格"。特蕾西从没听说过他。她本来是准备无视这封邀请函的,但她还是被自己的好奇心打败了。下午四点十五分,她来到了丽兹酒店雅致的餐厅。一进门她就马上注意到了他。特蕾西猜测他六十多岁,是一个长相有趣的男人,长着一张精瘦、充满智慧的脸。他的皮肤光滑而透明,几乎是半透明的。他穿着一套剪裁考究的灰色西装,胸前别着一朵红色康乃馨。

特蕾西朝他的桌子走去,他起身相迎,微微鞠躬说道:"谢谢您接受我的邀请。"

他十分殷勤地招呼特蕾西坐下,举止动作虽然老派,但特蕾西却觉得他很有魅力。他似乎属于另一个世界。特蕾西想象不出他到底想从她身上得到什么。

"我来这儿完全是因为好奇,"特蕾西开口直说了,"但是您确定没有把我和另一个特蕾西·惠特尼搞混吗?"

冈瑟·哈托格微微笑道:"据我所知,只有一位特蕾西·惠特尼。"

"您到底听说了些什么?"

"我们边喝茶边聊好吗?"

除了茶,桌上还有迷你三明治,里面有切碎的鸡蛋、三文鱼、黄瓜、西洋菜和鸡肉。还有热的司康饼,上面有凝固的奶油和果酱,还有新鲜出炉的糕点,配上川宁茶。他们一边吃一边聊着。

"您的邀请函里提到了我们有一位共同的朋友。"特蕾西先开口了。

"是康拉德·摩根,我时不时同他有生意往来。"

"我倒是和他做过一次生意,"特蕾西阴着脸想,"但他却想算计我。"

"他可是你的超级崇拜者啊。"冈瑟·哈托格说。

特蕾西决定对这个男人打量得更加细致些。他言谈举止皆透露出一种贵族的气质,一看就知道家境不凡。"他找我究竟要干什么?"特蕾西又想了想。她决定让他自己表明来意,但他却再也没提到康拉德·摩根,也没有提到他和特蕾西·惠特尼之间可能存在的共同利益。

特蕾西觉得这次会面既愉快又有趣。冈瑟向她介绍了他的背景。"我出生在慕尼黑。父亲是个银行家,十分富有,所以我从小就在各种名画和古董中长大。我母亲是犹太人,希特勒上台后,我父亲不肯抛弃母亲,结果就被剥夺了所有财产。他们在一次轰炸中丧生。朋友们把我从德国偷渡到瑞士。战争结束后,我决定不再回德国,于是就搬到了伦敦,在芒特街开了一家小古董店。希望你哪天能赏光过来看看。"

"原来是这么回事,"特蕾西惊讶地想,"原来他是想卖东西给我。"

然而后来事实证明,并非如此。

冈瑟·哈托格付账的时候,漫不经心地对她说:"我在汉普郡有一座乡村小房。我有几个朋友周末要过来玩,如果你也能来的话,就太好了。"

特蕾西犹豫了。那男人完全是个陌生人,而且到现在也不知道他究竟在她身上有什么图谋，但她觉得自己也没什么可失去的。

特蕾西完全没想到，这个周末居然过得十分愉快。冈瑟·哈托格口中所谓的"乡村小房"居然是一座占地三十英亩、美丽至极的十七世纪庄园。冈瑟是个鳏夫，庄园里除了几个仆人便再无他人。他带着特蕾西参观了一番。庄园里有一个马厩，饲养着六匹马，还有一个院子，冈瑟在那儿养了鸡和猪。

"这样我们就永远不会挨饿了，"他严肃地说，"现在，就让我给你看看我真正的爱好。"

他把特蕾西带到了一个小屋，屋内养着很多鸽子。"这些都是信鸽。"冈瑟的声音充满了自豪，"快看这些小美人。看到那边那只石灰色的了吗？那是玛戈。"冈瑟将它托起来端详着。"你真是个惹人厌的小妞。你知道吗？它总是欺负别的鸽子，但它也是最聪明的。"他轻轻地抚平它小脑袋上的羽毛，小心翼翼地把它放下。

这些信鸽的羽毛可谓是色彩斑斓：有蓝黑色的，有蓝灰色格子图案的，有银色的，各种颜色的信鸽可以说是应有尽有。

"怎么没有白色的信鸽。"特蕾西突然注意到。

"信鸽从来都不是白色的，"冈瑟解释说，"因为白色的羽毛太易脱落，鸽子往回飞时，它们的平均飞行速度能达到每小时四十英里。"

特蕾西看着冈瑟给这些鸽子喂食，这些食料都是添加了维生素的特殊赛鸽饲料。

"它们真是一个令人称奇的物种，"冈瑟说，"你知道吗？它们可以在五百英里之外找到回家的路。"

"这真是匪夷所思。"

冈瑟的客人们也同样令人称奇：一位携妻子前来的内阁大臣，一位伯爵，一位将军和他的女友。还有一位印度摩梵土邦主，她是个举止优雅、亲和友善的年轻女郎。"请叫我维·吉。"她的英语几乎一点口音也听不出来。她身穿镶着金线的深红色纱丽，戴着特蕾西从未见过的绚丽珠宝。

"我把大部分珠宝都放在保险库里，"维·吉解释说，"最近抢劫案实在是太多了。"

星期天下午，就在特蕾西即将返回伦敦前，冈瑟邀请她到他的书房。他们隔着一张茶几，相对而坐。特蕾西一边把茶倒进薄如蝉翼的伯利克瓷碗里，一边说道："冈瑟，我不知道你为什么邀请我来这里，不过不论出于什么原因，我都玩得十分愉快。"

"我很高兴，特蕾西。"过了一会儿，他继续说道："我一直在留意观察你。"

"我知道。"

"你对未来有什么计划吗？"

她犹豫了一下。"不，我还没有想好下一步的计划。"

"我想，我们应该能合作得很好。"

"你是说你的古董店？"

他不禁笑了起来。"不，亲爱的。那简直是浪费你的才华，太可惜了。我听说了你如何神奇地摆脱了康拉德·摩根。你做得极好。"

"冈瑟……这些都已经成为过去了。"

"既然如此，那什么是你的未来呢？你说你没有计划，但你必须为你的未来打算。不论你现在有多少钱，总有一天会花光的。我建议你考虑一下我们之间的合作。我一直游走于各种达官贵人、国际名流之中，经常参加慈善舞会、狩猎派对和游艇派对等。那些富人的金钱往来我都了然于胸。"

"我不明白这些和我有什么关系……"

"我可以把你介绍进那个遍地都是黄金的圈子。那可是金灿灿的黄金啊，特蕾西。我可以给你提供那些珍贵珠宝和油画的各种信息，包括你如何安全拿到它们的方法。不仅如此，我还有出手这些东西的可靠途径。你所要做的无非就是让那些以牺牲他人利益为代价而赚得盆满钵满的人稍微散散财。一切所得我们平分，你觉得怎么样？"

"我觉得不行。"

他若有所思地打量着她。"明白了。如果你改变主意了，给我打电话好吗？"

"冈瑟，我不会改变主意的。"

那天下午晚些时候，特蕾西回到了伦敦。

特蕾西对伦敦情有独钟。她通常在勒盖伏霍希、比尔·班特列以及火角等

213

名餐厅用餐，看完戏剧后会去德隆尼斯餐厅，品尝地道的美国汉堡和辣椒牛肉。她是国家剧院和皇家歌剧院的常客，也参加佳士得拍卖行和苏富比拍卖行的拍卖会。她常去哈罗兹百货、福南·梅森百货购物，去哈查兹书店、弗伊尔斯和史密斯书店浏览图书。她还租了辆车，雇了一个司机，到汉普郡的楚顿·格伦酒店度过了一个难忘的周末。这家酒店位于新森林地带，有一些偏远，但环境优美，服务更是无可挑剔。

过这样的生活，花钱自然如流水一般。不论你现在有多少钱，总有一天会花光的。冈瑟说得没错。她的钱不会永远只增不减。特蕾西意识到，她必须为她的未来早做打算。

冈瑟又多次邀请特蕾西去他的乡间别墅过周末。她非常享受每一次的拜访，也喜欢有冈瑟陪伴着。

在一个星期天的晚宴上，一位国会议员对特蕾西说："惠特尼小姐，我从来没有见过一个真正的得克萨斯人呢。他们究竟是什么样的人？"

特蕾西十分传神地模仿了一个得克萨斯州暴发户贵妇，那种张牙舞爪的神态逗得大家前仰后合。

之后，待特蕾西和冈瑟独处时，他问道："你想不想通过模仿发一笔小财？"

"冈瑟，我可不是演员。"

"你太低估自己了。伦敦有家珠宝公司——帕克兄弟公司，而这家公司——用你们美国人的话来说——专门敲诈顾客。你倒是让我萌生了一个好点子，能教训教训他们，让他们为自己的奸商行径付出代价。"

"不行。"特蕾西说。但是，她越想这件事，就越感兴趣。她想起在长岛智胜警察的兴奋感，想起智胜鲍里斯·梅尔尼科夫和彼得·尼古莱斯库以及杰夫·史蒂文斯时的兴奋感。那是一种无法形容的兴奋之感。但那都是过去的事了。

"不行，冈瑟。"她又说了一遍，但这次她的语气却没那么坚定了。

十月的伦敦温暖异常，英国人和外来游客倒是抓住了这一好时机，贪婪地享受明媚的阳光。正午，市里交通尤其拥挤，特拉法加广场、查令十字车站和皮卡迪利广场四周都被来往车辆堵得水泄不通。只见一辆白色的戴姆勒轿车从牛津街拐入新邦德街，穿过车流，经过罗兰卡地亚、盖格斯和苏格兰皇家银行。又往前驶过几家门店，轿车滑行到一家珠宝店门口，停了下来。珠宝店门口的一侧立着一块精心镌刻、擦得锃亮的牌子，上面写着：帕克兄弟公司。一位身穿制服的司机走出豪华轿车，急忙转身为后座的乘客打开车门。车里走出一位浓妆艳抹的金发女郎，身穿一件紧身的意大利针织连衣裙，外面套着一件貂皮大衣，显得极其不合时节。

"小子，从哪里进店啊？"年轻女郎问。她的声音很大，带着刺耳的得克萨斯口音。

司机指了指门店入口。"那儿，夫人。"

"好了，亲爱的。别走开。不会太久的。"

"夫人，我可能得绕着街区转一圈。这里不允许停车。"

年轻女郎拍了拍他的背，说："那你看着办吧，小子。"

"居然叫我小子！"司机的心像被针扎了一下。这也算是他沦落到替人开租赁车而该受到的惩罚。所有的美国人他都不喜欢，特别是得克萨斯人。他们就是野蛮人，却是有钱的野蛮人。他要是知道这位乘客从未去过被人称为孤星州的得克萨斯州，一定会惊掉下巴的。

特蕾西仔细看了看橱窗里的自己，咧开嘴笑得十分开心。然后她趾高气扬地走向门口，一个身穿制服的门卫为她打开了门。

"下午好，夫人。"

"下午好，小子。你们这儿除了人造珠宝，还有什么别的可卖吗？"她开完玩笑，自己便爽朗地咯咯笑起来了。

门卫脸色霎时就白了。特蕾西高傲地走进了珠宝店里，身后飘散着一股强烈的蔻依香水的气味。

亚瑟·奇尔顿，一个穿着晨礼服的售货员，向她走来。"我能为您做点什么吗，夫人？"

"也许能，也许不能，老P.J.让我给自己买个小生日礼物，所以我来你们这儿看看，你们都有些什么？"

"夫人，您有看上眼的吗？"

"嘿，伙计，你们英国人办事快得很，不是吗？"她哈哈大笑，拍了拍他的肩膀。他强迫自己保持冷静。"要不,给我看看绿宝石。老P.J.喜欢给我买绿宝石。"

"请您移步到这边……"

奇尔顿把她带到一个玻璃橱窗前,里面陈列着几盘祖母绿宝石。

金发女郎轻蔑地瞥了它们一眼。

"这都是些上不了台面的小玩意,你们就没什么拿得出手的吗?"

奇尔顿有些不自然了,说道:"就这些宝石,价格最高已达三万美元。"

"碰到鬼了,那不是我给理发师的小费吗?"

那女人发出一阵轻蔑的笑声。"如果我带这样的小石头回去,老P.J.的脸都丢到太平洋了。"

奇尔顿想象得出老P.J.长得是副什么样子。肯定又肥又胖,和这个女人一样咋咋呼呼,令人讨厌。他们是天造地设的一对。他真搞不懂为什么钱总是流向这样不配拥有的人的手里去呢?

"请问夫人对多少价格范围内的宝石感兴趣?"

"我们就从一百个G开始吧。"

他看起来一脸茫然。"一百个G?"

"该死,我还以为你们这些人会说标准英语呢,一百个G就是十万美元,十万美元。"

他只能咽下这口气。"哦,那样的话,您最好去和我们的总经理谈谈。"

总经理名叫格雷戈里·霍尔斯顿,他一向坚持亲自处理所有大笔交易的原则,无论交易大小,帕克兄弟公司的员工都没有任何佣金,所以这一原则对员工们来说倒也无伤大雅。面对这样一个令人反感的客户,奇尔顿乐得将之转手他人。让霍尔斯顿去应付她吧。奇尔顿按了柜台下面的一个按钮,过了一会儿,一个脸色苍白、面容憔悴的男人匆匆忙忙地从后面的房间里走了出来。他瞥了一眼这位衣着富贵华丽的金发女郎,祈祷在这位女士离开之前,他的常客都不要出现。

奇尔顿说:"霍尔斯顿先生,这位夫人是……呃……"他看向那个女人。

"贝尼克夫人,亲爱的。玛丽·卢·贝尼克。老P.J.的妻子。我猜你们肯定都听说过我先生贝尼克吧。"

"当然。"格雷戈里·霍尔斯顿勉强对她挤出一个笑容。

"霍尔斯顿先生，贝尼克夫人想买一颗祖母绿宝石。"

格雷戈里·霍尔斯顿指着绿宝石托盘。"这些都是上好的祖母绿宝石……"

"夫人想买的是十万美元左右的。"

格雷戈里·霍尔斯顿两眼发亮，这一次他的脸上绽放出了真心实意的笑容。大单生意就是祥瑞之兆啊。

"是这样，我的生日要到了，老P.J.想让我给自己买点漂亮的东西当礼物。"

"应当的，"霍尔斯顿说，"请您跟我来好吗？"

"你这个小淘气，打什么鬼主意呢？"金发女郎咯咯地笑了。

霍尔斯顿和奇尔顿痛苦地交换了眼神。该死的美国佬！

霍尔斯顿把那个女人带到一扇锁着的门前，取出一把钥匙打开了门。他们走进一个灯光明亮的小房间，霍尔斯顿旋即小心地锁上了门。

"这里都是本公司为重要客户预留的顶级珠宝。"他说。

小房间的中央是一个陈列柜，里面摆满了各种琳琅满目、令人叹为观止的钻石、红宝石和绿宝石，这些宝石散发着奇特光芒，绚丽夺目。

"嗯，这还差不多。要是老P.J.在这儿，他定会欢喜得发狂。"

"夫人您有看中的吗？"

"让我们来看看这儿究竟有些什么小宝贝。"她走向摆放着祖母绿的珠宝盒。

"让我看看那一堆。"

霍尔斯顿从口袋里又掏出一把小钥匙，打开柜子，小心翼翼地拿出一盘祖母绿，放在桌上。天鹅绒盒子里摆放着十颗祖母绿。霍尔斯顿看着那个女人拿起其中最大的一颗，那是一枚镶嵌在铂金底座上的极其精致的胸针。

"就像老P.J.常说的，'这玩意上刻着我的名字'。"

"夫人品味极佳。这是一颗十克拉的草绿色哥伦比亚宝石。它完美无瑕，而且……"

"祖母绿宝石从来都不是完美无瑕的。"

霍尔斯顿吓了一跳。"当然，夫人说得对。我的意思是……"他这时才第一次注意到这个女人的眼睛就是绿色的，和她手里正仔细研究、把玩着的那颗晶莹的绿宝石一样。

"我们还有很多别的款呢，如果……"

"亲爱的，用不着麻烦了，我就要这颗。"

这笔大额交易竟不到三分钟就达成了。

"太好了，"霍尔斯顿说，然后他又微妙地试探道，"如以美元计算，一共是十万美元。夫人想要怎么付款呢？"

"不用担心，霍尔斯顿，你这老兄，我在伦敦的一家银行有个美元账户。我只用写一张小小的私人支票。然后，P.J.便会如数还我。"

"好极了。我会叫人将宝石清洗干净，然后就送到您下榻的酒店。"

宝石并不需要清洗，但是在她的支票兑现之前，霍尔斯顿绝不会将宝石随意交给他人，因为他知道有太多珠宝商都曾被狡黠的骗子骗惨了。霍尔斯顿为自己从未被骗过一英镑而感到自豪。

"我该把绿宝石送到哪里？"

"我们在多尔切酒店订了奥利弗·梅塞尔套房。"

霍尔斯顿赶忙将地址记下。"多尔切斯特。"

"我把它叫作奥利弗·梅塞尔套房，"她笑着说，"很多人不再喜欢这家酒店了，因为里面住的全是阿拉伯人，但是老P.J.和他们有很多生意往来。'石油本身就富可敌国。'他总是这么说。老P.J.可是聪明绝顶呢。"

"我相信他一定聪明过人。"霍尔斯顿恭敬地答道。

他看着她撕下一张支票开始写了起来。他看出这是一张巴克莱银行的支票。很好。他有个朋友在那家银行，正好可以证实一下贝尼克夫妇的真假。

他拿起支票。"明天一早我就会亲自将宝石送到您手上。"

"老P.J.一定会喜欢的。"她微笑着说。

"他肯定会的。"霍尔斯顿礼貌地附和着。

他一路将她送出店门。

"拉尔斯顿——"

他几乎快忍不住去纠正她，但还是忍住了。何必呢？谢天谢地，他再也不会见到她了!

"什么事,夫人?"

"你得找个下午过来和我们一起喝杯茶。你一定会喜欢老P.J.的。"

"我肯定会的。但太遗憾了,我下午值班。"

"那太遗憾了。"

他目送着他的顾客走到路边。一辆白色的戴姆勒轿车缓缓驶来,一个司机下车为她打开车门。金发女郎转过身对霍尔斯顿竖起了大拇指,轿车开走了。

霍尔斯顿回到办公室,立即拿起电话给他在巴克莱银行的朋友打了个电话。"彼得,亲爱的,我这里有一张十万美元的支票,是一个叫玛丽·卢·贝尼克夫人开出的。帮我看看有什么问题吗?"

"等一下,老弟。"

霍尔斯顿正眼巴巴等着呢。他希望支票是真的,因为最近生意一向不好。帕克兄弟是这家公司的老板,总是显得忧心忡忡,向他不停抱怨,似乎生意不景气都是他造成的,对经济衰退全然视而不见。当然,利润并没有像预期的那样疯狂下降。帕克兄弟公司有一个专门清洁珠宝的部门,顾客送来清洗的珠宝清洗后品相便会变差,这种事时常发生。有顾客提出过投诉,但却没有任何证据证明珠宝被做了手脚。

彼得拿起了电话。"没问题,格雷戈里。账户里的钱支付这张支票绰绰有余。"

霍尔斯顿总算松了口气。"彼得,谢谢你。"

"不客气。"

"下星期我们一起吃午饭吧,我请客。"

第二天早上支票兑现了,那颗哥伦比亚绿宝石由保税信使送到了多尔切斯特酒店贝尼克夫人手中。

当天下午,快要打烊的时候,格雷戈里·霍尔斯顿的秘书对他说道:"外面有一位贝尼克夫人等着要见您,霍尔斯顿先生。"

他的心猛地沉了下去。她肯定是来退这枚胸针的,若真是这样,他也没法拒绝。所有女人,所有美国人,所有得克萨斯人都该死!霍尔斯顿连忙挤出笑容,出门迎接。

"下午好，贝尼克夫人。我猜您丈夫定是对这枚胸针不太满意。"

她咧嘴笑道。"你猜错了，你个鬼东西。老P.J.简直高兴坏了。"

霍尔斯顿心花怒放。"真的吗？"

"说实话，他简直是爱不释手，他想让我再买一枚，这样我们就可以把它们做成一对耳环。所以，我想再买一枚一模一样的。"

格雷戈里·霍尔斯顿不禁皱起了眉头。"贝尼克夫人，我想这恐怕会有点小问题。"

"什么样的问题，亲爱的？"

"您的那枚宝石是独一无二的，举世无双。不如这样吧，我这儿有另一套不同式样的宝石，我可以……"

"我不要别的式样的，就要和那颗一模一样的。"

"对您实话说，贝尼克夫人，整个哥伦比亚都没有几颗十克拉的完美宝石……"他瞥了一眼她的表情，"几乎完美的宝石。"

"别费口舌了，小子，用心找肯定是有的。"

"老实说，我自己都没怎么见过这种品相的宝石，若还想再找一颗与它形状和颜色完全一样的几乎是不可能的。"

"我们得州有句老话说，所谓不可能只是要多花点时间而已。星期六是我的生日。P.J.想让我戴上这副耳坠，P.J.想要什么，就一定要得到。"

"我真的觉得我不能……"

"我花了多少钱买了那枚胸针……十万美元？我知道老P.J.会出二十万，甚至三十万再买一枚。"

格雷戈里·霍尔斯顿反应很快。一模一样的宝石一定会有的，如果贝尼克愿意多花二十万美元买下它，那可是一笔相当可观的利润啊。事实上，霍尔斯顿想："只要我可以解决这个问题，那么这笔可观的利润不就归我了吗？"

他信心十足地说："我去打听一下，贝尼克夫人。我敢说整个伦敦，没有其他珠宝商有同样品质的祖母绿宝石，但一些大庄园经常举办大型拍卖会。我会登些广告，看看效果如何。"

"最迟到这周末。"金发女郎对他说道，"我实话跟你说，只有你我和这根电线杆知道，老P.J.可能愿意出三十五万买下它。"

说完，贝尼克夫人便离开了，只见她的貂皮大衣在她身后像波浪般翻滚着。

格雷戈里·霍尔斯顿在办公室里做起白日梦来了。命运把一个如此痴迷于他的金发小姐的男主顾送到了他手中，这男人竟然愿意花三十五万美元买一块价值十万美元的绿宝石。净利润高达二十五万美元。格雷戈里·霍尔斯顿认为没有必要向帕克兄弟透露交易的细节，他只需要将第二块祖母绿按十万美元的售出价格记录在案，剩下的钱就可以进入自己的腰包，这操作起来十分简单。而这笔额外的二十五万美元足够他享用终身了。

他现在唯一要做的就是找到他卖给贝尼克夫人那枚祖母绿的孪生姐妹。

事情比格雷戈里·霍尔斯顿预想的要困难得多。他把电话都打烂了，也没有一家珠宝商库存的珠宝与他要求的相似。他在《伦敦时报》和《金融时报》上刊登广告，还给佳士得拍卖行和苏富比拍卖行以及十几家房地产经纪公司打了电话。在接下来的几天里，霍尔斯顿淹没在一堆劣质绿宝石、上等绿宝石和一些一流品质的祖母绿宝石之中，但也没有一颗能稍稍接近他所要求的标准。

星期三，贝尼克夫人给他打来一个电话。"老P.J.已经等得不耐烦了，"她警告说，"你找到了吗？"

"还没有，贝尼克夫人，"霍尔斯顿向她保证，"不过别担心，我们一定会找到的。"

星期五，她又打来电话。"明天就是我的生日了。"她提醒霍尔斯顿。

"我知道，贝尼克夫人。如果能再给我几天时间，我想我可以……"

"好吧，没关系，老兄。如果明天早上你还拿不出那颗祖母绿，我就把我已经买的那颗退给你。老P.J.说——老天保佑——他要给我买一座乡村大庄园。你听说过一个叫萨塞克斯的地方吗？"

霍尔斯顿感觉浑身汗如雨下。"贝尼克夫人，"他带着哭腔恳请道，"您一定会讨厌住在萨塞克斯的。您哪会住得惯乡下的房子。那些房子大多数都破败不堪，房子里甚至没有中央供暖系统，而且……"

"不瞒你说，"她打断了他，"我倒情愿拿到这副耳坠。老P.J.甚至说什么愿意花四十万美元买下那块绿宝石的孪生姐妹。你不知道老P.J.有多固执。"

四十万！霍尔斯顿能感觉到大把大把的钱正从他的手指间溜走。"相信我，我正在尽全力寻找，"他苦苦恳求道，"我还需要一点时间。"

"亲爱的，这可不是我说了算的，"她说，"这是老P.J.说了算的。"

然后通话就断了。

霍尔斯顿呆坐着，抱怨着天命不公。去哪里才能找到一颗一模一样的十克拉祖母绿宝石啊？他忙于苦思冥想，直到第三次铃声响起，他才听到对讲机的声音。他按下按钮，厉声问道："什么事？"

"霍尔斯顿先生，有位叫玛丽莎的伯爵夫人打来电话。她打电话来询问我们关于祖母绿的广告。"

又来一个！就这一上午他至少接了十个电话，每一个都是浪费时间。他拿起电话，毫不客气地说："什么事？"

一个带着意大利口音的柔和女声说道："早上好，先生。我在报纸上看到您有兴趣购入一块绿宝石，是吗？"

"如果符合我的条件的话，是的。"他的声音里流露出不耐烦的情绪。

"我有一颗祖传的祖母绿宝石，但我现在的处境让我不得不卖掉它。这的确是一件令人遗憾的事。"

这故事他听得耳朵都起茧子了。我必须再联系佳士得拍卖行看看，霍尔斯顿思量着。或者再联系一下苏富比拍卖行。说不定就是在这最后一分钟我想要的东西就出来了，不然……

"先生？您想要一颗十克拉的祖母绿宝石，是吗？"

"是的。"

"我们家的这颗就是十克拉的草绿色哥伦比亚宝石。"

霍尔斯顿正想开口说话，却发现自己的声音哽咽了。"请……请您再说一遍好吗？"

"好的。我有一颗十克拉的草绿色哥伦比亚宝石。您有兴趣吗？"

"应该有兴趣，"他小心翼翼地说，"不知道您能否过来一趟，让我看看它符不符合我的要求。"

"对不起，恐怕不行，我现在正忙着。我们正在大使馆准备为我丈夫举行一个派对。也许下星期我可以……"

"不！下星期就太晚了。那我可以上门来看看吗？"他努力使自己的声音听起来不那么急切，"我现在就可以过来。"

"噢，不行，我上午还有事情要忙，我本来打算去买东西……"

"您住哪里，伯爵夫人？"

"在萨沃伊酒店。"

"我十五分钟就能到。不，十分钟就能到。"他的声音里难掩激动。

"非常好。您的名字是……"

"霍尔斯顿。格雷戈里·霍尔斯顿。"

"我住在26号套房。"

出租车开得真慢，霍尔斯顿觉得自己已经在车上坐了一个世纪。霍尔斯顿感觉自己一下子从天堂跌入地狱，然后一下子又从地狱回到天堂。如果那颗绿宝石确实和原来那颗相似，他将会变得超乎想象般富有。那个男的会出四十万美元来买。那将是整整三十万美元的纯利润。他会在里维埃拉买个房子，也许买辆游艇。有了别墅，有了自己的船，他想吸引多少英俊的年轻人就能吸引多少……

格雷戈里·霍尔斯顿是一个无神论者，但当他沿着萨沃伊酒店的走廊走向26号套房时，他发现自己竟在祈祷："上帝保佑让这颗宝石能与另一颗足够相似，让老P.J.满意。"

他站在伯爵夫人房间的门前，慢慢地深呼吸，努力控制自己。他敲了敲门，没有人应门。

"哦，天哪，"霍尔斯顿想，"她一定是走了，她没有等我。或者她出去买东西了……"

门开了，霍尔斯顿发现自己面前站着一位优雅的女士：她五十多岁，一双深色的眸子，脸上明显有不少皱纹，黑发里已经有几缕白发。

她开口说话，声音柔和，带着熟悉的意大利口音。"您是……"

"我是格……格雷戈里·霍尔斯顿，您刚才给我打过电话。"他紧张得结巴起来。

"啊，是的。我是玛丽莎伯爵夫人。请进，先生。"

"谢谢。"

他走进套房，双膝并拢以免发抖。他几乎要脱口问绿宝石在哪里，但他知道他必须控制自己。他不能表现得太急于求成。如果他真的看中这颗宝石，他还能在讨价还价中占有优势。毕竟，他是专家。而她只是个外行。

"请坐。"伯爵夫人说。

他在一张椅子上坐了下来。

"对不起，我的英语说得不好。"

"不，不。您说得好听极了，好听极了。"

"谢谢，您要喝咖啡还是茶？"

"不用了，谢谢您，伯爵夫人。"

他能感觉到自己的胃在颤抖。现在提绿宝石的事是不是太早了？但他实在是一秒钟也等不了。"那颗绿宝石……"

她说："啊，是的。绿宝石是我祖母给我的。我希望在我女儿二十五岁的时候把它传给她，但是我丈夫要在米兰做一桩新生意，而我……"

霍尔斯顿早已经心不在焉，坐在他对面的那个陌生人在说些无聊的家族故事，但他丝毫不感兴趣。他迫不及待地想看看那块祖母绿宝石，这种悬念实在让他无法忍受。

"我丈夫生意需要资金的时候，我想帮他一把，这很重要。"她苦笑着，"也许我这样做是个错误……"

"不，不，"霍尔斯顿急忙说，"一点也不，伯爵夫人。支持丈夫是妻子的责任，绿宝石现在在哪里？"

"在我这儿呢。"伯爵夫人说。

她把手伸进口袋，掏出一颗包在纸巾里的宝石，递给霍尔斯顿。他盯着它，心里乐开了花。在他眼前的是他所见过的最精美的十克拉草绿哥伦比亚祖母绿宝石。它的外观、大小和颜色都和他卖给贝尼克夫人的那颗非常接近，以至于几乎无法察觉出它们之间的差别。霍尔斯顿告诉自己，虽然并不完全一样，但只有专家才能分辨出其中的差别。他的手激动得开始颤抖了。他强迫自己装出镇静的样子。

他转动着宝石，让光线照射到宝石每一个美丽的棱面，接着漫不经心地说道："这是一颗相当漂亮的宝石。"

"确实是极美的。这些年来，我一直对它爱不释手。我还真不想就这样脱手。"

"您在做正确的事情，"为了让她安心，霍尔斯顿说道，"一旦您丈夫的生意成功，您想买多少宝石就买多少。"

"这正是我心中所想。你真是太好了。"

"伯爵夫人，我是在帮朋友的一个小忙。我们店里有比这个好得多的宝石，但是我的朋友想买一颗来和他妻子买的祖母绿宝石相配。我想他会愿意出六万美元买下您的这颗宝石。"

伯爵夫人叹了口气说："如果我只以六万美元的价格把它卖掉，我祖母恐怕会终日魂魄不宁的。"

霍尔斯顿噘了噘嘴。他可以出更高的价。他笑了笑。"我告诉您……我想我可以说服我的朋友出价十万美元。这可是一大笔钱了，但他急于得到这颗宝石。"

"这价位听起来还差不多。"伯爵夫人说。

格雷戈里·霍尔斯顿的心怦怦直跳。"好的！我把支票簿带来了，马上就可以给您开支票……"

"哦不，不……这恐怕解决不了我的问题。"伯爵夫人的声音十分悲伤。

霍尔斯顿不解地望着她："您有问题吗？"

"是的，我已经说过了，我丈夫要做一项新生意，他还需要三十五万美元。我这儿有十万可以给他，但我还需要二十五万。我本来是希望能用这颗祖母绿宝石凑到这笔钱的。"

他摇了摇头。"亲爱的伯爵夫人，世界上没有一颗祖母绿能值这么多钱。您相信我，十万美元已经是很难得的高价了。"

"我想也是，霍尔斯顿先生，"伯爵夫人对他说，"但是这十万也救不了我丈夫的急，不是吗？"她站起身来。"我还是将这颗宝石留给我们的女儿吧。"她伸出一只纤细的手，"谢谢您，先生。让您白跑一趟了。"

霍尔斯顿惊慌失措地站在那里。"等一下。"他说。他的贪婪正在与他的常识做斗争，但他知道，不管怎样都不能失去这个绝佳的机会。"请坐，伯爵夫人。我想我们一定能达成一个公平的协议。如果我能说服我的客户出十五万美元……"

"二十五万美元。"

"要不，二十万？"

"二十五万美元。"

她丝毫不肯退让。霍尔斯顿已经做出了决定。十五万美元的利润胜过两手空空啊，这意味着他只能买小一点的别墅和游艇，但这仍然是一笔巨款啊。帕克兄弟对他那样刻薄，这笔钱也只是他应得的。只要再过一两天他就会提出辞呈。下星期的这个时候，他已经在法国蔚蓝的海岸上享受人生了。

"就按您说的成交。"他说。

"太好了，我太高兴了！"

"你是该高兴了，你这个婊子。"霍尔斯顿想。但他也没什么可抱怨的。他这辈子已经衣食无忧了。他最后看了一眼那颗祖母绿宝石，把它塞进了口袋。

"我会给您写一张支票，是我们公司的账户。"

"好的，先生。"

霍尔斯顿开好了一张二十五万美元的支票，递给了她。他的计划是这样的：先让彼得帮他把贝尼克夫人付的四十万美元支票在银行里兑换成现金，然后再让彼得把他写给伯爵夫人的二十五万美元支票换成帕克兄弟公司的十万美元支票，这样差额就进了他的腰包。他会和彼得把一切都安排好，这样出现在帕克兄弟公司每月的结算报表上的不是二十五万美元的支票，而是十万美元的支票。最终，十五万美元就到手了。

他仿佛已经能感觉到法国温暖的阳光正照在自己的脸上。

乘出租车回店里似乎只花了几秒钟。霍尔斯顿已经可以想象等他把这个好消息告诉贝尼克夫人时，她那脸上洋溢着的幸福。他不仅找到了她想要的珠宝，还使她免于住在一个四处漏风、破败不堪的乡间别墅里生活的痛苦经历。

霍尔斯顿脚步轻盈地闪进店里，奇尔顿走上前来说："先生，这里有位顾客有兴趣……"

霍尔斯顿高兴地挥手让他到一边儿去。"等会儿再说。"

他可没有时间招待客人，别说现在没有，以后也没有。从现在开始，他该享受被人服务的滋味了。他马上就要成为经常出入爱马仕、古驰和朗万的人了。

霍尔斯顿翩翩然地走进办公室,关上门,把绿宝石摆在他面前的桌子上,然后拨了一个号码。

接线员的声音说道:"多尔切斯特酒店。"

"请接奥利弗·梅塞尔套房,谢谢。"

"请问您找谁?"

"贝尼克夫人。"

"请稍等。"

霍尔斯顿一边等着,一边悠闲地吹着口哨。

接线员回来了。"对不起,贝尼克夫人已经退房了。"

"那就请帮我接她新搬去的套房。"

"贝尼克夫人已经离开酒店了。"

"这不可能,她……"

"我帮您转接前台。"

一个男声说道:"这里是前台,请问有什么可以帮您的吗?"

"贝尼克夫人现在在哪间套房?"

"贝尼克夫人今早退房,离开酒店了。"

那她离开总得有个原因吧,兴许是出了什么紧急的情况。

"请告诉我她的转寄地址,我是……"

"对不起,她没有留下任何地址。"

"她肯定会留下地址的。"

"我亲自办理了贝尼克夫人退房的手续。她的确没有留下任何转寄地址。"

这就像是对他的心窝狠狠打了一拳。霍尔斯顿慢慢地把听筒放回原处,呆坐在那里,不知所措。他必须想办法与她取得联系,让她知道他终于找到了那颗祖母绿宝石。与此同时,他必须从玛丽莎伯爵夫人那里拿回二十五万美元的支票。

他急忙拨通萨沃伊酒店的电话。"请接26号套房。"

"请问您找谁？"

"玛丽莎伯爵夫人。"

"请稍等。"

然而，还没等接线员回话，某种可怕的预感就已经告知格雷戈里·霍尔斯顿，他将听到一个毁灭性的消息。

"对不起。玛丽莎伯爵夫人已经退房了。"

他挂了电话。手指颤抖得很厉害，十分艰难才拨出了银行的号码。

"给我接总会计师……要快！我要拒付一张支票。"

当然，他终究还是晚了一步。现在他明白了，自己以十万美元的价格卖出的祖母绿宝石，又被自己以二十五万美元的高价买了回来。格雷戈里·霍尔斯顿瘫坐在椅子上，不知道该怎么向帕克兄弟解释所发生的一切。

第二十二章

特蕾西崭新的生活真的开始了。她在伊顿广场45号购买了一座古雅的房子,是乔治亚风格的。屋子里光线充足,明亮欢快,非常适合招待宾客。按英国人的说法,这座房子有一个女王安妮,即前花园,还有一个玛丽·安妮,也就是后花园。前后花园里,一到季节,花团锦簇,风景分外美丽。冈瑟帮助特蕾西布置房子。他们还未完工,这座房子已然是伦敦街上引人驻足的美景了。

冈瑟向别人介绍特蕾西时,称其是一位富有的年轻寡妇,丈夫生前靠进出口生意发了大财。

她漂亮聪慧,令人着迷,因而在社交圈里一举走红,各种邀请函源源不断。每过一阵子,特蕾西都会去法国、瑞士、比利时和意大利进行短途旅行。她和冈瑟·哈托格每次都能在旅途中赚上一笔。

在冈瑟的指导下,特蕾西研读了《哥达年鉴》和《德布雷特英国贵族年鉴》,这两本权威书籍列出了欧洲所有皇室及其头衔的详细信息。特蕾西宛如一条变色龙,成了一名精通乔装易容和模仿口音的专家。她弄到了六七本护照。在不同的国家,她一会儿是英国公爵夫人,一会儿变成了法航空姐,一会儿又是南美的女继承人。她用一年的时间就积累了用之不竭的钱财。她设立了基金会,匿名向那些帮助出狱女囚犯的组织捐赠巨额款项,还每月向奥托·施密特名下发放一笔丰厚的养老金。她甚至不再考虑金盆洗手。与那些聪明的成功人士斗智周旋对她来说是一种挑战，更是一种享受。

每一次大胆地冒险就像兴奋剂一样令人激动，特蕾西发现自己总是在寻求全新的、更大的挑战。她坚守这样一个信条：小心谨慎，绝不伤害无辜之人。那些受骗者要么贪婪无度，要么道德败坏，或者两者兼而有之。众多的受害者之中，没有哪个人会因为她对他们的所作所为而自杀，特蕾西对此心里有数。报纸上接二连三地报道欧洲不少地方都发生了一些超乎想象的、恶作剧式的大案。因为特蕾西每次都伪装成不同的身份，警方认定这一连串设计巧妙的诈骗案和入室盗窃是由一个女性犯罪团伙实施的。国际刑警组织也开始加以关注。

在位于曼哈顿的国际保险保护协会总部，雷诺兹请来了丹尼尔·库珀。

"我们遇到了难题。"雷诺兹说，"我们有不少欧洲客户遭到了暗算，显然是一个女性犯罪团伙干的。大家都说这帮人对他们犯下的罪和谋杀罪没什么两样。他们希望抓住这个犯罪团伙。国际刑警组织已经同意与我们合作。丹，这是你的任务。你明早动身去巴黎。"

特蕾西和冈瑟正在芒特街的斯科特餐厅一起吃晚餐。

"特蕾西，你听说过马克西米利安·皮尔庞特吗？"

这名字听着很耳熟。她以前在哪里听过？想起来了。在伊丽莎白女王2号上，杰夫·史蒂文斯说过："我们来到这里的目的是一样的，马克西米利安·皮尔庞特。"

"他很有钱，对吧？"

"而且非常残酷。他擅长一件事，先收购很多公司，然后把它们一个个掏空。"

这让特蕾西想起了奥托说的话：罗马诺接手之后就解雇了公司原来的所有员工，一概事务都由他自己的人来管理。从那之后，他便开始洗劫公司。……他们夺走了你们家的一切——公司、房子，还有你母亲的汽车……

冈瑟看她神色有些反常。"特蕾西，你没事吧？"

"没事。我很好。"生活有时就是不公平，她想："那应该由我们自己来纠正这些不公平。""再给我讲讲关于马克西米利安·皮尔庞特的事情。"

"他的第三任妻子刚和他离婚，他现在孤身一人。我认为，如果你能结识这位先生，可能会有不少好处。他预订了星期五从伦敦开往伊斯坦布尔的东方快车。"

特蕾西笑了。"我从来没坐过东方快车。我想我会喜欢的。"

冈瑟也回以微笑。"很好。除了列宁格勒①的艾尔米塔什博物馆以外,法贝热彩蛋是马克西米利安·皮尔庞特所拥有的最重要的收藏品。据保守估计,那些彩蛋至少价值两千万美元。"

"如果我能帮你弄到一些彩蛋,"特蕾西好奇地问道,"你要怎么处理它们呢,冈瑟?太出名的东西不会卖不出去吗?"

"卖给私人收藏家,亲爱的特蕾西。你把那些彩蛋交给我,我会帮它们找个窝。"

"我想想要怎么做。"

"马克西米利安·皮尔庞特这人不容易接近。不过,还有两只'鸽子'也预订了东方快车星期五的车票,去参加威尼斯的电影节。我认为也该给这两位拔一下毛了。你听说过西尔瓦娜·卢阿迪吗?"

"那个意大利电影明星?当然了。"

"她嫁给了阿贝托·福纳蒂。福纳蒂专门拍摄史诗电影,电影质量不怎么样。福纳蒂的名声很差:他请导演和演员时,总是先支付一小笔现金,许诺他们后期会有巨额分红,结果最后他自己独吞了所有的盈利。他想方设法赚够了钱给老婆买非常昂贵的珠宝。他越是不忠,给她买的珠宝就越多。西尔瓦娜现在应该可以开一家自己的珠宝店了。我相信,和他们一起旅行会非常有趣。"

"我很期待和他们相遇。"特蕾西说。

威尼斯·辛普朗东方快车每个星期五上午十一点四十四分从伦敦维多利亚车站发车,途中经停布洛涅、巴黎、洛桑、米兰和威尼斯,抵达伊斯坦布尔。发车前三十分钟,始发站月台入口处设立了便携式验票机,两名身穿制服、身材魁梧的站务员推开焦急等候上车的乘客,把一条红地毯一直铺到月台前。

东方快车的新运营商试图重新开启十九世纪末那样的铁路旅行黄金时代。翻修后的火车与原版相像:配有一节英式普尔曼豪华车厢、数节长途餐车、一

---

① 列宁格勒今名为圣彼得堡。——编者注

节酒吧沙龙车厢和数节卧铺车厢。

为特蕾西服务的乘务员身着二十年代的海蓝色制服，制服上配有金穗。他把特蕾西的两个手提箱和一个小化妆箱提到了她的包厢内。这里的空间真是狭小得可怜。只有一个单人座位，上面铺的是织有花纹的马海毛坐垫。地毯和通往上铺的梯子上，都铺着绿色长毛绒。整个包厢让人感觉自己宛如身处糖果盒之中。

特蕾西四处望去，发现了一个银桶，里面有一小瓶香槟酒，桶旁放着一张卡片，上面写着：奥立佛·奥伯特，列车长。

特蕾西心想："我要把酒留着，等到值得庆祝的时刻再喝。马克西米利安·皮尔庞特，杰夫·史蒂文斯没能得手。如果能超越他，那感觉一定很棒。"想到这里，特蕾西嘴角露出了微笑。

她在这狭小的空间里打开了衣箱，把需要用到的衣服挂好。相比乘火车旅行，她更喜欢乘坐泛美航空公司的喷气式飞机，但此次旅行必定会让人兴奋。

东方快车准点驶出车站。特蕾西坐回座位上，看着伦敦南郊的景色从车窗外掠过。

当天下午一点十五分，火车抵达福克斯通港口站。所有乘客在此站转乘海联轮渡，穿过英吉利海峡前往布洛涅，再从那里换乘另一列向南行驶的东方快车。

特蕾西走向一名乘务员。"我知道马克西米利安·皮尔庞特也在这趟车上。你能把他指给我看吗？"

乘务员摇了摇头。"我也想呀，女士。他预订了包厢，也付了钱，但没有现身。据我所知，这位先生行踪难测。"

那就只剩下西尔瓦娜·卢阿迪和她的丈夫——那位专门拍摄劣质史诗电影的制作人了。

在布洛涅，乘客被护送上跨越欧洲大陆的东方快车。不巧的是，特蕾西换乘的包厢与换乘前的一样狭小，高低不平的路基让旅途更加不适。她一整天都待在包厢里制订计划。晚上八点，她开始更衣打扮。

根据东方快车的着装规范，理应身着晚礼服，因此特蕾西选择了一件令人惊艳的鸽灰色雪纺晚礼服，搭配灰色长筒袜和灰色缎面鞋。唯一的首饰是一串与礼服相配的珍珠项链。她在离开包厢前照了照镜子，盯着镜中的自己打量了好一会儿。她的绿眼睛看上去天真无邪，她的脸庞看上去毫无城府、楚楚可人。"镜子太不真实了，"特蕾西心里感叹，"我再也不是镜中那个单纯的女人了。我过着假面舞会一般的生活，但这生活让我兴奋。"

特蕾西离开包厢时，钱包从手中滑落，在蹲下拾起钱包之际，她迅速观察了房门上的锁。门上有两把锁：一把耶鲁锁和一把通用锁。没问题。特蕾西起身走向餐车。

列车上共设有三节餐车。餐车车厢装饰得十分华美：座位上铺着柔软的长毛绒，墙壁上镶着古雅的饰板，装有黄铜灯座、莱俪灯罩的壁灯投射出柔和的灯光。特蕾西走进第一节餐车，看到还有几张空桌子。餐厅总管过来迎接她。

"小姐，需要一人桌吗？"

特蕾西环顾了一下餐车："我在找几个朋友，谢谢。"

她继续走向第二节餐车。这里略微拥挤一些，但还有几张空桌子。

"晚上好，"餐厅总管说，"一位吗？"

"不，我在找人。谢谢。"

她又走向第三节餐车。这里的每张桌子都有人在用餐。

餐厅总管在门口拦住了她。"女士，没有空桌了，你恐怕要等一会儿。不过，其他餐车里还有空位。"

特蕾西环顾餐车，在远处角落的一张桌子旁，她看到了自己寻找的猎物。"没关系，"特蕾西说，"我看到朋友了。"

她从餐厅总管身旁经过，走向角落的桌子。"对不起，"她抱歉地说，"所有的桌子好像都坐满了。你们介意我坐在这里吗？"

那个男人连忙起身，仔细打量了特蕾西一眼，兴奋地说："请坐！非常欢迎！我是阿贝托·福纳蒂，这位是我的妻子，西尔瓦娜·卢阿迪。"

"我叫特蕾西·惠特尼。"她这次用的是自己真名的护照。

"啊！美国人！我的英语讲得可流利了。"

阿贝托·福纳蒂又矮又胖，还秃头。西尔瓦娜·卢阿迪为什么会嫁给他？这是他们在一起的十二年来罗马最热门的话题。西尔瓦娜·卢阿迪是一位古典美人，有着引人注目的身材和令人着迷的天赋。她曾获得奥斯卡金像奖和银棕桐奖，一直很受追捧。特蕾西认出她穿着一件价值五千美元的华伦天奴晚礼服，她佩戴的珠宝肯定价值近百万美元。特蕾西想起冈瑟·哈托格说的话："他越是不忠，给她买的珠宝就越多。西尔瓦娜现在应该可以开一家自己的珠宝店了。"

"小姐，这是你第一次乘坐东方快车吗？"特蕾西坐下后，福纳蒂开启了对话。

"是的，第一次。"

"啊，这列火车非常浪漫，充满了传奇故事。"话匣子一打开，他的眼睛便湿润了，"有许多和它相关的趣事。举个例子，军火大亨巴希尔·扎哈罗夫爵士过去经常乘坐翻修前的东方快车——总是订下7号包厢。一天夜里，他听到一声尖叫，随后有人敲门。一位年轻漂亮的西班牙公爵夫人扑到了他身上。"福纳蒂停下来给面包卷涂上黄油，咬了一口，继续说道："公爵夫人说她丈夫想谋杀她。他们的婚姻是父母安排的，可怜的夫人现在才意识到自己的丈夫是个疯子。扎哈罗夫制止了她丈夫的疯狂举动，让这个歇斯底里的年轻女人平静下来，于是一段持续了四十年的罗曼史就此展开。"

"真有趣。"特蕾西说。她睁大了眼睛，听得非常入迷。

"是的。从那以后，他们每年都在东方快车上见面，他住7号包厢，她住8号包厢。她的丈夫去世后，她和扎哈罗夫结婚了。为了证明自己的爱意，扎哈罗夫为她在摩洛哥的蒙特卡洛买下了一个赌场当作结婚礼物。"

"多美的故事啊，福纳蒂先生。"

西尔瓦娜·卢阿迪在一旁漠然坐着，一言不发。

"吃吧，"福纳蒂催促特蕾西，"吃吧。"

晚餐有六道菜，特蕾西注意到阿贝托·福纳蒂吃完了每一道菜，还把妻子盘里的剩菜也吃光了。在吃东西的间隙，他一直喋喋不休。

"你或许是演员吧？"他问特蕾西。

她笑了。"哦，不，我只是个游客。"

他眼睛放光，笑眯眯地看着她。"美极了。你美得可以当演员了。"

"她都说了她不是演员。"西尔瓦娜气鼓鼓地说。

阿贝托·福纳蒂并不理睬她。"我从事电影制作，"他告诉特蕾西，"你肯定听说过我的电影：《狂暴野人》《泰坦大战女超人》……"

"我没看过多少电影。"特蕾西抱歉地说。她感觉到他的肥腿在桌下挤着自己的腿。

"也许我可以安排你看看我拍的一些电影。"

西尔瓦娜气得脸都白了。

"亲爱的，你去过罗马吗？"他的腿在特蕾西的腿上来回摩擦。

"其实，我打算去威尼斯之后就去罗马。"

"好极了！好极了！到时候我们一定要共进晚餐，好吗，亲爱的？"他匆匆瞥了一眼西尔瓦娜，又接着说道，"我们在亚壁古道旁有一座漂亮的别墅。十英亩……"他的手猛地一挥，把一碗肉汁打翻在妻子的腿上。特蕾西竟无法确定这是不是故意而为。

西尔瓦娜站了起来，看着礼服上不断晕染的污渍。"你这个混蛋！"她大声喊道，"让你的女人给我滚远点！"

在许多只眼睛的注视下，西尔瓦娜气呼呼地冲出了餐车。

"太可惜了，"特蕾西小声说道，"裙子多漂亮啊。"面对这位羞辱妻子的男人，她本想冲上去给他一巴掌。她心里又想，她自己配得上西尔瓦娜身上戴的每一样珠宝，甚至配得上更多的珠宝。

他叹了口气。"福纳蒂会再给她买一件的。不要理会她发脾气。她很吃福纳蒂的醋。"

"我相信她这么做有她的理由。"特蕾西微微一笑，掩饰自己的嘲讽。

他却沾沾自喜。"的确如此，女人都觉得福纳蒂很有魅力。"

面对这个自大的小个子男人，特蕾西唯一能做的就是忍住，不流露出自己对他的嘲笑。"我能理解。"

他把手伸过桌面，握住她的手。"福纳蒂喜欢你，"他说，"福纳蒂非常喜欢你。你做什么工作？"

"我是法律秘书。我把攒下的所有的钱都花在这次旅行上了。我希望在欧洲找到一份有意思的工作。"

他的一对金鱼眼在她身上游走。"你不会有问题的，福纳蒂向你保证。对于那些待他很好的人，福纳蒂也待他们很好。"

"您真是大好人。"特蕾西面露羞涩地说。

他压低了声音。"也许,我们晚些时候可以去你的包厢里继续讨论这个问题。"

"那多不好意思。"

"为什么?为什么?"

"您太有名了,估计车上的每个人都认识您。"

"那是当然咯。"

"如果他们看见您来我的包厢里——嗯,你知道,有些人可能会误会。当然,如果您的包厢离我的很近……您住几号包厢?"

"E70号包厢。"他望着她,开始浮想联翩了。

特蕾西叹了口气。"我住在另一节车厢。我们为什么不在威尼斯见面呢?"

他立刻眉开眼笑起来。"好极了!我妻子大部分时间都待在房里。她的脸受不了阳光曝晒。你去过威尼斯吗?"

"没有。"

"啊。我们可以一起去托尔切洛,那是一个美丽的小岛。岛上有一家很棒的餐厅,叫奇普里亚尼小酒馆,它还是一家小旅馆。"他眼睛里闪闪发光,"非常私密。"

特蕾西慢慢心领神会了,对他微微一笑。"听起来真是令人兴奋。"然后她垂下双眼,一副激动得再也说不出一句话的样子。

福纳蒂倾身向前,握住她的手,黏糊糊地低语道:"亲爱的,你还不知道什么叫兴奋呢。"

半小时后,特蕾西回到了她的包厢。

东方快车在寂静的夜晚中疾驰,驶过巴黎、第戎和瓦洛尔布,乘客们都已进入梦乡。头天晚上,他们都上交了护照,由乘务员帮他们办理过境手续。

凌晨三点三十分,特蕾西悄悄离开包厢。掐准时间点非常关键。列车将在凌晨五点二十一分越过瑞士边境到达洛桑,并于上午九点十五分抵达意大利米兰。

特蕾西身着睡裙,提着一个洗漱包,沿着走廊向前走。她的每一根神经都高度紧绷，这种熟悉的兴奋感让她心跳加速。包厢内没有盥洗室，只有每节车厢的末尾才有。如果有人查问特蕾西，她准备说自己在找盥洗室，但她一个人也没有遇到。乘务员和行李员正在利用清晨的时间补觉。

特蕾西顺利到达E70号包厢。她轻轻转了转门把手。门锁着。特蕾西打开洗漱包，拿出一件金属工具和一个有注射器的瓶子，开始行动起来。

十分钟后，她回到自己的包厢。三十分钟后，她睡着了，刚刚擦拭干净的脸上还留有一丝微笑。

早上七点，距离东方快车抵达米兰还有两个小时，这时一连串刺耳的尖叫声响起。叫声从E70号包厢传出，全车的人都被惊醒了。乘客们从包厢中探出头来，看看发生了什么事。一个乘务员匆匆赶来，走进E70号包厢。

西尔瓦娜·卢阿迪有些歇斯底里了。"来人啊！快来人啊！"她尖叫着。"我所有的珠宝都不见了！这该死的火车上全是小偷！"

"请冷静一下，夫人，"乘务员恳求道，"别的包厢……"

"冷静！"她的声音又提高了一个八度，"你胆敢叫我冷静，你个笨蛋！有人偷了我价值一百多万美元的珠宝！"

"怎么会发生这种事？"阿贝托·福纳蒂问道，"门是锁着的，而且福纳蒂睡眠很浅。如果有人进来，我会立刻清醒。"

乘务员无奈地叹了口气。他对这种失窃过程了解得再清楚不过了，因为类似的失窃以前就发生过。夜里有人悄悄地穿过走廊，向钥匙孔里喷了一管乙醚。对做这种事情的人来说，开锁只是小儿科而已。进去以后，小偷会关上门，洗劫房间，拿走他想要的东西，在受害者还没有恢复意识之前，悄悄地溜回自己的包厢。但这起入室盗窃案有一点与其他案件不同。过去列车到达目的地时才发现失窃，所以盗贼有机会逃跑。这次情况不同。失窃后并没有人下车，也就是说，珠宝还在车上。

"别担心，"乘务员安慰福纳蒂说，"你会拿回珠宝的。小偷还在车上。"

紧接着，他就急忙去给米兰警署打电话。

东方快车驶入米兰站时，二十名身着制服的警察和便衣警探已经列队站在站台上，命令乘客和行李不得下车。

负责此案的路易吉·里奇警督径直前往福纳蒂的包厢。

福纳蒂夫妇俩把经过复述了一遍,如果要说有什么变化,那就是西尔瓦娜·卢阿迪更加歇斯底里了。"我所有的珠宝都在那个珠宝盒里,"她叫嚷道,"而且都没有买保险!"

警督检查了空无一物的珠宝盒。"夫人,你确定昨晚把珠宝都放在里面了吗?"

"当然确定。我每天晚上都把珠宝放在那里。"她那双曾让数百万影迷为之倾倒的明眸此刻泪水盈盈,里奇警督已经决心为她赴汤蹈火。

他走到包厢门口,弯下腰,嗅了嗅钥匙孔。仍能闻到乙醚残留的气味。这里确实发生了一起盗劫案,他打算捉拿那个黑心盗贼。

里奇警督直起身子说:"别担心,夫人。珠宝不可能离开这列火车。我们会抓住那个小偷,归还你的珠宝。"

里奇警督这般自信,自然有其道理。罗网密布,盗贼当然无处遁逃。

警探们把车站候车室用绳子围上,把乘客一个接一个地护送到车站候车室,然后熟练地对他们进行了搜身。乘客中有很多都是社会名流,受不了这种侮辱,一个个怨气冲天。

"对不起,"里奇警督向每位乘客解释道,"但百万美元的盗窃案确实是一个大案。"

每位乘客被带下火车时,警探们都把他们的包厢翻了个底朝天。每个角落都经过了仔细检查。对里奇警督来说,这是个绝佳的机会,他打算好好加以利用。找回失窃的珠宝以后,他就能升职加薪。他开始浮想联翩了。西尔瓦娜肯定会对他感激涕零,说不定还会邀请他去……想到这些,他便劲头十足,不停地发号施令。

特蕾西的房门被人敲响,随后走进了一位警探。"打扰一下,小姐。这里发生了一起盗窃案。所有乘客必须接受搜查。请跟我来……"

"盗窃?"她的语气十分震惊,"在这列火车上?"

"恐怕是这样的,小姐。"

当特蕾西走出包厢时,两个警探走了进去,打开她的手提箱,仔细检查里面的东西。

对整列火车经过四个小时的搜查，警探们仅仅发现了几包大麻、五盎司[1]可卡因、一把刀和一把非法枪支。失窃的珠宝无迹可寻。

里奇警督觉得不可置信。"整列火车都搜过了吗？"他质问手下的一名警员。

"警督，我们每个角落都搜查过了。火车头、餐厅、酒吧、厕所、车厢，一处不落。我们搜查了乘客和员工，检查了每一件行李。我向您发誓，珠宝肯定不在这列火车上，也许这场盗窃案是那位夫人的臆想。"

但里奇警督知道这绝不是那位夫人的臆想。他和车上的服务员交谈过，他们都证实西尔瓦娜·卢阿迪确实在前一天晚上用餐时佩戴着耀眼的珠宝首饰。

东方快车公司的一位代表已经飞抵米兰。"不能再扣留这列火车了，"他态度坚决，"我们已经延误很久了。"

里奇警督无计可施。他没有理由继续扣留这列火车。能做的他都做了。他唯一能想到的解释是，小偷在深夜通过某种手段，把珠宝从火车上扔给了在车外等候的同伙。但事实果真如此吗？掐算时间点到如此精准的程度，实际操作上是不可能的。

小偷不可能预知什么时候走廊里没有人，什么时候乘务员或乘客会在附近走动，什么时候火车会恰巧到达某个荒无人烟的接头地点。这位警督实在无法解开这一谜团。

"让火车继续前进。"他命令道。

他站在那里，无助地看着东方快车慢慢驶出车站。随之而去的是他的升职加薪梦，以及和西尔瓦娜·卢阿迪纵情狂欢的美梦。

早餐时，人们谈论的唯一话题就是这起盗窃案。

"多年以来，这是我经历的最刺激的事情。"一位古板的女校老师说道。她用手指拨弄着一条镶有细钻的金项链。"我真走运，他们没偷走这个。"

"非常幸运。"特蕾西一本正经地附和道。

阿贝托·福纳蒂走进餐车，瞥见了特蕾西，急忙向她走去。"你一定清楚这里发生了什么。但你知道被盗者是福纳蒂的妻子吗？"

---

[1] 盎司为英美制质量或重量单位。1盎司约28克。——编者注

"不是吧！"

"没错！我当时命悬一线。一群盗贼潜入我的包厢，用麻醉剂把我弄晕了。福纳蒂差点在睡梦中被谋杀了。"

"好可怕啊。"

"我这下被害得好惨啊！现在我得重新给西尔瓦娜置办一整套珠宝首饰。又要花掉我一大笔钱。"

"警察没有找到珠宝吗？"

"没有，但是福纳蒂知道小偷转移珠宝的手法。"

"真的吗？怎么转移的？"

他环顾四周，压低了声音。"找个同伙在我们夜里经过的一个车站等着。小偷把珠宝从车里扔出去，然后，就这样完成了。"

特蕾西赞叹道："这都能想到，你可真聪明。"

"是的。"他意味深长地扬了扬眉毛，"你不会忘记我们在威尼斯的小约会吧？"

"怎么会呢？"特蕾西笑着说。

他用力捏了捏她的胳膊。"福纳蒂很期待。我现在必须去安慰西尔瓦娜。她还是有些歇斯底里。"

东方快车抵达威尼斯的圣卢西亚车站了，特蕾西挤在第一拨乘客人群里下了车。她把行李直接送到机场，然后带着西尔瓦娜·卢阿迪的珠宝乘坐下一班飞机返回伦敦。

冈瑟·哈托格肯定会很高兴。

第二十三章

    国际刑警组织的总部大楼有七层，位于巴黎以西约六英里的圣克劳德山区的阿蒙格大街26号，隐藏在一道高高的绿色栅栏和白色石墙后面。通向街道的大门每天二十四小时上锁，只有通过闭路电视系统仔细检查后，访客才能入内。在大楼内部，每层楼梯口都设有白色铁门，夜里都会上锁。除此之外，每层楼都配备了独立的报警系统和闭路电视。

    严密的安保措施不可或缺，因为这座大楼里保存着有关世界上二百五十万名罪犯的最详尽的档案。国际刑警组织是来自七十八个国家的一百二十六支警察部队进行情报交换的机构，协调警方在全球范围内打击行骗、造假、毒品走私、抢劫和凶杀等犯罪活动。该组织借助无线电、传真电报和"早鸟"卫星来同步传播随时更新的内部简报信息。巴黎总部的成员都曾在法国国家安全局或巴黎警署担任警探。

    五月初的一个早晨，国际刑警组织总部负责人安德烈·特里格南特警督正在办公室里召开会议。这个办公室的环境舒适，陈设简单，窗外风景确实迷人。向东远眺，埃菲尔铁塔巍然耸立；向西眺望，蒙马特的圣心大教堂的白色穹顶清晰可见。特里格南特警督四十多岁，身材匀称威武。他面容聪慧，一头黑发，黑色角质镜框背后闪烁着一双棕色的眼睛。和他一起坐在办公室里的还有来自英国、比利时、法国和意大利的警探。

"先生们，"特里格南特警督说，"我收到了你们各国的紧急请求，要求我方提供最近欧洲各地发生的一系列犯罪事件的相关信息。六个国家接连发生了一系列设计精密的诈骗案和盗窃案，我们发现这些案件之间有一些相似点。受害者本人都名声不好，犯罪过程中没有出现暴力，而且作案者都是女性。我们由此判断，我们面对的是一个国际性的女性犯罪团伙。根据受害者和部分目击者的描述，我们绘制了作案者的一系列模拟画像。如你们所见，画像中的女人长相各不相同。有的是金发，有的是黑发。据称，她们是英国人、法国人、西班牙人、意大利人、美国人或得克萨斯人。"

特里格南特警督边说边按了一下开关，墙上的投影屏出现了一系列图片。"你们看到的是一个黑色短发女人的模拟画像。"他又按了一次按钮。"这是一个年轻的金发女郎，留着蓬松的发型……一个金发女郎，一头鬈发……一个黑发女郎，内扣发型……一个中年女性，梳着法式发髻……一个年轻女郎，挑染金发……一个中年女性，一头乱蓬蓬的鬈发。"他关掉了投影仪。"我们不知道犯罪团伙的头目是谁，也不知道她们的老巢在哪里。她们从不留下任何线索，就像烟圈一样消失了。我们迟早会抓到她们当中的一员，到时候，我们就能把她们一网打尽。与此同时，先生们，除非你们之中有人能提供一些具体信息，否则我们恐怕就走进了死胡同……"

丹尼尔·库珀乘坐飞机到达巴黎。在戴高乐机场，特里格南特警督的一名助手迎接了他，然后他们乘车来到了加勒斯王子酒店，这座酒店的隔壁就是更为显赫的姊妹酒店——乔治五世酒店。

"您和特里格南特警督的会见安排在明天，"助手告诉库珀，"我八点十五分来接您。"

丹尼尔·库珀对此次的欧洲之行并未抱有期待。他打算尽快完成任务回家。他知道巴黎有很多花天酒地的去处，但他自己并不打算亲自去尝试。

他入住了自己的房间，径直走进了浴室。浴缸看上去让他觉得很满意，这出乎他的意料。他不得不承认，这个酒店的浴缸确实要比家里的大得多。他打开洗澡水，走进卧室，打开行李。在他的手提箱底部有一个上了锁的小盒子，被稳妥地放在备用西装和内衣之间。他拿起盒子，捧在手里端详着，仿佛盒子是个跳动的小生命。他把盒子拿进浴室，放在洗漱台上，从钥匙环上选出一把小小的钥匙打开了盒子，盒子里的剪报已泛黄，过去的回忆随着剪报上的文字向他呼啸而来。

谋杀案审判有男童出庭做证。

十二岁的丹尼尔·库珀今天在对弗雷德·齐默的审判中出庭做证，齐默被指控奸杀了这名男童的母亲。根据男童的证词，他放学回家，看到邻居齐默离开库珀家，齐默的手上和脸上满是鲜血。男童走进家门后，在浴缸里发现了母亲的尸体。她看上去是被残忍地捅了数刀后死的。齐默承认自己是库珀夫人的情人，但对凶杀一事并不认罪。

男童已判交给其姨母抚养。

丹尼尔·库珀颤抖的双手把剪报放回盒子里锁上。他惊恐地环顾四周。恍惚间，他觉得酒店浴室的墙壁和天花板上都溅满了血迹。他看到母亲赤裸着的身体漂浮在红色的血水之中。他感到一阵眩晕，赶紧抓住洗漱台的边沿。他内心在尖叫着，喉咙在痛苦呻吟着，他疯狂地撕开衣服，一头扎进"血淋淋的"浴缸里。

"库珀先生，我必须告诉你，"特里格南特警督说，"你在这里的地位非同寻常。你不是任何警察部门的成员，你来此也不是官方性质的。但是，一些欧洲国家的警察部门要求我们扩大合作。"

丹尼尔·库珀一言不发。

"据我所知，你是国际保险保护协会的侦探，该协会是一个由保险公司组成的联盟。"

"我们的一些欧洲客户最近损失惨重。我听说，目前没有找到任何可追查的线索。"

特里格南特警督叹了口气。"恐怕情况正是如此。我们只知道面对的是一群非常狡猾的女人，但除此之外……"

"没有线人的消息吗？"

"没有。什么都没有。"

"你不觉得奇怪吗？"

"先生，你这是什么意思？"

对库珀来说，事实显而易见，所以他懒得掩饰自己不耐烦的语气。"只要涉及一个团伙，其中总会有人说得过多，喝得过头，花得过分。一大群人是不可能保守秘密的。你能把这个团伙的资料给我吗？"

警督对此拒绝。他认为丹尼尔·库珀是他见过的男人之中最没有吸引力的，当然也是最傲慢的。库珀会是个"讨厌鬼"，但警督被要求全力配合。

他不情愿地说："我会给你复印一份的。"他对着对讲机发号施令。为了能聊点什么，特里格南特警督说："我刚刚收到一份有趣的报告。有贵重珠宝在东方快车上失窃了……"

"我看过了，小偷耍了意大利警察一把。"

"没有人能复盘这起盗窃案是如何完成的。"

"事实显而易见，"丹尼尔·库珀粗鲁地说，"一个简单的逻辑问题。"

特里格南特警督透过镜片惊讶地望向他。"天哪，他像猪一样粗鲁。"他接过话头，冷冰冰地说："在这种情况下，逻辑根本没用。列车的每个角落都被检查过，员工、乘客和所有的行李也都搜查过。"

"并没有。"丹尼尔·库珀反驳道。

这是个疯子，特里格南特警督心里暗自下了判语。"没有——什么没有？"

"他们没有搜查所有的行李。"

"我跟你说了，他们确实都查过了，"特里格南特警督坚持道，"我看过警方的报告。"

"珠宝被偷的那个女人——西尔瓦娜·卢阿迪的行李呢？"

"怎么了？"

"她把珠宝放在一个小提箱里，然后就被偷走了？"

"是的。"

"警察搜查了卢阿迪小姐的行李吗？"

"只检查了她的小提箱，她是受害者，他们为什么要搜查她的行李呢？"

"因为从逻辑上讲，那是窃贼唯一可能藏匿珠宝的地方——在她另一个手提箱的底部。窃贼很有可能准备了一只一模一样的手提箱，当所有的行李都堆在威尼斯火车站的站台上时，他所要做的就是换掉手提箱，然后就可以消失得无影无踪。"丹尼尔·库珀站起身来,"如果那些资料准备好了,我就要走了。"

三十分钟后,特里格南特警督与在威尼斯的阿贝托·福纳蒂通上了电话。

"先生,"警督说,"我打电话是想问问你们到威尼斯时,您夫人的行李是否碰巧发生过什么麻烦事。"

"是的,是的。"福纳蒂抱怨道,"那个白痴搬运工把她的手提箱和别人的搞混了。等我妻子回到旅馆打开行李箱一看,里面除了一大堆旧杂志什么也没有。我向东方快车公司报案了。他们找到我妻子的行李箱了吗?"他满怀希望地问道。

"没有,先生。"警督说。他心里默默地补充了一句:"如果我是你,我是不会期望行李箱被找到的。"

打完电话后,他坐回椅子上,心想:"这个丹尼尔·库珀太厉害了。真是厉害得让人害怕。"

第二十四章

　　特蕾西在伊顿广场的豪宅是个绝佳的好去处。它位于伦敦最美丽的地区之一，这里有一栋栋乔治王时代建造的古老的房屋，一座座绿树成荫的私人公园。保姆们穿着笔挺的制服，推着显示身份的婴儿车，沿着砾石小径前行。孩子们则十分自在地到处游玩。"我想念艾米。"特蕾西想。

　　特蕾西沿着传说中的老街走着，在伊丽莎白街上的蔬菜水果店和药房里买了不少东西；街上的小店铺皆摆着各种各样色彩鲜艳的花朵，十分明亮动人，让她驻足忘返。

　　特蕾西向哪些慈善机构捐款合适，应该会见哪些人物，这些事情全由冈瑟·哈托格一人决定。她既与富有的公爵约会，也接受没落的伯爵的邀约，向她求婚的人也络绎不绝。她年轻、貌美、富有，而且看上去又那么需要人保护。

　　"大家都觉得你是他们心中完美的梦中情人，"冈瑟笑着说，"特蕾西，你真的做得很好。你如今已经安顿下来了。你已经拥有了你想要的一切。"

　　冈瑟说得倒也没错。特蕾西在欧洲各国都有存款，在伦敦有豪宅，在瑞士的圣莫里茨有别墅。除了缺少一位能和她共享这一切的伴侣，她所求的都已得到。特蕾西想起了她几乎就要拥有的那种生活，结婚生子，组建家庭。她以后还有过这种生活的可能性吗？她永远不能向任何一个男人透露自己的真实身份，也不能一直隐瞒自己的过去，整日生活在谎言之中。她扮演了那么多角色，她也不确定自己到底是谁，但她知道自己再也回不到曾经的生活了。"没关系，"特蕾西不服气地想，"这世界上多的是孤独的人。冈瑟说得对。我已经什么都有了。"

特蕾西准备在明天晚上举办一个鸡尾酒会，这是她从威尼斯回来后第一次举办晚会。

"我很期待，"冈瑟对她说，"你办的晚会可是伦敦最热门的。"

特蕾西满眼温柔地说："也不看看是谁在帮我操办晚会。"

"哪些人要来参加晚会？"

"所有人。"特蕾西告诉他。

所有人中倒是来了一位特蕾西不曾预料到的客人。她邀请了豪沃斯男爵夫人——一位年轻貌美的女继承人。特蕾西看到男爵夫人来了，便走过去迎接她。问候的话还没说出口，特蕾西便被男爵夫人的同伴惊住了。那人竟是杰夫·史蒂文斯。

"特蕾西，亲爱的，我想你一定不认识史蒂文斯先生。杰夫，这是特蕾西·惠特尼夫人，晚会的女主人。"

特蕾西生硬地挤出几个字来："您好，史蒂文斯先生。"

杰夫握着特蕾西的手，握的时间比实际需要的长一些。"特蕾西·惠特尼夫人？"他说，"我们当然认识了！我是您丈夫的朋友。我们一起在印度待过。"

"这可真是意外之喜啊！"豪沃斯男爵夫人惊呼道。

"那可就怪了，我丈夫从来没有提到过您。"特蕾西冷冷地说。

"真的吗？我有点吃惊啊。这个老东西可真有意思。只可惜他走得有些不光彩啊。"

"哦，发生了什么事？"豪沃斯男爵夫人问道。

特蕾西瞪了杰夫一眼。"没什么，真的。"

"没什么？！"杰夫责备地说，"如果我没记错的话，他是在印度被绞死的。"

"是在巴基斯坦。"特蕾西咬牙说道,"我想起来了,我丈夫确实提到过您。您夫人还好吗?"

豪沃斯男爵夫人看着杰夫。"杰夫,你从来没有提过你已经结婚了。"

"我和赛西莉已经离婚了。"

特蕾西甜甜地一笑。"我是说露丝。"

"噢,那一任妻子啊。"

豪沃斯男爵夫人吃了一惊。"你结过两次婚?"

"一次,"他轻描淡写地说,"我和露丝取消了婚约。当时我们都年轻,不懂事。"说着他便准备溜走。

特蕾西又问道:"但你不是还有一对双胞胎孩子吗?"

豪沃斯男爵夫人惊呼道:"双胞胎?"

"他们和他们妈妈住在一起。"杰夫对她说。他看着特蕾西:"惠特尼夫人,和您聊天真是太高兴了,但是我们可不能将您一直困在这儿和我们说话。"说罢,他拉着男爵夫人的手走开了。

第二天早晨,特蕾西在哈罗兹百货公司的电梯里又遇到了杰夫。商场里人来人往,摩肩接踵。特蕾西乘电梯到二楼,等她正要走出电梯时,突然转向杰夫,用洪亮、清晰的声音说道:"对了,你之前那个涉及强奸的控告怎么不了了之了?"

说罢,电梯门关上了,杰夫能感觉到周围一群陌生人正愤愤不平地盯着他。

那天晚上,特蕾西躺在床上又想起了杰夫,她忍不住笑了起来。他真是个很有魅力的男人。虽然他爱耍无赖,却很迷人。她想知道他和豪沃斯男爵夫人是什么关系,但她其实又非常清楚他和豪沃斯男爵夫人到底是什么关系。"杰夫和我是一类人。"特蕾西想。他们俩都不会选择安定下来。因为他们的生活都太刺激,太惊险,太过瘾了。

她把思绪转向下一个行动目标。这次行动地点在法国南部,这又将是一个不小的挑战。冈瑟告诉她,警察正在追查一个盗窃团伙。她想着,带着微笑睡着了。

在巴黎的酒店房间里,丹尼尔·库珀正在读着特里格南特警督给他的报告。此刻已是凌晨四点，库珀已经将这些报告来来回回研究了好几个小时，分析盗窃案和诈骗案组合到一起的可能性。这些案子中有的骗局和套路，库珀再熟悉不过了，但有些却从未听闻。正如特里格南特警督所说，所有的受害者都名声不太好。"这伙人显然认为他们自己是罗宾汉。"库珀想道。报告终于要看完了。桌上还剩下三份。最上面那份抬头标着布鲁塞尔。库珀打开封面，扫了一眼报告内容。比利时股票经纪人范·茹逊先生的保险柜里价值两百万美元的珠宝被盗，而在此之前，他还涉嫌一些可疑的金融交易。

屋主出去度假了，房子里空无一人，而且……库珀突然明白了什么，心跳也开始加快。他回到第一句话，开始重读报告，字斟句酌地分析每一个字。这起案件在一个重要方面与其他案件不同：窃贼触发了警报，当警察到达时，迎接他们的是一位穿着轻薄睡衣的女人。她的头发塞在一顶鬃发帽里，脸上涂着一层厚厚的泥膜。她自称是范·茹逊家的客人。警察对此并未产生怀疑，然而等他们向失主核实时，那个女人和珠宝都已经不见了。库珀将报告放下。心里对自己喊着：逻辑，逻辑。

特里格南特警督失去了耐心。"你错了。我告诉你，一个女人不可能有那个能耐犯下这些罪行。""有个办法可以查出来。"丹尼尔·库珀说。

"怎么查？"

"我们可以用电脑查一下最近几起同一类型的入室盗窃和诈骗案发生的日期和地点。"

"这倒是简单，但是……"

"接下来，我想要一份案发时每个涉案城市的所有美国女性游客的入境报告。她有时可能使用假护照，但她也很有可能使用真实身份。"特里格南特警督若有所思。"我明白你的逻辑了，先生。"他仔细端详着面前的这个小个子男人，发现自己竟有点希望库珀猜想的都是错的。他太自信了。"很好。我马上采取行动。"

最近这一系列案件中，第一起入室盗窃案发生在斯德哥尔摩。国际刑警组织瑞典分支机构的报告列出了那个星期在斯德哥尔摩的美国游客名单，并将其中女性游客的姓名都输入电脑。下一个城市是米兰。入室盗窃发生时在米兰的美国女游客的名字与入室盗窃发生时在斯德哥尔摩的女游客的名字进行了交叉比对，名单上共有五十五个名字。再将这份名单与诈骗案发生在爱尔兰时的美国女性游客的姓名进行了核对，名单减少到了十五人。特里格南特警督把打印出来的文件交给了丹尼尔·库珀。"我会马上将这一名单与柏林诈骗案进行核对，"特里格南特警督说，"还有……"

丹尼尔·库珀抬起头说："不用麻烦了。"

这名单上最顶端的名字就是特蕾西·惠特尼。

终于有了确凿的证据，国际刑警开始行动了。这意味着，最紧急的红色通告被发送到各成员国，建议他们密切监视特蕾西·惠特尼。

"我们也用电传打字机传送了绿色通告。"特里格南特警督告诉库珀。

"绿色通告？"

"我们使用的是颜色代码系统。红色通告是最高优先级，即紧急案件；蓝色通告是询问有关嫌疑人的信息；绿色通告是向警察部门发出警示，某人有犯罪嫌疑，应该被监视；黑色通告是对不明身份的尸体的调查。X-D表示情况非常紧急，而D表示紧急。不管惠特尼小姐去哪个国家，从她通过海关检查的那一刻起她就会被监视。第二天，特蕾西·惠特尼在南路易斯安那州女子监狱拍摄的照片就送到了国际刑警手中。丹尼尔·库珀向雷诺兹家打了个电话。电话铃响了十几声才有人接。

"喂……"

"我需要一些信息。"

"是你吗，库珀？看在老天的分儿上，现在是凌晨四点啊，我正睡……"

"我要你把所有能找到的关于特蕾西·惠特尼的资料都发给我，剪报、录像带，所有的资料都给我。"

"发生了什么事？……"

库珀已经挂了电话。

"总有一天我会杀了这个狗娘养的。"雷诺兹发誓。

以前，丹尼尔·库珀只是对特蕾西·惠特尼略感兴趣。现在，她已经成了他必须完成的任务。在巴黎酒店里，他把她的各种照片贴在了墙上，反复读着报纸上关于她的所有报道。他租了一台录像机，循环播放着特蕾西被判刑和从监狱释放后，电视新闻上播放的各种片段。在这个小房间里，库珀不开灯，坐在那儿，一小时又一小时地观看着有关特蕾西的所有影像。他起初只是对她有所怀疑，现在他确定无疑了。

"惠特尼小姐，你就是那个团伙。"丹尼尔·库珀大声说道。然后他又一次按下了磁带播放器的倒带按钮。

第二十五章

每年六月的第一个星期六,马蒂尼伯爵都会为巴黎儿童医院举办慈善舞会。这场舞会的门票虽要价一千美元一张,但世界各地的社会精英都会远道前来参加。

马蒂尼城堡位于昂蒂布海角,是法国的游览胜地之一。经过精心护理的庭院自然是一流的,而城堡本身古老的历史就可以追溯到十五世纪。宴会当晚,豪华的大宴会厅和精致的小宴会厅里挤满了穿着考究的客人,身着漂亮制服的用人殷勤地向宾客们奉送着香槟。巨大的自助餐桌摆在宴会厅中央,各式各样的格鲁吉亚银盘上摆放着花样繁多的饭前点心,令人眼花缭乱。特蕾西身着一件白色蕾丝礼服,头发高高绾起,戴着一顶钻石头冠,看上去十分迷人。此刻,她正与晚会的主人马蒂尼伯爵翩翩起舞。马蒂尼伯爵是一位六十多岁的鳏夫,身材不高,但很精干,面容苍白,但五官精致。伯爵每年为儿童医院举办的慈善舞会都是一场骗局,这是冈瑟·哈托格告诉特蕾西的。舞会百分之十的善款给孩子们,而剩下的百分之九十全进了马蒂尼伯爵自己的口袋。

"您的舞跳得真是棒极了,公爵夫人。"马蒂尼伯爵说。

特蕾西微笑着说:"那全是因为我的舞伴跳得好。"

"我之前怎么从没见过您?"

"我一直住在南美洲,"特蕾西解释说,"准确地说,恐怕是住在丛林里。"

"怎么可能？！"

"我丈夫在巴西有几个矿场。"

"啊，您丈夫今晚也来了吗？"

"没有来。很不巧，他得留在巴西照顾生意。"

"他是不巧。我可是真凑巧啊。"他的手臂紧紧地搂住她的腰。"我期待我们能够成为非常好的朋友。"

"我也是。"特蕾西柔声说道。

越过伯爵的肩膀，特蕾西突然看到了杰夫·史蒂文斯。他看起来晒得黝黑，身体健壮得不得了。他也正在跳舞，他的女伴身形苗条、美丽动人，还有一头深色的秀发。那女郎穿着一件深红色塔夫绸长裙，就像胶水一样紧紧地粘在他身上。杰夫这时也看到了特蕾西，冲她得意地笑了笑。

这个混蛋当然有理由在她面前笑得这么得意，特蕾西心里颇为郁闷。前两个星期，特蕾西精心策划了两起盗窃案。她潜入了第一座房子，打开了保险柜，结果发现里面空无一物。是杰夫·史蒂文斯先她一步盗走了东西。第二次，特蕾西正小心翼翼地靠近目标房子时，听到一辆汽车猛然加速的声音，然后就瞥见了杰夫疾驰而去。他又一次抢在她前面，让她计划落空，实在是让人恼火。"这下好了，现在他又出现在我打算动手的房子里。"特蕾西心里一沉。

杰夫和他的舞伴跳着跳着就来到了特蕾西他们身旁，杰夫笑着说："伯爵，晚上好。"

马蒂尼伯爵微笑致意。"啊，杰弗里。晚上好。很高兴您能来。"

"我肯定不会错过的。"杰夫看向了怀里那个性感的女人，"这是华莱士小姐，马蒂尼伯爵。"

"幸会！"伯爵又对着特蕾西说，"公爵夫人，请允许我向您介绍华莱士小姐和杰弗里·史蒂文斯先生，这是德·拉罗萨公爵夫人。"

杰夫疑惑地挑了挑眉毛。"对不起，我没听清楚您的名字。"

"德·拉罗萨。"特蕾西平静地说。

"德·拉罗萨……德·拉罗萨。"杰夫打量着特蕾西，"这名字好熟悉。

当然了！我认识您丈夫。我这位亲爱的老朋友也在这儿吗？"

"他在巴西。"特蕾西发现自己正咬牙切齿地说话。

杰夫笑了笑。"啊，太糟糕了。我们过去常常一起打猎，当然是在他出事之前。"

"出事？"伯爵问。

"是的。"杰夫的语气中透露着一丝悲伤，"他的枪走火了，不小心射中了他的一个非常敏感的部位。他干的蠢事可不止这一件。"他又转向特蕾西。"他还有希望恢复正常吗？"

特蕾西平静地说："我相信有一天他会像你一样正常的，史蒂文斯先生。"

"哦，太好了，公爵夫人，您回去后一定要代我向他问好，好吗？"

音乐停了。马蒂尼伯爵带着歉意对特蕾西说道："恕我失陪，亲爱的，我还有些重要的事情要处理。"他握了握她的手。"别忘了，您坐在我这一桌。"

伯爵离开后，杰夫对他的舞伴说："我的小天使，你包里有阿司匹林，对吧？你能帮我拿一片吗？我实在头疼得厉害。"

"哦，我可怜的宝贝。"她的眼睛里流露着对他爱慕的神情，"我马上就回来，亲爱的。"

特蕾西看着她飘走的背影。"你不怕她会让你得糖尿病吗？"

"她的确很甜。公爵夫人，你最近怎么样？"

特蕾西为了不让周围人察觉到任何异样，微笑着说道："这不关你的事，对吧？"

"啊，太关我的事了。事实上，就是因为我太关心你了，所以想给你一些友好的建议。别再打这座城堡的主意了。"

"为什么？你又打算先下手为强？"

杰夫挽着特蕾西的胳膊，带她走到钢琴旁边一个没人的地方，那里有一个黑眼睛的年轻人正在深情地演奏美国电影插曲，但有些跑调了。只有特蕾西能在嘈杂的音乐声中听到杰夫的声音。"我确实有个小小的计划，但是太危险了。"

"真的吗？"说到这会儿，特蕾西顿然觉得他们的谈话有意思起来。

同时，特蕾西有一种解脱感：她可以做回自己，不用再戴着面具过活了。"希腊人对此的用词恰到好处。"特蕾西心里琢磨着。伪君子来自希腊语，意思是"演员"。

"听我说，特蕾西。"杰夫的语气很严肃，"这事你不能干。首先，你就不可能活着走出这座房子。他们晚上会放出一只凶得能咬死人的看门狗。"

特蕾西的神经立刻绷紧了，开始用心听着。杰夫正策划着如何对这座城堡下手。"每扇门窗都装了警报器。警报器直接连接到警察局。即使你设法进入城堡内部，整座房子都布满了纵横交错的红外线。"

"这些我都知道。"特蕾西面露得意之色。

"那么你一定也知道，当你闯入红外线时，并不会触发它的警报。但等你准备逃离现场时，它就会发出警报。它能敏锐地察觉到热量的变化。你不可能在不触发警报器的情况下穿过它。"

对此她倒是一无所知。但杰夫又是怎么知道的呢？

"你为什么要告诉我这些？"

他笑了笑，她觉得这是他最有魅力的时刻。"我真的不希望你被抓住，公爵夫人。我喜欢有你在我身边。你知道，特蕾西，你和我可以成为非常好的朋友。"

"你错了。"特蕾西非常笃定地说道。她瞥见杰夫的女伴匆匆向他们走来。"糖尿病女士来了。您好好享受吧。"

特蕾西正要走开的时候，听到杰夫的女伴说："我还给你带来了香槟，好将药吃下去，我可怜的宝贝。"

晚餐可谓丰盛精美至极。每道菜都配有相应的葡萄酒，由戴着白手套的侍者奉上。侍者的斟酒动作一气呵成，完美无瑕。第一道菜是当地的芦笋配白松露酱，接着是清汤搭配精致的羊肚菌。之后又送上来一份羊排，羊排上配着从伯爵花园里采摘的各种新鲜蔬菜。接下来是一份脆菊苣沙拉。至于甜点，有单独模制的冰激凌和一套银制的分层饰盘，上面高高地堆满了各式各样的花色小蛋糕。最后上的是咖啡和白兰地。侍者向男士们奉上雪茄，向每位女士奉上一瓶欢乐香水，香水瓶是用巴卡拉水晶特制的，极其精致。晚饭后，马蒂尼伯爵对特蕾西说："您刚提到说有兴趣看看我的一些藏画。您现在愿意去看看吗？"

"我很乐意。"特蕾西答道。

马蒂尼伯爵的画廊简直就是一座私人博物馆，里面摆满了意大利大师、法国印象派画家和毕加索的名画。这些大师画出来的迷人色彩和造型让这个长长的大厅熠熠生辉。这里有莫奈和雷诺阿，有卡纳莱托、格瓦迪斯和丁托列托。这里还有几幅精美的名作：一幅是提埃波罗的，一幅是圭尔奇诺的，还有一幅是提香的。还有几乎一整面墙都是塞尚的作品。这些藏品的价值可都是天文数字。

特蕾西盯着这些画看了良久，静静欣赏着这些画作的精妙之美。"我希望这些画都被好好地保护着。"

伯爵笑了。"有三次小偷试图偷走我的宝贝。一个被我的狗咬死了，另一个残废了，第三个正在监狱里服无期徒刑。公爵夫人，我的这座城堡是个坚不可摧的堡垒。"

"那我就能松口气了，伯爵。"

这时画廊外划过一道明亮的闪光。"烟花表演开始了，"伯爵说，"我猜您一定喜欢。"他把特蕾西柔软的小手放进他纸一般干枯的手中，领着她走出了画廊。"我明早要去多维尔，我在那儿有一座海边别墅。我邀请了几个朋友下周末过来。您也许会喜欢那儿。"

"我想我肯定会喜欢的，"特蕾西遗憾地说，"但是我担心我的丈夫恐怕已经开始焦躁不安了。他催着要我尽快回去。"

烟火表演持续了将近一个小时。趁着大家的注意力都在烟火表演上时，特蕾西将城堡仔细勘察了一番。杰夫确实所言不虚：成功入室盗窃的概率不大，但正因如此，特蕾西发现这个挑战是不可抗拒的。她知道楼上伯爵的卧室里有价值两百万美元的珠宝，还有六幅名画，其中包括一幅达·芬奇的画。冈瑟·哈托格告诉她，这座城堡的确是个宝库，但守卫森严。除非有万无一失的计划，否则不要轻举妄动。"我已经有了计划，"特蕾西想，"不管是不是万无一失，明天就见分晓。"

第二天夜晚，天气阴冷，城堡周围的高墙显得阴森森的，特蕾西站在阴影里，穿着黑色的工作服、胶底鞋，戴着柔软的黑色小手套，背着一个单肩包。看着城堡外围令人生畏的围墙，刹那间，特蕾西不禁联想起了监狱的高墙，她不由自主地打了个寒战。

她开着租来的面包车沿着庄园后面的石墙行驶。从墙的另一边传来一声低沉、凶猛的咆哮，然后又变成了一阵狂吠，那只恶犬一跃而起，正向她这边扑来。特蕾西想象着杜宾犬强壮、沉重的身体和致命的牙齿。她轻轻地对面包车里的人喊道："行动吧。"

一个身材瘦小的中年男子，也是一身黑衣，背着一个帆布包，从车里走出来，手里抱着一只雌性杜宾犬。这只狗正值发情期，从石墙的另一边传来的犬吠声突然变成了兴奋的呜咽声。

特蕾西帮忙把那只雌性杜宾犬推到了车顶，人站在面包车顶上，正好够上围墙的高度。

"一，二，三。"她低声说。

他们俩使劲一推，把那只母狗从墙顶扔进了城堡之内。先是听见两声尖锐的犬吠，接着是一连串急促的鼻息声，然后是狗的奔跑声。之后一切便恢复了平静。特蕾西转向她的同伙。"我们走。"

那人点了点头。他叫让·路易，是特蕾西在昂蒂布找来的。他是个惯偷，大半辈子都在监狱里度过。

让·路易并不算聪明，但他天生就是个会开锁、会对付警报系统的高手，和这份工作完全对口。

特蕾西从车顶跨上墙头。她放下云梯，把它固定在墙边。两人顺着云梯下到草地上。整座城堡看起来与前一天晚上的样子大不相同。当时灯火通明，挤满了欢声笑语的客人，而现在，一切都是黑暗和冷清的。

让·路易跟在特蕾西后面，警惕地提防着杜宾犬。城堡上爬满了常春藤，这些生长了几百年的藤蔓紧贴着墙壁，将城堡盖得严严实实，连屋顶也不放过。前一天晚上，特蕾西装作漫不经心地测试了一下常春藤。此刻，当她把全身重量放在藤蔓上时，它完全能够支撑得住。她开始往上爬，边爬边扫视着下面的地面。没有恶犬的踪迹。"但愿它们能再忙上很长一段时间。"她暗自祈祷着。

特蕾西爬上屋顶后，向让·路易打了个手势，一直等到他爬到身边。特蕾西打开了一个小型手电筒，借着微弱的灯光，他们发现了一扇玻璃天窗，但天窗被从下面牢牢地锁住了。特蕾西侦查着周围的动静，让·路易从他背上的帆布包里拿出了一个小的玻璃切割器。不到一分钟的时间，他就把玻璃取了出来。

特蕾西向下看了一眼，发现他们的路被蜘蛛网似的警报线给堵住了。"这你能解决吗，让？"她低声说。

"这个我可以。没问题。"他把手伸进背包，拿出一根一英尺长的电线，两端都有鳄鱼钳。他慢慢地移动着，追踪着报警电线的开端，将电线的绝缘层剥掉，然后把鳄鱼钳连接到报警电线的末端。他拿出一把钳子，小心翼翼地剪断电线。特蕾西开始紧张起来，等待着警报的声音，但一切都很安静。让·路易抬起头，咧嘴一笑。"好了，结束了。"

"才怪，"特蕾西想，"这一切才刚开始呢。"

他们又放下云梯，从天窗爬了进去。到目前为止都还不错。他们已经安全地进入了阁楼。但是当特蕾西想到她即将面临的一切时，她的心又开始怦怦直跳。

她拿出两副红色镜片的护目镜，把其中一副递给让·路易："把这个戴上。"

她已经想出了一个分散杜宾犬注意力的办法，但是现在却发现红外线警报是一个更棘手的问题。杰夫说得没错，房子里纵横交错着看不见的红外线光束。特蕾西做了几次长长的深呼吸。"集中你的所有能量，运气，放松。"她强迫自己的思维变得清晰透明："当一个人闯进红外线时，什么都不会发生，但是当这个人移出光束的瞬间，传感器就会检测到温度的差异，警报就会被触发。还不等小偷打开保险柜，警报装置早就启动了，他甚至什么都还来不及干，警察就到了。"特蕾西认为，这反而就是整套系统的弱点。她需要想出一个办法使警报保持静默，直到保险箱被打开。此刻是早晨六点半，她终于找到了解决办法。入室盗窃是有可能的，特蕾西已经感觉到那种熟悉的兴奋感开始在她的内心涌动。

现在，她戴上了红外护目镜，房间里的所有东西立刻都发出了可怕的红光。在阁楼的门前，特蕾西看到一束光，如果不戴上红外护目镜，是不可能看见这些光束的。

"从它下面爬过去，"她警告让·路易，"小心。"

他们从红外线下爬过，发现自己来到了一条黑暗的走廊里，走廊通向马蒂尼伯爵的卧室。特蕾西打开手电筒，在前面带路。透过红外护目镜，特蕾西看到了另一束光，这束光低低地穿过卧室门的门槛。她小心翼翼地跳了过去，让·路易就跟在她后面。

特蕾西拿着手电筒向墙面照去，墙上真切地挂着那些名画，那些着实让人印象深刻，令人敬畏的名画。

"答应我，一定要把达·芬奇的画带给我。"冈瑟叮嘱过她。"当然，还有那些珠宝。"特蕾西取下那幅画，把它翻过来，放在地板上。她小心翼翼地把它从画框里拿出来，卷成一卷，放在她的单肩包里。现在要做的就是打开保险柜，而保险柜放在卧室尽头一个挂着窗帘的壁龛里。

特蕾西拉开了窗帘。四盏红外线光束穿过壁龛，从地板到天花板，相互交错。想要不碰到一根红外线就靠近保险箱几乎是不可能的。

让·路易惊愕地盯着这几道红外线。"我的天哪！我们是过不去的。它们太低了，爬不过去，太高了，也跳不过去。"

"我要你照我说的做。"特蕾西说。她走到他的身后，紧紧地搂住他的腰。"现在，跟我走。先左脚。"他们一起向红外线走了一步，然后又走了一步。

让·路易喘着气说："好了！我们已经进入红外线了！"

"对。"

他们一直移动到红外线的中心，几道光束的交叉点上，特蕾西停了下来。

"好，仔细听我说，"她说，"我要你走到保险柜那儿去。"

"可是那些红外线……"

"别担心。不会有事的。"她热切地希望自己是对的。让·路易犹豫着走出了红外线。一切都很安静。他回头，用大大的、惊恐的眼睛看着特蕾西。她站在红外线中间，她的体温阻止了传感器发出警报。让·路易匆忙走向保险柜。特蕾西一动不动地站着，她意识到只要她一动，警报就会响起来。

特蕾西用眼角的余光看到让·路易从背包里拿出一些工具，开始在保险柜的密码盘上工作。特蕾西一动不动地站着，缓慢地深呼吸。时间仿佛停止了。让·路易好像花了一个世纪的时间打开了保险柜。特蕾西的右小腿开始疼痛、抽筋。特蕾西咬紧牙关，一下也不敢动。

"还要多久？"她低声问。

"十到十五分钟。"

特蕾西感觉自己在那儿已经站了一个世纪。她左腿的肌肉开始抽筋，她痛得想尖叫。她被卡在红外线之中，浑身僵硬，动弹不得。突然，她听到咔嗒一声。保险柜被打开了。

"天哪！这儿简直就是个银行！里面所有的都要吗？"让·路易问道。

"我不要现金，只要珠宝。钱全归你。"

"多谢。"

特蕾西听到让·路易在翻动保险柜，过了一会儿，他向她走来。

"太厉害了！"他说，"但是我们怎样才能在不碰到红外线的情况下离开这里呢？"

"没办法。"特蕾西告诉他。

让·路易盯着她。"你说什么？"

"站在我面前。"

"但是……"

"照我说的做。"

让·路易惊慌失措地走进红外线。

特蕾西屏住呼吸，什么也没发生。"好了，现在，慢慢地，我们要退出这个房间。"

"然后呢？"让·路易的眼睛在护目镜后面瞪得大大的。

"然后，我的朋友，我们就拼命跑吧。"

他们一寸一寸地穿过红外线，朝着红外线射出的地方——窗帘的方向开始挪动。当他们到达时，特蕾西深吸了一口气。"好。我一说跑，我们就原路返回，拼命跑。"

让·路易吞了吞口水，点了点头。特蕾西能感觉到他那矮小的身体在颤抖。

"跑!"

特蕾西转过身朝门口跑去,让·路易紧随其后。他们前脚刚跨出红外线,警报器就响了。那声音真的可以说是震耳欲聋,响彻云霄。

特蕾西飞快地跑到阁楼,急忙爬上云梯,让·路易紧随其后。他们跑过屋顶,爬下常春藤,然后两个人飞快地穿过那片草地,朝着围墙上的第二架云梯跑去。不一会儿,他们就跳到了面包车上,然后飞快地落地。然后,特蕾西跳上驾驶座,让·路易在她的身边坐下。

当面包车沿着小路疾驰时,特蕾西看到一辆深色轿车停在一片树林旁。有那么一瞬间,面包车的前灯照亮了汽车的内部。杰夫·史蒂文斯就坐在方向盘后面,他的身边是一只大型杜宾犬。

特蕾西放声大笑,向杰夫抛去飞吻,面包车疾驰而去。远处传来不断逼近的警笛声。

第二十六章

　　位于法国西南海岸的比亚里茨全然没有了它于上世纪末、本世纪初时的那种繁华、喧闹。曾经著名的观景楼赌场因年久失修而关闭，马扎格朗路上的市政赌场如今也只是一座破旧的建筑，里面有几家小商店和一所舞蹈学校。坐落在山上的那些古老的别墅，也都像失势的乡绅似的，一副惨淡的样子。

　　尽管如此，到了七月至九月的旅游旺季，欧洲的富人名流仍会拥向比亚里茨试试手气，晒晒太阳，重温旧梦。没有在这里添置自己的庄园或别墅的游客会住在皇后街1号那豪华的皇宫大酒店。这家酒店曾是拿破仑三世的避暑别墅，它建造在一个伸入大西洋的海岬上，这里是大自然最壮观的景象之一。酒店的一侧有一座灯塔，灯塔四周尽是巨大的岩石，它们像史前的怪物一样在灰色的海洋中若隐若现。酒店的另一侧则是一条用厚枕木铺就的观光小路。

　　八月底的一个下午，法国男爵夫人玛格利特·德·尚蒂伊翩然而至皇宫大酒店的大厅。男爵夫人是一位优雅的年轻女子，柔滑光亮的金发略带些烟灰色。她穿着一件绿白相间的纪梵希真丝连衣裙，这件连衣裙衬托出她窈窕的身材，女人们羡慕地转过头来盯着她，男人们则看得目瞪口呆。

　　男爵夫人走到前台服务员面前。"请把我房间的钥匙给我。"她说。她有迷人的法国口音。

　　"好的，男爵夫人。"服务员把房间钥匙和几张电话留言条递给了特蕾西。当特蕾西走向电梯时，一个满面皱纹、戴着眼镜的男人突然从陈列着爱马仕围巾的橱窗前转过身来，撞向了她，把她手里的钱包碰掉了。

"哦，天哪，"他说，"我非常抱歉。"他捡起钱包递给特蕾西。"请原谅我。"他说话带有中欧口音。

玛格利特·德·尚蒂伊男爵夫人傲慢地点了点头，继续往前走。一位服务员把她领进电梯，送其上了三楼。特蕾西订了312号套房，因为她知道酒店房间的选择往往与酒店的选择同样重要。在卡普里，必须是奎西桑那宾馆的522号房；在马略卡岛，必须是尚维达饭店的皇家套房，这里可以俯瞰群山和远处的海湾；在纽约，是赫尔姆斯利皇宫酒店的4717号塔楼套房；在阿姆斯特丹，是阿姆斯特尔酒店的325号房间，在这里运河流水轻轻叩岸的声音能伴你早入梦乡。

站在皇宫大酒店的312号套房里，可以眺望大海，城市的美景也尽收眼底。特蕾西站在任何一扇窗前，都可以欣赏到海浪击石的壮观景象。那些露出海面的礁石就像一个个人，永无休止地被海浪拍打、淹没。窗户的正下方是一个巨大的肾形游泳池，亮蓝色的池水与灰色的海水形成极大的反差。旁边的大露台上撑满了五颜六色的太阳伞，为人们遮挡夏季的烈日。房间里的墙壁上贴了一层蓝白相间的丝质提花墙纸，墙基是大理石方砖，地毯和窗帘都是古旧的浅玫瑰色。原色木门和百叶窗透着一层柔和的光泽，显得古色古香。

特蕾西锁上门后，摘下了紧箍在头上的金色假发，然后按摩了一下自己发疼的头皮。装扮成男爵夫人是她的拿手好戏之一。《哥达年鉴》和《德布雷特英国贵族年鉴》这些书里，有数百个头衔可供她选择。这些书中记载了二十多个国家王公贵族的家史，每个国家都列举了几十个贵妇、公爵夫人、公主、男爵夫人和伯爵夫人。这些书对特蕾西来说是无价之宝，因为它们记载了可以追溯到几个世纪以前的家族历史，有父亲、母亲和孩子的名字，还有学校和房子，以及家庭住所的地址。先选择一个显赫的家族，然后成为这个家族的远房表亲——尤其是富有的远房表亲，就这么简单。人们向来都会为头衔和钞票所动。

特蕾西想起了在酒店大厅里撞上她的那个陌生人，不禁微微一笑。好戏开始了。

那天晚上八点，玛格利特·德·尚蒂伊男爵夫人坐在酒店的酒吧里，早些时候与她相撞的那个男人走近了她的桌子。"对不起，"他胆怯地说，"但我必须再次为我今天下午不可原谅的笨拙行为道歉。"

特蕾西对他大方地笑了笑。"没关系，那是个意外。"

"你真是太好了。"他犹豫了一下，"如果能请你喝一杯酒，我会感觉好很多。"

"可以，如果你愿意的话。"

他坐到她对面的椅子上。"请允许我自我介绍一下。我是阿道夫·祖克曼教授。"

"玛格丽特·德·尚蒂伊。"

祖克曼向领班打了个手势。"您喝什么？"祖克曼问特蕾西。

"香槟。但也许……"

他摆了摆手，让特蕾西放心。"我能买得起。事实上，我差不多就要到了能买得起世界上任何东西的地步了。"

"真的吗？"特蕾西对他微微一笑，"那可真棒。"

"是啊。"祖克曼先生点了一瓶博林格香槟酒，然后转向特蕾西。"在我身上发生了一件最不寻常的事。我真的不应该和一个陌生人谈论这件事，但这太令人兴奋了，禁不住总想说一说。"他靠得更近些，压低了声音，"跟你说实话，我只是个普通的教师——或者说我以前是，直到最近。我是教历史的。你知道的，这工作虽很有趣，但并不刺激。"

特蕾西听着，出于礼貌不得不表现出感兴趣的样子。

"我是说，直到几个月前我的工作突然变得刺激起来。"

"祖克曼教授，我能问问几个月前发生了什么事吗？"

"我当时在读一些关于西班牙无敌舰队的东西，寻找一鳞半爪的趣事，为的是提高我的学生们对这一学科的兴趣。在当地博物馆的档案馆里，我发现了一份不知怎么混在其他论文里的旧文件。文件中详细记载了一五八八年菲利普亲王派出的一次秘密远征。据说，一艘满载金条的船在暴风雨中沉没了，消失得无影无踪。"

特蕾西若有所思地看着他。"沉没了？"

"没错。但根据这些记录可知，是船长和船员故意在一个无人的海湾将船击沉，计划稍后再回来打捞宝藏，但他们在返回之前遭到了海盗的袭击，都被杀了。这份文件能保存下来是因为海盗船上的水手都不识字。他们不知道自己手上的这份文件有多么重要。"他声音激动得近乎颤抖。"现在，"他放低声音，环顾四周，确保安全后继续说道，"我拿到了那份文件，上面详细说明了如何找到宝藏。"

"教授，这对你来说是多么幸运的发现啊。"特蕾西用赞赏的口吻说。

"那些金条在今天可能值五千万美元，"祖克曼说，"我所要做的就是把它捞上来。"

"是什么阻碍了你吗？"

他尴尬地耸了耸肩。"钱。我必须准备一艘船，把宝藏捞上来。"

"我明白了。那要花多少钱？"

"十万美元。我必须承认，我做了一件非常愚蠢的事。我带着两万美元——我这辈子的积蓄——来到比亚里茨的赌场赌博，希望能赢到足够的钱……"他的声音越来越小。

"你输光了。"

他点了点头。特蕾西看到他镜片后面闪烁着泪光。香槟端上来了，侍者打开软木塞，把金色的液体倒进他们的杯子里。

"祝你好运。"特蕾西举杯说道。

"谢谢你。"

他们默默地喝着酒，各怀心思。

"请原谅我讲这些，让你厌烦了。"祖克曼说，"我不应该把我的烦恼告诉一位美丽的女士。"

"但我觉得你的故事很吸引人。"特蕾西安慰他道，"你确定金子在那儿，对吗？"

"毫无疑问。我有原始航运订单和船长自己画的地图。我知道宝藏的确切位置。"

特蕾西端详着他，脸上若有所思。"但你需要十万美元？"

祖克曼先生苦笑起来。"是的。为了价值五千万的宝藏。"他又喝了一口香槟。

"这是可以得到的……"特蕾西顿住了。

"什么?"

"你考虑过合伙人吗?"

他惊讶地看着她。"合伙人?不,我打算一个人去。当然,现在我的钱输光了……"

他的声音又低了下来。

"祖克曼教授,如果我给你十万美元呢?"

他摇了摇头。"绝对不行,男爵夫人。我不能那样做。或许计划会落空的。"

"但如果你确定宝藏在那儿……"

"哦,这一点我是肯定的。但中间处处都会节外生枝。这件事我没法打包票。"

"在生活中,很少有能打包票的事。你提出的问题太有趣了。如果我帮你解决这个问题,这也许对我们双方都有好处。"

"不,如果你赔了本,我永远也不会原谅自己。"

"我能输得起,"她向他保证,"我的投资可以赚大钱,对吧?"

"当然,这就是这个计划诱人的一面。"祖克曼点头承认道。

他坐在那里,又掂量着这件事,显然心里充满了疑惑。最后他说:"如果你愿意的话,我们可以五五平分。"

她开心地笑了。"好的。我接受。"

教授很快补充了一句:"当然,是扣除所有费用之后。"

"没问题。我们什么时候可以开始?"

"马上。"教授突然充满了活力,"我已经找到了我想用的船。船上配有现代化的打捞设备,有四名船员。当然,无论捞到多少钱,我们都必须分给他们一小部分。"

"当然了。"

"我们应该尽快出发,否则这艘船就不等我们了。"

"我五天之内就能把钱给你凑齐。"

"好极了！"祖克曼兴奋地大声喊道，"这样我就有充足的时间做好一切准备。啊，这次偶遇对我们俩来说真是机缘巧合啊，不是吗？"

"是的。毫无疑问。"

"祝我们冒险成功。"教授举起了杯子。

特蕾西也举杯，祝酒道："希望一切能像我想象的那样大赚一笔。"

于是他们碰杯祝贺。特蕾西的目光扫向屋子的另一端，突然愣住了。杰夫·史蒂文斯坐在远处角落的一张桌子旁，正笑眯眯地看着她。和他在一起的是一位浑身珠光宝气的迷人女子。

杰夫向特蕾西点了点头，她笑了笑，想起上次在马蒂尼城堡外见到他时的场景，他身旁蹲着一条傻乎乎的狗。"那次是我赢了他。"特蕾西越想越开心。

"那么，如果你不介意的话，"祖克曼教授说，"我有很多事要做。我会和你保持联系的。"特蕾西落落大方地伸出手来，他吻了一下就离开了。

"我看到你的朋友撇下你离开了，我实在想不出为什么。你金发女郎的扮相太美了。"

特蕾西抬头看了一眼。杰夫就站在她的桌子旁。然后他在阿道夫·祖克曼几分钟前坐过的椅子上落了座。

"恭喜你，"杰夫说，"在马蒂尼家开的玩笑够绝的，够干净利索。"

"杰夫，这话从你嘴里说出来，肯定是在恭维我。"

"你让我损失了一大笔钱，特蕾西。"

"那你就慢慢习惯吧。"

他玩弄着面前的玻璃杯。"祖克曼教授想要干什么？"

"哦，你认识他？"

"可以这么说。"

"他……呃……只是想喝一杯。"

"跟你讲他那些沉没的宝藏？"

特蕾西突然警觉起来。"你怎么知道的？"

杰夫惊讶地看着她。"别告诉我你上当了？这是老掉牙的骗局。"

"这次不是。"

"你是说你相信他了？"

特蕾西生硬地说："我不便和你讨论这件事，但这个教授碰巧掌握一些内幕消息。"

杰夫难以置信地摇了摇头。"特蕾西，他在耍你。他要你在他那些宝藏上投资多少钱？"

"不关你的事，"特蕾西一本正经地说，"这是我的钱，我的生意。"

杰夫耸耸肩。"好吧。别说老杰夫没警告过你。"

"你不会是对那些黄金感兴趣吧？"

他无可奈何地摊开双手。"你为什么总是这样怀疑我？"

"很简单，"特蕾西回答，"我不相信你。和你在一起的那个女人是谁？"

话音刚落，特蕾西就后悔不该提这个问题。

"苏珊吗？一个朋友。"

"当然，是一个有钱的朋友吧。"

杰夫对她皮笑肉不笑地说："事实上，我觉得她确实有点钱。如果你明天愿意和我们一起吃午饭，她在海湾里停着一艘二百五十英尺长的游艇，那厨师做得一手……"

"谢谢。我可不想打扰你的午餐。你想卖什么东西给她？"

"这是私事。"

"我敢肯定这是私事。"特蕾西突然意识到自己说话时竟然那么尖刻。特蕾西的目光越过酒杯上沿，仔细打量着杰夫。他真的太有魅力了，五官端正，有一双漂亮的灰色的眼睛，长长的睫毛，却长着毒蛇心肝。当然，他是一条精明的蛇。

"你有没有想过做合法的生意？"特蕾西问。"或许你会非常成功。"

听到这儿，杰夫猛地一惊。"什么？放弃这一切？你一定是在开玩笑！"

"你一直都是个骗子吧？"

"骗子？我是个实业家。"他面带愠色说。

"你是怎么成为一个……一个……实业家的？"

"我十四岁时离家出走，参加了一个巡回马戏团。"

"十四岁？"特蕾西第一次发现他精明世故的迷人外表下，还隐藏着别的什么东西。

"这对我有好处——我学会了如何为人处世。越南战争爆发后，我加入了特种部队，这是一次极好的受教育的机会。我认为我学到的最主要的事就是，那场战争是最大的骗局。相比之下，你和我都是外行。"他突然改变了话题。"你喜欢玩回力球吗？"

"如果你要卖的话，不用了，谢谢。"

"那是一种游戏，西班牙回力球的变种。我有两张今晚的票，苏珊去不了了。你想去吗？"

特蕾西没想到自己居然答应了。

他们在镇广场的一家小餐馆用餐。在那里他们喝了当地的葡萄酒，吃了原汁回炉烤鸭，里面还配了土豆和大蒜，十分美味。

"这是这家店的特色菜。"杰夫告诉特蕾西。

他们边吃边讨论政治、书籍和旅行见闻，无所不谈。特蕾西惊讶地发现杰夫竟然这样博学。

"如果你十四岁就需要自谋生计，"杰夫告诉她，"你学什么都特别快。首先，你要明白自己的动机，然后你要揣摩别人的动机。骗局和柔道差不多。在柔道比赛中，你要善于借用对手的力量取胜。同理，在行骗时，你要善于利用对方的贪欲。你只要完成第一步，剩余的部分对方会替你完成。"

特蕾西笑了笑，不知道杰夫是否知道他们二人有多像。她喜欢和他待在一起，但她相信，只要有机会，杰夫会毫不犹豫地出卖她。他是一个需要多加提防的人，特蕾西决定要提防着他。

回力球比赛场位于比亚里茨城的高山上，是一个很大的室外赛场，面积有足球场那么大。球场的两端都有巨大的绿色水泥挡板，中间就是比赛场地，场地两边有四排错落的石凳。

黄昏时分，泛光灯把球场照得通亮。等特蕾西和杰夫到达时，看台上几乎坐满了球迷，两队已经开始比赛。

每队轮流派球员向水泥挡板击球。球员们的胳膊上绑着扁扁长长的篮筐。当球反弹回来时，球员用篮筐将球接住。打回力球是一种速度很快而且充满危险的比赛项目。

当有球员漏球时，观众便会躁动起来。

"他们对待比赛真的好认真啊。"特蕾西评论道。

"他们都在这些比赛上押着大笔的赌注。巴斯克民族可是很好赌的。"

随着观众不断拥入，石凳变得越来越拥挤，特蕾西发现自己被挤得贴到了杰夫身上。就算杰夫感觉到特蕾西贴着他，杰夫依然无动于衷，没有任何反应。

随着时间的推移，比赛的节奏越来越快，也越来越激烈，球迷的尖叫声在夜空中回荡。"真的像看上去那么危险吗？"特蕾西问。

"男爵夫人，那个球在空中以将近每小时一百英里的速度飞过。如果你被击中头部，就死定了。好在球员们极少失误。"他心不在焉地拍着她的手，眼睛仍盯着比赛。队员们都很专业，动作优雅，控制得很好。比赛进行到一半，一名球员将球掷向挡板时，竟毫无征兆地失手了。这枚球以致命的速度径直飞向特蕾西和杰夫所在的座位区。观众们你推我搡，慌乱躲闪。杰夫抓住特蕾西，把她推倒在地，用身体为特蕾西遮挡。他们听到球飞过头顶，砰的一声打在球场侧面的墙上。特蕾西躺在地上，感觉到杰夫身上某处硬邦邦的。他俩的脸几乎要贴在一起了。

杰夫抱了她一会儿，然后自己站了起来，拉起特蕾西。他们之间突然变得尴尬起来。

"我……我想我今晚已经玩得够尽兴了，"特蕾西说，"我想回酒店去。"

他们在酒店的大厅里互道了晚安。

"我今晚很开心。"特蕾西告诉杰夫。她这话是认真的。

"特蕾西，祖克曼教授那个海底寻宝的计划很不靠谱，你不会真的要参与吧？"

"是的，我要参与。"

杰夫端详了她好一会儿。"你觉得我仍然在打那批金子的主意，是吗？"

特蕾西看着他的眼睛。"难道不是吗？"

杰夫的表情变得严肃起来。"祝你好运。"

"晚安，杰夫。"

杰夫转过身，特蕾西一直目送着他走出酒店。她猜，他准是去找苏珊了。

又有一个女人要被骗了。

前台服务员说:"啊,晚上好,男爵夫人。这里有你的口信。是祖克曼教授留的。"

阿道夫·祖克曼遇到麻烦了,一个很大的麻烦。此刻,他正坐在阿芒德·格兰吉尔的办公室里。听格兰吉尔透露了一些内幕消息后,他吓得尿湿了裤子。格兰吉尔拥有一家非法私人赌场,赌场设在弗里亚路123号一座雅致的私人别墅里。对他来说,比亚里茨市政监管的赌场的生意好与不好,他根本不关心,因为他在弗里亚路上开的这家俱乐部赌场总是挤满了有钱的主顾。有别于市政监管的赌场,他的赌场不设上限,于是吸引了大批挥金如土的有钱人到这里狂赌,他们玩轮盘、十一点和花旗骰,甚至连阿拉伯王子、英国贵族、东方商人、非洲国家元首都慕名到格兰吉尔的赌场豪赌一番。为了给豪赌正酣的客人助兴,穿着性感的年轻女子在赌场上来回穿梭,端送免费的香槟和威士忌。阿芒德·格兰吉尔很早就明白一个道理:和其他阶层的人相比,有钱人更爱做无本生意。对格兰吉尔来说,白送这点酒水饮料不过是小钱。他可是在轮盘赌和十一点上面都做了手脚。

俱乐部里通常有很多年轻漂亮的女子,陪在她们身边的大多都是些年长一些的有钱男士,但这些女人最终都会被格兰吉尔吸引。他身材矮小,五官精致,有一双清澈的棕色的眼睛,嘴唇柔软性感。他身高五英尺四英寸,然而这个身材配上他精致的五官,能像磁石吸铁一样把女人都吸引到他的身边。格兰吉尔对这些女人的套路就是装起一副拜倒在她们石榴裙下的模样。

"亲爱的,你真是美得令人无法抗拒,但不幸的是,我正发疯似的爱着别人。"

他的这句话是真的。当然,所谓的别人,每个星期都在换,因为比亚里茨有无数年轻漂亮的女郎,阿芒德·格兰吉尔雨露均沾。

格兰吉尔与黑社会和警方的关系好到足以维持他的赌场。他起初帮犯罪团伙跑腿,处理违章罚单,后来做起了贩毒的生意,再后来在比亚里茨这块小小的领地上就称王称霸了。等对手们发现这个小个子是多么心狠手辣时,已经太晚了。

现在,阿道夫·祖克曼正在接受阿芒德·格兰吉尔的盘问。"再跟我讲讲，你是如何说服男爵夫人参与宝藏计划的事吧。"祖克曼从他愤怒的语气中知道出了什么问题，而且是非常严重的问题。

他咽了口唾沫，说："呃，她是个寡妇，她丈夫给她留下了一大笔钱，她说她要拿出十万美元。"开口说话后，他似乎又重拾了信心。"当然，一旦我们拿到钱，就可以告诉她打捞船出了事故，我们还需要五万美元。然后，再要十万，然后——你知道的——就像我们常玩的套路那样。"

他看到阿芒德·格兰吉尔脸上露出轻蔑的神情。

"怎么……怎么了，老大？"

"问题是，"格兰吉尔用冷冰冰的语气说道，"我刚接到我在巴黎的一个手下的电话。他为你的男爵夫人伪造了护照。她叫特蕾西·惠特尼，是个美国人。"

祖克曼忽然觉得口干舌燥。他舔了舔嘴唇。

"她……她看起来真的很感兴趣，老大。"

"放屁！你懂什么！她本人就是个骗子。你居然还想骗一个骗子！"

"那……她为什么答应了？她为什么不直接拒绝呢？"

阿芒德·格兰吉尔的声音冷冰冰的。"我不知道，教授，但我想弄清楚。等我找到那个女人，就送她到海湾里去游泳。没人能愚弄阿芒德·格兰吉尔。现在，打电话。告诉她你的一个朋友愿意出一半的资金，我要去会会她。你觉得你能搞定吗？"

祖克曼急切地说："没问题，老大。别担心。"

"我确实担心，"阿芒德·格兰吉尔缓缓地说，"我很担心你，教授。"

阿芒德·格兰吉尔不喜欢迷局。海底宝藏的骗局已经进行了几个世纪，上当受骗的人首先得相信才行。一个骗子根本不可能受骗。这让格兰吉尔很困扰，他打算调查清楚。等他揭开真相后，就把那个女人交给布鲁诺·梵桑特处置。梵桑特喜欢在处理这些人之前戏弄他们一番。

豪华轿车停在了皇宫大酒店门前，阿芒德·格兰吉尔从车上下来，进了大厅，走到巴斯克人朱尔斯·贝尔热拉克面前。朱尔斯的头发有些花白了，他从十三岁起就在这家酒店工作。

"玛格利特·德·尚蒂伊男爵夫人的套房是多少号？"

酒店有严格规定，接待人员不能透露客人的房间号，但规章制度从来都约束不了阿芒德·格兰吉尔。

"312号套房，格兰吉尔先生。"

"谢谢。"

"还有311号套房。"

格兰吉尔愣住了。"什么？"

"男爵夫人也订了她隔壁的套房。"

"是吗？是谁在住？"

"没人住。"

"没人住？你确定吗？"

"是的，先生。那间房一直锁着。女服务员也不准进去。"

格兰吉尔一脸疑惑，皱起了眉头。"你有钥匙吗？"

"当然有。"朱尔斯毫不犹豫地从桌子底下拿出了一把钥匙，递给阿芒德·格兰吉尔。他看着阿芒德·格兰吉尔向电梯走去。从来没有人敢同格兰吉尔这样的人理论。阿芒德·格兰吉尔走到男爵夫人的房间门口时，发现门半开着。他推开门走了进去，客厅内空无一人。

"你好。有人在这里吗？"

另一个房间里传来一个女人的声音："我在洗澡。马上就出来。请随便喝一杯。"

格兰吉尔在套间里踱步，他很熟悉这里的家具陈设。这些年，他曾安排过许多朋友住在这家酒店里。他走进卧室，看到昂贵的珠宝被随意地摊在梳妆台上。

"我马上就来。"浴室里传出声音。

"不用着急，男爵夫人。"

"男爵夫人！"他生气地想，"不管你在玩什么把戏，亲爱的，都是搬起石头砸自己的脚。"他走到通往隔壁房间的那扇门前。门被锁上了。格兰吉尔拿出钥匙，打开了门。

他走进去后，发现房间里有一股霉味，看起来没有人住过。服务员也说这里没有人住。那她为什么还要……格兰吉尔被某个奇怪的东西吸引住了目光。

一根黑色的粗电线连接在墙壁的插座上，沿着地板蜿蜒而下，消失在一个壁橱里。壁橱门开了一条缝，电线正好可以通入。出于好奇，格兰吉尔走到壁橱门口打开了门。

一排湿漉漉的百元美钞由晾衣夹夹在一根铁丝上，被挂在衣柜里等着晾干。

打字机架上放置着一个物件，上面盖着块布。格兰吉尔把布掀了起来。是一台小印刷机，里面有一张还没干的百元大钞。印刷机旁边放着一沓美钞大小的白纸和一个裁纸机。几张切坏了的百元大钞散落在地板上。

一个愤怒的声音在格兰吉尔的身后质问道："你在这里做什么？"格兰吉尔转过身来。特蕾西·惠特尼走进房间，她的头发是湿的，裹着毛巾。

阿芒德·格兰吉尔轻声说："伪造钞票！你想付给我们假币。"他注视着特蕾西脸上的表情变化：先是否认，然后是愤怒，最后是藐视。

"好吧，"特蕾西承认道，"但这无关紧要。谁也分不清真假。"

"骗子！"拆穿这场骗局真令人愉快。

"这些钞票和金子一样值钱。"

"真的吗？"格兰吉尔的声音里带着轻蔑。他从铁丝上取下一张湿漉漉的钞票看了一眼。正面，反面，然后更仔细地检查。确实很完美。"谁刻的底模？"

"谁刻的底模很重要吗？听着，我可以在星期五之前把那十万美元准备好。"

格兰吉尔疑惑地盯着她。当意识到她在想什么时，他笑出声来。"天哪，"他说，"你真笨。并没有什么宝藏。"

特蕾西被弄得不知所措了。"你什么意思，没有宝藏？祖克曼教授告诉我……"

"你相信他了？真是耻辱，男爵夫人。"他又看了看手里的钞票。"我要这个。"

特蕾西耸了耸肩。"你爱拿多少就拿多少。只是纸而已。"

格兰吉尔抓了一把湿漉漉的百元大钞。"你怎么知道服务员不会进来？"他问。

"我给了她们很多钱,让她们别来。我出去时,会锁上衣柜。"

"她真是冷静,"阿芒德·格兰吉尔想,"不过,这也不是放她一马的理由。"

"不要离开酒店,"格兰吉尔命令道,"我想让你见见我的一个朋友。"

阿芒德·格兰吉尔本打算马上把这个女人交给布鲁诺·梵桑特,但某种本能阻止了他。他又看了看其中一张钞票。他曾经遇到许多起伪造钞票的事,但没有一次伪造得这么逼真。刻模版的人可真是个天才。纸张摸起来很真实,线条清晰明了。即使钞票是湿的,颜色也仍然清晰,票面上本杰明·富兰克林的画像也很完美。那个女人说得对,很难分辨他手里拿的东西和真钞之间的区别。格兰吉尔想知道是否有可能把它当作真正的货币来流通。这想法可真诱人。

他决定暂时不把特蕾西交给布鲁诺·梵桑特。

第二天一大早,阿芒德·格兰吉尔派人把祖克曼叫来,递给他一张百元大钞。

"去银行把这个换成法郎。"

"好的,老大。"

格兰吉尔看着他匆匆走出办公室。这是对祖克曼犯下愚蠢错误的惩罚。如果他被逮捕,只要他还想活命,就永远不会说出他从哪里得到的假钞。而如果他能成功混过去……"我倒要看看。"格兰吉尔想。

十五分钟后,祖克曼回到了办公室。他数出价值一百美元的法郎。

"还有别的事吗,老大?"

格兰吉尔盯着那些法郎。"你遇到什么麻烦了吗?"

"麻烦?没有啊。为什么这么问?"

"我要你再到这家银行去一次,"格兰吉尔命令道,"就按照我教你的去说……"

阿道夫·祖克曼走进法兰西银行大厅,走近银行经理的办公桌。

这一次祖克曼意识到了他所处的危险,但他宁愿面对危险,也不愿面对格兰吉尔的愤怒。

"我能为你效劳吗?"经理问。

"是的。"祖克曼试图掩饰自己的紧张。"是这样,昨晚我和几个在酒吧认识的美国人打扑克。"他顿住了。银行经理心领神会地点点头。"你输了钱,你是想申请贷款吗?"

"不是的,"祖克曼说,"事实恰恰相反,我赢了他们。目前唯一的麻烦是,在我看来,这些人不太诚实。"

他拿出两张百元大钞。"他们付给我的是这些钱,我担心它们……它们可能是假的。"祖克曼屏住了呼吸,只见银行经理探过身子,伸出胖乎乎的手,接过了钞票。他仔细地检查了钱,先看正面,再看反面,然后把它们举到灯光下。

他看着祖克曼,笑了。"先生,你很幸运。这是真币。"

祖克曼松了口气。感谢上天!没有出差错。

"没问题,老大。他说钱是真的。"

这简直令人难以置信。阿芒德·格兰吉尔坐在那里思考,脑子里已经有了一个半成型的计划。

"去把男爵夫人带过来。"

特蕾西坐在阿芒德·格兰吉尔的办公室里,两人之间隔着一张大写字台。"从现在开始,我们两个就是合作伙伴。"格兰吉尔告诉她,一副不容商量的样子。特蕾西准备起身离开。"我不需要合作伙伴,而且……"

"坐。"

她看着格兰吉尔的眼睛,坐了下来。

"比亚里茨是我的地盘。你只要使用那样的钞票,立即会被逮捕,速度快到你都不知道是怎么回事。明白吗?在我们这儿的监狱里,漂亮女人会遭遇不幸。没有我,你在这里寸步难行。"

她仔细地把他打量一番。"所以,我要向你交钱,寻求保护吗?"

"不。你是花钱保命。"

特蕾西明白他的话不是唬人的。

"现在,告诉我你的印刷机是从哪里弄来的。"

特蕾西犹豫了一下,变得有些坐立不安,这使格兰吉尔非常得意,他正等着她向自己缴械投降。特蕾西不情愿地说:"我从一个住在瑞士的美国人那里买的。他在美国铸币局做了二十五年的刻模师。他退休时,养老金出现了一些技术问题，他一直没有拿到。他觉得自己被骗了，决定报复一下。有几个一百美元的底模本该销毁，他伺机偷偷把底模运出来了，并利用他的关系搞到了财政部用来印钞票的纸。"这就解释得通了，格兰吉尔得意地想。这就是为什么这些钞票看起来这么逼真。他越想越兴奋了。

"这台印刷机一天能印多少钱？"

"每小时只能印一张。纸的每一面都要加工，而且——"

他打断了特蕾西。"难道没有更大的印刷机吗？"

"有，他有一台每八小时就能出五十张钞票的印刷机——一天印五千美元，但他要卖五十万美元。"

"买吧。"格兰吉尔说。

"我没有五十万美元。"

"我有。你多快能买到这台印刷机？"

她勉强地说："现在就可以，但我不……"

格兰吉尔拿起电话对着话筒说："路易，我要价值五十万美元的法郎。去我的保险柜里拿，不够的话去银行取。拿到我的办公室来。快点！"特蕾西紧张地站起来。"我还是走吧……"

"你哪里也别想去。"

"我真的应该……"

"就坐在那儿，别出声。我正在思考。"

格兰吉尔的生意伙伴们很可能会想从这笔交易中分得一杯羹，但是，只要他们不知道，就不会有事，格兰吉尔拿定了主意。他要独自一人购买这台大型印刷机，然后用自己印刷的钱去填补他从赌场银行账户上挪用的钱。在那之后，他会让布鲁诺·梵桑特去处置特蕾西。她说了，她不喜欢合作伙伴。

恰好，阿芒德·格兰吉尔也不喜欢与人合作。

两小时后，钱被装在一个大袋子里送到了。格兰吉尔对特蕾西说："你现在去退房吧。我在山上有一所非常隐秘的房子。你待在那里，直到我们把印刷机的事情搞定。"他把电话推给她。"现在，打电话给你在瑞士的朋友，告诉他你要买下那台印刷机。"

"他的电话号码我放在酒店了。我上酒店那儿去打电话。把你家的地址告诉我，我叫他把印刷机送到那儿去，然后……"

"不行！"格兰吉尔厉声说，"我不想留下痕迹。我会让人去机场取的。我们今晚吃饭的时候再谈。八点钟见。"

这就是他的逐客令。特蕾西站了起来。

格兰吉尔朝那袋钱扬了扬下巴。"花钱要小心。我不希望它出什么事，也不希望你出什么事。"

"不会出事的。"特蕾西向他保证道。

他神态自若地笑了笑。"我知道不会出事的。祖克曼教授会送你去酒店。"

他们坐上了豪华轿车，钱袋就夹在两人中间，两人各怀心事，一路默默无言。祖克曼还不太清楚到底发生了什么，但他感觉到有什么好事在等着他。这个女人是关键。格兰吉尔让自己盯着她，而祖克曼也会这么做的。

阿芒德·格兰吉尔那天晚上心情很愉快。现在，大型印刷机已经安排好了。惠特尼这女人说每天能印出五千美元，但格兰吉尔有个更好的计划。他要让印刷机一天二十四小时连续转。这样算下来，每天的收入是一万五千美元，一星期就可以超过十万美元，十个星期就是一百万美元。而这仅仅是个开始。今晚他要知道那刻模师究竟是什么人，然后和他做个交易，从他那里买更多的机器。印钞机给他带来的财富是无穷尽的。

八点整，格兰吉尔的豪华轿车驶入皇宫大酒店的弧形车道，格兰吉尔从车里走了出来。当他走进大厅时，满意地注意到祖克曼坐在门口附近，紧盯着门。格兰吉尔走到前台。"朱尔斯，告诉尚蒂伊男爵夫人我来了。叫她下楼到大厅来。"

服务员抬起头说："但是男爵夫人已经退房了，格兰吉尔先生。"

"你肯定是弄错了，打电话叫她。"

朱尔斯·贝尔热拉克左右为难。不按照阿芒德·格兰吉尔说的去做肯定是不明智的。"当时是我帮她办的退房手续。"

"这不可能。"格兰吉尔心想。"她什么时候退房的？"

"她回到酒店后不久。她让我把她的账单拿到她的套间里去，这样她就可以用现金结账了……"

阿芒德·格兰吉尔顿觉事情不妙，大脑飞速思考着。"现金？法郎？"

"是的，先生，确实如此。"

格兰吉尔一下子慌了，急切地问道："她从她的套间里带走了什么东西吗？有行李或箱子吗？"

"没有。她说过一会儿派人来取行李。"

所以，她是带上钱去瑞士买印刷机了。

"带我去她的套房。快点！"

"好的，格兰吉尔先生。"

朱尔斯·贝尔热拉克从架子上取下一把钥匙，和阿芒德·格兰吉尔一起奔向电梯。

格兰吉尔经过祖克曼身边时，压低声音问道："你为什么坐在那里？你这个白痴，她已经走了。"

祖克曼教授不解地抬头看着他。"她不可能走的。她还没有下楼到大厅来。我一直在注意着她。"

"一直在注意着她，"格兰吉尔模仿他的语气说，"你有没有注意到有一个女服务员——一个头发花白的老太太——从员工通道走出去？"祖克曼丈二和尚摸不着头脑。"我为什么要注意她？"

"你给我滚回赌场去，"格兰吉尔厉声说，"我之后再跟你算账。"

这套间看上去和格兰吉尔上次看到的一模一样。通往隔壁房间的门是开着的。格兰吉尔走了进去，急忙走到壁橱前，猛地打开了门。印刷机还在，感谢苍天！惠特尼走得太匆忙了，没能把它带走。那是她的错。格兰吉尔想，但这不是她犯的唯一的错。特蕾西骗走了他五十万美元，总有一天他要报这个仇。他会让警察帮他找到她，把她关进监狱。在那里，他的人可以收拾她。他们会逼她说出刻模师是谁，然后把她永远关起来。

阿芒德·格兰吉尔接通了警察局的电话，要求和杜蒙警督通话。他认真地对着电话讲了三分钟，然后说："我在这里等。"

十五分钟后，他的朋友杜蒙警督来了。和他一起来的那个男人身材瘦小，像个女人，格兰吉尔从没见过这么丑的人。他的前额似乎要从脸上冒出来，一双棕色的眼睛藏在厚厚的镜片后面，带有一种狂热分子特有的凶光。"这是丹尼尔·库珀先生，"杜蒙警督介绍说，"格兰吉尔先生，库珀先生也对你在电话里提到的那个女人感兴趣。"

库珀开口说话了。"听说你向杜蒙警督透露，她参与了制造假币的犯罪活动。"

"是的。她现在正在去瑞士的路上。你可以去边境抓她。我这里有你需要的所有证据。"格兰吉尔把他们领到壁橱前，丹尼尔·库珀和杜蒙警督往里面看了看。"这是她用来印制钞票的印刷机。"

丹尼尔·库珀走到机器前仔细检查。"她就是用这台印刷机印钞票的吗？"

"我刚刚不是告诉过你了。"格兰吉尔没好气地说。他从口袋里掏出一张钞票。"看看这个。这是她给我的一张百元假钞。"

库珀走到窗前，把钞票举到灯光下。"这是真的钞票。"

"它只是看起来像真的。这是因为她用的是一位退休刻模师从费城造币厂那里偷来的底模。她用底模在这架印刷机上印制假钞。"

库珀不留情面地说："你真蠢。这只是一台普通的印刷机。它唯一的用途就是印信笺头。"

"印信笺头？"格兰吉尔顿觉天旋地转。

"你真的相信有一台机器能把纸变成真正的百元大钞？"

"我告诉你，我亲眼看到……"格兰吉尔意识到了什么，突然停住了。

他亲眼看到的是什么呢？一根电线上晾晒着湿的百元美钞，一沓空白的纸，还有一个裁纸机。他开始渐渐意识到这场骗局有多大。制造假币这事根本就不存在，也没有等在瑞士的刻模师。特蕾西·惠特尼压根儿就没相信过宝藏沉海的故事。这个女人将计就计，骗走了他五十万美元。如果这个消息传出去……那两个人都在看着他。

"阿芒德，您要控告吗？"杜蒙警督问。

他怎么能控告呢？他在控告中能说些什么呢？他在试图资助伪造假钞时被骗了？当他的生意伙伴得知他偷了他们的五十万美元并把钱拱手送人后，他们会对他做什么？他的内心里突然充满了恐惧。

"不。我……我不再控告了。"他的声音里流露出惊慌。

"到非洲去，"阿芒德·格兰吉尔想，"他们在非洲永远也找不到我。"

丹尼尔·库珀在想："下次吧，下次我会抓住她的。"

第二十七章

特蕾西向冈瑟·哈托格提议，他们在西班牙的马略卡岛见面。特蕾西喜欢这个岛，那是世界上真正风景如画的地方。"此外，"她告诉冈瑟，"那儿曾经是海盗的避难所。在那里我们会有宾至如归的感觉。"

"最好别让人看见我们在一起。"他建议道，"我来安排见面的事情。"

见面的事情是从冈瑟从伦敦给她打的那个电话开始酝酿的。"特蕾西，我有件不同寻常的任务要交给你。我想你会觉得这是一项挑战。"

第二天早上，特蕾西飞往马略卡岛的首府帕尔马。由于国际刑警组织对特蕾西下了红色通缉令，她离开比亚里茨并抵达马略卡岛的消息被报告给了地方当局。特蕾西刚入住尚维达酒店的皇家套房，一个负责二十四小时监视的小组就已经成立了。

帕尔马警察局局长埃内斯托·马兹曾与国际刑警组织的特里格南特警督进行了交谈。

"我充分相信，"特里格南特说，"特蕾西·惠特尼就是传说中的孤身女贼。"

"她的厄运就要到了。如果她在马略卡岛犯罪，她就会知道我们的司法机构有多迅速。"

特里格南特警督说："先生，有件事我要提一下。"

"什么？"

"有一个美国人要来见您。他叫丹尼尔·库珀。"

在跟踪特蕾西的警探们看来，她只是对观光感兴趣。他们跟着她在岛上游览，参观了圣弗朗西斯科修道院、色彩缤纷的贝尔瓦古堡和伊勒塔海滩。她在帕尔马观看了斗牛，又在雷恩集市享用了海鲜。而且她总是孤身一人。

她去了福门特拉、巴尔德莫萨以及拉格兰哈，还参观了马纳科尔岛上的珍珠工厂。

"什么也没发现，"警探们向埃内斯托·马兹报告，"她就是来观光旅游的，局长。"

局长的秘书走进了办公室。"有个美国人要见您。丹尼尔·库珀先生。"

马兹局长有不少美国朋友。他喜欢美国人，而且他有一种感觉，尽管特里格南特警督提醒过他，但他仍认为，自己会喜欢丹尼尔·库珀的。

但是他错了。

"你是白痴，你们所有人都是。"丹尼尔·库珀厉声说道，"她当然不是来观光旅游的，她有目标。"

马兹局长勉强控制住了自己的脾气。"先生，你自己说过惠特尼小姐的目标总是很宏大，她喜欢做不可能的事情。我已经仔细检查过了，库珀先生。在马略卡，惠特尼小姐恐怕找不到什么足以施展才华的宏大目标。"

"她在这儿认识什么人吗……跟谁谈过话？"

对方怒气冲冲地回答："没有。没有人。"

"她肯定会和某个人见面的。"丹尼尔·库珀斩钉截铁地说。

"我终于知道了，"马兹局长自言自语道，"他们所说的丑陋的美国人是什么意思。"

马略卡有两百个已知洞穴，其中最令人心驰神往的是"龙洞"，它距离帕尔马约有一小时路程。自然的鬼斧神工造出了这些巨大无比的空穴，一直通到地底下很深的地方。洞穴周围有很多千奇百怪的钟乳石和石笋，洞内一片死寂，宛如墓穴。偶有地下水蜿蜒流淌着，流出的水或呈绿色，或呈蓝色，或呈白色，不同的颜色标示着地下水源的不同深度。溶洞里的重要地方都精心放置了火把，在昏暗火光的照耀下，这里仿佛是用象牙雕刻成的仙境，又好像是一排排走不出去的迷宫。没有向导引路是不准入洞的。早上，洞穴向公众一开放，洞里就挤满了游客。特蕾西选择在星期六参观这些洞穴，这时洞穴最拥挤，挤满了来自世界各国的数百名游客。她在柜台前买了门票，消失在人群中。丹尼尔·库珀和马兹局长手下的两名警探紧跟在她的身后。导游带着游客沿着狭窄的石路往下走，钟乳石像从上往下伸出的骨瘦如柴的手指，从上面滴落下来的水让路面很滑。石道两边有洞穴，像是壁龛，游客可以欣赏那些看起来或像巨鸟，或像怪兽，或像林木的钙层。石道上灯光昏暗，忽然间，特蕾西消失不见了。

丹尼尔·库珀急忙追过来，但她已经不见了踪影。人群都沿着石阶往下走，推搡着他，他根本没法去找她。他不知道特蕾西是在他的前面还是在他的后面。她肯定在这里计划着什么，库珀自己心里明白。可是，她究竟要怎么做？在哪里做？做什么呢？

龙洞最底部有个竞技场大小的洞，洞前是名为大湖的湖泊。这里有一座罗马式剧场，修建了一排排石凳，错落有致，供游客们坐下来欣赏每隔一小时演出的节目。此刻，游客们在黑暗中落座，等待表演开始。特蕾西一路数到第十层，走到第二十号座时，坐在第二十一座的男人转过身来。"有什么问题吗？"

"没有，冈瑟。"特蕾西俯身吻了他的脸颊。他说了些什么，她不得不靠得更近些，才能在周围嘈杂的人声中听到他的声音。

"我想最好不要让人看见我们在一起，以防有人跟踪你。"

特蕾西环视了一下这个巨大的黑色洞穴，里面坐满了人。"我们在这里很安全。"特蕾西看着他，好奇地问："你一定是有很重要的事。"

"是的。"冈瑟靠近她，"一位富有的主顾想得到一幅画，是戈雅的作品，叫《港口》。只要得手，他会付五十万美元现钞。这事超出了我的能力范围。"特蕾西沉思片刻。"还有其他人在尝试吗？"

"坦率地说，有。在我看来，他们成功的可能性很小。"

"画在哪里？"

"在马德里的普拉多博物馆。"

"普拉多！"

"绝不可能"这个词在特蕾西脑子里闪过。冈瑟靠得很近,对着她的耳朵说话,剧场中的位子已经坐满,人声鼎沸,但他全然不顾。"这事需要大智慧。这就是我想到你的原因,我亲爱的特蕾西。"

"真是受宠若惊了,"特蕾西说,"五十万美元吗?"

"是的,一次付清。"

演出正式开始了,剧场观众顿时安静了下来。那些原来没注意到的灯逐个地亮了起来,音乐在巨大的洞穴里回荡着。舞台就设在这片大湖上,正对着台下坐着的观众。湖面上,隐形舞台聚光灯突然将灯光聚在一个石笋上,只见一条平底船从石笋背后缓缓驶出。船上坐着一个风琴手,吹奏着悠扬抒情的小夜曲,夜曲穿过湖面飘荡在空中。观众们如痴如醉地看着那些灯光变化着各种颜色,黑暗的洞穴被装扮得绚丽多彩。小船悠悠地穿过湖面,慢慢消失了,悠扬的曲子也听不到了。

"太绝妙了,"冈瑟说,"单单就看这场演出,也算是不虚此行。"

"我喜欢旅行,"特蕾西说,"冈瑟,你知道我一直想去哪里看看吗?是马德里。"

站在洞穴的出口,丹尼尔·库珀看到特蕾西·惠特尼走了出来。她依然孤身一人。

第二十八章

位于马德里丽池区忠诚广场的丽兹酒店被公认为是西班牙顶级的酒店。一个多世纪以来,丽兹酒店为欧洲十几个国家的君主提供过宴饮和住宿服务。不少国家总统、国家元首和亿万富翁都曾下榻于此。关于丽兹酒店如何有名气的传闻,特蕾西的耳朵里已灌了不少。然而到了丽兹酒店后,她却非常失望。酒店的大厅年久褪色,看起来很破旧的样子。

酒店副经理将她送到了她订的411—412号套间。房间位于酒店南侧,临费利佩五世大街。

"惠特尼小姐,这房间您一定会满意的。"

特蕾西走到窗前,向外望去。正下方的马路对面就是普拉多博物馆。"这房间不错,谢谢你。"

窗外,街道上车辆川流不息,嘈杂声不绝于耳,但它可以满足特蕾西的需要,那就是这里可以俯瞰普拉多博物馆。特蕾西点了一份清淡的晚饭,在房间吃了后,便早早歇息。可等她躺下的时候,她才发现睡在那张床上简直就是一个现代人在忍受中世纪的酷刑。

午夜时,守在大厅的一名警探对前来换班的同事说:"她没离开过房间。我觉得她今晚应该不会再有什么行动了。"

马德里警察局总部位于太阳门,占据了一整个街区。这是一座红砖镶嵌的灰色大楼，顶部有一座很大的钟楼。正门上方飘扬着红黄相间的西班牙国旗，门口总有一名执勤警察站在那里守着，他穿着米黄色制服，戴着深棕色贝雷帽，手中端着机枪，腰间别着警棍、手枪和手铐。正是通过这个警察局总部，马德里警察才能与国际刑警组织保持着密切联系。

前一天，马德里的警察局长圣地亚哥·拉米罗收到了一份特别紧急的电报，通知他特蕾西·惠特尼即将到达马德里。他把电报的最后一句话读了两遍，然后打电话给巴黎国际刑警组织总部的安德烈·特里格南特警督。"我不明白您的意思，"拉米罗说，"您要我们向一个连警察都不是的美国人提供全面合作？理由是什么？"

"局长先生，我认为您会发现库珀先生很有用的，他了解惠特尼小姐。"

"她有什么可了解的？"局长反驳道，"她是一名罪犯。没错，也许还是一名很聪明的罪犯，但我们西班牙监狱里关的全都是聪明的罪犯。她惠特尼也不可能逃出我们的手掌心。"

"好的。那您会和库珀先生一起商议吗？"

局长十分不情愿地答道："如果您觉得他有用，我就没有异议了。"

"谢谢您，先生。"

"不客气，先生。"

拉米罗局长和他的在巴黎的同事一样，不喜欢美国人。他觉得美国人粗鲁无礼、唯利是图，而且天真幼稚。"说不定这一个美国人会不一样，"他想道，"也许我会喜欢他呢。"

见到丹尼尔·库珀的第一眼，拉米罗就讨厌他。

"欧洲一半的警察都败在了她的手下，"丹尼尔·库珀走进局长办公室时语气十分肯定地说，"她可能也会让你们同样输得很惨。"

局长不得不尽力控制住自己的怒火。"先生，我们不需要任何人来告诉我们该怎么做事。惠特尼小姐从今天早上抵达巴拉哈斯机场的那一刻起就一直处于监视之下。我向你保证，如果你的惠特尼小姐哪怕在街上捡起了一根别人的别针，她都会马上被送进监狱。她以前是没有与西班牙警察打过交道，不知道我们的厉害。"

"她不是来街上捡别针的。"

"那你认为她为什么来这里？"

"我目前也不确定。我只能告诉你她盯上的一定是个大目标。"

拉米罗局长闻言，得意地说："越大越好。我们会监视她的一举一动。"

特蕾西早上醒来时，脑袋昏昏沉沉的。昨晚她睡得非常痛苦，那张床简直像是黑衣修士托马斯·德·托尔克马达为异教徒设计的。她点了一份清淡的早餐，端着一杯热气腾腾的黑咖啡，然后走到能够俯瞰普拉多博物馆的窗口。

普拉多博物馆是一座雄伟的堡垒，由石头和当地黏土烧制的红砖建造而成，周围绿草茵茵，树木掩映。两根古典的多立克柱矗立在大门前，两边是通往门口的两排楼梯，底层临街处有两个侧入口。来自十几个国家的学童和游客在博物馆前排着队。上午十点整，两扇正大门被警卫打开，游客开始通过正中央的旋转门和一楼的两个侧门进入博物馆。

这时，电话铃响了，把特蕾西吓了一跳。可是除了冈瑟·哈托格，没有人知道她在马德里。她拿起电话。"喂？"

"小姐，您好。"电话中传来一个熟悉的声音，"我谨代表马德里商会给您致电，我奉命尽我所能确保您在我们的城市度过一段美好的时光。"

"杰夫，你怎么知道我在马德里？"

"小姐，马德里商会无所不知。您是第一次来这里吗？"

"对。"

"太好了！那我可以带您去几个地方。打算在马德里待多久，特蕾西？"

特蕾西知道他问这个问题就是投石问路。"我也说不准，"她轻描淡写地含糊过去了，"就待一阵子呗，该买的买完，该看的看完就走。你在马德里有何贵干？"

"和你一样啊。"他的语气和她的如出一辙，"购物观光。"

特蕾西才不相信巧合。杰夫·史蒂文斯来到马德里一定是出于同样的目的，那就是盗窃普拉多博物馆的藏画。

他问："有空一起吃个晚饭吗？"

特蕾西豁出去了。"有。"

"好，我会预约好骑师餐馆的座位。"

特蕾西当然不会对杰夫抱有任何幻想。但是她走出酒店大厅的电梯时,看到他正站在那里等候着自己,又不禁为见到他而莫名其妙地高兴起来。

杰夫挽住她的一只手。"亲爱的,你看上去太漂亮了!真美。"特蕾西确实精心打扮了一番。她穿着一套华伦天奴海军蓝西装,脖子上围着一件俄罗斯貂皮围巾,脚上穿着莫德·弗里松高跟鞋,手里拿着一个印有爱马仕"H"字母的海军蓝钱包。

丹尼尔·库珀正坐在大厅角落的一张小圆桌旁,面前摆了一杯气泡水。他看着特蕾西向她的男伴打招呼,心中涌起一股强烈的力量:"正义握在我的手中,这是上帝的神谕,我便是上帝之剑,代他向那罪恶复仇。我用我的生命来忏悔,而你将助我赎罪。我要惩罚你。"

库珀知道,世上没有任何一个国家的警察具备抓捕特蕾西所应有的智慧头脑。"但是我有这个头脑,"库珀心想,"她是我的猎物。"

特蕾西已经不仅仅是丹尼尔·库珀的一项任务中的对象,她已经让他着魔了。无论走到哪里,他都随身带着她的照片和文件,每到晚上睡觉前,他都会充满爱意地拿出来仔细阅读。他到达比亚里茨时已经太晚了,没能抓住她,她在马略卡岛又躲过了他,但现在国际刑警组织再一次找到了她的踪迹,库珀下决心这次一定要抓住机会。他晚上梦见特蕾西,她的身上一丝不挂,被关在一个巨大的笼子里,恳求他放了她。"我爱你,"他说,"但我永远不会让你自由。"

骑师餐馆位于爱河街,门面不大,但十分高级典雅。"这里的菜肴味道一绝。"杰夫自信地说道。

"他今晚看起来格外英俊。"特蕾西在心中想道。他的内心涌动着和特蕾西一样激动的情绪,她知道这是为什么:他们是对手,要在一场赌注极高的博弈中一较高下,看谁的计谋更胜一筹。"但最终的赢家一定是我,"特蕾西想,"我一定会抢在他前面想办法从普拉多博物馆偷走那幅画。"

"最近听到了一些很奇怪的传闻。"杰夫说。

她收回心思,把注意力集中在他的身上。"什么传闻?"

"你听说过丹尼尔·库珀吗?他是保险公司的侦探,很聪明。"

"没有。他怎么了?"

"你得当心。这个人很危险。我不想让你遇到任何危险。"

"别担心。"

"但我一直都在担心,特蕾西。"

她笑出了声。"为我担心吗?为什么?"

他伸出一只手,放在她的手上,用轻快的语气说:"你真的很特别。亲爱的,我的生活因为有你陪伴更加有趣了。"

"他的演技也太好了,"特蕾西想,"要是我不了解这个人,我真就相信他了。"

"点菜吧,"特蕾西说,"我都快饿死了。"

接下来的几天,杰夫和特蕾西把马德里尽情地逛了一遍。

两个人从未分开过。他们无论去哪里,后面都跟着两名拉米罗的手下,以及那个奇怪的美国人。拉米罗已经批准库珀加入监视组,仅仅是为了让库珀别在他的眼前烦他。这个美国人是个疯子,竟然相信那个叫惠特尼的女人要从他们警察的鼻子底下盗走什么贵重的东西,简直太荒谬了!

特蕾西和杰夫去了霍彻餐馆、比亚纳王子饭店和波丁餐厅,这些都是马德里的老店,但是杰夫还知道一些鲜有游客光顾的小店:帕科餐厅、排骨餐馆和猪肘餐馆。他带特蕾西在这几家店品尝了当地美味的炖菜,比如马德里传统的鹰嘴豆炖肉以及杂烩。他们还一起去了一家小酒吧,吃到了味道一流的下酒小菜塔帕斯。

无论他们去哪里,丹尼尔·库珀和另外两名警探都跟在其身后。丹尼尔·库珀小心地隔着一段距离观察着二人,心中十分疑惑:杰夫·史蒂文斯在这场戏中到底扮演什么角色。他是什么身份?特蕾西的下一个猎物是什么?或者他们二人在一起密谋着什么?

库珀找拉米罗局长询问道:"关于杰夫·史蒂文斯,你们掌握了什么信息?"

"没什么。他没有犯罪前科,是以游客的身份入境的。我想他应该只是那个女人找的伴。"

然而库珀的直觉却告诉他不是这样。但杰夫·史蒂文斯不是他的目标。"特蕾西,"他想,"我要的是你,特蕾西。"

一天深夜，特蕾西和杰夫结束游玩，回到了丽兹酒店，杰夫把她送到了房间门口。"我进去喝一杯睡前酒，行吗？"他提议道。

这个建议是如此诱人，特蕾西几乎就要点头同意。但她最终只是倾身向前，在他的面颊上轻轻落下一个吻。"杰夫，把我当作你的妹妹吧。"

"你对兄妹乱伦是什么态度？"

但她已经关上了房门。

几分钟后，他从自己的房间给特蕾西打了电话。"你明天愿意和我一起去塞哥维亚吗？那是个风景迷人的古城，离马德里只有几个小时的车程。"

"听起来不错。谢谢你，我今晚过得很开心，"特蕾西说，"晚安，杰夫。"

她久久不能入睡，脑子里塞的那些问题根本就是她无权去思考的。她已经太久没对一个男人产生感情了。查尔斯深深地伤害了她，她再也不想让自己受到伤害。有杰夫·史蒂文斯做伴确实很开心，但是她心里清楚，她绝对不会允许他越线。爱上他非常容易，同时也非常愚蠢。

因为那将毁了她。

但同时也会让她开心。

特蕾西左思右想，实在难以入眠。

塞哥维亚之旅简直完美无缺。杰夫租了一辆小车，他们驶出马德里，来到西班牙美丽的葡萄酒之乡塞哥维亚。一辆没有任何特殊标志的西雅特车一整天都跟在他们的后面，但那绝不是一辆普通的车。西雅特是西班牙唯一的国产汽车，也是西班牙警察的官方用车。常规型号只有100马力，但出售给国家警察和国民警卫队的型号被加大到150马力，因此不用担心特蕾西·惠特尼和杰夫·史蒂文斯会甩掉丹尼尔·库珀和两名警探。

特蕾西和杰夫到达塞哥维亚时刚好赶上吃午饭。他们在主广场一家装饰雅致的餐厅用了餐，餐厅的上方是罗马人建造的有两千年历史的高架渠。吃过午饭，他们在这座中世纪的古城漫步，参观了古老的圣玛丽亚大教堂和文艺复兴时期的市政厅，然后驱车前往阿卡萨城堡。这座古老的罗马城堡高高地矗立在一个凸出的山嘴上，俯瞰着整个城市。站在城堡上眺望，景色着实令人叹为观止。

"我敢打赌，要是咱俩待在这儿的时间足够长，准能看见堂吉诃德和桑丘·潘沙在下面的平原骑马。"杰夫说。

特蕾西打量着他。"那你也和堂吉诃德一样，喜欢把风车当成假想敌咯？"

"这取决于风车的形状。"他温柔地回答，把身子又挪得离她近了些，然而特蕾西借机从悬崖边走开了。"再给我讲讲塞哥维亚的历史吧。"

就这样，杰夫迷人的魔法一开始就中断了。

杰夫是个有激情的向导，不论是历史、考古，还是建筑，他都能侃侃而谈，无所不知。特蕾西必须时常提醒自己，这个人同时也是个骗术大师。今天是特蕾西度过的最开心的一天。

西班牙警方一名叫何塞·佩雷拉的警探冲库珀发起牢骚："他们俩除了偷走我们的时间以外，什么都没偷。这两个人就是出来旅游的一对小情侣，你看不出来吗？你确定她在策划什么犯罪吗？"

"我确定。"库珀愤怒地咆哮。他的反应如此强烈，库珀自己都感到不可思议。他唯一的目标就是抓住特蕾西·惠特尼，惩罚她，这是她罪有应得。她只是个罪犯，一项任务的对象。然而，每次看到特蕾西身边那个男伴挽起她的手臂时，库珀都感觉自己的心里怒火中烧。

特蕾西和杰夫回到马德里后，杰夫说："要是你没有玩得太累，我知道一个吃晚餐的好地方。"

"那太好了。"特蕾西还不希望今天就这样结束。"这一天我就奖励给自己吧，就让我像其他女人一样去尽情享受这属于我的一天。"

马德里人的晚饭吃得很晚，很少有餐馆在晚上九点之前开门营业。杰夫订了十点钟萨拉坎餐厅的位子。萨拉坎餐厅环境典雅，味道一流，服务也周到。特蕾西没有点甜点，但是服务员领班给他们端上了一盘精致的酥饼，她从未吃过这么好吃的点心。吃完后，她心满意足地靠在椅子上，开心极了。

"晚饭非常可口，谢谢你。"

"你能满意，我就很高兴了。要想讨好一个人，那你就得带她来这里。"

特蕾西打量了他一下。"杰夫，你想讨好我吗？"

他微微一笑。"当然了。你就等着瞧吧。"

接下来他们去了一家小酒吧，酒吧内烟雾缭绕，吧台和十几张桌子旁都挤满了穿着皮夹克的西班牙工人。酒吧的一侧有一个略高出地面的舞台，两个男人正在上面弹奏吉他。特蕾西和杰夫在舞台附近一张小桌子旁落座。"你对弗拉门戈舞有了解吗？"杰夫问道。他不得不加大音量才能盖过酒吧里的喧闹。

"我只知道是一种西班牙舞。"

"它最早起源于吉卜赛人。马德里那些高级夜店表演的弗拉门戈舞都不正宗，今晚你能看到正宗的弗拉门戈舞。"

他的语气中洋溢着热情，特蕾西对他嫣然一笑。

"你接下来会看到一种古典弗拉门戈组舞，由一群歌手、舞蹈演员和吉他手共同表演。首先他们会一起登台表演，之后再依次上场。"

丹尼尔·库珀坐在靠近厨房的角落里盯着特蕾西和杰夫，十分想知道他们究竟谈什么谈得那么专注。

"这种舞蹈非常精妙，所有的一切，每个细节都必须配合默契，包括动作、音乐、服装，还有节奏的把控……"

"你怎么会知道得这么多？"特蕾西问。

"我之前认识一个弗拉门戈舞演员。"

"难怪呢。"特蕾西想。

酒吧里的灯光暗了下来，小舞台被聚光灯照亮。然后音乐响起了，像是具有魔力一般。刚开始的节奏很慢。

一群表演者漫不经心地登上了舞台。女舞者都穿着五颜六色的裙子和衬衫，漂亮的安达卢西亚式发髻上插着高高的梳子和朵朵鲜花。男舞者都身穿传统的紧身裤和背心，脚上蹬着闪闪发光的科尔多瓦皮革半靴。吉他手弹奏着伤感的旋律，一个女歌手坐在旁边用西班牙语唱歌。

  Yo quería dejar

  A mi amante,

  Pero antes de que pudiera,

  Hacerlo ella me abandonó

Y destrozó mi corazón.

"你听得懂她唱的是什么意思吗？"特蕾西对杰夫耳语道。

"听得懂。'我要离开我的情郎，可是还没等离开，他就将我抛弃，伤透了我的心。'"

一个女舞者走到了舞台中央。她先跳了一段简单的踢踏舞步，跃动的吉他节奏推动着舞步逐渐加快。

节奏越来越快，舞蹈动作逐渐变得狂乱，那是一百年前在吉卜赛洞穴中诞生的舞步的变体。随着音乐越来越激昂，从阿莱格里亚舞到方丹戈舞，再从桑布拉舞到塞圭利亚舞，各种经典舞种不断变换，舞蹈节奏变得愈加疯狂。为了鼓励舞者，舞台边上的那些表演者不断发出叫喊声。

他们叫喊内容的大意是"母亲哟""圣徒哟""哎呀，哎呀"。随着他们的叫好声，舞者们跳出节奏更加狂乱的舞步。

音乐和舞蹈戛然而止，整个酒吧陷入了一阵沉默，随之又爆发出热烈的掌声。

"她表演得太棒了！"特蕾西由衷地感叹道。

"好戏还在后面呢。"杰夫告诉她。

第二位女舞者踏入了舞台中央。她肤色黝黑，有一种卡斯蒂利亚人的古典美。她的表情看上去很冷漠，似乎完全感觉不到观众的存在。吉他手开始演奏波列罗舞曲，那是哀婉而低沉的曲调，听起来有东方韵味。这时，一位男舞者加入，与她共舞，响板也随之敲起稳定而有力的节奏。

旁边坐着的表演者为他们喝彩助兴，随着舞蹈拍起手来，把音乐和舞蹈的节奏性变得更强，直到整个房间都回荡着踢踏舞的响声。舞者用脚尖、脚跟和整个鞋底敲击出变幻多端的音调和节奏。两位舞者的身体分开，又在越来越狂热的欲望中逐渐靠近，直到他们在没有接触的情况下表达出了疯狂、暴力、动物般的爱，达到狂野、激情的高潮，引得观众尖叫起来。当灯光熄灭又亮起时，人群爆发出热烈的欢呼，特蕾西也和其他人一起叫好。她尴尬地发现自己的性欲被激发出来了。她害怕碰上杰夫的目光。他们之间的空气似乎也在紧张地振动着。特蕾西低头看着桌子，看着他强壮、黝黑的双手，她能感觉到那双手从慢到快，最终急切地爱抚着她的身体。她的双手开始颤抖，为了掩饰，她迅速地把双手夹在膝间。

坐车回酒店的途中，他们几乎一句话都没有说。到了特蕾西的房间门口，她转过身说："今天真是……"

杰夫的嘴唇贴在了她的唇上，她伸出双臂，紧紧地环抱住他。

"特蕾西……"

她几乎就要应声了，但是残存的最后一丝意志力促使她说道："杰夫，今天太累了，我一躺下估计就能睡着。"

"哦。"

"我觉得我明天需要待在房间里休息。"

他回答的语调十分平淡。"好主意，我明天估计也得好好休息一下。"

两个人谁都不相信对方说的话是真的。

第二十九章

第二天上午十点四十分,在普拉多博物馆入口,特蕾西加入了等候的长队中。大门开启后,一个穿着制服的警卫操纵着旋转栅门,一次只放进一名游客。

特蕾西买了一张票,随人群一起踏入巨大的圆形大厅。丹尼尔·库珀和佩雷拉警探跟在她的身后。库珀心中越来越激动,他确定特蕾西·惠特尼不仅仅是来这里参观的。无论她有什么计划,现在都刚刚开始。

特蕾西从一个展厅漫步到另一个展厅,不慌不忙地欣赏鲁本斯、提香、丁托列托、博斯等大师的作品,又欣赏了多米尼柯·狄奥托科普洛,也就是著名的埃尔·格列柯的画作。戈雅的画作被收藏在底层一个特别的展厅里。

特蕾西注意到,每个展厅的入口都有一名穿制服的警卫把守着,警卫的手肘处有一个红色的报警按钮。她知道,一旦按钮被按下,警报响起,所有的出入口都会被封死,到时候一定是插翅难逃。

她坐在缪斯厅中央的长椅上,厅内摆满了十八世纪佛兰德斯大师们的画作。特蕾西的目光转向了地板,她可以看到门口两侧各有一个圆形的装置,晚上会被打开,射出红外线光束。特蕾西之前参观过的博物馆里,警卫们困倦不堪、百无聊赖,很少注意喋喋不休的游客,但这里的警卫们非常警觉。世界各地的博物馆都有艺术品遭到极端分子污损的情况,普拉多绝不会容许这种事情发生。

十几个展厅内都有艺术家摆好画架,孜孜不倦地临摹着大师们的画作。博物馆默许这样的行为,但是特蕾西注意到警卫们把那些临摹作品的人看得很紧。她逛完主层的展厅后,下楼走向底层,去看弗朗西斯科·德·戈雅的画展。

佩雷拉警探对库珀说:"看到没有,她除了看画,别的什么都没干。她……"

"那你就错了。"库珀三步并作两步跑下楼梯。

据特蕾西的观察,戈雅的展厅比其他展厅要更加戒备森严,这是理所应当的。这一墙又一墙的画作,展现的是令人难以置信的永恒之美,特蕾西一幅幅看过去,被这个男人惊世的艺术天赋所吸引。戈雅的《自画像》把自己画得像牧神潘中年时期的模样,还有色彩细腻精巧的《查理四世一家》,以及《着衣的玛哈》和著名的《裸体的玛哈》。

就在那里,《女巫安息日》旁边,正是《港口》。

特蕾西停下脚步,盯着这幅画,她的心剧烈地跳动起来。在这幅画的前景里,十几个穿着华丽的男女站在一堵石墙前,而在背景中,透过夜晚的薄雾可以看到港口的渔船和远处的灯塔。画的左下角是戈雅的签名。

这幅画就是目标。五十万美元。

特蕾西朝四周看了看,入口处有一名警卫。越过他,顺着通向其他展厅的走廊望去,她可以看到有更多的警卫在把守着。她在那里驻足停留了很长时间,端详着《港口》。她刚准备离开,就看见一群游客正在下楼,杰夫·史蒂文斯就在其中。特蕾西赶紧扭过头,不等他注意到她就匆匆从侧门离去。

"这将是一场竞赛。史蒂文斯先生,我一定会赢的。"特蕾西心想。

"她计划偷走一幅普拉多博物馆的藏画。"

拉米罗难以置信地盯着丹尼尔·库珀。

"放屁!谁都不可能把画从普拉多博物馆偷出来。"

库珀固执地说:"她在那里待了一上午。"

"普拉多博物馆从未发生过盗窃案件,此后也永远不会发生。你知道为什么吗？因为那根本不可能。"

"她绝不会用常规的办法。你必须给博物馆的通风口做好防护，以防毒气袭击。如果警卫在执勤时喝咖啡，一定确认好咖啡的来源是否可以信任，是否有机会被人下药。还有，要检查饮用水……"

拉米罗局长的耐心已经耗尽。在过去的一星期里，他不得不忍受这个粗鲁无礼、令人生厌的美国人。这已经够糟糕的了，他居然还浪费了宝贵的人力夜以继日地跟着特蕾西·惠特尼，而他们国家警察的预算已经非常紧张了；但是现在，这个混蛋站在他面前，还要指挥自己如何管理他的部下，他再也忍受不了了。

"我看这位女士不过就是来马德里度假的。我将撤销对她的监视。"

库珀闻言震惊不已。"不！你不能这么做，特蕾西·惠特尼是……"拉米罗局长拍案而起。"先生，请你不要对我的工作指手画脚。如果你没有别的话要说，我还有很多事情要忙。"

库珀站在那里，满腹的失望和沮丧。"那我只能自己继续跟踪了。"

局长冷冷地笑了。"继续跟踪，好保护普拉多博物馆免遭那个女人的毒手？太好了，库珀先生，我晚上终于能安心地睡个好觉了。"

第三十章

这次成功的概率微乎其微,冈瑟·哈托格曾这样提醒特蕾西,要想成功,就必须别出心裁。

特蕾西心里彻底明白了,冈瑟说的话简直就是本世纪最含蓄的一句话。

她站在自己房间的窗前俯瞰普拉多博物馆的天窗,回想着这几天了解到的关于博物馆的一切信息。上午十点开馆,下午六点闭馆,闭馆时警报器会关闭,但警卫会把守每一个入口和每一个展厅。

特蕾西心想,即使有人能设法从墙上取下一幅画,也没有办法偷偷带出去。所有的包裹都必须在门口接受检查。她研究了普拉多的屋顶,考虑着要不要进行一次夜间突袭。但是有几个缺点,首先就是太明显,极易被人发现行踪。

特蕾西已经发现,夜间会有无数的聚光灯将博物馆的屋顶照亮,方圆几英里都能看到。即使有可能在不被发现的情况下进入博物馆,馆内仍然有红外光束和值班警卫。普拉多博物馆似乎坚不可摧。

杰夫打的是什么算盘?特蕾西确信,他一定会尝试对戈雅的那幅画下手。"要是能知道他那狡猾的小脑袋里想的是什么,我愿意付出一切。"但是有一点特蕾西是确定的:她绝不会让他捷足先登。她一定会想出办法。

第二天上午,她又来到了普拉多博物馆。

除了游客的面孔换了一批，一切都和昨天别无二致。

特蕾西一直留意着杰夫的身影，但他没有出现。

特蕾西心想："他已经想好要怎么偷画了。这个混蛋向我散发魅力就是为了让我分心，不让我抢先得到那幅画。"

她将自己的怒火压下去，然后开始以冷静、清晰的逻辑思考。特蕾西又走到《港口》前，视线扫过旁边的几幅画。警卫仍然谨慎地把守着展厅，业余画家坐在小凳子上，面前摆着临摹用的画架，还有人群不断地从这个展厅拥进拥出。她注视着这一切，心跳骤然加快了。

"我想到办法了！"

特蕾西走进格兰大道的一个公共电话亭打电话，丹尼尔·库珀站在一家咖啡馆门口望着她，想着要是能够知道电话另一端的人是谁，他愿意拿一年的工资做交换。但他可以确定的是，她打的一定是国际电话，而且是对方付费，这样就不会留下记录。他还发现今天她穿了一条自己从未见过的灰绿色亚麻连衣裙，她的一双长腿裸露在空气中。"这样就能吸引男人们盯着她的腿看了，"他心想，"贱货。"他心中怒火翻涌。

电话亭内，特蕾西已经准备结束通话了。

"冈瑟，一定要找一个手快的。他只有两分钟。成败就在于速度了。"

收件人：雷诺兹

文件编号：Y-72-830-412

发件人：丹尼尔·库珀

机密报告

主题：特蕾西·惠特尼

我认为监视目标将在马德里实施一项重大犯罪。她盯上的可能是普拉多博物馆。西班牙警方终止了合作，但我会亲自监视目标，并在适当的时候抓捕她。

两天后，上午九点，特蕾西来到了马德里市中心的丽池公园。此刻，她坐在花园内的长椅上喂鸽子。丽池公园景色优美，园内湖光粼粼，树木葱郁，草坪经过精心养护，还设有儿童表演的小型舞台，是马德里人游玩的好去处。这时，一位叫塞萨尔·波雷塔的老者——头发灰白、微微驼着背的男子，沿着公园小径走过来。走到长椅旁时，他在特蕾西身边坐下，打开一个纸袋，掏出面包屑扔给鸽群。"小姐，早上好。"

"早上好。有什么问题吗？"

"没有，小姐。给我个具体的日期和时间就可以了。"

"我还没定，"特蕾西告诉他，"快了。"

他咧开嘴笑了，门牙都已经掉光。"警察肯定会急疯的。从来没人做过这样胆大包天的事。"

"这正是这个办法能够成功的原因，"特蕾西说，"我会再给你捎信的。"她把最后一点面包屑扔给鸽子，站起身来。她慢慢走远，丝绸连衣裙的裙摆随着脚步轻轻摩挲着她的膝盖，模样十分性感。

特蕾西在公园和塞萨尔·波雷塔见面时，丹尼尔·库珀正在搜查她酒店的房间。他在大厅里看着特蕾西离开酒店向公园走去。她没有订任何客房服务，库珀确定她是出去吃早餐了。他给了自己三十分钟。进入她的房间简直易如反掌，只要避开做清洁的服务员，再使用开锁工具就可以了。他知道自己要找什么：一幅名画的复制品。他不知道特蕾西打算如何调包，但他确信这一定是她的计划。

库珀轻手轻脚，十分迅速地搜查了套房，一点细节都没有放过。他把卧室留到了最后。他翻遍了壁橱，检查了她的衣服，然后是衣柜。他一个接一个地打开抽屉，里面装满了内裤、胸罩和连裤袜。他拿起一条粉红色的内裤，在脸颊上摩擦，想象着穿着它的散发着芳香的肉体。他突然觉得房间里到处都充盈着她的气味。他把衣服放回原处，迅速翻遍了其他抽屉。他没看到什么画。

库珀走进浴室。浴缸里还留有水滴。库珀可以想象，她的身体就躺在那里，浸在子宫一样温暖的水中。他想象特蕾西躺在里面，一丝不挂，水爱抚着她的身体，她的臀部上下起伏。他感觉到了自己的兴奋。他从浴缸里拿起湿毛巾，捂住嘴唇。她身上的气味在他的周围盘旋，他拉开裤子拉链，用一块湿肥皂在毛巾上擦了擦，然后自己玩了一会儿。他面对着镜子，看到了自己燃烧着欲望的眼睛。

几分钟后,他离开了房间,和来的时候一样悄无声息。出门后,他直奔附近的教堂。

第二天早上,特蕾西离开丽兹酒店时,丹尼尔·库珀跟在她的身后。他感觉他们之间有了一种前所未有的亲密关系。他熟悉她的气味,在想象中见过她洗澡,目睹过她赤裸的身体在温水中扭动。她的整个身体都完全属于他了,她必须由他来亲手毁掉。他看着她沿着格兰大道漫步,浏览店里的商品,他跟着她进了一家大型百货商店,小心翼翼地躲在她的视线之外。他看见她和一个职员说话,然后走向了女厕所。库珀沮丧地守在厕所门外的不远处,这是他唯一不能跟进去的地方。如果库珀能跟进去,他会看到特蕾西正和一个身材极其肥胖的中年妇女说着话。

"明天,"特蕾西一边说,一边对着镜子涂口红,"明天上午十一点。"

那女人摇了摇头。"不行,小姐。他不会同意的。你挑了个最糟糕的日子。明天卢森堡王子会抵达马德里进行国家访问,报纸上说他会来普拉多博物馆参观,到时候肯定整个博物馆都是警卫,比平时要多得多。"

"越多越好。就明天。"

特蕾西转身出了门,那个女人注视着她的背影,嘴里咕哝道:"这个女人真是疯了……"

卢森堡王子一行人原定于上午十一点整到达普拉多博物馆,周围的街道已经被国民警卫队封锁。由于总统府的仪式推迟,王子及随行人员直到接近中午时分才到达。先是警笛的鸣叫由远及近,随后警车护送着六辆黑色豪华轿车停在普拉多博物馆大门的台阶前。

普拉多博物馆馆长克里斯蒂安·马查达正站在博物馆的入口处,紧张地等待王子殿下莅临。

马查达馆长早上仔细检查了一遍馆内各处,确保一切正常,也预先提醒过警卫们要特别警惕。马查达馆长对博物馆非常自豪,他想要给王子殿下留下一个好印象。"多结交些身居高位的朋友总没有坏处,"马查达心想,"谁知道呢?说不定我会受邀与王子殿下一道出席今晚总统府的宴会。"克里斯蒂安·马查达唯一遗憾的就是没有办法阻止成群结队的游客在馆内四处游荡,但是王子的保镖以及博物馆的安保人员都会保证王子殿下的人身安全。一切准备就绪，只等王子到来了。

王子殿下一行人从楼上的主楼层开始参观。馆长热情地欢迎了殿下，并在武装警卫的陪同下，和王子一起穿过圆形大厅，参观了一个个展厅。这些展厅内陈列的是十六世纪西班牙画家的作品，这些画家包括胡安·德·华内斯、佩德罗·马丘卡、费尔南多·亚涅斯。王子缓慢地移动着，享受着展现在他面前的视觉盛宴。他本人也曾赞助过画家，对他们充满着崇敬之情，因为他觉得画家能够让冷冰冰的过去在其笔下栩栩如生，被赋以永恒的生命力。王子自己没有绘画天赋，当他环顾展厅时，却十分妒忌那些站在画架前，试图从大师的作品中攫取天才火花的画家。

他们参观完楼上的展厅，克里斯蒂安·马查达用骄傲的口气说："现在，如果王子殿下允许的话，我将带您下楼观看戈雅的画展。"

特蕾西整个上午都紧张不安。王子殿下没有按原计划十一点到达普拉多博物馆，她就慌张起来。她已经安排好了一切，整个计划是按秒来进行的，但她需要王子殿下才能让这个计划得以实施。

她从一个展厅走到另一个展厅，混迹在人群之中，尽量不引起任何人的注意。"他不会来了，"特蕾西沮丧地想，"我只好取消计划了。"就在这时，她听见外面的街道上警笛的呼啸声越来越近。

丹尼尔·库珀站在隔壁展厅里一个有利的位置注视着特蕾西，也听到了警笛声。他的理智告诉他，谁都不可能从博物馆偷走一幅画，但他的直觉却告诉他，特蕾西一定会下手的。而且库珀一直相信自己的直觉。他混在人群中，慢慢向她靠近。他打算每时每刻都盯着她。特蕾西所在的展厅与陈列着《港口》的展厅相邻。从敞开的门口，她可以看到驼背的塞萨尔·波雷塔坐在画架前，正临摹着《港口》旁边戈雅的《着衣的玛哈》。一个警卫站在离他三英尺远的地方。在特蕾西的展厅里，一位女画家站在画架前，十分专注地临摹着《波尔多的挤奶女工》，试图捕捉戈雅的画作上那独到的棕色和绿色。

这时，一群日本游客拥进了展厅，像一群珍奇的鸟一样叽叽喳喳。"就是现在！"特蕾西告诉自己。这是她一直在等待的时刻，她的心怦怦直跳，她真是害怕警卫会听到她的心跳声。她避开了正往这边走来的日本旅游团，向女画家靠近。当一个日本男子在特蕾西面前走过时，特蕾西向后摔倒，好像被推了一把似的，撞到了女画家身上，一时间，画架、画布倒在地上，颜料散落得到处都是，画家本人也被撞倒在地。

"哦，我非常抱歉！"特蕾西惊呼道，"我来帮你。"她走向那位受惊的女画家时，脚后跟踩在散落的颜料上，把地板弄得一团糟。丹尼尔·库珀目睹了一切，他急忙走近，每个感官都警觉起来。他确信特蕾西·惠特尼已经迈出了第一步。

警卫冲过来，嘴里喊着："怎么了？怎么了？"这起意外吸引了游客们的注意力，他们聚拢在摔倒的女画家周围，散落一地的颜料管被踩来踩去，各色颜料冒出来，在木地板上留下一个个怪异的图形。这里简直乱成一团，而王子殿下随时都有可能走进这个展厅。警卫顿时手足无措起来，他大喊："塞尔吉奥！来这边！快来！"

特蕾西看着隔壁展厅的警卫飞奔过来帮忙。现在隔壁展厅里只有塞萨尔·波雷塔一个人和《港口》在一起。

特蕾西被卷入了一场混乱之中。两名警卫拼命想要把游客从地板被弄脏的地方推走，但是根本就是徒劳。"把馆长叫过来，"塞尔吉奥喊道，"马上！"

另一个警卫急忙朝楼梯奔去。怎么回事！真是一团糟！

两分钟后，克里斯蒂安·马查达来到了灾难现场。他惊恐地看了一眼地板上的惨状，喊道："找几个清洁工来——快！拖把、布和松节油。快！"一个年轻的助手听了他的吩咐急忙跑出去。

马查达转向塞尔吉奥，厉声说道："回你的岗位去！"

"好的，先生。"

特蕾西看着警卫从人群中挤过去，回到塞萨尔·波雷塔所在的那个展厅。

库珀的目光一刻也没有离开过特蕾西。他一直在等待她做出下一步行动。但是她没有。她没有走近任何一幅画，也没有与同伙接触。她所做的只是打翻了一个画架，把一些颜料洒在了地板上。他确信她是故意的。但是她的目的是什么呢？不知何故，库珀觉得某个计划好的事情已经发生了。他环顾了一下展厅的墙壁。一幅画都不少。

库珀匆匆走进隔壁展厅。那里除了警卫和一个老头，再没有别人了。那老头驼着背坐在画架前，临摹着《着衣的玛哈》。所有的画都好端端地挂在墙上。但是肯定有哪里不对劲。库珀就是知道。他急忙回到疲惫焦虑的馆长身边，他早前与馆长见过面。"我有理由相信，"库珀脱口而出，"在过去的几分钟里，有一幅画被盗走了。"

克里斯蒂安·马查达疑惑地盯着这个眼睛瞪得大大的美国人。"你在说什么？如果是这样的话，警卫早就拉响警报了。"

"我认为有一幅画已经被人用某种方法调包了。"

馆长向他露出了一个宽容的微笑。"先生，你的假设有一个小问题。虽然我们没有公开这个秘密，但每幅画背后都隐藏着传感器。如果有人试图从墙上拿走一幅画——他们肯定要先拿下一幅画才能用另一幅替换，警报会立即响起。"

丹尼尔·库珀仍不死心。"警报器的电源是否会被切断？"

"不会，如果有人切断了连接电源的电线，警报也会响起。先生，任何人都不可能从这个博物馆把画偷走。我们的安保措施可以说是万无一失。"

库珀沮丧地站在那里，浑身颤抖着。馆长说的话似乎很有说服力。把画偷走是不可能的。

但为什么特蕾西要故意把那些颜料弄洒呢？

库珀不想放弃。"您就再配合我一下，可否让您的员工彻底检查一下博物馆，确保没有丢失任何藏品？我会在酒店等您的消息。"

丹尼尔·库珀也只能做到这一步了。

当晚七点，克里斯蒂安·马查达给库珀打了电话。

"先生，我亲自检查过了。所有的画都在各自的位置上，博物馆什么都没丢。"

看来，只能这样了。弄洒颜料似乎只是一个意外而已。但是丹尼尔·库珀具有猎人般的直觉，他敏锐地意识到自己的猎物已经逃脱了。

杰夫邀请特蕾西在丽兹酒店的主餐厅吃饭。

"你今晚看起来特别光彩照人。"杰夫赞美她。

"谢谢你，我确实感觉不错。"

"那应该是有我陪伴的缘故。特蕾西，下星期跟我去巴塞罗那吧。那个城市特别迷人。你肯定喜欢……"

"杰夫,抱歉。我去不了,我要离开西班牙了。"

"真的吗?"他的语气满是遗憾,"什么时候离开?"

"过几天吧。"

"啊,那可太叫我难过了。"

"如果你知道《港口》已经落入我手中,"特蕾西心想,"你会更难过的。"她很好奇杰夫是如何计划去偷那幅画的。不过,他的计划是什么再也不重要了。"我已经赢过了聪明的杰夫·史蒂文斯。"然而,不知为何,特蕾西的心中却又掠过一丝遗憾。

克里斯蒂安·马查达坐在办公室里,早晨的这杯浓浓的黑咖啡他要慢慢享受,慢慢品味王子殿下的访问取得成功后的喜悦。

颜料的意外事件是个缺憾,但除此之外一切都是按计划顺利进行的。幸亏他当时将王子及其随从引向了别的展厅,地板上的污渍得以清理干净了。馆长想到那个白痴一样的美国调查员,竟然想让他相信有人从普拉多博物馆偷了一幅画,他轻蔑地笑了笑。"昨天不可能,今天不可能,明天也不可能,永远都不可能。"他沾沾自喜地想。

他的秘书走进办公室。"馆长先生,打扰您一下,有位先生想要见您,他叫我转交这个。"

她递给馆长一封信,信的抬头有"苏黎世美术馆"的字样。

尊敬的同事:

兹以此信介绍我馆高级艺术专家亨利·伦德尔先生。伦德尔先生正在参观世界各地的博物馆,热切盼望能够一览贵馆无与伦比的收藏。伦德尔先生若能承蒙您的关照,我将不胜感激。

信上有苏黎世美术馆馆长的亲笔签名。

"看吧,"马查达馆长高兴地想,"人们迟早都会有求于我。"

"让他进来吧。"

亨利·伦德尔身材高大,相貌出众,头顶秃了,说话带着浓重的瑞士口音。他们握手时，马查达注意到这位客人的右手缺了食指。

亨利·伦德尔说："非常感谢您。这是我第一次有机会访问马德里，我很期待看到贵馆著名的艺术作品。"

克里斯蒂安·马查达谦虚地说："我想您不会失望的，伦德尔先生。请跟我来，我会亲自陪同您参观。"

他们慢慢地穿过圆形大厅，厅内陈列着佛兰德斯大师、鲁本斯及其追随者的作品。之后，他们参观了挂满西班牙大师画作的中央画廊，亨利·伦德尔仔细研究了每一幅画。这两个人以专家的身份交谈，对不同艺术家的风格、视角和色彩感进行评价。

"现在，"馆长宣布，"我们要去看的作品是西班牙的骄傲。"他带客人下了楼，走进陈列着戈雅画作的展厅。

"真是视觉的盛宴啊！"见到如此多的名作，伦德尔按捺不住激动的心情，"麻烦您让我站在这里好好看看。"

克里斯蒂安·马查达站在一旁等着，看到客人对画作如此敬慕，心里一阵得意。

"我从未见过如此绝妙的作品！"伦德尔赞叹道。他缓慢地在展厅内走动，依次仔细欣赏着戈雅的每一幅画作。

"《女巫安息日》——令人震撼！"

二人继续走着。

"戈雅的《自画像》——神韵之作！"

克里斯蒂安·马查达听得眉开眼笑。

伦德尔在《港口》前驻足，说了一句："高明的仿作。"然后便准备继续向前走。馆长一把抓住他的胳膊。

"什么？先生，你刚刚说什么？"

"我说这是一幅高明的仿作。"

"那您就大错特错了。"他的声音显得十分恼怒。

"我并不这么认为。"

"您肯定是弄错了，"马查达固执地说，"我向您保证，这是真品。我有出处。"

亨利·伦德尔又走回《港口》前，更加仔细地端详这幅画。"出处也是伪造的。这幅画出自戈雅的徒弟尤金尼奥·卢卡斯·帕迪拉笔下。当然，你是知道的，卢卡斯画了数百张戈雅的仿作。"

"我当然知道，"马查达冷冷地打断他说，"但这幅绝不是仿作。"

伦德尔耸耸肩。"我尊重您的判断。"说完，他就往前走去。

"是我亲自买下的这幅画，它通过了光谱检测、颜料检测……"

"这是自然。卢卡斯和戈雅是同时期的画家，用的材料当然是一样的。"亨利·伦德尔弯下腰检查画底部的签名。

"如果您愿意，有一个很简单的方法能够让您放心。把这幅画带回您的修复室，检验一下签名。"他轻声笑起来，"卢卡斯的自负让他在自己的画作上签上名字，但他的钱包又迫使他伪造戈雅的签名盖住自己的签名，这样就能大大提高画价。"伦德尔看了一眼手表。"请原谅我，我接下来还有约会，要迟到了。非常感谢您与我分享您的藏品。"

"不客气。"馆长冷冷地说。他暗暗地想："这人显然是个傻子。"

"我住在麦格纳别墅，有什么我能帮上忙的，随时找我。再次感谢您，先生。"亨利·伦德尔离开了。

克里斯蒂安·马查达盯着他离去的背影。这个瑞士来的傻瓜竟然把如此珍贵的戈雅名作说成仿作！

他又转过身去看那幅画。美轮美奂，绝对是一件杰作。他俯下身来检查戈雅的签名。看起来完全正常。但是，会有那种可能吗？怀疑的种子一旦种下，是不会轻易消失的。每个人都知道，与戈雅同时代的尤金尼奥·卢卡斯·帕迪拉以伪造大师作品为生，画了数百幅戈雅的仿作。

马查达为戈雅的《港口》支付了三百五十万美元。如果他被欺骗了，这将成为一个可怕的污点，是他完全不敢想的事情。

亨利·伦德尔有一句话说得在理：确实有一种简单的方法能够确定这幅画的真伪。他会检验签名，然后打电话给伦德尔，礼貌地建议他换一个更合适的职业。

馆长把他的助理叫过来，吩咐他把《港口》送到修复室。

名画检验是精细活，稍有不慎，就可能会毁掉一些不可替代的无价之宝。

307

普拉多博物馆的名画修复师都是专家。他们中的大多数都是没能成名的画家，从事修复工作，是为了能够接近他们热爱的艺术。他们最初是学徒，师从修复大师，工作多年后才成为大师助手，得到修复名作的许可，但还是要在高级修复师的监督之下才能修复名画。

在克里斯蒂安·马查达的注视下，负责普拉多艺术品修复的胡安·德尔加多将《港口》放在一个特殊的木架上。

"我想让你检验一下签名。"馆长告诉他。

德尔加多按捺住自己内心的惊讶。"好的，馆长先生。"他把异丙醇倒在一个小棉球上，放在画旁边的桌子上。在第二个棉球上，他倒了一种石油馏出物作为中和剂。

"先生，我准备好了。"

"那就开始吧。一定要小心！"

马查达突然感觉呼吸困难。他看着德尔加多夹起第一个棉球，轻轻触碰戈雅签名中的字母"G"。马上，德尔加多又夹起第二个棉球，中和该区域，避免异丙醇渗透太深。然后两个人仔细查看了画布。

德尔加多皱起眉头，说道："对不起，我还是无法判断，我得用一种更强效的溶剂。"

"用吧。"馆长下了指令。

德尔加多又打开了另一个瓶子。他小心翼翼地将丙酮倒在一个新的棉球上，用这个棉球再次触碰签名的第一个字母，然后立即用第二个棉球涂上中和剂。房间里充满了化学物质的刺鼻气味。克里斯蒂安·马查达站在那里盯着这幅画，不敢相信他的眼睛。戈雅签名中的字母"G"缓缓消失，取而代之的是一个清晰可见的"L"。

德尔加多转向馆长，面色惨白。"我……我还要继续吗？"

"要，"马查达嗓音嘶哑地答，"继续。"

慢慢地，戈雅的签名在溶剂的作用下一个字母接一个字母地褪去，卢卡斯的签名显现出来。每个字母的出现都像是冲着马查达的腹部狠狠地打了一拳。

他，世界上最重要的博物馆之一的负责人，被欺骗了。董事会很快会知晓这件事，西班牙国王也会知晓这件事，全世界都会知晓这件事。他彻底完了。

他跌跌撞撞地回到办公室，给亨利·伦德尔打了电话。

二人坐在马查达的办公室里。

"您是对的，"馆长心情沉重地说，"那幅画确实是卢卡斯的仿作。要是消息传出去，我肯定会沦为公众的笑柄。"

"卢卡斯欺骗了许多专家，"伦德尔安慰他道，"我恰巧对他的仿作感兴趣。"

"我花了三百五十万美元才买下这幅画。"

伦德尔耸耸肩。"这笔钱能追回来吗？"

馆长绝望地摇摇头。"我是直接从一位寡妇手里买下的这幅画，她声称这幅画在她丈夫的家族里已经传了三代了。如果我起诉她，这个案子必然会从一个法庭闹到另一个法庭上去，到时候新闻媒体的报道肯定会给博物馆带来负面的舆论。真到了那个地步，博物馆里的所有藏品都会被怀疑是赝品。"

亨利·伦德尔绞尽脑汁地思考着。"确实没有必要公开这一消息。您为什么不向上级做一番解释，然后悄悄地处理掉那幅仿作？您可以把这幅画送到苏富比拍卖行或佳士得拍卖行，让他们拍卖掉。"

马查达摇摇头。"不可能。那样全世界都会知道的。"

伦德尔脸上的表情突然兴奋起来。"您很走运。我可能有一个客户愿意购买卢卡斯的仿作。他专门收集这些作品，是个守口如瓶的人。"

"能处理掉这幅画我就很高兴了。我再也不想看到它了。我众多珍稀的藏品中居然混着一件赝品，把它送人都行。"他痛苦地说。

"那倒不必。我的客户可能愿意付你五万美元。要我打个电话吗？"

"伦德尔先生，您真是太热心了。"

紧急会议上，董事会成员对普拉多博物馆引以为傲的一件藏品居然是赝品这一消息大为震惊，震惊之余他们决定必须不惜一切代价避免这个消息走漏出去。他们一致同意，最为稳妥的做法就是尽快悄悄地处理掉这幅画。会议结束后，身穿深色西装的董事会成员从会议室默默地鱼贯而出。他们没有一个人搭理马查达。他惶恐不安地杵在那里，内心为自己的过失极度煎熬着。

当天下午交易就达成了。亨利·伦德尔去了趟西班牙银行，拿回了一张五万美元的保付支票，那幅尤金尼奥·卢卡斯·帕迪拉的仿作被用一块不显眼

309

的粗麻布包着，交到了他的手上。

"如果这件事被公之于众，董事会将会非常恼火的，"马查达委婉地说，"但我向他们做过保证，您说的这个买家会守口如瓶。"

"这一点您大可放心。"伦德尔保证道。

亨利·伦德尔离开博物馆后，乘出租车来到马德里北端的一个住宅区，他拿着油画上了楼梯，来到三楼的一套公寓，敲了敲门。开门的是特蕾西。塞萨尔·波雷塔站在她的身后。

特蕾西用探询的目光看着伦德尔，他咧开嘴笑了。"他们简直迫不及待地想把这个脱手！"亨利·伦德尔得意扬扬地说。特蕾西高兴地一把抱住了他。"快请进。"

波雷塔接过画，摊放在桌子上。

"啊哈，"驼背老者说道，"你们将见证一个奇迹——戈雅的真迹将重见天日。"

他伸手拿了一瓶含薄荷醇的酒精，打开瓶盖。刺鼻的气味立刻充满了房间。在特蕾西和伦德尔的注视下，波雷塔往一块棉花上倒了一点酒精，轻轻地用棉花一个字母接一个字母地擦拭卢卡斯的签名。渐渐地，卢卡斯的签名开始隐去，露出下面戈雅的签名。

伦德尔简直看呆了。"太神奇了！"

"这个主意是惠特尼小姐想到的，"驼背老者说道，"她问有没有办法能用假签名盖住画家原来的签名，再用原画家的签名遮住假签名。"

"具体的办法是他想出来的。"特蕾西微笑道。

波雷塔谦虚地说："其实很简单。只用了不到两分钟。诀窍在于我使用的颜料。首先，我在戈雅的签名上涂了一层高纯度的法国白色上光剂，以保护原签名。然后，我用快干丙烯酸基颜料写上卢卡斯的签名。在此基础上，再用油性颜料混合浅色绘画清漆写上戈雅的名字。如果最顶部的戈雅签名被擦除，卢卡斯的签名就会出现。如果他们再进一步，就会发现戈雅的原签名藏在最下面。但是当然了，他们并没有这么做。"

特蕾西递给二人每人一个厚厚的信封，说："感谢你们两位。"

"什么时候您还需要艺术专家，随时叫我。"亨利·伦德尔眨了眨眼。

波雷塔问："您打算怎么把这幅画带出西班牙呢？"

"我让邮递员过来取，等他来就行了。"她与两个人握手后就离开了。

在回丽兹酒店的路上，特蕾西心中兴奋不已。她想："这就是一场心理战。"从一开始，她就知道把这幅画从普拉多博物馆偷出来是不可能的，所以她只能引他们上钩，让他们有一种想要除掉它的心态。"杰夫·史蒂文斯如果得知他败给了我，那该是什么表情啊。"想到此，特蕾西不禁放声大笑起来。

她在酒店房间等邮递员过来。邮递员到后，特蕾西给塞萨尔·波雷塔打了电话。

"邮递员现在到我这儿了，"特蕾西说，"我马上叫他去取画，一定要注意他……"

"什么？您在说什么啊？"波雷塔惊呼道。

"您派来的邮递员已经在半小时前把画取走了。"

第三十一章

巴黎：七月九日，星期三，中午

马蒂尼翁大街上的一家私人办公室内，冈瑟·哈托格说："特蕾西，马德里发生的事，我能够理解你的感受，但还是杰夫·史蒂文斯快了一步。"

"不，"特蕾西愤恨地纠正他，"明明是我先拿到手的，只不过后来被他乘虚而入了。"

"但是，是杰夫把画送来的，《港口》已经给我的客户送去了。"

她费心费力地谋划安排，最终还是杰夫·史蒂文斯技高一筹。他稳稳地坐在那里，看着特蕾西从头忙到尾，让她一个人承担了所有风险，却在最后一刻从容不迫地顺走了她的战利品。他肯定一直在嘲笑她！"特蕾西，你很特别。"一想到他们一起去看弗拉门戈舞的那个夜晚，她的心中不禁涌起一阵狂风骤雨般的羞耻。"我的天哪，我简直是太丢人了。"

"我从没想过自己会杀人，"特蕾西对冈瑟说，"但我真想把杰夫·史蒂文斯给宰了，那简直大快我心。"

冈瑟不温不火地说："哦，天哪，千万不要在这个房间里杀他啊。他马上就过来了。"

"他什么？"特蕾西腾地一下站了起来。

"我跟你说过，我这里有个新任务给你。这个任务需要一个搭档，我认为他是唯一能够……"

"我宁愿饿死！"特蕾西愤怒地喊道，"杰夫·史蒂文斯是最卑鄙的……"

"啊，我听到有人提到我的名字了。"杰夫站在门口，一副春风得意的样子。"特蕾西，亲爱的，你今天比平时看起来还要惊艳。冈瑟，我的朋友，你最近好吗？"

两个男人握了手。特蕾西站在一旁，拼命遏制住内心的怒火。杰夫看了看她，叹了口气。"你应该还在生我的气。""生气！我……"她气得一时竟说不出话来。

"特蕾西，恕我直言，我觉得你的计划太绝妙了。真的。实在是太绝妙了。你只犯了一个小错误，永远不要相信一个少根食指的瑞士人。"

她做了几个深呼吸，努力控制住自己的情绪。她转向冈瑟说："冈瑟，我之后再跟你说。"

"特蕾西——"

"别说了。不管是什么事，只要有他，我是绝对不会参与的。"

冈瑟说："你至少先听我说一下，可以吗？"

"没必要，我……"

"三天后，戴比尔斯公司会用法国航空公司的货机，将价值四百万美元的钻石从巴黎运往阿姆斯特丹。我有一个客户迫切想弄到这些钻石。"

"为什么不在去机场的路上劫走钻石？你面前这位朋友不是打劫的高手吗？"她克制不住自己，声音里满是怨恨。"天哪，她生气的时候更迷人了。"杰夫心想。

冈瑟说："他们对那些钻石的保护极其严密。所以我们打算在空中把钻石劫走。"

特蕾西难以置信地看着他。"在空中？你是说在货机上？"

"我们需要一个小个子的人藏在集装箱里。等飞机起飞后，那个人只要从集装箱里出来，打开戴比尔斯公司的箱子，拿出那包钻石，把提前准备好的复制品放进去，然后回到藏身的集装箱去。"

"那么，我个子小，藏在集装箱里正合适。"

冈瑟说："特蕾西，不仅如此。我们还需要此人有头脑、有胆量。"

特蕾西站在那里，琢磨了一会儿。"冈瑟，我喜欢这个计划。但我不喜欢和他做搭档。这人就是个无耻的骗子。"

杰夫闻言微微一笑。"亲爱的，我们俩不都一样吗？如果这次能成功，冈瑟会付我们一百万美元。"

特蕾西瞪大眼睛看着冈瑟。"一百万美元？"

他点点头。"你们每人五十万。"

"这计划能成，"杰夫解释说，"是因为机场的装卸处有我的人，他能帮我们安排好一切，是个能信任的人。"

"是啊，不像你。"特蕾西讥讽道，"再见，冈瑟。"

她昂着头，大步流星地走了出去。

冈瑟目送着她离开。"杰夫，马德里发生的事，她真的生你气了。我担心她不肯答应做这个任务。"

"你错了，"杰夫眉飞色舞地说，"我了解特蕾西，她不可能忍得住不干的。"

"货箱在装上飞机之前都是密封的。"拉蒙·沃邦解释说。拉蒙是一个年轻的法国人，面容显得比他的实际年龄苍老，长着一双猎手般犀利的黑眼睛。他是法航货运公司的调度员，正是这个计划成功与否的关键。

沃邦、特蕾西、杰夫和冈瑟坐在观光船上靠栏杆的桌子旁，这艘船正载着他们沿塞纳河环游巴黎。

"如果货箱是密封的，"特蕾西单刀直入地问，"我怎么进去？"

"对于最后送到机场的货物，"沃邦回答说，"我们公司使用软箱装运，也就是在大木箱上盖上帆布，只用绳子固定。出于安全考虑，像钻石一类的贵重货物总是最后被送到，这样就能在起飞前最后一个装运，降落后第一个卸下。"

特蕾西说："那这次的钻石也是用软箱装运喽？"

"是的，小姐。包括您也是一样。我会把您藏身的集装箱安排在装有钻石的货箱旁边，飞机飞到空中后，您要做的就是割断绳子，打开装钻石的货箱，用一模一样的盒子将真的钻石盒子替换掉，然后回到您藏身的集装箱，把帆布重新盖上，固定好。"

冈瑟补充说："飞机在阿姆斯特丹降落后，警卫会来取被替换掉的钻石盒子，送到钻石切割工那里。当他们发现那是替代品的时候，我们已经把你送上出国的飞机了。相信我，不会出错的。"

这时，一个念头闪过特蕾西的脑海，令她心中一凉。"我会不会在集装箱里冻死啊？"她问。

沃邦闻言笑了起来。"小姐，如今货运飞机也是有空调暖风的，因为经常要运送牲畜和宠物。所以，不会的，您会待得很舒服，不过货箱里面可能有点狭窄，别的都还好。"

特蕾西最终认可了他们的计划。不就是用几个小时的不舒服来换五十万美元的酬劳吗？她又从各个角度考量了这个计划。是可行的，特蕾西心里确定了。不过要是杰夫·史蒂文斯不来搅和就好了！她对他的感觉实在是太复杂了，各种情感交织在一起，让她搞不明白自己，甚至和自己怄气。他在马德里所做的一切都是为了赢过她。他背叛了她的感情，欺骗了她的感情，此刻他正在背后嘲笑她呢。

三个男人一直都在望着她，等待她做出答复。

此时，他们的观光船从巴黎最古老的桥下面驶过，法国人却一直坚持叫这座桥为"新桥"。河对岸，一对恋人在堤岸边拥抱，特蕾西可以看到女孩脸上幸福陶醉的表情。"这女孩就是个傻瓜。"特蕾西心想。最终她下定了决心。她狠狠地瞪了杰夫几眼，说："好吧，我同意参与计划。"

她感觉到萦绕在一桌人周围的紧张气氛顿时消失了。

"我们没有多少时间了，"沃邦说，他猎手般犀利的双眼望向特蕾西，"我的兄弟在一家货运代理公司工作，他会让我们在他的仓库里将您藏进集装箱。我希望小姐您没有幽闭恐惧症。"

"不用担心我……整个航程多长时间？"

"您会在装货区待上几分钟，飞到阿姆斯特丹需要一个小时。"

"集装箱有多大？"

"足够您在里面坐着。货箱里还有别的东西把你遮挡起来——只是为了以防万一。"

"不会有问题的,他们都保证过了。只是万一……"特蕾西心想。

"你需要用到的东西,我列好了清单,"杰夫对她说,"我已经着手准备了。"

这个自以为是的混蛋。他早就知道她会答应。

"对了,沃邦,能不能检查一下你的护照是否已经盖好了出入境的印章,这样你才能顺利离开荷兰。"游船开始向码头停靠。

"我们可以明天一早再做最后的检查,"拉蒙·沃邦说,"我现在必须得回去工作了。再见。"说完,他便离开了。

杰夫问:"我们今晚一起吃个饭庆祝一下怎么样?"

"不好意思,"冈瑟抱歉地说,"我已经有约了。"杰夫看向特蕾西,"那……"

"我不去,谢谢。我累了。"她赶忙说。

虽然这是避免和杰夫在一起的借口,但特蕾西说出口的时候,她意识到自己确实是筋疲力尽了。这可能是因为这么长时间以来,她一直处于极度兴奋和高压的状态下。她现在感觉头晕眼花。她便安慰自己:"等这次任务完成,我要回伦敦好好休息一段时间。"她的头开始阵阵作痛。"我真的必须休息了。"

"我给你买了一件小礼物。"杰夫对她说。他递给她一个包装花哨的礼盒,打开之后,里面是一条精致的丝绸围巾,一角绣着特蕾西全名的首字母缩写"TW"。

"谢谢。""他当然买得起了,"特蕾西愤愤地想,"他是用从我那抢走的五十万美元买的。"

"你确定吃晚饭的事不会改主意吗?"

"当然不会。"

在巴黎的这段时间,特蕾西住在雅典娜广场酒店的一间漂亮的老式套房里,从她的房间可以看到楼下的花园餐厅。

酒店内有一家高雅的餐厅,轻柔舒缓的钢琴音乐在室内流淌,但今晚特蕾西太累了,实在不想去换正式的礼服。她走进酒店的小咖啡馆,点了一碗汤。她只吃了一半就放下了,回到了自己的套房。

丹尼尔·库珀坐在咖啡馆另一头，记下了她出入的时间。

丹尼尔·库珀遇上了麻烦。回到巴黎之后，他曾向特里格南特警督提出会面，但是这位国际刑警组织的负责人表现出的态度可谓十分不友好。此前，他刚刚才在电话里听拉米罗局长对这个美国人抱怨了整整一个小时。

"他就是个疯子！"局长暴跳如雷，"我浪费了那么多人力、财力和时间去跟踪这个特蕾西·惠特尼，他老是说她要去抢劫普拉多博物馆。结果呢，她就像我说的那样，不过是个普普通通的游客。"

这次通话让特里格南特警督确信，丹尼尔·库珀可能在一开始就误会了特蕾西。现在他们手上没有一丝一毫不利于那个女人的证据。虽然之前的几起犯罪案件发生时她恰巧都在案发城市，但这并不能作为证据。

丹尼尔·库珀去见警督，对他说："特蕾西·惠特尼就在巴黎，我希望她被二十四小时监视。"

警督回答："除非你能给我一些确凿的证据，证明这个女人正计划犯下某种罪行，否则我无法采取任何行动。"

库珀盯着他的棕色的眼睛，怒火中烧，开口骂道："你这个白痴。"然后他就被毫不客气地赶出了办公室。从那之后，库珀开始独自一人对她进行监视。他到处跟着特蕾西：逛商店，去餐馆，走过巴黎的大街小巷。他不眠不休，经常是饭都不吃。丹尼尔·库珀不能允许特蕾西·惠特尼打败他。直到他把她关进监狱，他的任务才算完成。

那天晚上特蕾西躺在床上，在脑海中温习着第二天的计划。她真希望自己的头痛能缓解一些。她吃了几片阿司匹林，但感觉头部阵痛得更严重了。她不停地流汗，房间里似乎热得让人受不了。

"明天这一切就结束了。瑞士，那就是我要去的地方。到瑞士那凉爽的山区去，到那里的山间别墅去。"特蕾西心想。

她把闹钟定在早上五点。当铃声响起时，她人却在牢房里，铁裤老大喊着"该穿衣服了。动起来"。走廊里铃声叮当作响。特蕾西醒了过来。她感觉胸口很闷，光线刺痛了她的眼睛。她强拖着身子进了浴室，照镜子的时候，她发现自己的脸红一块白一块。"我现在不能生病，"特蕾西想，"今天不能生病。"

要做的事情太多了。

她慢慢地穿着衣服，试图忽略阵阵发作的头痛。她套上黑色工装服，上面有很深的口袋，脚上穿的鞋子是橡胶软底，头上戴着一顶巴斯克贝雷帽。她感觉自己的心跳好像不太稳定，但不确定这是因为兴奋还是身体的不适。她头晕目眩，身体虚弱，喉咙又疼又痒。她瞥见桌子上放着杰夫送她的丝巾，于是随手拿起来绕在了脖子上。

雅典娜广场酒店的正门在蒙田大道上，但是在博卡多尔街的拐角处还有一个服务人员出入口。门口挂了一块告示牌，上面写着"服务人员通道"，从酒店大厅的后廊能够进入这条通往街道的狭窄走廊，走廊两侧摆放着垃圾桶。丹尼尔·库珀在正门附近一个便于观察的位置盯梢，他没有看到特蕾西从服务人员通道离开。但不知为何，在她离开的那一刻，他就莫名其妙地感觉到她已经离开酒店了。他急忙跑到大街上来回张望，然而特蕾西已经不见了踪影。

一辆灰色雷诺车在酒店侧门接到特蕾西之后，便开往埃托伊尔。司机是一个年轻人，满脸粉刺，很明显不会说英语。通往埃托伊尔的十二条大道像车轮辐条一样呈放射状。这时街上车辆还很少，司机很快就冲进了其中一条大道。"我希望他能开得慢一些。"特蕾西想。她已经开始晕车了。

三十分钟后，这辆车在一个仓库前一个急刹停了下来。门口的牌子上写着"布鲁斯公司"。

特蕾西记得这是拉蒙·沃邦的兄弟工作的地方。

年轻人打开车门，用法语低声催促道："快点！"

特蕾西刚下车，一个中年男子就已经动作敏捷、悄无声息地迎了上来。"跟我来，"他说，"快点。"

特蕾西跌跌撞撞地跟在他的身后，来到仓库的后面，那里堆着六七个集装箱，大部分都已经装好货物并密封起来，准备运往机场。其中有一个木箱，一面盖着帆布，里面装着半箱家具。

"进去。快！没时间了。"

特蕾西头晕目眩。她看着那个箱子，心想："我不能进去，我会死的。"

这位中年男子望了她一眼，觉得她好像不对劲。"您身体不舒服吗？"

现在后悔还来得及，停止这个计划还来得及。"我没事。"特蕾西咕哝道。很快就会结束的。再过几个小时，她就要去瑞士了。

"好吧，拿上这些。"他递给她一把双刃刀、一长卷粗绳、一个手电筒和一个缠绕着红丝带的蓝色小首饰盒。"这是你用来调包的复制品。"

特蕾西深吸一口气，走进集装箱，坐了下来。几秒钟后，一大块帆布盖在了开口处。

她能听到绳子被绑在帆布上固定住了。透过帆布，她几乎听不到男人说话的声音。

"从现在开始，不能说话，不能动，不能抽烟。"

"我不抽烟。"特蕾西想要说话，但没有力气。

"祝你好运。我在货箱一侧开了几个洞，这样你就可以呼吸了。可别忘了呼吸。"他被自己讲的笑话逗笑了，然后她听到他的脚步声渐渐消失。现在只有她独自一人处在黑暗中。

货箱内又窄又挤，一套餐厅椅子占据了大部分空间。特蕾西觉得自己的身上好像着火了。她的皮肤摸起来很烫，呼吸也十分困难。"我感染了某种病毒，"她想，"但生病也得等一等。我还有工作要做。"

想想别的吧。冈瑟的声音在耳边回响：特蕾西，你没什么好担心的。他们在阿姆斯特丹卸货时，你藏身的货箱会被送到机场附近的私人车库。杰夫会在那里等你。你把钻石交给他之后就回到机场。瑞士航空公司的柜台会留一张去日内瓦的机票等你去取。

尽快离开阿姆斯特丹。一旦警察得知钻石失窃，他们会严密封锁这座城市。我们的计划不会出错，但以防万一，阿姆斯特丹城里有一个安全屋，这是房子的地址和钥匙，里面没有人住。

她一定是打瞌睡了，因为当货箱猛地被吊向空中时，她惊醒了。特蕾西感觉自己在空中摇摆，她紧紧抓住两侧寻求支撑。随后，货箱落在了坚硬的平面上。砰的一声，车门被关上了。然后，她听到引擎启动的轰鸣声。过了一会儿，卡车便开动了。

他们向机场出发了。

整个计划推进的时间必须精确到一分一秒。

特蕾西藏身的集装箱必须在戴比尔斯公司的货箱到达后的几分钟内被送到

装货区。载着特蕾西的卡车司机得到了指示，他要把车速维持在每小时五十英里。这天早上，去机场的路似乎比平时更拥挤，但司机并不担心。这箱货肯定能及时赶上飞机，到时候他就能得到五万法郎的奖金，足够带他的妻子和两个孩子去度假了。"去美国吧，"他想，"我们去迪士尼乐园玩。"他看了看仪表板上的时钟，暗自笑了笑。没问题。机场只有三英里远，他还有十分钟的时间呢。

他按时到达了通往法航货运总部的分岔路，经过了夏尔·戴高乐机场低矮的灰色建筑，又驶过乘客入口，那里用铁丝网将道路与货物区分隔开。他朝着那座巨大仓库的围栏驶去，这个仓库占据了三个街区，里面满是盒子、包裹和集装箱，都堆在垫子上。这时，突然传来砰的一声巨响，他手中的方向盘猛地一动，卡车开始颠簸起来。"糟糕！"他想，"该死，爆胎了。"

这架巨大的法航747货机正在装货。机头已经掀起，露出一排排的装货轨道。装有货物的集装箱都放在一个平台上，经过平台上的开口，通过滑轨进入飞机货舱。一共有三十八个货箱，其中二十八个被送进主舱，十个被装在腹舱。机舱内的天花板上，一根暴露在外的供暖管道从巨大货舱的一端延伸到另一端。另外，控制货物运输的电线和电缆也清晰可见。飞机上没有多余的装饰。

装货已经快要结束了。拉蒙·沃邦又看了看手表，在心中暗自咒骂。卡车晚点了。戴比尔斯公司托运的货物已经被装进了货箱，盖着帆布的货箱两侧被用纵横交错的绳子固定住了。沃邦在货箱侧面涂上了红色的油漆，这样那个女人就可以毫不费力地认出来。他现在盯着这个货箱沿轨道移动到飞机上，被固定在了适当的位置。飞机起飞前，它旁边还有一个货箱的空间。而装卸平台上还有三个集装箱等着装货。那个女人到底在哪里？

飞机里的装卸长喊道："拉蒙，我们走吧。还等什么呢？"

"等一下。"沃邦回答。他匆匆奔向装货区的入口。

依然没有卡车的踪影。

"沃邦！怎么了？"他转过身，看见高级主管正朝着这边走过来，"赶快装完起飞。"

"好的，先生。我只是在等……"

就在这时，布鲁斯公司的卡车冲进了仓库，一个急刹停在了沃邦面前。

"最后一箱货到了。"沃邦说道。

"好吧，赶紧装上。"主管不耐烦地说。

沃邦盯着集装箱从卡车上被卸下，送到通往机舱的滑轨上。

他朝装卸长挥挥手。"交给您了。"

过了一会儿，货物装运完毕，机头也降到了原位。沃邦看着喷气发动机点火，庞大的飞机开始驶向跑道。他心里想："现在就看这个女人的了。"

她感觉一场猛烈的暴风雨要袭来了。巨浪冲击着船，船正在下沉。"我快淹死了，"特蕾西心里着急了，"我得离开这里。"她伸出双臂，碰到了什么东西。这个东西好像是一艘救生艇，在水面上不停地摇晃着。她想要站起来，头撞到了桌腿上。在那一瞬间，她清醒了过来，想起了自己身在何处。她的面颊和头发上都滴着汗水。她感觉头晕目眩，全身像着了火一样滚烫。她昏迷了多久？只有一个小时的飞行时间。飞机要降落了吗？"不会，"她想了想，"一切都好。我只是被噩梦缠住了。我是在伦敦家里的床上睡着了。我要去叫医生。"她感到呼吸困难，便挣扎着抬起身子去拿电话，可马上又倒了下去，她的身体沉得像灌了铅一样。这时飞机遇上了一股强气流，特蕾西被甩到了箱壁上。她躺在那里，头晕目眩，拼命想集中注意力。"我还有多少时间？"她在地狱般的梦境和痛苦的现实之间来回穿梭。钻石。不管怎样，她必须得拿到钻石。但是首先……首先，她必须把自己从货箱里搞出去。

她摸了摸工作服里的刀，发现要把它举起来实在太费劲了。"这里的空气太稀薄了，"特蕾西想，"我必须呼吸到足够的空气。"她把手伸到帆布的边缘来回摸索了一阵，终于摸到了一根货箱外面绑着的绳子，于是她用刀使劲割着绳子。似乎过了一个世纪她才终于割断。帆布已经可以掀开一条比较大的缝隙。她又切断了另一根绳子，这时，帆布的开口足够大了，她从货箱里钻出来，进到飞机腹舱。货箱外面的空气很冷，她要冻僵了。

她全身都开始颤抖起来。飞机不停地在颠簸着，她感觉更恶心了。"我必须坚持住。"特蕾西拼命地想。她强迫自己集中注意力。"我在这里做什么？做一件重要的事情……对了……钻石。"特蕾西的视线开始模糊起来，一切都变得模糊不清。

"我做不到。"特蕾西心想。

飞机突然下降，特蕾西摔在地板上，双手被锋利的金属轨道擦伤。飞机颠簸的时候，她抓得很牢，稳住了自己的身体。当飞机稳定下来后，她强迫自己重新站起来。喷气发动机的轰鸣声与她头脑中的轰鸣声交织在一起。钻石。"我必须找到钻石。"

她跌跌撞撞地在货箱之间穿行，眯着眼睛一个个看过去。她要寻找红色油漆标记。感谢上帝！就在那里，在第三个集装箱上。她站在那儿，努力回忆下一步该做什么。集中注意力是如此的困难。"如果我能躺下来睡几分钟，我就会没事了。我只需要睡一觉。"但是没有时间了。他们随时可能在阿姆斯特丹降落。特蕾西拿起刀，猛砍集装箱的绳子。"只要砍一刀就可以了。"他们这样告诉她。

她几乎连握刀的力气都没有了。"我现在不能失败。"特蕾西告诫自己。她又开始发抖，抖得很厉害，刀也从手中掉落。"这个计划行不通了。他们会抓住我，把我送回监狱的。"

她紧紧抓着绳子，开始犹豫不决了。此刻她想要不顾一切地爬回货箱里睡觉，她现在只想安全地藏起来，直到这一切都结束。这个愿望太容易实现了。但是最终她还是忍着剧烈的头痛，缓慢地、小心地伸手捡起了刀，开始使劲地砍那根粗重的绳子。

绳子终于被割断了。特蕾西拉开帆布，朝昏暗的货箱内部望去。什么都看不见。于是她拿出了手电筒，就在那一刻，她感到耳压突然发生了变化。飞机正在下降，为着陆做准备。

特蕾西心里催着自己，"我得快点了。"但是她的身体却无法快点行动。她神情恍惚，呆呆地站在那里。"快动起来啊。"她在心中呐喊道。

她用手电筒往货箱里面照去，里面塞满了包裹、信封和小箱子，一个木箱顶部放着两个蓝色的小盒子，上面都系着红色丝带。两个盒子！可是应该只有……她使劲眨了眨眼睛，两个盒子原来是一个盒子。

她觉得周围所有的东西都像被罩了一圈明亮的光环。

她拿起了盒子，从口袋里掏出复制品。她手里正握着两个盒子，胃里突然涌起一阵强烈的恶心感，好像五脏六腑都搅在了一起。她紧紧地闭上双眼，硬生生扛了过去。她刚要把用来调包的盒子放在木箱上面，突然拿不准该放进去的盒子是哪个。她盯着两个一模一样的盒子。是左手的还是右手的？

飞机开始急速下降，随时都要着陆。她必须做出决定。她放下其中一个盒子，祈祷自己的选择是正确的，然后离开了货箱内部。她从工作服中摸索出一卷长绳。"我必须用这卷绳子做点什么。"她脑袋里的轰鸣声使她无法思考。她想起来了：割断绳子后，把割断的绳子放到在自己口袋里，然后换上新的绳子。不要在箱子周围留下任何会让他们怀疑的东西。

当时，他们坐在塞纳河游船的甲板上，沐浴着温暖的阳光，谈论起这个任务时觉得一切都非常简单。现在已经不可能完成了。她已经没有力气了。警卫会找到被割断的绳子，货物会被搜查，她会被抓住。想到此，她内心深处的某个声音迸发出来："不！不！不！"

特蕾西用了全身的力气，动手把口袋里那卷绳子绕在货箱上。这时，她感到脚下一阵颤动，飞机着陆了，然后又是一颤，喷气发动机开始反向喷气，她被重重地甩向后面。

她的头撞到地板上，昏了过去。这架747飞机现在正沿着跑道向航站楼加速滑行。特蕾西瘫倒在机舱的地板上，头发在白皙的脸上散开。引擎熄火了，周围突然一片寂静，她恢复了知觉。飞机停了。她用胳膊肘支撑着身体，强迫自己慢慢地跪坐起来。她摇摇晃晃地站起来，紧紧抓住货箱以免摔倒。新绳子缠好了。她把珠宝盒紧紧抱在胸前，踉跄着走回原来的货箱。她把身体挪进帆布开口，扑通一声倒了下来，汗流浃背，大口大口地喘着粗气。

"我完成任务了。"但是好像还有一件必须完成的事。

一件很重要的事。是什么呢？对了，"把你货箱上割断的绳子用胶带粘起来。"

她把手伸进工作服的口袋里去拿那卷胶带。胶带不见了。她开始微弱而急促地喘气，喘息声几乎要把自己震聋。她好像听到了有人走过来的声音，强迫自己屏住呼吸，竖起耳朵去听。是的。她又听见了。有人发出了笑声。现在货舱门随时都会被打开，他们会开始卸货。他们会看到被割断的绳子，检查货箱里面，然后她就会被发现。她必须想办法把绳子绑在一起。她跪了下来，正是这个动作让她触到了一卷坚硬的纸胶带，应该是在飞行的颠簸中从口袋里掉下

323

来的。她拉起帆布，摸索着找到了被割断的绳子两端，把它们并到一起，同时笨拙地用胶带把它们粘起来。

她突然什么都看不见了。汗水顺着脸颊流下来，刺得她的眼睛一片模糊。她从颈间抽出围巾，擦了擦脸。啊，感觉好多了。她粘好绳子，把帆布放回原处。她现在除了等待，没有别的事要做了。她又摸了摸自己的额头，似乎比之前更烫了。"我必须避开阳光。"特蕾西蒙蒙眬眬的，她想。

热带的阳光可是很危险的。她正在加勒比海的某个地方度假。杰夫来这里是为了给她带些钻石，但是他跳进海里，不见了。她伸手去救他，但却没能抓住。水淹没了她的头顶。她窒息了，要淹死了。

突然，她听见装卸工人走进了机舱的声音。

"救命！"她费力地喊道，"救救我！"

然而，她的叫喊声无比微弱，根本没有人听见。

巨大的集装箱开始一个个顺着轨道滑出机舱。

特蕾西藏身的集装箱被装到布鲁斯公司的卡车上时，她已经昏迷不醒。机舱的地板上躺着杰夫送她的那条丝巾。

有人拉起了帆布，一道强光射进了卡车里，特蕾西被惊醒了。

她慢慢睁开了眼睛。卡车停在一座仓库内。

杰夫站在那里，冲着她笑。"你做到了！"他说，"你真是一个奇迹。把盒子给我吧。"

她呆呆地看着他从她身边拿走盒子。

"里斯本见。"他刚要转过身离开，突然停了下来，俯身看着她，"特蕾西，你脸色很差，没事吧？"

她几乎说不出话了。"杰夫，我……"

但是他已经走了。

特蕾西对于之后发生的事只有非常模糊的记忆。有人带她到仓库后面换了衣服。一个女人对她说："小姐，你看起来像是生病了，要不要我替你叫个医生？"

"不要医生。"特蕾西低声说道。

"瑞士航空公司的柜台会留一张去日内瓦的机票等你去取。尽快离开阿姆斯特丹。一旦警察得知钻石失窃，他们会严密封锁这座城市。我们的计划不会出错，但以防万一，阿姆斯特丹城里有一个安全屋，这是房子的地址和钥匙，里面没有人住。"冈瑟的话在特蕾西脑海中回响起来。

机场。她必须到机场去。"出租车，"她含糊地说道，"出租车。"

那女人犹豫了片刻，然后耸了耸肩。

"好吧。我去叫个出租车。你在这儿等着。"

她感觉自己飘了起来，越飘越高，几乎要接近太阳了。

"您叫的出租车到了。"一个男人说道。

她希望人们不要再来问这问那打扰她了。她现在只想睡觉。司机问她："小姐，您想去哪里？"

"瑞士航空公司柜台会留一张去日内瓦的机票等你去取。"但是她病得太重了，不能上飞机。机场那里他们会阻拦她，给她叫来医生。她会被问这问那的。她现在只想睡一小会儿，然后就没事了。

男人的声音有点不耐烦了。"请问您要去哪里？"

她无处可去。她把安全屋的地址给了司机。

警察正在盘问她关于钻石的事情，可她拒绝回答他们。他们便暴跳如雷，把她单独锁在一个房间里，把暖气温度调高，屋里渐渐热得像蒸笼一样。等到她再也无法忍受这酷热时，他们就把温度调低，直到墙上凝结出了冰柱。特蕾西从寒冷中挣扎着逃出来了，睁开了眼睛。她发现自己躺在床上，身体无法控制地颤抖着。她身下有一条毯子，但她没有力气抽出它盖上。她的衣服浸透了汗水，脸和脖子也都湿了。

"我要死在这里了。这是哪里？"特蕾西心想。

安全屋。"我在安全屋里。"这句话不知为何让她觉得非常滑稽，她便开始大笑起来，笑着笑着突然剧烈地咳嗽起来。整个计划都出了问题了。她终究是没能逃脱。这时，警察肯定已经在阿姆斯特丹全城搜查她了：惠特尼小姐买了一张瑞士航空公司的机票，但没有使用，那她一定还在阿姆斯特丹。她不知道自己在这张床上躺了多久。她抬起手腕想看看表，但表盘上的数字模糊不清。她眼前的一切都出现了重影。她看到小房间里有两张床、两个梳妆台和四把椅子。她不再发抖了，浑身烫得像着了火。

她需要打开一扇窗户，但她太虚弱了，动弹不得。

房间又开始冷得刺骨了。

她又回到了机舱，被关在货箱里，绝望地喊着救命。

"你做到了！你真是一个奇迹。把盒子给我吧。"

杰夫把钻石拿走了，他说不定已经拿着她那份酬金去往巴西了。他可能会和哪个女人一起花天酒地，在背地里嘲笑她。他又一次击败了她。她恨他。不，她不恨他。是的，她恨他。她甚至鄙视他。

她的意识时而清醒，时而模糊。坚硬的回力球向她飞来，杰夫张开双臂抱住她，把她推倒在地，他的嘴唇离她的嘴唇是那么近，然后他们在萨拉坎餐厅吃晚饭。"特蕾西，你知道你有多特别吗？"

"我求和。"鲍里斯·梅尔尼科夫说。

她的身体又在不受控制地发抖。她坐在一列快车上，火车顺着一条黑暗的隧道疾驰，她知道自己将在隧道的尽头死去。除了阿贝托·福纳蒂，其他乘客都下了车。他朝她发怒，摇晃着她，冲她大喊大叫。

"看在老天的分儿上！"他大叫，"睁开眼睛！看着我！"特蕾西以超人的努力睁开了眼睛，杰夫正站在她的身旁。他脸色苍白，声音中带着愤怒。当然，这不过是她梦中的一个场景。

"你这个状态持续多久了？"

"你到巴西了。"特蕾西喃喃道。

之后，她就什么都不记得了。

特里格南特警督收到了一条在法航货机地板上发现的丝巾，上面绣着首字母"TW"。他盯着丝巾看了很长时间，然后他说："给我把丹尼尔·库珀叫过来。"

第三十二章

阿尔克马尔村风景如画,位于荷兰西北海岸,面向北海,是一个十分受欢迎的旅游景点,但在东部有一个地区游客很少去。杰夫·史蒂文斯曾和一位荷兰皇家航空公司的空姐在那里度假过几次,是她教了他荷兰语。他很熟悉那一带,那里的居民只关心自己的事情,不会对游客有过多的好奇心。这是一个完美的藏身之处。

杰夫的第一反应是赶紧把特蕾西送到医院去,但那太危险了。对她来说,在阿姆斯特丹多待一分钟都是有风险的。他用毯子把她包起来,抱上车,在开车去阿尔克马尔的路上,她一直昏迷不醒。她的脉搏不稳定,呼吸也十分微弱。

到了阿尔克马尔,杰夫住进了一家小客栈。客栈老板好奇地看着杰夫把特蕾西抱到楼上的房间。

"我们是来这儿度蜜月的,"杰夫解释说,"我妻子病了——呼吸有点紊乱。她需要休息。"

"您需要医生吗?"

杰夫不确定自己该如何回答。"如果需要,我会告诉你的。"

他要做的第一件事就是设法让特蕾西退热。杰夫把她放在房间里的大双人床上,开始脱她被汗水浸湿的衣服。他把她抱起来,让她坐着,把她的衣服从头顶脱下。接下来是脱鞋子，然后是脱连裤袜。她的身体摸起来很烫。杰夫用凉水沾湿毛巾，轻轻地给她从头擦到脚。之后，他给她盖上毯子，坐在床边听她不均匀的呼吸。

"如果她明天早上还不见好转，"杰夫暗自下定决心，"我就叫医生过来。"

到了第二天早上，床单又湿透了。特蕾西仍然昏迷不醒，但杰夫感觉她的呼吸似乎稍微平稳了一些。他不敢让服务员见特蕾西，因为可能引起的麻烦太多了。相反，他向管家要了一套新的床上用品，自己拿进房间。他用湿毛巾给特蕾西擦了一遍身子，学着他在医院看到的护士那样，没有打扰病人就把床单换掉了，然后又给她盖上了毯子。

杰夫在门上挂了一个"请勿打扰"的牌子，然后出门去找最近的药店。他买了阿司匹林、体温计、海绵和外用酒精。他回到房间时，特蕾西仍然没有醒。杰夫给她量了体温：四十摄氏度。他用清凉的酒精擦拭她的身体，她的热退了。但一小时后，她的体温又上升了。他必须得叫医生了。问题是，医生会坚持把特蕾西送到医院。会有人盘问他们。杰夫不知道警察是否在搜捕他们，但如果是的话，他们都会被拘留。他必须做点什么。他捣碎了四片阿司匹林，把粉末放在特蕾西的嘴唇之间，轻轻地把水喂进她的嘴里，直到她最后咽下去。他又给她擦洗了一遍身子。这次擦完之后，他觉得她的皮肤不像之前那么烫了。他再次检查了她的脉搏，好像比之前平稳多了。他把头靠在她的胸前听着。她的呼吸也没那么急促了吧？他不能确定。他只确定一件事，而且一遍又一遍不知疲倦地重复着，像是某种祷告："你会好起来的。"他轻轻地在她的额头印上一个吻。

杰夫已经四十八个小时没合眼了，他筋疲力尽，眼窝都凹陷了下去。"我晚点再睡，"他向自己保证，"我只是闭上眼睛休息一会儿。"然后他就睡着了。

特蕾西睁开了眼睛，天花板在视线中慢慢变得清晰，她不知道自己身在何处。她花了很长时间才找回自己的意识。她感觉身上很疼，像是被人打了一顿。她有一种从漫长而疲惫的旅程中回来的感觉。她蒙蒙眬眬地环顾着这个陌生的房间，心脏突然漏跳了一拍。杰夫瘫坐在靠窗的扶手椅上睡着了。这不可能。她最后一次见到他时，他拿了钻石就走了。他在这里做什么？特蕾西突然感到一阵沮丧，她知道答案了：她给他的盒子是错的——那是装着假钻石的盒子——杰夫认为她欺骗了他。他一定是去安全屋接了她，然后带她来了这个地方。

她坐起身时，杰夫微微动了动，睁开了眼睛。他看到特蕾西正望着自己，脸上缓缓露出了开心的笑容。

"太好了，你终于醒了。"很明显，他的语气有如释重负的感觉，这令特蕾西十分困惑。

"对不起，"特蕾西开口道，她的嗓音低哑，"我给你的盒子是错的。"

"什么？"

"我把两个盒子弄混了。"

他走到她身边，柔声说道："没有，特蕾西。你给我的就是真的钻石，已经给冈瑟送过去了。"

她不解地看着他。"那……为什么……你为什么在这儿？"

他在床边坐了下来。"你把钻石递给我的时候，看起来像死人一样。于是我觉得最好还是在机场等着，确保你赶上了航班。结果你没有出现，我知道你出事了。我去安全屋找到了你。我不能让你死在那儿，"他轻描淡写地说，"否则就给警察留了一个线索。"

她仍然困惑地望着他。"告诉我你回来找我的真正原因。"

"该量体温啦。"他语气轻松地把话题转移了。

"还行，"几分钟后，他对她说，"不到三十八摄氏度了。你这个病人恢复得很好。"

"杰夫……"

"相信我，没事了。"他说，"饿不饿？"

特蕾西突然觉得饥肠辘辘。"特别饿。"

"好，我去买点吃的。"

他回来的时候，提着一个装满橙汁、牛奶和新鲜水果的袋子，还有超大的荷兰面包卷，里面夹着各种奶酪、肉和鱼。

"这个好像相当于荷兰人的鸡汤，不过吃了肯定对恢复身体有好处。嗯，慢点吃。"

　　他扶着她坐起来，喂她吃饭。他是那么温柔体贴，特蕾西在心里敲响了警钟，他肯定是另有所图。

　　他们正吃着，杰夫说："我出去的时候，给冈瑟打了个电话。他收到钻石了。他把你那份酬金存到了你瑞士银行的账户上。"

　　她忍不住问道："你为什么没有全部独吞？"

　　杰夫回答的语气非常严肃。"因为我觉得，是时候停止我们之间的竞争了，特蕾西。好吗？"

　　这肯定又是他要的什么花招，但是她太疲倦了，没那个精力去琢磨。"好吧。"

　　"能不能告诉我你的尺码，"杰夫说，"我出去给你买些衣服。荷兰人是很开放，但我想，如果你就这个样子到外面走来走去，他们也会惊掉下巴的。"

　　特蕾西突然意识到自己一丝不挂，把毯子裹得更紧了。她隐约记得杰夫给她脱了衣服，帮她擦洗身子。他冒着生命危险来照顾她。为什么？她一直都觉得自己很了解他。"我一点也不了解他，"特蕾西心想，"一点也不。"想着想着，她又睡着了。

　　下午，杰夫带回了两个手提箱，里面装满了睡衣和睡袍、内衣、连衣裙和鞋子，还有一套化妆工具、梳子、发刷、吹风机、牙刷和牙膏。他给自己也买了几套换洗的衣服，还带回一份《国际先驱论坛报》。头版是一篇关于钻石失窃的报道：警方已经查明了盗贼的作案过程，但据报道，盗贼没有留下任何线索。

　　杰夫兴高采烈地说："我们可以放心回家了！现在我们要做的就是让你赶快好起来。"

　　是丹尼尔·库珀提议不向媒体透露案发现场找到了一条印有"TW"的丝巾。

　　"我们知道这是谁的，"他告诉特里格南特警督，"但这还不足以成为起诉她的证据。她的律师会把欧洲每个姓名首字母是'TW'的女人都列举出来，到时候他们会让你像傻瓜一样难看。"

在库珀看来，警察已经是傻瓜了。他想："上帝会把她交给我的。"

库珀来到一座小教堂，里面一片漆黑。他坐在一张坚硬的木凳上，开始祈祷："啊，让她成为我的人吧。把她交给我，由我来惩罚她吧。这样我就可以洗去我所有的罪恶。"

她灵魂中的邪恶将被驱除，她赤裸的身体将被鞭笞……他想到了特蕾西赤裸的身体，感觉自己变得兴奋了。他害怕上帝会看到，并对他施加进一步的惩罚，于是匆忙离开了教堂。

特蕾西醒来时，天已经黑了。她坐起来，打开床头灯。房间里只有她一个人。他已经走了。一种恐慌感涌上她的心头。她居然让自己对杰夫产生了依赖，这真是一个愚蠢的错误。

"是我活该。"特蕾西痛苦地想。"相信我。"杰夫对她这样说，她确实相信了他。他照顾她只是为了保护他自己，而不是其他原因。而她又开始相信他对她是有感觉的。她想要信任他，想要感觉到她对他来说有着特别的意义。

她躺在枕头上，闭上眼睛，心想："我会想念他的。老天保佑，我会想念他的。"

老天对她开了一个超级大的玩笑。为什么一定是他呢？她思考着，但原因其实并不重要。她必须尽快制订计划，离开这里，找一个能养身体的地方，一个能让她感到安全的地方。"哦，你这个该死的傻瓜，"她想，"你……"

忽然，有人打开了门，杰夫的声音喊道："特蕾西，你醒了吗？我给你带了一些书和杂志。我想你可能……"他看到了她脸上的表情，停了下来。"嘿！出什么事了吗？"

"现在不行，"特蕾西含糊不清地念叨，"现在不行。"

第二天早上，特蕾西就完全退烧了。

"我想出去，"她说，"杰夫，你觉得我们可以去散散步吗？"

客栈大厅里，人们好奇地看着他们。经营这家旅馆的夫妇看到特蕾西病愈，十分高兴。"你的丈夫真是太好了，一直坚持亲自照料你。他很担心你。一个女人能有一个如此爱她的男人，是多么幸运啊。"

331

特蕾西看着杰夫，她可以发誓他当时肯定脸红了。等他们走到外面，特蕾西说："他们人真好。"

"他们就爱大惊小怪。"杰夫反驳道。

杰夫在特蕾西的床旁边放了一张小床，晚上就睡在上面。这天晚上，特蕾西躺到床上，又想起了杰夫是如何细心照顾她、护理她，给她擦洗赤裸的身子。她强烈地感觉到他的存在。这让她觉得有人在保护她。同时，这也让她感到紧张。

随着特蕾西身体慢慢好转，她和杰夫频频外出，去探索这个古雅的小镇。他们沿着中世纪铺建的蜿蜒曲折的鹅卵石小径，来到了阿尔克马尔湖。他们在市郊的郁金香花田里徜徉了几个小时。他们去逛了奶酪市场和古老的称重室，还参观了市立博物馆。杰夫能用荷兰语和镇上的人讲话，这让特蕾西着实吃了一惊。

"你在哪里学会的？"特蕾西问。

"我之前认识一个荷兰姑娘。"

她后悔了，她不该问出口的。

随着时间一天天过去，特蕾西逐渐康复，又充满了活力。当杰夫觉得特蕾西的体力完全恢复后，他便租了自行车，和她一起去看点缀在乡村田野间的风车。每一天都是愉快的假期，特蕾西真希望这样的生活永远不会结束。

杰夫总是给人惊喜。他对特蕾西是那么体贴温柔，消融了她对他的防备，他没有任何越界的行为，他对特蕾西来说是个猜不透的谜。

之前和他交往过的那些女人，她记得她们个个都很漂亮。她确信他可以拥有其中任何一个女人。为什么他要留在她的身边，留在这穷乡僻壤呢？

特蕾西发现，自己同他谈论的一些话题，她之前认为自己永远不会和任何人提起。她跟杰夫讲了乔·罗马诺和安东尼·奥尔萨蒂、欧内斯廷·利特查普、大个子伯莎和小艾米·布兰尼根。听着特蕾西的故事，杰夫会时而愤怒，时而痛苦，时而同情。杰夫也和他说起他的继母，威利叔叔和他的马戏团，以及他与路易丝的婚姻。特蕾西从未感到自己与任何人如此亲近过。

然而离开的日子却不期而至。

一天早上，杰夫说："特蕾西，警察已经不再搜捕我们了。我觉得我们该离开这儿了。"

特蕾西感到一阵失望,针扎般刺痛了她的心。"好,什么时候走?"

"明天。"

她点了点头。"我明天一早就收拾。"

那天晚上,特蕾西躺着睡不着。杰夫的气息似乎前所未有地充斥着整个房间。这是她一生中难忘的一段日子,而这段日子马上就要结束了。她看了看杰夫躺着的小床。"你睡着了吗?"特蕾西低声说。

"没有……"

"你在想什么?"

"明天。我们要离开这里。我会想念这里的。"

"我会想你的,杰夫。"特蕾西脱口而出,没来得及控制住自己。杰夫慢慢坐起来,看着她。

"有多想?"他轻声问道。

"非常想。"

过了一会儿,他来到了她的床边。"特蕾西——"

"嘘。不要说话。抱着我。抱紧我。"

一场欢愉缓缓拉开序幕。

整个晚上,他们都沉浸在欢爱之中,无话不谈,就像锁了很久的闸门突然打开了一样。黎明时分,运河在太阳的照耀下波光粼粼。杰夫说:"特蕾西,嫁给我吧。"

特蕾西觉得自己肯定听错了,但杰夫又重复了一遍。特蕾西便想,他说的是疯话,结婚是不可能的,永远也不能实现的。然而结婚又那么美好,让人神往不已,结婚当然能实现。于是,她温柔地说:"好的,啊,好的!"

特蕾西哭了起来,杰夫紧紧将她搂在怀里。"我再也不会孤独了,"特蕾西想,"我们属于彼此。杰夫是我未来的一部分。"

明天真的到来了。

过了好一会儿,特蕾西问道:"杰夫,你是什么时候确定要娶我的?"

"当我在那所房子里看到你时,我以为你要死了。我着急得都快要疯了。"

333

"我当时以为你带着钻石跑了。"特蕾西说出了她的心里话。

杰夫又把她抱在怀里。"特蕾西,我在马德里所做的一切都不是为了钱,完全是为了找乐子——只是为了去挑战自我。所以我们才一起做现在的这份差事,不是吗?给你一个不可能解决的谜题,然后你开始想是否有其他方法。"

特蕾西点点头。"我懂。一开始是因为我需要钱。然后变成了别的原因;我捐了不少钱。我喜欢和狡诈无耻的有钱人斗智斗勇。我喜欢生活在危险的边缘。"

沉默了很久之后,杰夫说:"特蕾西……你愿意放弃这种生活吗?"

她疑惑地看着他。"放弃?为什么?"

"以前我们是各干各的。现在,一切都变了。如果发生什么意外,我会受不了的。为什么还要去冒风险呢?我们已经有足够的钱了。为什么不能考虑收手呢?"

"那我们该做什么呢,杰夫?"

他露齿一笑。"我们会想出点事情干的。"

"认真点,亲爱的,我们该如何度过我们的一生?"

"想做什么就做什么,亲爱的。我们去旅行,尽情地满足我们的爱好。我一直对考古学很着迷。我想去突尼斯探险,这是我曾向一位老朋友许下的承诺。我们可以自己出资去考古,可以环游全球。"

"听起来好有趣啊。"

"那你意下如何?"

特蕾西看了他好一会儿。"好吧,如果这是你想要的。"她轻声说。

杰夫拥抱着她,笑了起来。"我在考虑我们是否应该正式通知警方?"

特蕾西也跟着笑了起来。

这些教堂比库珀以前所知道的任何教堂都要古老。有些甚至可以追溯到异教徒时代,因此,他往往不确定他是在向魔鬼还是在向上帝祈祷。他来到古老的贝古因教堂、圣巴沃克教堂,以及坐落在代尔夫特的彼特斯克和纽威克教堂。他低着头祈祷,每次祈祷的内容都是一样的:"让她和我受一样的苦吧。"

第二天,杰夫外出时,冈瑟·哈托格打来了电话。

"你感觉怎么样？"冈瑟问道。

"挺好的。"特蕾西语气肯定地回答他。

冈瑟听说她的遭遇后，每天都给她打电话。特蕾西决定暂时不把她和杰夫要结婚的事告诉他。还不到说的时候。她想把此事埋藏在心底，不时翻出来品味一下，享受一番。

"你和杰夫相处得好吗？"

她笑了。"我们相处得很好。"

"你会考虑再次合作吗？"

现在她不得不告诉他了。"冈瑟……我们……不干了。"

对方陷入一阵沉默。"我不理解。"

"我和杰夫——就像詹姆斯·凯格内的老电影里经常说的那样——要金盆洗手。"

"什么？但是……为什么？"

"是杰夫的想法，我同意了。这样不用承担风险了。"

"假如我告诉你，我这份差事的报酬是两百万美元，而且没有风险呢？"

"那我可真是撞了大运啊，冈瑟。"

"我是认真的，亲爱的。你要到阿姆斯特丹去，那里离你现在的地方只有一个小时的路程，然后……"

"你得另寻他人了。"

他叹了口气。"恐怕再没有别人能够接这个活了。你能不能先和杰夫商量一下？"

"好吧，但不会有什么好结果的。"

"那我就今晚再打电话过来。"

杰夫回来后，特蕾西转达了她和冈瑟的谈话。

"你没告诉他我们已经决定做守法公民了吗？"

"当然，亲爱的，我让他另寻他人。"

"但他肯定不想找别人。"杰夫猜到了。

"他反复强调说他需要我们。他说，这个任务没有任何风险，只要我们稍稍用点力，就能拿到两百万美元的酬金。"

"他的意思是说，无论他有什么计划，都必然像诺克斯堡一样没有丝毫漏洞。"

"或者像普拉多计划那样。"特蕾西的语调中带着俏皮。

杰夫咧嘴一笑。"那个普拉多计划真是绝妙至极，亲爱的。你知道吗？我觉得我就是从那时开始爱上你的。"

"我倒觉得，我就是在你偷了我的戈雅时开始恨上你的。"

"凭良心来说，"杰夫毫不客气地纠正她，"你在那一次之前就开始恨我了。"

"确实如此。可我们怎么跟冈瑟交代呢？"

"你已经告诉他了。我们已经洗手不干这一行了。"

"难道我们不应该至少弄清楚他的计划吗？"

"特蕾西，我们说好了……"

"反正我们也要去阿姆斯特丹，不是吗？"

"是的，但是……"

"好吧，既然我们去那里，亲爱的，我们为什么不先听听他的计划呢？"

杰夫怀疑地打量着她。"你想做，是不是？"

"当然不是！但听听他要说的计划也无妨……"

第二天，他们开车去了阿姆斯特丹，住进了阿姆斯特尔酒店。冈瑟·哈托格从伦敦飞过来和他们碰头。

他们三人分别登上了普赖斯游船公司的游艇畅游阿姆斯特尔河，然后想办法像普通游客偶遇一样，凑在了一起。

"我很高兴你们俩要结婚了，"冈瑟说，"向你们表示我最热烈的祝贺。"

"谢谢你，冈瑟。"特蕾西知道他是真心的。

"我尊重二位打算隐退的愿望。但我刚遇到了一个特殊的情况，我觉得我有必要让两位知晓一下。这可能是一场非常有意义的收官之作。"

"请说。"特蕾西说。

冈瑟凑上前去，开始讲他的计划，声音压得很低。说完后，他立马补了一句："如果你们能搞定，两百万美元的酬金。"

"这个计划不可能完成。"杰夫想都不想就断言了。"特蕾西……"

但是特蕾西并没有在听他说什么。她在脑海中正忙于盘算着如何才能让计划成功。

阿姆斯特丹警察总部位于马尼克斯大街与埃伦格拉希特大街交界处的拐角，是一座雅致的老式五层楼房，由棕褐色的砖头砌成，一楼有一条长长的走廊，墙壁粉刷成了白色，大理石楼梯通往楼上。楼上的一间会议室里正在举行会议。会议室里有六名荷兰警探。

那个孤零零的外国人就是丹尼尔·库珀。

乔普·范杜伦警督的块头很大，他身高体壮，满脸横肉，蓄着长长的八字胡，说话时带着洪亮的男低音。此刻他正在和吐恩·威廉姆斯讲话。威廉姆斯是阿姆斯特丹市警察局局长，总警监，穿着整洁，做事雷厉风行。

"特蕾西·惠特尼今天早上抵达了阿姆斯特丹。国际刑警确定她是戴比尔斯钻石案件的主谋。这位库珀先生觉得她来荷兰是要再次策划犯罪活动的。"

威廉姆斯警务总监转向库珀。"你有证据吗，库珀先生？"

丹尼尔·库珀不需要证据。他对特蕾西·惠特尼了如指掌。她当然是来这里实施犯罪的，以他们的想象力，根本无法想到这场犯罪的规模有多大。他强迫自己保持冷静。"没有证据。所以一定要当场抓住她。"

"那你建议我们怎么做呢？"

"别让这个女人离开我们的视线。"

"我们"这个代词让威廉姆斯警务总监听起来十分不悦。他和巴黎的特里格南特警督曾通过电话，谈过库珀的事。据他所说，库珀很让人讨厌，但他很清楚自己在做什么。"如果我们当初听了他的话，就能当场抓住那个叫惠特尼的女人。"这和库珀刚才说的一模一样。

既然媒体里大肆报道法国警方未能逮捕戴比尔斯钻石案的主谋，吐恩·威廉姆斯断然认为：法国警察在惠特尼这里栽了跟头，他们荷兰警察是一定会在惠特尼这里扳回局面的。

"很好，"警务总监说，"如果这位女士来荷兰是为了测试我们荷兰警察的办事效率，我们会热烈欢迎她的。"

他转向范杜伦警督说道:"你可以采取任何你认为必要的措施。"

阿姆斯特丹市分为六个警区,每个警区负责自己的辖区。乔普·范杜伦警督下了命令:来自不同警区的警探不分警区,统一接受调遣。他们被分配到各个监视小组。

"一天二十四小时监视她,别让她离开你们的视线。"范杜伦警督转向丹尼尔·库珀,说:"好了,库珀先生,你满意了吗?"

"得等我们抓到她才会满意。"

"我们会抓住她的,"警督自信地说,"你看,库珀先生,我们可以自豪地说我们拥有世界上最优良的警察部队。"

阿姆斯特丹是游客的天堂。这座城市有风车,有大坝。纵横交错的运河两边绿树参天,沿河一带的一排排带尖角阁楼的木房子相互毗连,错落有致。运河上也到处是水上人家,他们的船屋被一盆盆盛开的天竺葵以及各种花草装扮得漂漂亮亮的。他们晾晒的衣物在微风中飘来飘去。特蕾西觉得荷兰人是她所遇到的最友好的人。

"他们看起来都很开心。"特蕾西说。

"可别忘了,他们可是最早的郁金香花匠。"

特蕾西笑着抓住杰夫的胳膊。她觉得和他在一起很快乐。"他太棒了。"特蕾西心想。杰夫看着她,心想:"我是世界上最幸运的男人。"

特蕾西和杰夫游览了游客们必逛的各个景点。沿着奥伯特·居普大街有个露天集市,他们在这里慢慢逛游。这条大街很长,横穿很多街区,街道两侧摆满了卖各种各样东西的小商摊,古玩、瓜果、蔬菜、鲜花和衣服,可谓应有尽有。他们漫步于水坝广场,看到年轻人聚集在那里听巡回歌手和朋克乐队的演出。他们来到了福伦丹小镇,参观了位于须得海[①]的风景如画的古老渔村。他们还参观了马德洛丹微缩城,这里有荷兰每个著名景观的缩影。当他们开车经过熙熙攘攘的斯希普霍尔机场时,杰夫说:"机场现在的全部占地在不久以前都还是茫茫北海的一部分呢。斯希普霍尔的意思是'海船的墓地'。"

---

① 须得海是艾瑟尔湖的旧称。——编者注

特蕾西靠近他，依偎在他的身边。"我真佩服你。能和你这么聪明的男人谈恋爱，我感觉太好了。"

"你还只是听了个开头啊。荷兰有百分之二十五的土地是围海造田得来的。整个国家都在海平面以下十六英尺。"

"这听起来挺吓人的。"

"不用担心。只要传说中的那个荷兰小孩能一直把他的手指伸进堤坝堵住漏洞，我们就是绝对安全的。"

无论特蕾西和杰夫走到哪里，警察都会跟在他们后面。每天晚上丹尼尔·库珀都会研究那些警察提交给范杜伦警督的书面报告。根据书面报告，他们两人并没有什么可疑的地方，但库珀对他们的怀疑并没有因此消除。"她一定在谋划着什么，"他对自己说，"一个大计划。不知道她是否发现自己被跟踪了？她是否知道我要置她于死地？"库珀知道，在警探们看来，特蕾西·惠特尼和杰夫·史蒂文斯只是游客而已。

范杜伦警督对库珀说："有没有可能是你弄错了？他们来荷兰可能只是为了游玩。"

"不可能，"库珀固执、坚定地说，"我没有错。跟着她。"突然，他有了一种不祥之感：所剩的时间不多了，如果特蕾西·惠特尼不尽快弄出些动静，警方的监视行动会像上次一样被叫停。他决不能让事态发展到这一步。于是，他加入了监视特蕾西的侦查队伍。

特蕾西和杰夫在阿姆斯特尔酒店订了两套相连的房间。"这是为了配合一下我们两人的社会身份，"杰夫告诉特蕾西，"但我不会让你离我太远的。"

"你保证？"

每天晚上杰夫都陪她到黎明时分，他们欢愉到深夜。他是个变化多端的情爱高手，时而温柔体贴，时而粗狂暴烈。

"这是第一次，"特蕾西柔声说，"我真正弄懂了我的身体是用来干什么的。谢谢你，亲爱的。"

"这全是我的荣幸。"

"只有一半是你的荣幸。"

他们好像漫无目的似的在城里闲逛。他们中午在欧洲大饭店的埃克赛西餐厅吃了午餐，晚上又跑到波威德利吃晚饭。在印尼巴厘餐馆，他俩竟然把端上来的二十二道菜肴全部吃完了。他们喝了荷兰有名的豌豆汤，品尝了用土豆泥、胡萝卜、洋葱配在一起做成的热锅，还吃了一种用十三种蔬菜和熏肉腊肠制成的杂烩。他们到阿姆斯特丹的红灯区闲逛，看到了那里穿着和服、体态丰腴的妓女坐在临街的窗前，向过往行人卖弄风骚。每天晚上警探们提交给乔普·范杜伦警督的书面报告都以同样的一句话结尾：没有可疑之处。

"耐心点，"丹尼尔·库珀劝自己，"耐心点。"

在库珀的敦促下，范杜伦警督去找警务总监威廉姆斯，请求他允许自己在两名嫌疑人的酒店房间里安装电子窃听设备。但他的请求被拒绝了。

"等你有更确凿的证据来证明你的怀疑时，"警务总监说，"再来找我。在那之前，我不允许你们对仅在荷兰旅游而并没有犯罪的人进行监听。"

范杜伦和警务总监的这次谈话是在星期五。到了星期一早上，特蕾西和杰夫去了科斯塔区的波勒斯·波特大街，这里是阿姆斯特丹的钻石业中心。他们两人到尼德兰钻石加工厂参观。丹尼尔·库珀随着监控小组也到了这里。只见工厂里到处都是游客。一位讲英语的导游带着他们参观工厂，给他们解释钻石切割过程中的每一道工序。在参观结束后，导游带着他们来到一个很大的陈列室。陈列柜环绕墙壁摆放，里面陈列着各种各样的钻石供游客挑选购买。这当然是他带着游客参观工厂的最终目的。

房间中央摆放着一个黑色底座的玻璃柜，十分醒目，柜里放着一颗钻石，特蕾西从未见过如此精美的钻石。

那个导游自豪地向大家大声说道："女士们、先生们，这就是你们大家都听说过的著名的鲁卡兰钻石。这是一位舞台演员为他的电影明星妻子买的，价值一千万美元。这颗钻石很完美，是世界上最好的钻石之一。"

"这一定也是那些珠宝大盗瞄准的目标。"杰夫故意大声说。丹尼尔·库珀赶忙前趋一步，想听个究竟。

导游并没有生气，反而笑了笑，顺着他的话头说："不，先生。"他朝站在展品附近的武装警卫扬了扬下巴。"这块石头受到的保护比伦敦塔上的珠宝还要严密。不会有被盗的危险。如果有人碰了那个玻璃柜，警报器就会响——这个房间里的每扇窗户和门会立即封锁。晚上，电子警报装置会开启，如果有人胆敢进入房间，警察局总部就会响起警报。"

杰夫看着特蕾西说："我猜这么一来没有人会去偷那颗钻石了。"

库珀和其中一个警探交换了眼神。当天下午，范杜伦警督接到了一份关于这场对话的报告。

第二天，特蕾西和杰夫参观了荷兰国家博物馆。在入口处，杰夫买了一张博物馆的参观指南，他和特蕾西穿过主厅来到名画馆。那里有弗拉·安杰利科、牟利罗、鲁本斯、范戴克和提埃波罗等大师的作品。他们慢慢地走着，在每幅画前都停下来欣赏一下，然后走进了那间挂着伦勃朗最负盛名的杰作《夜巡》的画馆。

他们在画前停下了脚步。跟踪监视他们的人当中有个长得挺漂亮的高等警官，名叫费恩·霍尔。她在心里惊呼道："啊，我的天哪。"

这幅画的官方名称是《弗兰斯·班宁·柯克上尉和威廉·范·鲁滕伯格中尉及其同伴》。它以非凡的清晰度和构图描绘了夜巡的场景：一个上尉身着色彩鲜艳的制服，正指挥一群士兵出发去值勤。画像周围的区域用丝绒绳围了起来，一名警卫站在附近。

"很难相信，"杰夫对特蕾西说，"伦勃朗竟然因为这幅画倒了大霉。"

"但是为什么呀？这幅画那么棒。"

"伦勃朗这幅画作的赞助人就是画中的上尉，上尉不喜欢伦勃朗把画中的其他人物都画得那么清晰到位，抢了他的风头。"杰夫转向警卫，"我希望这幅画能得到很好的保护。"

"是的，先生。任何想从这个博物馆偷东西的人都必须绕过电子光束、监控摄像头。晚上还有两个带着警犬的警卫守着。"

杰夫如释重负地笑了。"我猜这幅画一定能永远保存在这里。"

当天下午晚些时候，这番对话又被汇报到范杜伦警督那里。

"《夜巡》！"他高声说道，"这绝不可能！"

丹尼尔·库珀听后，眯起那双近视眼，眼里充满着狂热。他只是向范杜伦眨了眨眼睛。

阿姆斯特丹会展中心举办了一场集邮家的聚会。特蕾西和杰夫是第一批到达的参会者。大厅戒备森严，因为其中许多邮票都是无价之宝。库珀和一名荷兰警探看着这两名游客在这些稀世珍品前逛来逛去。

特蕾西和杰夫在一枚英属圭亚那邮票前停了下来。这是一枚不起眼的品红色六边形邮票。

"好丑的邮票啊。"特蕾西边看边发表自己的观点。

"你可不要随便下结论,亲爱的。这可是世界上独一无二的邮票。"

"它价值多少钱?"

"一百万美元。"

一位管理人员点点头。"没错,先生。大部分人光凭它的样子是无法想象出它价值不菲的。但是我看得出来,先生,您和我一样很喜欢这些邮票。世界历史就蕴藏在其中。"

特蕾西和杰夫又来到下一个陈列柜前。在这里他们观赏了一枚图案颠倒的詹宁票,上面画着一架颠倒飞行的飞机。

"这张真是有趣。"特蕾西说。

管理人员说:"它值……"

"七万五千美元,"杰夫抢着说。

"是的,先生。完全正确。"

他们接着走到一枚夏威夷传教纪念邮票跟前,这张蓝色邮票上印着两分钱。

"这枚邮票值二十五万美元。"杰夫告诉特蕾西。

此刻,库珀混在人群中,紧跟在他们后面。

杰夫又指着另一枚邮票。"那是一枚稀世珍品。毛里求斯邮局的一便士邮票。某个粗心的邮票雕刻师将'邮资已付'刻成了'邮电局'。如今这枚邮票可要值很多很多便士呢。"

特蕾西说:"它们看起来都那么小,那么容易被损坏,很容易就会被人顺走。"

柜台的保安听闻便笑了。"小偷可跑不了多远,小姐。所有这些柜子都有电子监视装置,武装警卫日夜在会议中心巡逻。"

"这真是让我松了一口气。"杰夫一脸认真的样子说,"这年头怎么小心都不为过,是不是?"

那天下午，丹尼尔·库珀和乔普·范杜伦警督一起来到了威廉姆斯警务总监的办公室。范杜伦把报告放在警务总监的办公桌上，静静地等候着。

"这些报告里没有确凿的证据，"警务总监最后说，"但我承认，你们的嫌疑人似乎在寻找有利可图的目标。好的，警督，动手吧。你们已经获准对他们的旅馆房间安装窃听装置。"

丹尼尔·库珀兴奋极了。特蕾西·惠特尼今后就没有隐私了。今后她想什么，说什么，干什么，他都一清二楚。他想起了特蕾西和杰夫在床上的情景，想起了特蕾西的内衣贴在他脸颊上的感觉。她的内衣好柔软啊，闻起来真香。

那天下午，他去了教堂。

那天晚上，特蕾西和杰夫离开酒店去吃晚饭时，一组警方技术人员便开始工作了。他们在特蕾西和杰夫的套房里安装了几个微型无线电窃听器，将它们藏在画后面、灯罩里和床头柜下面。

乔普·范杜伦征用了楼上的套房，一名技术人员在那里安装了一个带天线的无线电接收器，并将其与一台录音机相连。

"这是声控的，"技术人员解释道，"无须派人在此监听。有人说话时，它就会自动开始录音。"

但丹尼尔·库珀想留在这里。他必须这样。他觉得这是上帝的旨意。

第三十三章

第二天一大早,丹尼尔·库珀、乔普·范杜伦警督和他的年轻助手惠特康普警探都在楼上的套间里窃听楼下的谈话。

"你要再来点咖啡吗?"是杰夫的声音。

"不用了,谢谢你,亲爱的。"是特蕾西的声音。"你尝尝服务员送来的奶酪,味道真是太棒了。"

短暂的沉默。"嗯,好吃。特蕾西,你今天想做什么?我们可以开车去鹿特丹。"

"我们为什么不待在家里放松一下呢?"

"听起来不错。"

丹尼尔·库珀知道他们说的"放松"是什么意思,他的嘴绷得紧紧的。

"女王出资修建了一所孤儿院。"

"太好了。我认为荷兰人是世界上最热情好客、善良慷慨的人。他们反对一切权威和传统。他们痛恨各种规章制度。"

一阵笑声。"当然。这就是为什么我们都那么喜欢他们。"

这都是些情侣间平常的晨间对话。"他们相处得那么无拘无束、自由自在,"库珀心里在想,"但她之后会付出代价的!"

"说到慷慨,"——这是杰夫的声音——"猜猜谁住在这家酒店?那个神出鬼没的马克西米利安·皮尔庞特。我在伊丽莎白女王2号游轮上没捉住他。"

"在东方快车上我也错过他了。"

"他来这里可能是来要对另一家公司下黑手。现在我们又碰到他了，特蕾西，我们真该治一治他了。我是说，只要他在周围……"

特蕾西的笑声。"我完全同意，亲爱的。"

"据我所知，我们的朋友习惯随身携带一些无价之宝。我有个想法……"

这时，传来了另外一个女人的声音。"早安，先生，早安，小姐。需要现在清洁你们的房间吗？"

范杜伦转向惠特康普警探说道："派一个小组监视马克西米利安·皮尔庞特。只要惠特尼或史蒂文斯和他联系，马上向我报告。"

范杜伦警督正在向吐恩·威廉姆斯警务总监汇报。"总监，他们可能同时盯上了几个目标。酒店里有一位名叫马克西米利安·皮尔庞特的美国人，很有钱，他们对他表现出极大的兴趣。他们参观了集邮展览会，到尼德兰钻石加工厂去看了鲁卡兰钻石，还在《夜巡》的展厅中参观了两个小时。"

"想打《夜巡》的主意？没门！门都没有！"

警务总监靠在椅背上，开始怀疑自己是不是毫无节制地浪费了大量的时间和人力。猜测太多，证据不足。"所以，你目前还不知道他们的目标是什么？"

"不知道，总监。我不敢保证他们自己已经确定了目标。只要他们定下来，就会通知我们。"

威廉姆斯皱起了眉头。"通知你们？"

"窃听器会告诉我们，"范杜伦解释道，"他们不知道自己被窃听了。"

警方在第二天上午九点取得了突破。特蕾西和杰夫正在特蕾西的套间里吃早餐。楼上的监听站有丹尼尔·库珀、乔普·范杜伦警督和惠特康普警探。他们听到了倒咖啡的声音。

"特蕾西，这条信息挺有趣。原来我们的朋友说的是对的。听听这个：'荷兰银行即将向荷属西印度群岛运送价值五百万美元的金条。'"

楼上的套间里，惠特康普警探说："这不可能……"

"嘘！"

他们闭上了嘴巴，静静地听着。

"五百万美元的黄金有多重？"是特蕾西的声音。

"我来给你一个准确的数字，亲爱的。一千六百七十二磅，大约有六十七根金条那么重。黄金这东西太美妙了，黄金上面没有名字。把它熔化了，它可能属于任何人。当然，要把这些金条运出荷兰并不容易。"

"即使我们可以，那我们首先考虑的是，怎么才能弄到这些黄金呢？就这么大摇大摆地走进银行去拿吗？"

"八九不离十。"

"你在开玩笑吧。"

"我从来不拿这么多钱开玩笑。特蕾西，我们为什么不去荷兰银行逛逛，看一看呢？"

"你有什么想法？"

"我在路上会告诉你的。"

有一扇门关上的声音，说话声停了。范杜伦警督使劲捻着八字胡。"不可能！他们怎么都不可能拿到那些金子。那里的保安措施可是我亲自把关的。"

丹尼尔·库珀用十分肯定的口吻大声说："如果银行的安全系统有漏洞，特蕾西·惠特尼一定会找到的。"

范杜伦警督气得就要发火了，但他只能强忍着。这个长相古怪的美国人自从来了以后就一直很令人讨厌。他天生的优越感着实让人难以忍受。但是范杜伦警督始终不忘自己的警察身份，他接到的命令就是要和这个奇怪的小个子男人合作。

警督转向惠特康普，说："我要你加大跟踪组的监视力度。马上执行。对他们所接触的人都必须拍照，进一步盘问。清楚了吗？"

"是的，警督。"

"当然，你们要注意谨慎行事。千万别让他们发现自己被监视了。"

"是的，警督。"

范杜伦看着库珀。"这样，你感觉好点了吗？"库珀懒得搭理他。

在接下来的五天里，特蕾西和杰夫让范杜伦警督的人忙得不可开交，丹尼尔·库珀仔细检查了所有的每日报告。晚上，其他警探都离开了监听站，库珀却坚持要留下。他认为楼下肯定有欢愉的声音，他满怀期待地倾听着。可他什么也听不见，于是他开始在脑海里想象特蕾西正在呻吟："哦，是的，亲爱的，是的，是的。哦，天哪，我受不了了……太美妙了……嗯，哦，嗯……"

然后是她那长长的、颤抖的一声舒气，那天鹅绒一般温柔的静谧时刻。这一切声音都是叫给他听的。

"很快你就会属于我了，"库珀心里美美地想，"没有其他人能拥有你。"

白天，特蕾西和杰夫分头行动，他们不管走到哪里，总有人跟着他们。杰夫参观了莱顿广场附近的一家印刷店，两个警探在街上看着他和印刷工认真地交谈。杰夫离开时，一个警探跟着他。另一个人走进印刷店，向印刷工出示了自己的上过塑胶的警察证，证件上有照片，盖着官方钢印，上面还有红、白、蓝相间的斜杠杠。

"刚才离开这儿的那个人，他想要什么？"

"他的名片用完了，想让我多印一些给他。"

"让我看看。"

印刷工给他看了手写的名片：

阿姆斯特丹安保服务事务所
柯尼留斯·威尔逊
首席调查员

第二天，特蕾西走进莱赛普兰的一家宠物店，高等警官费恩·霍尔守在门外。十五分钟后，特蕾西出来了，费恩·霍尔便走进了商店，出示了她的警官证。

"刚走的那位女士，她想要什么？"

"她买了一碗金鱼、两只爱情鸟、一只金丝雀和一只鸽子。"

这个组合太奇怪了。

"你是说一只鸽子？一只普通的鸽子？"

"是的，可是宠物店是从来不卖鸽子的。我告诉她，我们可以给她找一只。"

"你要把这些宠物送到哪里去？"

"去她住的酒店，阿姆斯特尔。"

在城市的另一边，杰夫正在和荷兰银行副行长讲话。他们单独在一起谈了三十分钟。杰夫离开银行时，一名警探走进了副行长兼经理的办公室。

"刚才出去的那个男的，请告诉我他来这里干什么？"

"威尔逊先生吗？他是我们银行所挂钩的安保公司的首席调查员。他们正在修改安全系统。"

"他有没有让你说目前银行保安系统的情况？"

"啊，是的，他确实问了。"

"你告诉他了？"

"是的。当然，我在说之前先打了电话，检验了他的身份。"

"你给谁打的电话？"

"安保公司——他名片上印着安保公司的电话号码。"

那天下午三点，一辆运钞车停在荷兰银行外面。在街对面，杰夫拍下了卡车的照片，而在几码远的门口，一名警探拍下了杰夫拍照的一幕。

在警察局总部，范杜伦警督把迅速积累起来的一大摞证据摊开，放到了吐恩·威廉姆斯警务总监的桌上。

"这意味着什么？"警务总监不动声色，尖起嗓子问道。

丹尼尔·库珀说道："我来告诉你她在计划什么。"他的声音充满了坚定。"她正计划抢劫那批黄金。"

他们都吃惊地盯着他。

威廉姆斯总监说："我想你大约也知道她打算怎样完成这个奇迹吧？"

"是的。"他确实知道一些他们不知道的事情。他了解特蕾西·惠特尼的内心、灵魂和思想。他感觉自己已经与特蕾西化为一体，能够设身处地地像她那样思考，像她那样计划……预测她的一举一动。

"驾驶一辆伪造的安保卡车，在真卡车到达之前抵达银行，然后带着金条开走卡车。"

"听起来太牵强了，库珀先生。"

范杜伦警督插话进来。"我不知道他们的计划是什么,但他们确实在计划着些什么,总监。我们录下了他们的声音。"丹尼尔·库珀想起了他想象的那些声音:夜晚的喃喃低语、尖叫声和呻吟声。她当时肯定像个发情的婊子。他要把她送去没有男人能碰到她的地方。

范杜伦警督说:"他们掌握了银行安保系统的规律,知道运钞车什么时候来取货,而且……"

警务总监正在研究他面前的报告。"爱情鸟、鸽子、金鱼、金丝雀——你认为这些莫名其妙的东西和抢劫有关吗?"

"没有。"范杜伦说。

"有关。"库珀说。

高等警官费恩·霍尔穿着一件宽松的水蓝色的涤纶西装,尾随着特蕾西·惠特尼沿着普林森格拉希特大街走着,她们穿过玛格尔大桥,来到运河对岸。特蕾西走进一个公用电话亭,打了一个长达五分钟的电话。费恩·霍尔十分焦急,她想知道电话的内容。其实,即使她能够听到电话内容,也同样不懂特蕾西到底在讲什么。

对方是远在伦敦的冈瑟·哈托格,他说:"我们可以依靠玛戈联系,但她需要时间——至少再等两个星期。"他听了一阵后,又说:"我明白了。一切准备就绪后,我会和你联系。小心点。代我向杰夫问好。"

特蕾西放好听筒,走出电话亭。有个穿着宽松的水蓝色涤纶西装的女人站在那里等着用电话,特蕾西向她友好地点了点头。

第二天上午十一点,一名警探向范杜伦警督报告说:"警督,我现在正在沃尔特卡车租赁公司。杰夫·史蒂文斯刚从他们那里租了一辆卡车。"

"什么样的卡车?"

"运货卡车,警督。"

"弄清楚具体尺寸,我等着。"

几分钟后,警探又接起电话。"有了。卡车是……"

范杜伦警督说:"一辆双层货车,二十英尺长,七英尺宽,六英尺高,双向轴。"

对方惊讶得说不出话。"是的,警督。您是怎么知道的?"

"别管这个。是什么颜色的？"

"蓝色。"

"谁在跟踪史蒂文斯？"

"雅各布斯。"

"好的。你回来报告。"

乔普·范杜伦警督把电话听筒放回了原处。他抬头看着丹尼尔·库珀。"你说得对。只是那辆货车是蓝色的。"

"他会把车开到汽车喷漆店去。"

杰夫去的喷漆店位于德姆莱克街的一处加油站里面。两个喷漆工把卡车喷成铁灰色，杰夫就站在旁边观望。

这时一名警探爬上加油站屋顶，从天窗上面拍下这个镜头。

一小时后，这张照片出现在范杜伦警督的桌子上。警督把照片推向丹尼尔·库珀。"卡车已经被漆成与保安运货卡车一模一样的颜色。我们现在可以把他们抓起来了。"

"罪名是什么？是冒印了几张业务名片？把卡车改漆？想要把指控坐实，只能在他们盗取黄金时抓住他们。"

"这个笨蛋在这里指手画脚，就好像他是警察局的老大似的。"范杜伦警督心想。

"你觉得他接下来会做什么？"

库珀在仔细研究这张照片。"这辆卡车承受不了黄金的重量。他们得加固底盘。"

缪德街上有一家很偏僻的小汽车修理站。

"早上好，先生。有什么可以效劳的吗？"

"我要用这辆卡车运些废铁，"杰夫解释道，"我不太确定它的底盘能不能承受得起那么重的重量。所以，我想把底盘用金属支架加固一下。这活你们能干吗？"

机修工走到卡车旁边检查了一下。

"行，没问题。"

"很好。"

"我星期五能弄完。"

"我原本想明天就来取车。"

"明天？那不行，我……"

"我付给你双倍的钱。"

"最早星期四。"

"明天。我付给你三倍的钱。"

机修工若有所思地挠了挠下巴。"明天什么时候？"

"中午。"

"好吧，行。"

"十分感谢。"

"不客气。"

杰夫前脚刚离开汽车修理站，一名警探便赶来询问那个机修工。同一天早上，指派监视特蕾西的专家小组跟踪她来到奥德桑斯运河，特蕾西与一艘驳船的主人交谈了半小时。特蕾西离开后，一名警探登上了驳船。他向船主亮了自己的身份，船主正在啜饮一大杯酒，这是一种烈性红醋栗杜松子酒。

"刚刚那位年轻的女士想干什么？"

"她和她的丈夫想沿运河游玩，租了我一星期的驳船。"

"从哪天开始？"

"星期五。运河沿途的风景可美了，先生。如果您和您的妻子也有兴趣……"

警探早就没影了。

特蕾西从宠物店订购的鸽子被放在一个鸟笼里送到她住的酒店。丹尼尔·库珀回到宠物店询问店主："你给她送过去的是什么鸽子？"

"哦，您知道的，就是一只普通的鸽子。"

"你确定不是信鸽吗？"

"不可能的。"那个男的咯咯地笑了。"我之所以敢肯定它不是信鸽，是因为那是我昨晚刚从冯德尔公园抓来的。"

一千多磅的黄金和一只普通的鸽子有什么关联呢？她为什么要买这只鸽子呢？丹尼尔·库珀百思不得其解。

距离荷兰银行转运金条的日子还有五天，乔普·范杜伦探长桌子上的照片堆成了一座小山。丹尼尔·库珀认为，每一张照片都是抓捕特蕾西的链条上的一环。阿姆斯特丹警方查案没有丝毫想象力，但库珀不得不承认他们有些事情倒是做得十分到位。这一即将发生的犯罪的每一步都被拍摄下来并记录在案。特蕾西·惠特尼这一次绝无可能逃脱法网了。

"只有她得到应有的惩罚，我才能得到救赎。"库珀心想。

杰夫取回漆好的卡车的那天，他就直接把卡车开到了一个小车库里。这是他在阿姆斯特丹最古老的奥德赛茨运河边附近租的一个车库。六个印有"机械设备"的空木箱也被运到此处。范杜伦警督耳朵里听着最新的录音带，眼睛望着桌上放着的那张空木箱照片。

杰夫的声音："你一会儿将卡车从银行开到驳船时，一路上保持在限速范围内，不要超速。我想精准测出走这一趟到底要花多长时间。这是计时表。"

"亲爱的，你不和我一起去吗？"

"不去了，我一会儿还有别的事情要忙。"

"那蒙蒂呢？"

"他星期四晚上会到。"

"这个蒙蒂是谁？"范杜伦警督问道。

库珀说："他可能就是那个假扮成另一名警卫的人。他们肯定需要两套制服。"

杰夫来到彼得·科内利斯·胡夫特街购物中心的一家服装店。"我要参加化装舞会，需要两套制服。"杰夫向店员解释，"就和你在橱窗里陈列的那套差不多。"

一个小时后，范杜伦警督正盯着一张警卫制服的照片。

"他定了两套这样的制服，还告诉店员说他星期四来取。"

第二套制服的尺寸表明他们的同伙比杰夫·史蒂文斯高大得多。警督说："我们这位蒙蒂朋友大约六英尺三英寸高，体重大约二百二十磅。我们会让国际刑警通过电脑针对这些数据进行调查，"他向丹尼尔·库珀保证，"之后我们便能得知他的身份。"

在租来的私人车库里，杰夫正坐在卡车顶上，特蕾西坐在驾驶座上。

"你准备好了吗?"杰夫问道,"开始。"

特蕾西按下仪表板上的一个按钮。一块巨大的帆布从卡车的两侧落下,帆布上写着"荷兰喜力啤酒"几个大字。

"成功了!"杰夫欢呼起来。

"喜力啤酒?不可能!"范杜伦警长环顾了一下聚集在他办公室里的警探们。墙上贴满了一系列放大的照片和各种备忘录。

丹尼尔·库珀坐在办公室的后面,沉默不语。库珀认为这次碰头纯属浪费他的时间。他早就预料到特蕾西·惠特尼和她的情人接下来的每一步行动。他们两人将慢慢地掉入到一个圈套中去,同时这个圈套也在逐渐收紧。办公室里的警探们都觉得即将大功告成,兴奋得忘乎所以,这时库珀心里却莫名其妙地感到了一阵扫兴。

"所有的线索都可以严丝合缝地拼凑起来了。"范杜伦警督说,"嫌疑人知道真正的押运黄金的卡车什么时候到达银行。他们打算比这辆卡车提前半小时到达银行,假扮成押运黄金的保安。等真正的押运卡车到银行时,他们已经带着黄金逃之夭夭了。"范杜伦指着一张押运卡车的照片。"他们离开银行时驾驶的卡车是这样的,但是过了一个街区之后,到了某条小街上,"他指着那张喜力啤酒卡车的照片,"他们驾驶的卡车又会突然变成这样。"

坐在办公室靠后面的一个警探开口问道:"警督,您知道他们打算怎么把黄金运出国吗?"

范杜伦指着那张特蕾西踏上驳船的照片。"首先,用这艘驳船运货。荷兰的运河和水道纵横交错,他们很容易藏匿其中。"接着,他又指着一张航拍照片,照片上卡车正沿着运河边疾驰。"他们已经准确计算了从银行开车到驳船所需的时间,他们有充裕的时间把黄金装上驳船,然后悄无声息地将船开走。"范杜伦走向墙上的最后一张照片,一艘货轮被放大了的照片。"两天前,杰夫·史蒂文斯在奥瑞斯塔号上预订了货舱,这艘货轮下星期从鹿特丹启航。他们要运的货物被列为机械设备类,最终目的地为香港。"

他转身面向房间里的所有人。"好了,先生们,我们要使他们的计划发生一点小小的改变。我们会让他们把黄金从银行取出,装到卡车上。"他看着丹尼尔·库珀笑了笑,"然后当场抓获,我们要当场抓获这些自以为是的聪明人。"

一个警探跟着特蕾西来到美国运通公司的办公室，在那里她取出了一个中等大小的包裹，便立即返回了酒店。

"无法得知包裹里装的是什么，"范杜伦警督对库珀说道，"趁他们二人离开时，我们搜查了他们每个人的套房，均未发现任何新的线索。"

国际刑警组织的电脑无法提供关于那位体重约为二百二十磅的蒙蒂的任何信息。

星期四晚上，在阿姆斯特尔酒店，丹尼尔·库珀、范杜伦警督和惠特康普警探在特蕾西楼上的房间里，正监听着楼下的说话声。

杰夫的声音："如果我们比警卫提前三十分钟到达银行，我们就有足够的时间装载黄金并撤离。等银行真正的押运卡车到的时候，我们已经把黄金装上驳船了。"

特蕾西的声音："我已经让机械师检查了卡车，也给它加满了油。卡车没有问题了。"

惠特康普警探说："他们一个细节都不放过，还真是让人不得不钦佩啊。"

"他们迟早会露马脚的。"范杜伦警督恶狠狠地补了一句。

丹尼尔·库珀不作声，静静地听着。

"特蕾西，等这一切结束了，你还想继续我们之前说好的考古挖掘吗？"

"去突尼斯吗？当然想了，亲爱的。"

"那好。我会做好安排的。从现在开始，我们就是要放松身心，好好享受生活，其他什么都不做。"

范杜伦警督喃喃地说："要我说啊，他们今后二十年已经被安排了个相当好的去处了。"他站起来伸了个懒腰。"好吧，我想我们可以去睡觉了。明天早上一切都安排好了，我们今晚可以好好睡一觉。"

丹尼尔·库珀却怎么也睡不着。他想象着特蕾西被警察抓获，警察对她施暴的场面，她的脸上充斥着惶恐不安的神情。想到这些，他顿时兴奋起来。他走进浴室，准备泡个热水澡。他摘下眼镜，脱下睡衣，将全身浸泡在热气腾腾的水里。一切就快结束了，她会为自己所做的一切付出代价，就像他对其他女人所做的那样。明天这个时候，他已经在回家的路上了。"不，那不是家，"丹尼尔·库珀纠正了自己，"是回到我的公寓。"家是一个温暖、安全的港湾，在那里母亲爱他胜过爱世界上的任何人。

"你是我的小男子汉。"她说，"我不知道没有你我该怎么活下去。"

在丹尼尔四岁的时候，父亲抛弃了他们母子，离家出走了。一开始丹尼尔为此十分自责，但母亲解释说，父亲这样子是因为他外面有女人了。他便开始恨那个女人，因为是她惹得他母亲伤心流泪。他从未见过那个女人，但他知道那个女人是个坏女人，因为他听见母亲背地里这样骂那个女人。后来，他却感到很高兴，既然那个女人带走了他的父亲，那他母亲就完全属于他一个人了。明尼苏达的冬天很冷，母亲便让丹尼尔钻到她的被窝，他们一起在温暖的毯子下依偎着。"总有一天我会娶你的。"丹尼尔对母亲承诺道。母亲开心大笑，怜爱地抚摸着他的头发。

丹尼尔在学校一直是班上的佼佼者。他希望他的母亲为他感到骄傲。

"库珀太太，您的孩子太聪明了。"

"我知道。天下没人比我的小男子汉更聪明的了。"

丹尼尔七岁的时候，母亲邀请了隔壁的男人到他们家吃晚饭。这个男人浑身长满毛发，身材魁梧。一夜之间丹尼尔就病倒了。他在床上躺了一个星期，高热不退。母亲向他保证，她再也不会邀请那个邻居了。"丹尼尔，除了你，我不需要其他任何人。"

丹尼尔觉得自己是天底下最幸福的人。他的母亲是世界上最美丽的女人。她不在家的时候，丹尼尔常常溜进她的卧室，打开她衣柜的抽屉。他会从抽屉里拿出她的内衣，把柔软的内衣放在他的脸颊上不断摩擦。啊，那香味好醉人啊。

他躺在阿姆斯特丹酒店温暖的浴缸里，闭着眼睛，回忆起母亲被杀那天发生的可怕的事。那天是他十二岁生日，因为耳朵疼他提前离校回家了。他假装自己疼得十分厉害，因为他想回家，这样母亲便会安慰他，让他睡到她的床上，围着他忙前忙后。丹尼尔回到家里，径直走到母亲的卧室门口。他发现母亲正赤身裸体地躺在他们的床上，但她并不是一个人。她正与住在隔壁的男人做着那种难以启齿的事。丹尼尔听到母亲呻吟道："哦，我爱你！"

母亲竟做了最难以启齿的事情。丹尼尔跑进浴室，哇哇地吐了一身。他小心翼翼地脱下衣服，把自己收拾得干干净净，因为母亲总是教导他要保持整洁。他现在耳朵倒是真疼得厉害起来了。他听到走廊里传来人的说话声，便竖起耳朵听了起来。

母亲说道："亲爱的，你最好现在就走吧。我还要洗个澡，换身衣服。丹尼尔很快就放学回家了。我要给他办个生日派对。明天见，亲爱的。"

先是有前门关上的声音，然后是他母亲浴室里放水的声音。她已不再是他的母亲，她是个坏女人，她和男人在床上做那种肮脏的事情——那些她从来没有和他做过的事情。

他光着身子走进她的浴室，而她正躺在浴缸里，脸上还洋溢着微笑。她转过头，看见他，说道："丹尼尔，亲爱的！你在干什么……"

他手里拿着一把沉重的裁缝剪刀。

"丹尼尔——"她惊恐了，粉红色的嘴张成了一个O形，还没来得及叫出声，他就已经举起剪刀向浴缸里这个已经是陌生人的胸部刺去。她开始拼命地尖叫，他也跟着她一起尖叫："坏女人！坏女人！坏女人！"他们好像在合唱一首死亡二重唱。最后只剩下他一个人的声音。"坏女人……坏女人……"

他身上到处都溅满了她的血。他走进淋浴间拼命地擦洗身子，直到把自己的皮肤擦得火辣辣地疼。

是隔壁那个男人杀死了他的母亲，那么那个男人必须付出代价。

在那之后发生的事情，仿佛得到了什么神明的点拨，正以一种奇怪的慢动作上演。丹尼尔用毛巾擦掉了剪刀上的指纹，把它扔进了浴缸。剪刀砸在搪瓷上，发出沉闷的叮当声。他穿好衣服，拨通了警察局的电话。

伴随着警笛的尖叫声，两辆警车开到了丹尼尔家门口，不一会儿又来了一辆坐满了警探的警车。他们接连问了丹尼尔好些问题，丹尼尔告诉他们，他是怎样提前离校回家的，目睹他们隔壁的邻居弗雷德·齐默是怎么从侧门离开的。他们又去审问了那个男人，他承认自己是丹尼尔母亲的情人，但对杀人一事矢口否认。最终是丹尼尔在法庭上的证词给齐默定了罪。

"当你从学校回到家里时，你看到你的邻居弗雷德·齐默从侧门跑出来？"

"是的，先生。"

"你看清是他了吗？"

"是的，先生。他的手上都是血。"

"然后你做了什么，丹尼尔？"

"我……我很害怕。我知道我妈妈一定遭遇了什么不测。"

"然后你进屋了吗？"

"是的，先生。"

"然后发生了什么？"

"我喊道：'妈妈！'她没有回答，所以我走进她的浴室，然后……"

讲到这儿，小男孩丹尼尔歇斯底里地抽泣起来，不得不被人从证人席上带了下去。

十三个月后，弗雷德·齐默被处决了。

与此同时，小丹尼尔被送到得克萨斯州的一个远房亲戚家里，由他从未见过面的玛蒂姨母抚养。她是一个严厉的女人，一个虔诚的浸礼会教徒，充满了强烈的正义感，坚信坠入地狱之火是所有罪人的归宿。玛蒂姨母的家没有爱，没有喜乐，没有怜悯，丹尼尔就是在这样的氛围中长大的。他的罪孽虽不为人所知，但这个罪孽和它应得的地狱报应却让他整日里处于惊恐之中。母亲被杀后不久，丹尼尔的视力开始出现问题，医生称这是由心理引起的。医生说："他在屏蔽一些他不想看到的东西。"从此，他眼镜上的镜片便越来越厚。

十七岁那年，丹尼尔逃离了玛蒂姨母和得克萨斯州，再也没有回头。他搭便车来到纽约，在那里他受雇于国际保险保护协会，担任信差。不到三年，他就被提升为侦探。他很快就成为一众侦探中的佼佼者。他从未要求加薪或改善工作条件。他对那些事情毫不在意。他是上帝用来惩罚恶人的右臂和神鞭。

丹尼尔·库珀从浴缸里爬了出来，准备睡觉。

"就是明天，"他想，"明天就是那个女人的报应日。"

他希望他的母亲也能在场，亲眼看到这一切。

第三十四章

阿姆斯特丹：八月二十二日，星期五，上午八点

丹尼尔·库珀和负责监听的两名警探在早餐时听到了特蕾西和杰夫的说话声。

"杰夫，再吃点甜面包卷吗？咖啡还要吗？"

"不用了，谢谢。"

丹尼尔·库珀想，这将是特蕾西和杰夫一起吃的最后一顿早餐。

"你知道我为什么这么激动吗？我们要坐驳船旅行去了。"

"今天可是个大日子，而你只期待驳船旅行，为什么？"

"因为这是只有我们两个人的旅行。你觉得我疯了吗？"

"绝对疯了。但你是我的小疯子。"

"吻我。"

他们发出接吻的声音。

"她应该要更紧张一点，"库珀想，"我想让她紧张起来。"

"从某种程度上来说，我还有些舍不得离开这儿呢，杰夫。"

"不如这么想，亲爱的。反正我们不会因为这次经历而变得更穷。"

特蕾西笑了。"你说得对。"

上午九点，二人的谈话还在继续，库珀想："他们应该准备好走了。他们应该要做好最后的计划。那蒙蒂呢？他们在哪里和他碰头？"

杰夫说："亲爱的，你去给我们办理退房手续之前，是不是得向酒店礼宾员表示点什么？我一会儿还有的忙。"

"当然。他人很好。美国为什么没有酒店礼宾员呢？"

"我想这只是欧洲的一种风俗。你知道酒店礼宾员的起源吗？"

"不知道。"

"一六二七年，法国国王休在巴黎建造了一座监狱，并让一名贵族掌管。国王赐给他一个封号，叫'礼宾伯爵'，意思是'蜡烛伯爵'。他的报酬是两英镑和国王壁炉里的灰烬。后来，任何负责监狱或城堡的人都被称为礼宾员。现在，这个称呼也适用于那些在酒店工作的人。"

"他们到底在瞎扯些什么？"库珀觉得奇怪。已经九点半了。他们该行动了。

特蕾西的声音："别想骗我说你这是从哪里听来的——你以前肯定勾搭过一个漂亮的酒店礼宾员。"

一个很奇怪的女人的声音："早上好，小姐、先生。"

杰夫的声音："哪有什么漂亮的酒店礼宾员啊。"

听那女人的声音，好像什么事不对劲了。"这里怎么没人？"

特蕾西的声音："我敢打赌，但凡你碰上漂亮的酒店礼宾员，你一定会想方设法地勾搭上。"

"楼下到底是怎么回事？"库珀问道。

警探们看上去困惑不解。"我也不清楚。打电话的那个女人叫了客房服务。服务员来打扫卫生，但她不太明白房间里的状况——她只听到了房内的说话声，但她一个人影也没见着。"

"什么？"库珀站了起来，冲向房门，飞快地下了楼梯。不一会儿，他和其他警探闯进了特蕾西的房间。除了那个困惑不解的服务员外，房里空无一人。沙发前的咖啡桌上，一台录音机正在播放着磁带。

杰夫的声音："我想我现在又想喝点咖啡了。还热吗？"

特蕾西的声音："嗯。"

看到这一切，库珀和警探们难以置信地瞪着眼睛。

"我……我不明白。"一个警探结结巴巴地说。

库珀厉声喊道："警察局的紧急电话是多少？"

"22222。"

库珀急忙走到电话跟前拨号。

录音机还在播放杰夫的声音："真奇怪，我真心认为酒店里的咖啡比我们自己的要好喝。不知道他们是怎么煮的。"

库珀对着电话尖叫道："我是丹尼尔·库珀。马上给我联系范杜伦警督。告诉他惠特尼和史蒂文斯失踪了。让他检查一下车库，看看他们的卡车是不是不见了。我马上去银行！"他砰的一声摔下听筒。

特蕾西的声音在说："你喝过用蛋壳煮的咖啡吗？那才是真的……"

这时，库珀早就跑出门外，没影了。

范杜伦警督说："没关系。卡车已经离开了他们的车库。他们正在朝这里来的路上。"

范杜伦、库珀和两名警探正在荷兰银行对面大楼的屋顶上，那里设了一个警察指挥所。

警督说："他们可能在得知自己被窃听后决定提前行动。但是别紧张，我的朋友，你看。"他把库珀推向楼顶上安装的广角望远镜。在楼下的街道上，一个穿着看门人制服的男人正在仔细地擦拭银行的黄铜铭牌……一个"街道清洁工"正在清扫街道……一个"报摊小贩"正站在街角……三个"修理工"正在埋头干活。他们都配备了微型对讲机。

范杜伦对着对讲机说："A点？"

"看门人"说："能听见，警督。"

"B点？"

"能听见，警督。"这是"街道清洁工"说的。

"C点？"

"报摊小贩"抬起头来，略点了点头。

"D点？"

"修理工"停止了他们的工作，其中一个人对着对讲机说："一切都准备好了，警督。"

警督转向库珀。"别担心。黄金还好好的在银行里呢。要想拿到黄金，他们必须得来。他们一进入银行，街道的两端就会被封锁，他们不可能逃掉的。"他看了看表，"卡车随时可能出现。"

银行内部的紧张气氛也正在加剧。员工们都提前被告知，警卫们也接到了命令，押运卡车到达后要帮忙把黄金装上卡车。每个人都要全力配合此次行动。

银行外伪装的警探们正一边忙着自己手中的活计，一边暗中观察着街道，寻找卡车的踪迹。

屋顶上，范杜伦警督已是第十次发问："那辆该死的卡车还没出现吗？"

"没有。"

惠特康普警探看了看表。"他们已经晚了十三分钟了，如果他们……"

对讲机嘎吱嘎吱地响了起来。"警督！卡车出现了！它正穿过罗真拉夏特大街，向银行驶去。您应该马上就能从楼顶上看到了。"

空气中顿时弥漫起了火药味。

范杜伦警督通过对讲机迅速下达命令。"各小组注意，鱼进网了，放他们进来。"

一辆灰色押运车开到银行门口停了下来。库珀和范杜伦看着两名穿着警卫制服的男人从卡车里出来，走进了银行。

"她在哪里？特蕾西·惠特尼在哪里？"丹尼尔·库珀大声问道。

"这不重要，"范杜伦警督自信满满地对他说，"金子就在这儿呢，她也跑不到哪里去。"

丹尼尔·库珀想："就算她真的没来，也的确无伤大雅，录音带足以给她定罪。"

紧张不安的银行员工帮助这两名穿制服的男子将黄金从金库装上手推车，推到押运卡车上。库珀和范杜伦在街对面的楼顶上注视着远处的身影。装货共花了八分钟。等卡车后部被锁上，两个穿制服的保安开始爬上驾驶前座时，范杜伦警督立即对着对讲机大喊："行动！所有小组上前包围！包围！"

混乱一触即发，"看门人""报摊小贩""工人"，以及一大帮警探一时间全部冲到押运卡车前，他们拔出枪，包围了押运卡车。这条街两端皆已封锁，不准任何方向的车辆通行。范杜伦警督转向丹尼尔·库珀，咧嘴一笑。

"这样您满意了吗？我们过去看看吧。"

"一切终于结束了。"库珀想。

他们匆匆来到街上。两名身穿警卫制服的男人正对着墙，举起双手，被一群手持武器的警探围得水泄不通。丹尼尔·库珀和范杜伦警督挤到两人身边。

范杜伦对他们喊道："转过身来，你们被捕了。"那两人转过身来面对着人群，脸色苍白。

丹尼尔·库珀和范杜伦警督吃惊地盯着他们。这两人完全是从未见过的陌生人。

"你……你们是谁？"范杜伦警督问道。

"我们……我们是保安公司派来的保安，"其中一个结结巴巴地说，"千万别开枪，千万别开枪。"

范杜伦警督转向库珀。"他们的计划肯定是出了什么差错。"他的声音带着歇斯底里的音调，"他们一定是取消了计划。"

丹尼尔·库珀只觉胃里有一团绿色的胆汁，正慢慢地涌上他的胸腔和喉咙。等他终于能开口说话时，声音也变得哽咽了。"没有，什么差错也没有。"

"你说什么？"

"他们从来都不是为了这些黄金。整个黄金抢劫计划只是一个转移我们视线的圈套。"

"这不可能！我的意思是，他们的卡车、驳船、制服——我们拍了那么多照片……"

"你还不明白吗？他们全都知道了。他们一直知道我们在监视他们！"

范杜伦警督的脸色瞬间变白了。

"哦，我的天哪！——他们现在究竟在哪里啊？"

在科斯特区的保卢斯波特街上，特蕾西和杰夫正向尼德兰钻石加工厂走去。杰夫的脸上贴着八字胡，又粘着胡须，还用泡沫海绵改变了脸颊和鼻子的形状。他穿着运动服，背着帆布背包。特蕾西头戴黑色假发，身穿宽松的孕妇裙，裙子里面塞着衬垫，化着浓妆，戴着深色的太阳镜。她提着一个大公文包和一个用牛皮纸包着的圆形包裹。他们二人走进接待室，看见一群刚从车上下来的乘客正听着向导的讲解，便加入了其中。"……现在，请跟我来，女士们、先生们，各位将看到我们的钻石切割工是如何工作的，一会儿各位将有机会购买我们的优质钻石。"

在向导的带领下，参观人群进入了通往工厂内部的大门。特蕾西跟着人群一同前行，杰夫则留在后面。等人都走后，杰夫转身匆匆向一段通往地下室的楼梯走去。

他打开帆布包，拿出一件沾满油污的工作服和一个小型工具箱。他穿上工作服，走到配电箱前，看了看手表。

楼上，特蕾西和众人一起，一个房间一个房间地参观，向导向他们展示了用钻石原石制作抛光宝石的各种工艺。特蕾西不时地瞥一眼她的手表。参观流程已经比原定计划晚了五分钟。她真希望向导能走得快一点。终于，参观环节结束了，他们来到了展览室。

向导走到了用绳索围起来的基座前。"这个玻璃柜里摆放的，"他骄傲地宣布，"是鲁卡兰钻石，这是世界上最值钱的钻石之一。一位著名的舞台演员曾经买下这颗钻石，送给了他的电影明星妻子。这颗钻石价值一千万美元，因此被最先进的技术保护着……"

突然，灯灭了。警报声随即响起，门窗前的钢制百叶窗砰的一声关上，封住了所有的出口。见状，一些参观者开始尖叫起来。

"请各位保持安静！"

向导在嘈杂声中大声喊道，"没有必要担心。只不过是发生了点普通的电路故障。一会儿应急发电机就会……"灯又亮了。

"看到了吗？"向导充满自信地说，"没什么好担心的。"

一个穿皮短裤的德国游客指着钢制百叶窗。"那些是什么？"

"这是安全预防措施。"向导解释说。他拿出一把奇形怪状的钥匙，把它插进墙上的一个槽里，然后轻轻转动了一下。门窗上的钢百叶窗便缓缓地打开了。桌子上的电话响了，向导拿起听筒。

"我是亨德里克。谢谢你，队长。没有异常，一切都很好。刚刚发生了警报故障。可能是电路短路。我马上去检查一下。是的，先生。"他挂上听筒，转向那群人。"抱歉，女士们、先生们。这颗钻石实在是太珍贵了，我们必须要处处小心。现在，有意购买我们这颗钻石的……"

突然，灯又熄灭了，警铃又响了起来，钢质百叶窗再次关上。

人群中有个女人大声喊道："哈利，我们快离开这儿吧。"

"黛安娜，请你闭上你的嘴，好吗？"她的丈夫咆哮道。

在楼下的地下室里，杰夫站在配电箱前，仔细听着楼上参观人群发出的喊叫声。

他等了一会儿，拉上了电闸。楼上的灯闪了几下又亮了。

"女士们、先生们，"向导在喧嚣声中喊道，"只是电路出了点小问题。"他又掏出钥匙，插进墙上的插槽里。钢百叶窗又升了起来。

电话又响了。向导匆匆走过去拿起听筒。"我是亨德里克，没有情况，队长。是的。我们会尽快把它修好。谢谢。"

展览室的一扇门被打开了，杰夫拿着工具箱走了进来，他头上还戴着一顶工作帽。

他径直朝向导走去。

"出什么问题了？有人说电路出了点故障。"

"灯一直闪个不停，忽明忽暗。"向导解释道，"麻烦您尽快将电路修好。"说完，他转向游客，嘴角挤出一个勉强的笑容。"请大家往这边挪一挪，各位可以尽情选购我们的优质钻石，价格非常实惠。"

参观游客开始慢慢向旁边的陈列柜移动。

趁着无人注意的间隙，杰夫从他的工作服里抽出一个圆柱形的小物体，拔出保险针，把它扔到了放着鲁卡兰钻石的基座后面。这个小装置立即冒出烟和火花。杰夫对向导喊道："嘿！这就是问题所在，地板下面的电线短路了。"

一个女游客尖叫道："着火了！"

"各位，请安静！"向导喊道，"不要惊慌。保持冷静。"他转向杰夫，小声说道："赶紧修！赶紧修！"

"没问题。"杰夫轻松地说。他向基座周围的天鹅绒绳索走去。

"不行！"向导大声将他喝住，"你不能靠近那个！"

杰夫耸了耸肩。"我倒是无所谓。你自己修吧。"说完，他转身就要离开。黑烟越冒越浓。人群又开始恐慌起来。

"等等！"向导恳求道，"等一等！"他急忙走到电话旁，拨了一个号码。"队长，我是亨德里克。我不得不请您暂时关掉所有的警报，我们遇到了一点小问题。是的，先生。"他看了看杰夫。"你需要多长时间？"

"五分钟。"杰夫说。

"五分钟。"向导对着电话重复道，"谢谢。"他挂上了听筒。"警报系统十秒后就会关闭。看在老天的分儿上，动作快点！我们是从来不关闭警报系统的！"

"我只有两只手啊，朋友。"杰夫等了十秒钟，然后钻进绳索围起来的小圈，走到基座旁。亨德里克向武装警卫打了个手势，警卫点了点头，死死地盯着杰夫。

杰夫在基座后面忙活着。向导感到十分头大，他转向人群说道："现在，女士们、先生们，正如我刚才所说，我们这里有精选的优质钻石，价格实惠。我们接受以信用卡和旅行支票支付。"向导笑了笑，"现金也可以哦。"

特蕾西站在柜台前。"你们收购钻石吗？"她大声问道。

向导不明所以地盯着她。"你说什么？"

"我丈夫是采矿的，他刚从南非回来，他想让我把这些都卖了。"

说话间，她打开了随身携带的公文包，可她却刚好将包拿倒了，一股闪闪发光的钻石洪流像瀑布一样倾泻下来，在地板上跳动。

"我的钻石！"特蕾西尖声喊道，"帮帮我！"

有那么一瞬间，整个房间陷入了死一般的沉寂，之后一切就都乱套了。刚才还彬彬有礼的人群一时间全变成了暴民，通通扑倒在地，手脚并用地争抢钻石，互不相让。

"我抢到了几颗……"

"约翰，赶紧去抓一把……"

"放开，那是我的……"

向导和警卫被惊得说不出话来。贪得无厌的人海开始你争我夺，一下子就将向导和警卫挤到一边去了。他们拼命地抓起钻石往自己的口袋和钱包里塞。

警卫大声喝道："退后！住手！"他话还未说完，就被发疯般的人群撞倒在地。这时，满满一车意大利的游客也来到了展览室。他们看清了眼前的局势，也纷纷加入了这场疯狂的钻石争夺战。

警卫试图站起来去拉响警报器，但疯抢的人群让他根本起不了身。不断有人从他身上踩过。整个世界突然变得疯狂起来。这是一场似乎没有尽头的噩梦。

等那个被踩得晕头转向的警卫终于勉强穿过混乱的人群，摇摇晃晃地爬起来走到基座前的时候，他顿时被眼前的景象惊得目瞪口呆。鲁卡兰钻石早已不见了踪影。

那位孕妇，还有那个电工也都无影无踪了。

特蕾西离开工厂后，走过几个街区，来到东部公园，找到公共洗手间，躲进一个隔间卸下了身上所有的伪装。

她提着用牛皮纸包好的包裹，朝公园的长椅走去。一切进展完美。想到那群人正在争抢那些不值钱的锆石，她不由得放声大笑。她看见杰夫走来，身穿深灰色西装，满脸的胡子也不见了。特蕾西赶忙站起来。杰夫走到她跟前，咧嘴一笑。"我爱你。"他说着话，从上衣口袋里掏出鲁卡兰钻石，递给特蕾西。"拿这个去喂饱你的朋友，亲爱的。回见。"

特蕾西目送他踏着轻松的步履离去。她的眼睛噙着泪水。他们已经心属彼此。他们约定分别乘坐飞机到巴西会合。从此以后，他们会在一起幸福地度过余生。

特蕾西环顾四周，确保没有人在暗中偷窥，便打开了手中的包裹。里面有一个鸟笼，鸟笼里关着一只蓝灰色的鸽子。三天前，这只鸽子被送到美国运通公司办公室，特蕾西把它领回自己的套房，把另一只鸽子放出窗外，看着它笨拙地扑扇着翅膀飞走了。现在，特蕾西从钱包里拿出一个小麂皮袋，把钻石放进去。她把鸽子拿到笼外，一边抱着它，一边小心翼翼地把袋子系在鸽子的腿上。

"真乖，玛戈，把它带回家吧。"

突然，一个身穿制服的警察不知从哪里冒了出来。"站住！你知道自己在做什么吗？"

特蕾西的心跳漏了一拍。"怎……怎么了，警官？"

他的眼睛盯着笼子，很生气的样子。"你自己心里清楚。给这些鸽子喂食没有错，但你要想把它们关在笼子里抓走就是违法的。把鸽子放走吧，不然我就逮捕你。"

特蕾西咽了一口唾沫，深深地吸了一口气。"既然您都这样说了，警官。"她举起双臂，把鸽子抛向空中。她看着鸽子飞得越来越高，脸上露出了可爱的微笑。鸽子在空中盘旋了一圈，然后便向西二百三十英里外的伦敦方向飞去。冈瑟曾告诉她，一只信鸽平均每小时飞四十英里，也就是说，不到六小时玛戈便能飞到他那里。

"下次别干这种事了。"警察警告特蕾西。

"我再也不干了。"特蕾西郑重承诺，"再也不干了。"

那天下午晚些时候，特蕾西来到阿姆斯特丹斯希普霍尔机场，朝着登机口走去，她将从那里登上前往巴西的飞机。丹尼尔·库珀站在一个角落里，看着她，眼神苦涩。一定是特蕾西·惠特尼偷走了鲁卡兰钻石。一听到钻石被盗的消息，库珀就知道这又是特蕾西的大手笔。这完全是特蕾西的风格：设计大胆而富有想象力。然而，大家对此却无能为力。范杜伦警督向展览室警卫出示了特蕾西和杰夫的照片。

"不是。这两人都从未见过。小偷满脸都是胡子，他的脸颊和鼻子都要胖得多，而携带钻石的女人是黑头发，还怀着孕。"

钻石失窃后，就再也找不到任何踪迹。杰夫和特蕾西的身上以及行李都被彻彻底底搜查过了。

"钻石肯定还在阿姆斯特丹。"范杜伦警督笃定地对库珀说，"我们一定能找到它。"

"不，你不可能找到的。"库珀心里气愤地想。她已经调换了鸽子。那颗钻石早就被一只信鸽带出国了。

库珀看着特蕾西·惠特尼穿过机场的大厅，却无能为力。她是第一个打败他的人。也正因如此，他将永远都无法得到救赎。

特蕾西走到登机口时，不禁犹豫了一会儿，她转过身，正好与库珀四目相对。

她早就察觉到他就像个复仇女神一样，一直在欧洲各地跟踪她。这个人身上的确有些奇怪的东西,既让人觉得恐怖可怕,又让人觉得可悲可怜。

突然,特蕾西莫名其妙地为他感到一阵难过。最后,她轻轻地向他摆摆手,算是做了个小小的告别,然后转身登上了飞机。

丹尼尔·库珀将手伸进口袋,摸了摸口袋里的辞职信。

这是一架豪华的泛美航空747客机,特蕾西坐在头等舱靠过道的4B座位上。她兴奋得无以言表。再过几个小时,她就能和杰夫在一起了。他们将在巴西结婚。她的生活里不会再有这些恶作剧了,特蕾西想:"不过我不会再怀念这样的生活。我知道我不会。光是做杰夫·史蒂文斯的夫人,生活就已经够刺激了。"

"打扰您一下。"

特蕾西抬起头来。一个身材臃肿、色眯眯的中年男子正站在她面前。他指了指靠窗的座位。"那是我的座位,亲爱的。"

特蕾西将身体扭到一边,好让他从她的身边过去。当她的裙边向上掀起时,他美滋滋地打量着她的腿。

"今天的天气真适合乘飞机出行,是吧?"他的声音带着挑逗的意味。特蕾西转过身去。她完全没有兴趣和同行的乘客交谈。她要考虑的事情太多了。她即将开启全新的生活。他们会在某个地方安顿下来,成为模范公民,成为最受尊敬的杰夫·史蒂文斯夫妇。

她的同伴用肘轻推了她一下。"既然我们有缘在这趟航班上成为邻座,小姑娘,我们为什么不互相认识一下呢?我叫马克西米利安·皮尔庞特。"

(全书完)